台湾文学中的东北书写

董 慧／著

本书为福建师范大学两岸文化发展研究中心成果
牡丹江师范学院博士启动基金项目研究成果（编号：MNUB201501）
黑龙江省哲学社会科学研究规划项目成果（编号：14E101）

九州出版社
JIUZHOUPRESS ｜全国百佳图书出版单位

图书在版编目（ＣＩＰ）数据

台湾文学中的东北书写 / 董慧著 . —— 北京 ：九州
出版社，2018.6

ISBN 978-7-5108-6916-7

Ⅰ . ①台… Ⅱ . ①董… Ⅲ . ①台湾文学－当代文学－
文学研究 Ⅳ . ① I209.958

中国版本图书馆 CIP 数据核字 (2018) 第 076339 号

台湾文学中的东北书写

作　　者	董慧 著	
出版发行	九州出版社	
地　　址	北京市西城区阜外大街甲 35 号 （100037）	
发行电话	（010）68992190/3/5/6	
网　　址	www.jiuzhoupress.com	
电子信箱	jiuzhou@jiuzhoupress.com	
印　　刷	北京九州迅驰传媒文化有限公司	
开　　本	720 毫米 × 1020 毫米　　16 开	
印　　张	20.75	
字　　数	265 千字	
版　　次	2018 年 6 月第 1 版	
印　　次	2018 年 6 月第 1 次印刷	
书　　号	ISBN 978-7-5108-6916-7	
定　　价	59.00 元	

序　言

东北地区作为清朝的龙兴之地，经历了张作霖父子的经营、日满的统治、国共两党的争夺……特殊的近现代历程孕育了不同于其他地区的文化背景。无论是伪满洲国时期，台湾人对于"满洲"的观照，还是1949 年前后赴台的大陆作家对于东北的书写，都表达了对黑土地的深深眷恋，是饱含血泪的篇章。这些作品以其异域的色彩、丰厚的内涵成为台湾文学中一脉独特的风景，但由于种种原因，在台湾文坛上并没有引起足够的重视。直到 2009 年，齐邦媛教授的《巨流河》横空出世，才引起了台湾文学界对于东北书写的关注。大陆和台湾学界对于东北书写的研究仍然比较薄弱：既缺少整体观照，也缺少从广阔的文化背景和理论层面上切入的深度研究。《台湾文学中的东北书写》对台湾文学中的东北书写进行专门、深入、系统的研究，对海峡两岸文学比较及跨地域文学研究的深入具有一定的意义。此书以台湾文学中与东北发生过关联的作家（台湾作家去过东北，或东北籍的赴台作家）以及他们的文学作品为研究对象，对台湾文学中的一个独特的文学"群落"（与东北发生过关联的作家和作品）进行了较为全面的分析和探讨。本书有几个创新点：

一、选题比较特殊也比较有意义，由于历史上东北和台湾都曾经沦为日本的殖民地和准殖民地，两个区域都曾经在日本人的控制和统治之下，因此东北和台湾之间，有着某种内在的历史联系，在文学上，由于东北和台湾都曾受到过日本的政治和文艺政策、文艺思想的影响，因此在两者之间，也有着某种同质性。本书作者选取这样一个选题，在台湾文学研究中，具有某种独特性。作者自觉地综合运用文化地理学、新历史主义、叙事学等理论和方法对日据时期和光复后台湾人或在台东北人的作品中的东北书写进行整体、系统化研究，比较具有新意。

二、从两个维度上论述了这"群"作家和他们的作品的独特性：一为在时间维度上，比较台湾作家（以钟理和为代表）在东北（伪满洲国）的文学书写与赴台作家（以梅济民、司马桑敦、田原、齐邦媛为代表）在台湾的东北书写两者间的差异性；一为从东北精神、地域民俗和美学风格三个方面，论述赴台作家的东北书写。这三个层面既相互独立，又相互联系，形成了一个开放性的整体结构。这些都显示了作者在理论或方法上的创新性。尤其是对日据时期台湾人的"满洲"书写和光复后在台东北人的作品中的东北语言的较为具体、深入的研究给人留下了较深的印象。在研究思维与方法上，作者既善于将现实与历史、未来结合起来加以思考，又善于以较为辩证的眼光审视日据时期和光复后台湾人或在台东北人的作品中的东北书写的意义和局限，表现了作者较强的从事科学研究的能力。

三、第一次将台湾文学中的东北书写作为一个整体，从东北、台湾双重经验的角度，来加以研究，特别是对东北伪满洲国时期台湾作家的文学创作进行较为全面的研究，可以说不但具有开拓性，而且也深化、系统化了过去的一些零星研究。

作者对学术有着执著追求，对新的学术成果和前言理论有广泛的涉猎，其新著《台湾文学中的东北书写》对台湾文学中的东北维度有较深入理解，这项研究是有学术价值的，也将引起更多学界同仁的思考。以上是我阅读《台湾文学中的东北书写》的读后感言，权充作序吧。

袁勇麟

自　序

　　台湾文学的东北书写有两个维度，其一是日据时期台湾人的"满洲"书写，其二是1949年后赴台作家的东北书写。本书主要采用文本学的研究方法，同时吸收文化地理学、区域文学、新历史主义批评、叙事学等理论，筛选出一批富有代表性的东北书写进行研究。从整体上看，是一种比较研究，比较了台湾人的"满洲"书写和赴台作家的东北书写；从局部看，又侧重对赴台作家东北书写的研究。从研究作品的体制上看，长篇小说多于短篇小说，一方面因为长篇小说较能够代表作家的创作能力，另一方面因为这批作家经常书写的战争创痛、漂泊离散题材，比较适于用鸿篇巨制的史诗性构架表现。从时间跨度上看，本书研究的文本从20世纪30年代的台湾人"满洲"书写至21世纪2009年齐邦媛的《巨流河》，时间跨度将近80年。从四个方面解读了台湾文学东北书写的文本世界。

　　第一章是日据时期的"满洲"书写。第一节"满洲"与台湾——同质异构的殖民地。"满洲"与台湾在1931—1945年期间同为日本的殖民属地，分别是日本北突南冲的战略关节点。首先介绍了"满洲"和台湾沦为日本殖民地的过程和影响，接着分析了台湾人纷纷奔赴"满洲"求学、求职、寻找商机的现实原因。第二节是"击钵吟"中的"满洲"期待。首先介绍了"击钵吟"体在台湾的发展和兴盛，又以欢送兴亚诗社副社长陈寄生赴"满洲"而作的一组"击钵吟"诗词为例，分析此诗词形式的流弊。第三节是游记宴乐诗词的"满洲"空白,分析了陈寄生、魏润菴等台湾士绅亲临"满洲"后的诗词创作。他们迫于身份、局势的限制,并不能将所见、所想和盘托出,只能借景、怀古含蓄的抒情,隐晦表达他们对台湾和"满洲"的失望,以及流淌中华血脉的日本身份给他们带来的尴尬和悲哀。第四节是钟理和的"满洲"实景。1938—1941年间,钟理和生活在沈阳,以平民身份真实描写了沈阳底层社会的人情世态,真实地再现了沈阳城里灰色晦暗的空间、卑劣的国民性格和殖民者残暴的统治。以往对钟理和大陆经验的研究较多关注其北京经验,本节则揭示了钟理和与沦陷区本土作家书写东北的区别。第五节是林煇焜的"满洲"底色。林煇焜没到过"满洲",仅凭台湾的报纸、杂志等了解"满洲",却能在描写台北都市生活的小说中将"满洲"置于文本的最底层,表达当时台湾青年的"满洲"想象和"满洲"期待,展现"'满洲事变'后殖民地都市暗云涌动的剪影"。据笔者目力所及,本章第二节、第三节和第五节的研究在大陆还未见先例。

第二章是酷寒蛮荒中的东北精神。第一节分析了东北精神产生的源头。"环山绕水"地理环境产生与之相适应的渔猎、游牧和农耕的生产方式;中原文化、齐鲁文化和异域文化的交织共同形成了具有特色的地域文化。这些因素共同酝酿、产生了东北精神。第二节阐释了东北精神的华袍:骁勇剽悍、反抗压迫。所谓"华袍"即东北精神的最外在显现。东北人在与自然的搏斗中血战斯杀,在民族战争中斗智斗勇,面对压制和束缚时显现出永不屈服的野马性格。这是对"驯顺"的传统国民性格的一种反拨,闪现出人性的光芒。第三节论述了东北精神的核心:诚笃无欺、厚情重义。这是东北精神最集中的体现。东北人即使萍水相逢也能倾囊相助,对待朋友更是义薄云天,看轻利益和生死。在民族危亡之际,这种精神转化为众志成城抗击侵略的坚实力量。第四节评述了东北精神的底蕴:执著追求、忍辱负重。东北人不仅有表面上的骁勇和义气，凝结在他们血脉中的还有更深层次的人格追求。他们对于理想的执著追求一方面表现为对土地的眷恋，另一方面表现为不惜牺牲自己的生命和名节去捍卫国家和民族的利益。即使自己的委屈、难处不能够被同事、亲人理解，他们还能够义无反顾地奋斗、奉献终生。这就是东北人性格中最深层次的魅力。

第三章是畏天敬神、圆融剽悍的东北民俗。第一节论述白山黑水间的萨满魔影。萨满教伴随着北方民族的产生而源起，其万物有灵和灵魂不灭的理论让东北人民对自然万物都充满敬畏，同时感恩自然的赐予，并以善待生灵、清贫自足的实际行动与自然和谐相处。第二节论述交融质朴、和合圆满的饮食习俗。广袤的东北是众多民族的汇集地，其风味饮食体现各民族的友好交融：相邻共享的杀猪菜体现了东北人的爽朗豪气；和合圆满的年夜饭表达了东北人民对祖先的敬畏、对亲情的珍视和对未来的美好期待；浸满感情的酸菜火锅是漂泊在外的东北人寄托乡情和互帮互助的最佳载体，普通的饮食传达出东北人的心灵体验。第三节论述彰显民间判断标准的匪性文化。东北土匪是一个机构严密、责权明确、行事审慎的民间半公开化的组织。本书介绍了土匪报号的含义、组织内部隐语和管理体制中残酷的民主性，分析了他们与地方势力此消彼长、互相利用又互相争斗的事实。土匪文化彰显了大善与大恶的双面人生，而肝胆相照的兄弟情既是人性的至高境界，又蕴涵着土匪生命中底色的悲凉。第四节论述中、日、俄三国文化交融镜像。受多国文化影响，赴台作家的东北书写呈现出浪漫唯美异国格调和明显的忏悔意识与悲悯情怀，在婚恋观念方面则体现出多国文化在交融时自然和谐，被人为割裂时则无限残酷。

第四章是苍凉厚重的美学风格。第一节分析赴台作家东北书写的史诗性与纪实性特征。这批作品在广度上，反映动荡年代的重大历史事件和社会各阶层的生活面貌；在深度上，揭示各阶层的思想，并试图挖掘其历史与现实的根源，引发深入思考，体现"史"的宏大与壮阔；同时，作者还将民族精神、主体情感注入史诗描写，包蕴"诗"的哲理与内涵。在"史"与"诗"的基础上，东北作家还以其亲身经历和所闻所见体现纪实性特征，还原"真"的朴拙与美感。第二节分析文本的漂泊叙事。从叙事时间上看，作家以顺叙、倒叙、预叙等手法展现漂泊的历史；从叙事视角上看，作家一般采用第一或第三人称的内聚焦视角展现主人公的孤独意识；从叙事模式上看，"离开—归来"的情节模式普遍展现了作者漂泊在外，眷恋故乡的深层情感体验。语言是了解一个作家最可靠的途径，第三节就分析了东北书写稚拙淳朴、平实厚重的语言风貌。置于底层的满族语言和形象生动的方言土语都是东北语言地标，粗粝的白话与文言结构珠联璧合整体展现了东北语言风貌。对台湾文学中东北语言的分析是以往学者较少触及的，是论文的创新之处。第四节客观地评价了赴台作家东北书写的不足：主题先行、情节失真和人物的扁平、单薄。

结语是台湾文学东北书写的意义。作者首次将台湾文学中的东北书写作为一个整体考察，指出它们的共性，并客观地分析、评价了此类书写在台湾文学史中的意义：丰富了台湾文学中的地域写作；同时，也客观分析了论文的创新和不足，指出后续研究的方向。

董 慧

2017.5.21

目　录

绪　论

第一章　日据时期的"满洲"书写

第二章　酷寒蛮荒中的东北精神

绪　论

第一节　研究缘起

全国各省各地区既有共性又有个性的地域文化，构成中华文化多元一体的特征。1949 年前后退台的来自全国各地的作家，将其各自的地域文化带入台湾文学中。含纳全国各地各具特色的地域文化成为当代台湾文学的重要特点。司马中原之于两淮文化，於梨华、琦君之于吴越文化，白先勇之于桂北湘楚文化和江浙上海文化等，都早在宝岛台湾焕发出光彩，成为台湾文学中的瑰宝。东北文化以其丰厚的内涵成为台湾文学中一道独特的风景，只是由于种种原因，在台湾文坛上没有引起足够的重视。直到 2009 年，齐邦媛教授的《巨流河》横空出世，才引起了台湾文学界对于东北书写的关注。到目前为止，大陆和台湾学界对于东北书写的研究仍然比较薄弱：既缺少整体观照，也缺少从广阔的文化背景和理论层面上切入的深度研究。正是基于这样的现状，本人选择了《台湾文学中的东北书写》作为研究的选题，想以此作为开掘这一领域的突破口。

东北地区作为清朝的"龙兴之地"，经历了张作霖父子的经营、日满的统治、国共两党的争夺……特殊的近现代历程孕育了不同于其他地区的文化背景。无论是伪满洲国时期，台湾人对于"满洲"的观照，还是 1949 年后赴台作家对于东北的书写，都表达了对黑土地的深深眷恋，是饱含血泪的篇章。对台湾文学中的东北书写进行专门、深入、系统的研究，对海峡两岸文学比较及跨地域文学研究的深入具有一定的意义。

论文将研究的范围界定两个部分：一是台湾人的"满洲"[1] 书写。一是赴台作家的东北书写。

第一部分是研究本土的台湾人以旁观的视角对于"满洲"的书写。1931 年到 1945 年，东北经历十四年日本殖民统治。由于台湾和东北同为日本殖民地的关系，日本殖民政府在台湾极力鼓吹"满洲"的新开发性、机会众多。许多台湾文人、官宦受到宣传蛊惑，跨海来到遥远的"满洲"寻找生机。由于他们的家庭、受教育程度及社会地位的不同，对"满洲"的书写也存在很大差异。

第二部分是研究以东北人为主体的、有过东北经历的大陆人对于东北的书写。写作的主体是个较宽泛的概念，大致可以分为三类：一类是土生土长的东北人，他们曾亲自参加过东北的抗日救亡斗争，如司马桑敦 [2] 和纪刚 [3] 等；第二类是祖籍东北，但是少小离家，或生在异乡，带

_____

[1] 清太宗时称中国东北为"满洲"，日本控制傀儡政府后亦称"满洲国"，本文为行文方便，以"满洲书写"指代台湾人对于东北的书写，以示与赴台东北作家的书写相区别。

[2] 司马桑敦 (1918.5.4－1981.7.13)，男，本名王光逖。生于辽宁省金州城内地主商人家庭。从小接受良好的传统文化教育。1932 年到沈阳共荣学院读书。1938 年，进哈尔滨《大北新报》，任记者。后创办副刊《大北风》，任主编。1939 年，与周墨莹女士结婚。家居马家沟洁净街五十六号，成为左翼文学小组活动之场所。1941 年 12 月 31 日，因"左翼作家"罪嫌被捕，投入哈尔滨秘密拘留所，后转移到新京监狱。1945 年，出狱。1946 年创办《星期论坛》。考入国立长春大学法学院经济学系三年级。1949 年 2 月，入海军军官学校任教职。8 月，随海军军官学校赴台。1955 年，任《联合报》驻日本特派员。1977 年退休后到美国生活。1981 年，欲筹办《加州日报》，未果便因病辞世。代表作品有短篇小说集《山洪暴发的时候》(1966 年)、长篇小说《野马传》(1968 年)、传记《张学良评传》(1986 年)。

[3] 纪刚 (1920.10.4－) 男，本名赵岳山，籍贯辽宁辽阳。辽宁医学院医科毕业后曾在东北从事反抗日伪的地下斗争。1949 年赴台，在台南开设儿科专科医院，执业二十余年。现旅居美国。代表作长篇小说《滚滚辽河》(1970 年)。

着童年的往事或父辈的创伤进行写作的作家，比如齐邦媛[1]、梅济民[2]和赵淑敏[3]等；第三类是家在山东，因长辈们"闯关东"而有过东北经历的作家，如田原[4]等。他们都曾耳闻或目睹了日本殖民者对自己家乡的凌辱和践踏，对东北有着太多割舍不了的浓厚乡情。尤其是退居台湾之后，黑土地的浩瀚广阔与临海小岛的狭仄拥挤、年轻时的书生意气与中年后的浮世沧桑、经济的飞速发展与灵魂的无处安居都形成了鲜明的对比，更使得东北原乡成为他们打不开的心结，不吐不快。他们的作品大多都不是抗日战争时创作的，而是1949年去台湾后带着乡愁的对往事的回忆。这些作家没有形成一个统一的群落，更谈不到共同的纲领和类似的形式，能够将他们汇集在一起进行研究的基点是彰显国仇家恨的抗日、抗俄题材、对于东北风物的无限眷恋和蜗居宝岛回首往事的感伤迷惘。

---

[1] 齐邦媛（1924.1.15—），女，生于辽宁铁岭，武汉大学外文系毕业，1947年赴台。历任中兴大学和台湾大学外文系教授，致力于台湾现代文学的评论和英译。论述集《千年之泪》（1990年）、《雾渐渐散的时候——台湾文学五十年》（1998年）。散文集：《一生中的一天——齐邦媛散文集》（2004年）。长篇回忆录《巨流河》（2009年）。

[2] 梅济民（1937.9.2—2002.7.1），男，生于黑龙江绥化县。1943年随祖父母赴台。台大中文系毕业后留任助教。1955年因"文字为有利于叛徒之倡导"等罪名，判有期徒刑17年。此间，陆续有散文和小说发表于报刊。1974年恢复自由之身。代表作散文集《北大荒》（1968年）、《长白山夜话》（1978年），短篇小说集《牧野》（1970年）、《蓝色的玫瑰》（1977年），长篇小说《北大荒风云》（1980年）、《西伯利亚的钟声》（1981年）、《哈尔滨之雾》（1983年）、《长白山奇谭》（1990年）等。

[3] 赵淑敏（1935.1.17— ）女，籍贯黑龙江肇东，生于北平。1949年随父母赴台。台湾师范大学历史系毕业后一直在高校任教。创作文类以散文、小说为主。东北书写的代表作是反映"九一八"后东北人民抗日的长篇小说《松花江的浪》（1985年）。

[4] 田原（1927.7.20—1987.7.16），男，本名田源，字慈泉，籍贯山东潍县。田原幼年，父亲、伯父皆移民关外，他曾三次随长辈流落长春市及松花江畔的郭尔罗斯旗。14岁的田原便为了抗日而从军报国。1950年赴台，担任黎明文化公司总经理等职。小说大多取材于早年的东北抗战经验，如实反映民生疾苦。代表作有长篇小说《这一代》（1959年）、《古道斜阳》（1965年）、《大地之歌》（1968年）、《松花江畔》（1970年）、《北风紧》（1971年）、《青纱帐起》（1971年）、《我是谁》（1972年），短篇小说集《泥土》等。

第二节 研究综述

在中国现当代文学史上，台湾作家对于东北的书写，大致可以分成两个部分：1945 年以前，台湾文人对于"满洲"的书写和 1949 年以后大陆赴台作家对于东北的书写。前者书写了台湾人在日本殖民统治下对于"满洲"的憧憬——奔赴——失望的经历；后者则以"九·一八"国难、异族入侵和中国人民奋起抵抗的现代历史为背景，叙写了东北人民的受辱与反抗和大时代小儿女流离奔逃、漂泊无依的内心情怀。以下从两个方面分述对于台湾文学东北书写的研究成果。

一、台湾文学中东北书写的相关研究成果

1、对于台湾文学中东北书写的直接论述

大陆直接对台湾文学中东北书写进行论述的要首推厦门大学朱双一教授和他的学生陈美霞。朱双一教授的论著《台湾文学与中华地域文化》[1] 在第五章第二节论述了"台湾文学中的东北地域文化呈现"，重点论述了冰雪严寒与东北民俗风情、田原小说《松花江畔》呈现的东北民性特征和东北文化之根及其变异。此书论及了田原、梅济民和李春阳等作品的思想内容和艺术成就，是对于台湾文学中东北书写论述中较早、较全面的成果。厦门大学陈美霞的硕士论文《当代台湾文学中的东北地域文化影像》[2]，从五个方面较全面地阐释了东北书写体现出的风土人情、民性特征、文化之根和台湾经验在东北作家创作中的体现。陈美霞从地域文化角度入手，论及了作家们偏居海岛心系故乡的隐隐乡愁，也

---

[1] 朱双一：《台湾文学与中华地域文化》，厦门：鹭江出版社，2008 年。
[2] 陈美霞：《当代台湾文学中的东北地域文化影像》，厦门大学硕士论文，2007 年。

对于文本的主题思想和艺术成就有所评价。朱双一教授的另外一篇文章《从祖国接受和反思现代性——以日据时期台湾作家的祖国之旅为中心的考察》[1]论及日据时期赖和、谢春木和王白渊等台湾作家的祖国之旅，认为这不仅增强了他们的民族认同感，而且具有扩大视野，从祖国接受现代文明成分的意义。文中提及了谢春木对于东北、江南等祖国数地的旅行，发现中国大陆作为半殖民地，与台湾一样存在着殖民现代性——帝国主义列强向中国输入"现代""文明"，其实包含着掠夺的目的。在这一点上，大陆和台湾实具有共同的遭遇。

2、有关"满洲"的论述

关于日本殖民地文学的研究，自 20 世纪 70 年代初开始在日本、台湾、祖国大陆等地涌现出来。由于台湾与"满洲"同属日本殖民地，近几年来对于台湾与"满洲"的比较研究成为一个新的增长点。如张羽的《殖民地台湾与"满洲"文化圈研究》[2]挖掘殖民地台湾和中国东北之间的文化连接与互动，分析日本当局挟持武力强权和知识霸权在两地所建构的殖民地文化谱系（一南一北），展现了日本侵略下的殖民地（占领地）文坛的复杂样貌。柳书琴的《殖民都市、文艺生产与地方知识：1930 年代台北与哈尔滨的比较》[3]，首先定义了台北和哈尔滨为"节点都市"，又分析了二者从特殊地方的角度打开了新的对于殖民国家的文化批判途径。台湾新竹清华大学郭静如的硕士论文《动荡时代中的变异风景——日据时期台湾、"满洲国"小说中"空间"描写之比较》[4]则

---

[1]　朱双一：《从祖国接受和反思现代性——以日据时期台湾作家的祖国之旅为中心的考察》，《台湾研究集刊》，2009 年第 4 期。

[2]　张羽：《殖民地台湾与"满洲"文化圈研究》，《厦门大学学报》，2012 年第 3 期。

[3]　柳书琴：《殖民都市、文艺生产与地方知识：1930 年代台北与哈尔滨的比较》，《中国现代文学研究丛刊》，2011 年第 3 期。

[4]　郭静如：《动荡时代中的变异风景——日据时期台湾、"满洲国"小说中"空间"描写之比较》，新竹：清华大学硕士论文，2011 年。

以"空间"作为研究滤镜,分析台、满之小说创作中"空间"书写的异同处。此外,柳书琴的《满洲内在化与岛都书写——林煇焜＜命运难违＞的满洲匿影及其潜话语》[1]分析了一种相悖的事实:在《台湾日日新报》炒作"满洲国"、宣扬"满洲事变"纪念日之际,《台湾新民报》及其第一部新闻小说《命运难违》却以社论和小说的互文,诠释了他们眼下不同光景和意义的"满洲事变",含蓄地表达了对于台湾社经困境和殖民政策的争议。台湾新竹清华大学徐淑贤的硕士论文《台湾士绅的三京书写:以 1930-1940 年代＜风月报＞、＜南方＞、＜诗报＞为中心》[2]对日本东京、满洲、中国南京三地进行都市形象、想象与意象的参照比较。

二、关于作家作品的论述

对于个别的作家作品的研究论文共计一百四十余篇。现分述如下:

1. 关于齐邦媛的研究

齐邦媛的《巨流河》[3],是台湾文学中东北书写影响最大的作品,对于其人、其书的研究资料也最多,共三十四篇。

从主题思想方面反映齐邦媛《巨流河》的文章有二十一篇,涉及以下几个方面:全面反映作品主题思想的论文有九篇,要首推王德威《"如此悲伤,如此愉悦,如此独特"——齐邦媛与＜巨流河＞》[4]。此文肯定了齐邦媛从个人遭际角度,触及中国转折的宏大构想,其新意在于洞

---

[1] 柳书琴:《满洲内在化与岛都书写——林煇焜＜命运难违＞的满洲匿影及其潜话语》,《台湾文学研究》,2012 年 6 月,第一卷第二期。

[2] 徐淑贤:《台湾士绅的三京书写:以 1930-1940 年代＜风月报＞、＜南方＞、＜诗报＞为中心》,新竹:清华大学台湾文学研究所硕士论文,2012 年。

[3] 齐邦媛:《巨流河》,台北:天下远见出版社,2009 年。

[4] 王德威:《"如此悲伤,如此愉悦,如此独特"——齐邦媛与＜巨流河＞》,《当代作家评论》,2012 年第 1 期。

穿了作者以齐世英经历连结东北和台湾两地的精妙构思，并深入阐释了东北与台湾两地虽相隔甚远却有类似的命运，在文中可以互为倒影，折射人物命运的关系。此外，廖斌《家国史诗　人生悲歌——评齐邦媛文学回忆录＜巨流河＞》[1]和张书群《颠沛流离，情何以堪？——论齐邦媛＜巨流河＞中的漂泊意识与家国之痛》[2]，也从中华民族饱受异族凌辱战乱分离之苦、人世沧桑与人生感怀和一个人的民国史等方面概括了本书的主题。

从人生经历、知识分子视角和人物角度进行分析的论文八篇，这其中，首推刘俊的《在人生的长河中映现历史变迁和民族命运：读齐邦媛著＜巨流河＞》[3]。文章在分析作者的家族经历、人生变迁、爱情迷惘和学业进取的同时，将个人悲欢寄予在历史兴衰中演绎，阐释了由巨流河到哑口海作为人生书写意象的内涵。

对于《巨流河》提出辩证思考的论文有三篇：如留白《逝者如斯巨流河——读齐邦媛＜巨流河＞》[4]一文含蓄批评了作者的政治立场：将"反共"和"反华"等同；未能从国仇家恨阴影中走出来，未能着眼于中华民族未来。针对这个问题，作者提出的思路是能否在两岸政治上暂时不能统一的处境中使文化走向融合？张耀杰《波澜不惊的心灵史诗——读＜巨流河＞》[5]则直接谴责了齐世英当年拥戴郭松龄起兵是没有充分考虑东北大局的鲁莽之举，是从一开始就注定要失败的。陈辽《一

[1]　廖斌：《家国史诗 人生悲歌——评齐邦媛文学回忆录＜巨流河＞》，《沈阳大学学报》，2011 年第 6 期。

[2]　张书群：《颠沛流离，情何以堪？——论齐邦媛＜巨流河＞中的漂泊意识与家国之痛》，《绥化学院学报》，2012 年第 2 期。

[3]　刘俊：《在人生的长河中映现历史变迁和民族命运：读齐邦媛着＜巨流河＞》，《全国新书资讯月刊》，2010 年 3 月，135 期。

[4]　留白：《逝者如斯巨流河——读齐邦媛＜巨流河＞》，《社会科学论坛》，2013 年第 1 期。

[5]　张耀杰：《波澜不惊的心灵史诗——读＜巨流河＞》，《民主与科学》，2011 年第 1 期。

部爱国的但被偏见引入误区的回忆录——评齐邦媛的＜巨流河＞》[1] 指出了齐邦媛的几个误区："共产党胜利是因为美国偏向"；"国军在战后未及喘息被迫投入中共夺权的内战"；"国民党统治区的学潮导致国民党失去大陆"等。

从区域文学角度进行研究的论文有一篇：杨君宁的《薪传渡海：齐邦媛＜巨流河＞中的历史书写与文化想象》[2]。该文从"区域文学"角度揭示了区域观念下东北与台湾经验的接驳可能，分析了东北与台湾地域上的差异和历史经历的共同性，触及两地人民的心理结构，将文本中的文化想象以较现实的方式加以展示，角度新颖，有开拓之功。

此外，还有十三篇论文阐释了齐邦媛对于台湾教育、文学和翻译的贡献。

2. 关于司马桑敦的研究

关于司马桑敦的研究无论是大陆还是台湾数量都比较少，一共有九篇论文。其中，台湾大学蔡羽轩的硕论《越境与跨界的记者／作家——司马桑敦及其作品研究》[3] 从记者和作家双重身份的角度研究了司马桑敦的生平思想、小说和新闻、散文书写，是第一篇比较全面论述司马桑敦的论文。日本学者藤田梨那《台湾早期后殖民文本尝试——司马桑敦的＜高丽狼＞与韩半岛》[4] 一文，以扎实的史料功底对于司马桑敦游学、工作经历做了详细的介绍；以当时中朝边境的现状为司马桑敦写朝鲜人

---

[1] 陈辽：《一部爱国的但被偏见引入误区的回忆录——评齐邦媛的＜巨流河＞》，《世界华文文学论坛》，2012 年第 4 期。

[2] 杨君宁：《薪传渡海：齐邦媛＜巨流河＞中的历史书写与文化想象》，《华文文学》，2013 年第 3 期。

[3] 蔡羽轩：《越境与跨界的记者／作家——司马桑敦及其作品研究》，台北：台湾大学硕士论文，2013 年。

[4] 藤田梨娜：《台湾早期后殖民文本尝试——司马桑敦的＜高丽狼＞与韩半岛》，《华文文学》，2008 年第 6 期。

找到现实依托，还以"后殖民理论"分析了小说《高丽狼》[1]，角度新颖。

赵立寰《政治·暴力·自由主义——司马桑敦及其小说之战争书写析论》[2] 较全面地介绍了司马桑敦的文学之路：第一部分从文学史到纪念文集，介绍文学史对于司马桑敦的评价；第二部分介绍司马桑敦生平际遇和创作观：爱国志士的英雄主义和读书人的浪漫气质，彻底的自由主义者，由此性格决定其小说中政治、暴力和自由三者有密不可分的关系；第三部分解读司马桑敦《崖》[3]《高丽狼》《湛山庄主人》[4] 等战争小说，揭示战争与人性的纠葛；第四部分，分析司马桑敦的人文关怀与自由主义；最后一部分得出结论：司马桑敦通过书写暴力见证伤痕。

王韶君《论司马桑敦＜野马传＞中的阴性策略》[5]、周励《台湾作家司马桑敦和他的＜野马传＞》[6] 和赵雨的《＜野马传＞：人性与历史的双重诘问》[7] 三文均对司马桑敦《野马传》[8] 进行论述。王文揭示了作者积极书写"野马"牟小霞，作为颠覆、反讽男性家国革命的阴性策略；肯定了牟小霞的两个亮点：一是一反传统小说中卑微的角色，不是由男性来定位，而是个积极主动的角色；二是牟小霞放纵却不堕落，自我却不失原则，较深入地洞悉了作者的创作目的：并不是写革命、写家国史诗，写敌我矛盾，而是写战争中流离的人，写高尚纯洁的人性如何在阴霾中被凌辱、被践踏，直至消亡。周励文分两个部分，第一部分

[1] 司马桑敦：《高丽狼》，《雪乡集》，美国：长青文化公司，1992 年。

[2] 赵立寰：《政治·暴力·自由主义——司马桑敦及其小说之战争书写析论》，《中国现代文学》，2012 年 6 月，第二十一期。

[3] 司马桑敦：《崖》，《山洪暴发的时候》，台北：爱眉文艺出版社，1970 年。

[4] 司马桑敦：《湛山庄主人》，《山洪暴发的时候》，台北：爱眉文艺出版社，1970 年。

[5] 王韶君：《论司马桑敦＜野马传＞中的阴性策略》，《台北教育大学语文集刊》，2005 年 11 月，第 10 期。

[6] 周励：《台湾作家司马桑敦和他的＜野马传＞》，《新文学史料》，2005 年第 3 期。

[7] 赵雨：《＜野马传＞：人性与历史的双重诘问》，《传记文学》2008 年 9 月，第 93 卷第 3 期。

[8] 司马桑敦：《野马传》，台北：文星书店，1967 年。

是较详细地介绍了司马桑敦由小到大的人生经历，重点谈及他在哈尔滨的革命经历和到台湾后辗转日本和美国的工作经历；第二部分介绍了他的小说《野马传》，以社会历史批评的方法分析了牟小霞的性格特征和小说的主题，言简质实，值得参考。赵文触及了人性和历史的深度，分析了《野马传》的本质。

作为司马桑敦的女儿，周励教授《火一样的青春——记我的父亲王光逖（司马桑敦）在东北沦陷后的抗日活动》[1]，以第一手材料记录了司马桑敦在东北沦陷后的抗日活动，史料详实。《司马桑敦和他的小说创作》[2] 介绍了司马桑敦《野马传》《玫瑰大姐》[3]《人间到处有青山》[4] 等小说情节。此外还有两本关于司马桑敦的纪念文集也值得关注：周励、赵雨、藤田梨那和可越著的《回望故土——寻找与解读司马桑敦》是对司马桑敦人生经历的追述和文学创作的评价；金仲达编的《野马停蹄——司马桑敦纪念文集》汇集了悼念司马桑敦的文章，对我们从多方面了解司马桑敦，有一定帮助。

3. 关于纪刚的研究

有关纪刚的研究论文一共找到六篇，主要是围绕《滚滚辽河》[5] 这部小说的。纪刚《一股不能不写的力量》[6] 是自述其写作动机。赵庆华的《铁、血、诗熔铸而成的生命之舟——纪刚的辽河人生，依旧滚滚》[7]

---

[1] 周励：《火一样的青春——记我的父亲王光逖（司马桑敦）在东北沦陷后的抗日活动》，《新文学史料》，2001 年第 2 期。

[2] 周励：《司马桑敦和他的小说创作》，《台港文学选刊》，2011 年 4 期。

[3] 司马桑敦：《雪乡集》，美国：长青文化公司，1992 年。

[4] 司马桑敦：《雪乡集》，美国：长青文化公司，1992 年。

[5] 纪刚：《滚滚辽河》，台北：纯文学出版社 1975 年。此书另一版本：《葬故人——鲜血上飘来一群人》，延吉：延边人民出版社，1995 年。

[6] 纪刚：《一股不能不写的力量》，《文讯》，2000 年 1 月第 171 期。

[7] 赵庆华：《铁、血、诗熔铸而成的生命之舟——纪刚的辽河人生，依旧滚滚》，《台湾文学馆通讯》，2010 年 9 月第 28 期。

回顾了当年纪刚在东北革命的经历，介绍了纪刚的写作经历。刘介民《滚滚辽河，万古不灭——纪刚的写实小说＜葬故人＞》[1]和韩汝诚《不应冰封的故事——关于纪刚先生及其"葬故人"》[2]分析了《滚滚辽河》的内容和格局，也客观地提出了缺点。

此外，赵庆华主编的《涉大川：纪刚口述传记》是对纪刚人生经历的叙述，从中可以了解《滚滚辽河》的故事蓝本。新竹清华大学柳书琴等主持的"从'满洲国'到台湾：纪刚、《滚滚辽河》及'满洲国'地工群体文献、文物、影音数位典藏"[3]，记录了 2009 年 2 月至 6 月对于纪刚先生五次长达 16 个小时以上的口述历史访谈，还展示了纪刚先生捐赠的《滚滚辽河》草稿、构想笔记、该书前身《葬故人》《愚狂曲》手稿、地下抗敌的文艺书刊《火舌集》的抄录手稿和"满洲国"文献、私人书信、演讲稿和照片，对我们全面理解《滚滚辽河》和"满洲"实景有较大史料价值。

4．关于田原的研究

田原研究可以找到台湾的五篇论文。最具代表性的要数穆雨的两篇：《大漠孤烟直　长河落日圆——田原小说试论》[4]（上、下）。这两篇文章分三个部分阐释了田原小说："这一代"写田原小说思表纤旨（内容主旨），"大漠孤烟"写田原小说体性风骨，"长河落日"写田原语言。这种社会历史批评的方法言简质实，可参性强。墨虹的《田原

[1]　刘介民：《滚滚辽河，万古不灭——纪刚的写实小说＜葬故人＞》，《文讯》，1995年 9 月第 119 期。

[2]　韩汝诚：《不应冰封的故事——关于纪刚先生及其"葬故人"》，《文艺争鸣》，1995 年，第 4 期。

[3]　拓展台湾数位典藏计画 http://content.teldap.tw/index/

[4]　穆雨：《大漠孤烟直·长河落日圆——田原小说试论（上）》，《文讯》，1986 年 12 月，第 27 期；《大漠孤烟直·长河落日圆——田原小说试论（下）》，《文讯》，1987 年 2 月，第 28 期。

的＜古道斜阳＞》[1]首先介绍了田原获奖和改编成电视剧的作品，接着分析了小说《古道斜阳》，肯定其塑造人物的功力和高潮处结局的谋篇方法。公孙　的《哀田原》[2]回忆了与田原的交往及其对于黎明文化公司的贡献。应凤凰的《田原生平及其作品目录》[3]对于我们全面把握田原作品有一定帮助。

5．关于梅济民的研究

梅济民研究能找到的材料有一篇硕士论文和一篇访谈。台湾中央大学吴慕洁的硕士论文《梅济民及其作品研究》[4]从梅济民生平考索、梅济民散文的东北书写和梅济民小说的内容分析三个方面着手，分析了梅济民笔下的北大荒童年记忆、哈尔滨风情、对土地的感情与认同、怀乡题材、战争书写和遭遇自白书，较全面地分析了梅济民的小说和散文创作。张泠的访谈《这一代的乡愁——访梅济民先生》[5]，记录了梅济民的生平、写作经历。

6．关于赵淑敏的研究

相对于其他台湾作家而言，赵淑敏在大陆出版的作品比较多，其描写东北抗日的小说《松花江的浪》[6]具有一定反响。关于赵淑敏的研究文献共有十七篇，有关《松花江的浪》的研究有六篇：赵朕的《同根异株的花朵——＜生死场＞与＜松花江的浪＞之比较》[7]将两部同样写东北呼兰人民遭遇日寇奴役的小说放在一起，从小说内容、人物设置、

[1] 墨虹：《田原的＜古道斜阳＞》，《文讯》，1985年6月，第18期。

[2] 公孙嬿：《哀田原》，《文讯》，1987年8月，第31期。

[3] 应凤凰：《田原生平及其作品目錄》，《文讯》，1987年8月，第31期。

[4] 吴慕洁：《梅济民及其作品研究》，桃园：台湾中央大学，2009年。

[5] 张泠：《这一代的乡愁——访梅济民先生》，《幼狮文艺》，1978年总第296期。

[6] 赵淑敏：《松花江的浪》，哈尔滨：北方文艺出版社，1987年。

[7] 赵朕：《同根异株的花朵——＜生死场＞与＜松花江的浪＞之比较》，《台港与海外华文文学评论和研究》，1995年第1期。

情节结构和语言等方面进行比较。这提供了一种研究思路：是否可以将台湾作家的东北书写与东北作家群的创作进行比较研究？陈继会的《寻根：赵淑敏小说文化底蕴一解》[1]从文化寻根角度分析了赵淑敏的小说《松花江的浪》和《归去来兮》。文章先是阐释了寻根的内涵，回溯古代、现代的寻根作品，并揭示出《松花江的浪》主题有二，显的方面是弘扬东北精神，隐的方面是寄托乡愁。而小说《归去来兮》则映衬其寻根的渴望和失根的恐惧。赵淑敏的《大乡土上的子民——<松花江上的浪>后记》[2]是对《松花江上的浪》的写作初衷的介绍。

7. 关于钟理和的研究

钟理和 1938 年到 1941 年曾在沈阳生活过三年，其小说中涉及东北的有五部：《原乡人》[3]《同姓之婚》[4]《奔逃》[5]《门》[6]和《柳荫》[7]，另有两篇（《地球之霉》[8]和《泰东旅馆》[9]）没有写完。关于钟理和的研究论述比较多，涉及其原乡书写和东北书写的主要有以下篇章：应凤凰编著的《钟理和论述》[10]较全面的从作家论和作品论角度分析了钟

[1] 陈继会：《寻根：赵淑敏小说文化底蕴一解》，《小说评论》，1996 年第 4 期。

[2] 赵淑敏：《大乡土上的子民——<松花江上的浪>后记》，《文讯》，1985 年 10 月，第 20 期。

[3] 钟理和：《原乡人》，《原乡人——钟理和中短篇小说选》，北京：人民文学出版社，1983 年。

[4] 钟理和：《同姓之婚》，《原乡人——钟理和中短篇小说选》，北京：人民文学出版社，1983 年。

[5] 钟理和：《奔逃》，《原乡人——钟理和中短篇小说选》，北京：人民文学出版社，1983 年。

[6] 钟理和：《门》，《原乡人——钟理和中短篇小说选》，北京：人民文学出版社，1983 年。

[7] 钟理和：《柳荫》，《新版钟理和全集 1 短篇小说卷（上）》，高雄：高雄县政府文化局，2009 年。

[8] 钟理和：《地球之霉》，《新版钟理和全集 5 散文与未完稿卷》，高雄：高雄县政府文化局，2009 年。

[9] 钟理和：《泰东旅馆》，《新版钟理和全集 5 散文与未完稿卷》，高雄：高雄县政府文化局，2009 年。

[10] 应凤凰编著：《钟理和论述》，高雄：春晖出版社，2004 年。

理和的作品；刘勇、杨志的《论日据时期台湾小说的民族认同主题》[1]
论及了钟理和等作家笔下表现出的内在的殖民暴力造成的精神创伤；王
明文的《沸腾地流返原乡的血——钟理和＜原乡人＞的内在意蕴》[2]
和张云的《论钟理和小说的原乡意识》[3]则着重探讨了钟理和作品中的
原乡意识；王玲的《"逃亡"与"回归"——简析钟理和小说的乡土意识》[4]
和王志彬的《论钟理和的还乡经验与文学创作》[5]论及了钟理和还乡经
验中所凝结的复杂情感。

8. 关于孙陵的研究

孙陵研究，目前可以找到八篇论文，涉及其作品的论文有两篇。
林强的《换一副笔墨写东北——孙陵＜大风雪＞解读》[6]简单介绍了
孙陵，重点分析了《大风雪》所呈现的殖民语境中的众生相。葛浩文的
《看古知今——评介孙陵的＜觉醒的人＞》[7]中肯地评价了《觉醒的人》，
指出小说是好的，但不是杰出的，因为有议论和说教的痕迹。

9. 关于李春阳的研究

关于李春阳的研究目前只找到一篇论文：朱星鹤的《写坏了的故
事——我读＜苍天悠悠＞》[8]简单介绍了小说的情节，随后从语言、情

---

[1] 刘勇、杨志：《论日据时期台湾小说的民族认同主题》，《中国现代文学研究丛刊》，
2005年第6期。

[2] 王明文：《沸腾地流返原乡的血——钟理和＜原乡人＞的内在意蕴》，《世界华文文
学论坛》，2006年第1期。

[3] 张云：《论钟理和小说的原乡意识》，《中共郑州市委党校学报》，2005年第5期。

[4] 王玲：《"逃亡"与"回归"——简析钟理和小说的乡土意识》，《安徽文学》，
2002年第1期。

[5] 王志彬：《论钟理和的还乡经验与文学创作》，《长春师范学院学报》，2007年。

[6] 林强：《换一副笔墨写东北——孙陵＜大风雪＞解读》，《世界华文文学论坛》，
2011年第4期。

[7] 葛浩文：《看古知今——评介孙陵的＜觉醒的人＞》，《文讯》，1983年8月，第2期。

[8] 朱星鹤：《写坏了的故事——我读＜苍天悠悠＞》，《文讯》，1988年12月，第39期。

节、人物设置等方面指出了小说的缺弱。抛出政治观念不谈，其从文学角度对于文本的分析还是有一定的可参考价值。

笔者查阅了中国知网、万方数据库、台湾政治大学图书馆、台湾大学图书馆、台湾"国家图书馆"、台湾成功大学图书馆和台湾师范大学图书馆等几个大型图书馆的电子文档，目前能够查阅并下载的有关这些作家作品的研究并不多。这说明几个问题：

其一，进行东北书写的作家大多是 1949 年前后去台的，他们发表的作品都在 50 年代到 70 年代，而今在台湾的书店很少能找到。这些年代久远的书也没有电子版，想通过网络获取很难。

其二，这些有关东北书写的作品没有引起文坛足够的重视，即使有些书在出版当时引起热潮，也没有在文学史上留下应有的足迹。

其三，相对于台湾研究而言，大陆对于这些作家的研究更显薄弱，既没有全局性的对这群作家的整体把握，就是对于作家的系统论述也不多见。这正是本研究的意义所在。

第三节 研究方法与论述构架

本书主要采用文本学的研究方法，同时又吸收了文化地理学、区域文学、新历史主义批评、叙事学等理论视角，筛选出一批富有代表性的作家作品进行研究。从整体上看，是一种比较研究，比较了台湾人的"满洲"书写和赴台作家的东北书写。从局部看，又侧重对于东北作家东北书写的研究。从研究作品的体制上看，长篇小说多于短篇小说，一方面因为长篇小说较能够代表作家的创作能力，另一方面因为这批作家经常书写的战争创痛、漂泊离散题材用大的史诗性的构架比较适合。从时间上来看，研究的文本从 20 世纪 30 年代的台湾人"满洲"书写为起点，直至本世纪 2009 年齐邦媛的《巨流河》，时间跨度将近 80 年。论文从四个方面解读了台湾文学东北书写的文本世界。

第一章是日据时期的"满洲"书写。第一节"满洲"与台湾——同质异构的殖民地。"满洲"与台湾在 1931—1945 年期间同为日本的殖民属地，分别是日本南冲北突的战略关节点。在这一节中，先是分别分析了"满洲"和台湾沦为日本殖民地的过程和影响，接着分析了 1932 年谢介石就任伪满洲国"外交部长"之后，台湾人纷纷奔赴"满洲"求学、求职、寻找商机的现实原因。第二节是"击钵吟"中的"满洲"期待。首先介绍了"击钵吟"体在台湾的发展和兴盛，又选取了 1941 年发表在台湾《诗报》和《风月报》（《南方》）上的，为了欢送兴亚诗社副社长陈寄生赴"满洲"而作的一组"击钵吟"诗词。由"击钵吟"的"满洲"期待中，分析此诗词形式的流弊。第三节是游记宴乐诗词的"满洲"空白，分析陈寄生、魏润 等台湾士绅亲临"满洲"后的诗词创作，以大连、沈阳、长春和哈尔滨四地由南至北的空间顺序为线索，揭示由于伪满洲国政府对各个城市的禁锢、控制的程度有异，陈寄生等人在四地流露出程度有异的内心呼声。整体而言，他们迫于身份、局势的限制，并不能将所见、所想和盘托出，只能借景、怀古含蓄的抒情，隐晦表达他们对台湾和"满洲"的失望，以及流淌中华血脉的日本身份给他们带来的尴尬和悲哀。第四节是钟理和的"满洲"实景。1938年到1941年期间，钟理和生活在沈阳，以平民身份真实描写了沈阳底层社会的人情世态。钟理和由台湾来到"满洲"主要源于儿时就已经扎根的"原乡"情结，他不仅想在东北组建家庭、安身立命，更想近距离地接触祖国文化，正如小说《原乡人》中作者倾吐的心声："我不是爱国主义者，但是原乡人的血，必须流返原乡，才会停止沸腾！"钟理和的"满洲"实景一方面表现了他反抗旧的婚姻制度的铁骨豪情，同时也真实地再现了沈阳城里灰色晦暗的空间、卑劣的国民性格和殖民者残暴的统治。遗憾的是作者带着从台湾裹挟而来的殖民地的创伤，很难正确地分析当时的国情，"误读"了贫弱的现状，最终导致错误的判断。以往对钟理和大陆经验的研究较多关注其北京经验，本书则揭示了钟理和与沦陷区本土作家书写东北的区别。第五节是林煇焜的"满洲"底色。林煇焜没有到过"满洲"，仅凭台湾的报纸、杂志等了解"满洲"，却能够在描写台北都市生活的小说中将"满洲"置于文本的最底层，表达当时台湾青年的"满洲"想象和"满洲"期待，展现"'满洲事变'后殖民地都市暗云涌动的剪影"。本章第二节、第三节和第五节的研究在国内还未见先例。

第二章是酷寒蛮荒中的东北精神。第一节分析了东北精神产生的源头。"环山绕水"地理环境产生与之相适应的渔猎、游牧和农耕的生产方式，中原文化、齐鲁文化和异域文化的交织共同形成了具有特色的地域文化。这些因素共同酝酿、产生了东北精神。第二节论述东北精神的华袍：骁勇剽悍、反抗压迫。所谓"华袍"即东北精神的最外在显现。东北人在与自然的搏斗中血战厮杀，在民族战争中斗智斗勇，面对压制和束缚时显现出永不屈服的野马性格。这是对"驯顺"的传统国民性格的一种反拨，闪现出人性的光芒。第三节论述东北精神的核心：诚笃无欺、厚情重义。这是东北精神最集中的体现。东北人即使萍水相逢也能倾囊相助，对待朋友更是义薄云天，看轻利益和生死。在民族危亡之际，这种精神转化为众志成城抗击侵略的坚实力量。第四节论述东北精神的底蕴：执著追求、忍辱负重。东北人不仅有表面上的骁勇和义气，凝结在他们血脉中的还有更深层次的人格追求。他们对于理想的执著追求一方面表现为对土地的眷恋，另一方面表现为不惜牺牲自己的生命和名节去捍卫国家和民族的利益。即使自己的委屈、难处不能够被同事、亲人理解，他们还能够义无反顾地奋斗、奉献终生。这是东北人性格中最深层次的魅力。

第四章是畏天敬神、圆融剽悍的东北民俗。第一节论述白山黑水间的萨满魔影。萨满教伴随着北方民族的产生而源起，其万物有灵和灵魂不灭的理论让东北人民对于自然万物都充满敬畏，同时感恩自然的赐予，并以善待生灵、清贫自足的实际行动与自然和谐相处。第二节论述交融质朴、和合圆满的饮食习俗。广袤的东北是众多民族的汇集地，其风味饮食体现各民族的友好交融：相邻共享的杀猪菜体现东北人的爽朗豪气；和合圆满的年夜饭表达东北人民对祖先的敬畏、对亲情的珍视和对未来的美好期待；浸满感情的酸菜火锅是漂泊在外的东北人寄托乡情和互帮互助的最佳载体，普通的饮食传达出东北人的心灵体验。第三节论述彰显民间判断标准的匪性文化。东北土匪的兴盛既是近代中国政权更迭、百姓困苦不堪为求生存的权宜选择，又彰显统治阶级无能而民间野性和正义爆发的必然结果。东北土匪是一个机构严密、责权明确、行事审慎的民间半公开化的组织。本章介绍了土匪报号的含义、组织内部隐语和管理体制中残酷的民主性，分析了他们与地方势力此消彼长、互相利用又互相争斗的事实。土匪文化彰显了大善与大恶的双面人生，而肝胆相照的兄弟情分既是人性的至高境界，又蕴涵着土匪生命中底色的悲凉。第四节论述中、日、俄三国文化交融镜像。受多国文化影响，台湾作家的东北书写呈现出浪漫唯美异国格调和明显的忏悔意识与悲悯情怀，在婚恋观念方面则体现出多国文化在交融时自然和谐，被人为割裂时则无限残酷。

第四章是苍凉厚重的美学风格。第一节分析史诗性与纪实性的特征。这批作品通常具有时间和空间的跨度，在广度上，反映动荡年代的重大历史事件和社会各阶层的生活面貌；在深度上，揭示各阶层的思想，并试图挖掘其历史与现实的根源，引发深入思考，体现"史"的宏大与壮阔。同时，作者还将民族精神、主体情感注入史诗描写，包蕴"诗"的哲理与内涵。在"史"与"诗"的基础上，东北作家还以其亲身经历和所闻所见体现纪实性特征，还原"真"的朴拙与美感。第二节分析文本的漂泊叙事。从叙事时间上看，作家以顺叙、倒叙、预叙等手法展现漂泊的历史；从叙事视角上看，作家一般采用第一人称或第三人称的内聚焦视角展现主人公的孤独意识；从叙事模式上看，"离开—归来"的情节模式普遍展现了作者漂泊在外，眷恋故乡的深层情感体验。语言是了解一个作家最可靠的途径，第三节就分析了稚拙淳朴、平实厚重的语言风貌。至于底层的满族语言和形象生动的方言土语都是东北语言地标，文白夹杂的语言风格虽不是东北书写的独创，但粗粝的白话与文言结构珠联璧合整体展现了东北语言风貌。对台湾文学中东北语言的分析是以往学者较少触及的，此节是论文的创新之处。第四节客观地评价了台湾文学东北书写的不足：主题先行、情节失真和人物的扁平、单薄。

结语是台湾文学东北书写的意义。本书首次将台湾文学中的东北书写作为一个整体考察，指出书写的共性，较客观地分析、评价了此类书写在台湾文学史中的意义：丰富了台湾文学中的地域写作；同时，也客观分析了研究的创新和不足之处，指出后续研究的方向。

第一章
日据时期的"满洲"书写

1931 年到 1945 年，东北经历十四年日本殖民统治。由于台湾和东北同为日本殖民地的关系，日本殖民政府在台湾极力鼓吹"满洲"的新开发性、机会众多。许多台湾文人、官宦受到宣传蛊惑，跨海来到遥远的"满洲"寻找生机。他们来到"满洲"后，处于各自不同的原因，对"满洲"进行了差异较大的书写。

第一节　"满洲"与台湾——同质异构的殖民地

一、由"龙兴之地"到被瓜分的"满洲"

"满洲"曾经是一个女真族部落的名称。1635 年，皇太极特发一道谕旨[1]，废除"女真"的族号，改称"满洲"，将居住在中国东北地

---

[1]　谕旨内容为："我国建号满洲，统绪绵远，相传奕世，自尽以后，一切人等，止称我国原名，不得仍前妄称。"原见《清太宗实录》卷 25，页 29。转引自 (清) 阿桂等撰，孙文良、陆玉华点校《满洲源流考》，沈阳：辽宁民族出版社，1988 年，第 10 页。

区的建州女真、海西女真、野人女真、汉、蒙古、朝鲜、呼尔哈、索伦等多个民族纳入同一族名之下，以行政命令的方式将这个名词定义为新的民族共同体的统称。这个事件成为满族形成的极为重要的标志性事件。从此，"满洲"既是族称，也是地理概念：东北方向领土即以"满洲"称谓。从地理学角度来看，"满洲"具有广义和狭义之分。广义的"满洲"指1689年《中俄尼布楚条约》之前清朝在东北方向上的全部领土：西迄贝加尔湖、叶尼赛河、勒拿河一线，南至山海关，东临太平洋，北抵北冰洋沿岸，囊括整个亚洲东北部海岸线，包括楚克奇半岛、堪察加半岛、库页岛、千岛群岛。狭义的"满洲"指东北三省，或说东北四省区（包括内蒙古东部赤峰市、兴安盟、通辽市、锡林郭勒盟、呼伦贝尔市）。

"满洲"一直被清朝视为"龙兴之地"而禁止汉人进入，宁古塔还一度成为清代文人官宦罹罪流放之地[1]。"满洲"由于土地肥沃、物产丰饶又近邻俄罗斯和日本，从清末开始，就成为俄、日两国争夺的目标。1858年和1860年，俄国通过《瑷珲条约》和《北京条约》割占了黑龙江以北、乌苏里江以东100万平方公里土地。清政府逐渐意识到"满洲"的地广人稀不利于抵御外族的侵略，就改变了不准汉族进入的禁令，采取"移民实边"的政策。但是单纯的中国人口的增加还是没能抵制列强的野心，1896年，俄国通过《中俄密约》攫取了在"满洲"境内修建铁路的特权，并于1898年取得了旅顺——大连租借地。

日本对于中国东北的觊觎之心也由来已久。早在1853年，日本江户幕府末期思想家、野心家，明治维新的先驱者吉田松阴，就在其著名的《幽囚录》中，对近代日本的扩张蓝图有过这样的描述：

---

[1] 赵尔巽：《清史稿》卷143，北京：中华书局，1998年，第4195页。

"若要国家保持强盛,不应仅仅满足于不失去已经得到的,而应当进一步获取目前还未到手的。现如今必须加紧进行军备,一旦军舰、大炮得到充实,便可开拓虾夷、封立诸侯,乘隙夺取堪察加半岛,抢占鄂霍次克海,晓谕琉球,……警示朝鲜,……北则割据中国的东北,南则掠取台湾及菲律宾群岛,显示渐次进取之势。"[1]

中国东北和台湾早已成为日本南冲北突的战略关节点。日本这种不断扩张的野心主要源自于明治维新后仍然存在的、尖锐的社会矛盾:国内资源不足,百姓生活困苦,试图通过军国主义的道路缓解危机。1895年甲午战争中国失败,签订"马关条约"。日本早野心勃勃地准备将辽东半岛变成其实现"大陆政策"的"重要战略基地",但在俄、德、法等国的阻拦下没有成功。从此俄、日争夺东北殖民霸权的矛盾日趋尖锐。1904年1月,日本经过十年扩军备战,在中国东北领土上发动日俄战争并取得胜利,从而夺取辽东半岛租借权和长春至大连的南满铁路的经营权。日本还强迫清政府开放六个城市为日本通商和居住,逐渐扩大在华的势力范围。从此日本入侵东北南部,沙俄退到北部。日俄战争后不久,日本就急忙将辽东半岛改为"关东州",设立殖民统治机构"关东都督府"作为侵吞东北灭亡中国的据点。1906年末,成立"南满洲铁道股份公司",该公司以经营从俄国手中夺取的中东铁路南段(长春至大连)为核心,涉及经办铁路、开发煤矿、移民及发展畜牧业等领域,是日本在中国东北进行政治、经济、军事等方面侵略活动的指挥中心。1919年,日本将赖在中国不走的军队命名"关东军"。"关东都督府"是蚕食中国的老巢,满铁和关东军则是两个有力的反动工具。1911年至1916年

---

[1] 原载古川万太郎:《近代日本的大陆政策》,日本:东京书籍,1991年。转引自张耀武《台湾在日本对外战略中的地位——从"利益线"到"生命线"》,《山西大学学报》(哲学社会科学版),2002年第6期。

间，日本在我国东北策划"满蒙独立"，妄图把中国东北和内蒙古分离出来，建立傀儡政权，使之成为日本直接控制的殖民地。这就是日本后来制造的伪满洲国的原始方案。"满蒙独立"失败后，日本侵略者看中张作霖对于权势的极度渴望和他在"满洲"的军事实力，加紧拉拢、利用，将他作为日本在东北的代理人，妄图侵吞东北，灭亡全中国。

然而，张作霖并不完全听命于日本人。在局势动荡、军阀混战的20世纪20年代，张作霖挥师入关，打到北京与直系曹锟、吴佩孚联合掌握了北京政权，给人民带来严重的灾难。1925年，反张运动高涨，就连张作霖的老部下郭松龄也在1925年11月22日倒戈，张在日本人的支持下才平定了这次叛乱。日本担心蒋介石在美国的支持下北进，希望张作霖退守东北。但张野心膨胀，不听指挥，于1928年6月4日被关东军炸死在皇姑屯。1929年其子张学良宣布"满洲"（东北）易帜，"满洲"归顺中华民国南京政府。

与此同时，在日本及整个资本主义世界爆发了经济危机。日本国内一片混乱，工农业生产急剧下降，对外贸易巨减，中小企业倒闭，失业人数激增[1]。到了1930年秋天出现了"丰收饥馑，谷贱伤农"的悲惨景象，农民越发贫困，彷徨在生死歧路上。经济危机加剧了政治危机，日本工农运动和人民斗争的火焰日益炽烈。为了摆脱危机，寻找出路，日本便把侵略中国东北作为一个"救命符"，急不可耐地发动了"九·一八事变"。虽然中国东北军有二十多万，但在此时，其主力大部分开往关内，致使东北防军兵力单薄。其实日军发动战争也没有胜利的把握，非常害怕中国抵抗。但蒋介石认为"攘外必先安内"，积极围剿共产党，不允许国军抵抗，致使东北在短时间内沦陷。日本为了避免在国际上受

---

[1] 参见姜念东等编：《伪满洲国史》，长春：吉林人民出版社，1980年10月第1版，第26页。

到谴责，迫切需要找一个政治幌子以显示关东军并不是占领"满洲"而是当地人民请他们来帮助建立新国家。于是，1932年3月1日，日本帝国主义扶持清朝末代皇帝爱新觉罗·溥仪，成立傀儡政权——"满洲国"（后更名"大满洲帝国"），将长春定为"国都"，改名"新京"，成为日本帝国主义统治东北的政治、军事、经济、文化中心。日本控制"满洲"之后，一方面加紧对东北地区的掠夺和奴役，兴建铁路、掠夺资源、安置日本、朝鲜移民、压制人民抗日情绪、强迫接受"满洲国"领导等；另一方面又试图在舆论上求得国际社会的支持，将侵略的行为美化为"帮扶""共建"和"民族的解放"，尤其是在同为其殖民地的台湾更是将"满洲"宣传为兴旺繁荣、充满生机的新天地。

二、因"被掠夺"而"被开发"的台湾

1895年，清政府在中日甲午战争中失败，签署《马关条约》将台湾割让给日本。从此，台湾开始了长达50年被殖民的命运。殖民体制对台湾社会造成了巨大的冲击。所谓台湾的资本主义化，实则是台湾殖民地化的必然结果。日本不仅仅是将台湾作为商品输出市场和食料供给地，满足其国内市场的需求，还要迅速提高台湾的工业化程度，为其向东南沿海军事进攻做准备。所以，"台湾工业化是为日本侵华战争作为'兵站基地'的要求而成为刻不容缓的任务，为此，台湾被赋予增加米、糖生产和作为日本帝国主义'南进基地'的双重任务。"[1] 日本的殖民统治没有对于台湾经济的全局、宏观的、长远的考虑，只是将台湾视为日本经济的附庸，以最大化的攫取和利用作为目标。所以，台湾的"被开发"是以"为掠夺"为目的的。这即是日本"以华治华""以战养战"的总策略，也必然导致台湾经济只是日本军需产业的畸形产物，引起诸

---

[1] 陈泽尧：《台湾殖民地经济概论》，《河南大学学报》，1997年第1期。

多不良后果。

新的资本主义体制瓦解了原有的农村经济，工业化和城市化成为普遍现象。而现代化观念的引入带来了知识与文化上的启蒙，使旧有的思维模式起了巨大的转变。在转变的过程中，日本政府利用至高无上的权利将日本的制度推广到台湾，"使岛上的居民习惯日本人的思想、语言与生活等等方式[1]"。这没有提高台湾人的政治地位，反而使台湾人逐步丧失独立思考的能力，渐渐迷信日本文化，成为供其驱使的附庸。

在殖民体制下的台湾新闻出版事业，正是紧密配合日本对于中国的侵略政策应运而生的毒害、腐蚀台湾人民思想的利剑。《台湾日日新报》是由《台湾新报》和《台湾日报》两家日系报纸合并而来。1896年创社不久即被台湾总督府拿来充当公报使用。由于其官方支持的特殊背景，成为日据时期发行量最大、坚持时间最久的台湾第一大报。为了配合日本侵吞中国东北的野心，《台湾日日新报》从1905年就已经开始对"满洲"进行报道。以1905年7月1日到1906年10月14日为例，该报出现以"满洲"作为关键字的词条1996条，平均每天对于"满洲"的报道超过4次。[2] 报道内容也异常丰富：战争局势、"满洲"物产、习俗风物及气候资源等等。根据柳书琴《满洲内在化与岛都书写：林煇焜＜命运难违＞的满洲匿影及其潜舆论》[3]的研究指出：《台湾日日新报》对台湾输出与"满洲"地区相关消息的报道高峰大约有三次，第一次是在20世纪初，"不断转载内地报纸刊载的政府言论，以报道的方式关注俄国势力在东北各地的扩张"；第二次是在日俄战

---

[1]　陈芳明：《台湾新文学史》（上），台北：联经出版事业股份有限公司，2011年，第46页。

[2]　参见张羽：《殖民地台湾与"满洲"文化圈研究》，《厦门大学学报》（哲学社会科学版），2012年第3期。

[3]　柳书琴：《满洲内在化与岛都书写——林煇焜＜命运难违＞的满洲匿影及其潜话语》，《台湾文学研究》，2012年6月，第一卷第二期。

争期间；第三次出现于 1928 年东北政治情势紧张到 1933 年"伪满洲国"成立初期。皇姑屯事件、东北易帜、"满洲事变"、"伪满洲国"建国、日本退出国联、"满洲"国皇帝访日、台满贸易等重大事件，都成了这一时期《台湾日日新报》的主题。可以说，台湾人就是通过新闻报道认识了"满洲"。

台湾作为日本的殖民地，虽然在经济的某些领域有了发展，但是人民并没有摆脱贫苦、失业的窘况。好多人由于不满政府的压制和奴化，希望找到一条新的道路。日本统治"满洲"之后，鼓励日本、朝鲜、台湾人民移居"满洲"，占领土地，就业求职。真正促动台湾人奔赴"满洲"的事件是，1932 年台湾人谢介石就职伪满洲国"外交部长"，这给好多台湾人以新的希冀。而在当时的"满洲国"，日本人确实将台湾人作为自己的嫡系另眼相看[1]。从 1932 年到 1945 年，保守估计有 5000 台湾人去了满洲国[2]。青年人到"满洲"去求学、求职；商人到"满洲"去寻找商机。台湾人到凭借他们会日语、会国语的沟通优势，在"满洲"寻得一方天地。"到东北去"已成为当时台湾人勇闯天涯的时髦名词。

---

[1] 参看纪录片《台湾人在满洲国》第一集。

[2] 许雪姬：《日治时期在"满洲"的台湾人》，台北："中央研究院"近代史研究所，2002 年。

第二节 "击钵吟"中的"满洲"期待

日据台湾之后，在政治、经济、文化和教育等方面进行全面钳制。尤其是对于台湾教育和文化的把控，体现了日本试图奴化台湾人思想的野心。在教育方面，日本殖民政府一方面极力打压中国传统文化教育，另一方面则大力推广日语普及。在中国文化教育方面，殖民政府将台湾原有的传播中国传统文化的府县儒学、书院、义学等官方教育设施全部废除，仅允许民间书房留存，教授汉语。同时又以不承认民间书房学历等措施逐步打压、取缔书房。在文学方面，日据初期，对那些承袭中国传统文化的文人态度较开明，采取栽培鼓励的政策。但是对于那些受大陆"五四"新文化运动影响较深的、带着"启蒙"思想的新文人则极力压制。尤其对于台湾的白话文运动，更是彻底取缔。在全面侵华后，为了配合其军事政策，在文化思想上进行更大力度的弹压。日本殖民当局于 1937 年发起"皇民化运动"，"禁止使用中文及上演中国戏、关闭寺庙、压迫信仰、禁止在公学校使用台语。"[1] 台湾人与中国传统文化的连接纽带被一点一点隔断，他们只能凭借血管里奔腾的中华血脉与日本的奴化教育做顽强地抵抗。当然，日本殖民当局也明白台湾与祖国文化盘根错节的联系不是在短时期内、用强制手段可以彻底斩断的。所以他们在文学方面给中国传统文化留了一个出口：古典旧诗写作，尤其提倡传统的"击钵吟"写作。

---

[1] 王晓波：《台湾的殖民地伤痕新编》，台北：海峡学术出版社，2002 年，第 286 页。

一、"击钵吟"体蔚然成风

日本殖民当局鼓励诗社写作旧体诗词是有其险恶用心的。日据之后，由于清政府在甲午战争中战败，日本原本兴盛的汉文化受到冷落，所以一批日本汉学家来台，想要重振汉学威风。他们兴办诗社，吸引中国人参加，古典旧诗写作成为风气。同时，台湾文坛的抗日文学始终没有绝迹，日人试图通过支持诗社、参与诗社活动监视和管制台湾人的文学活动。此外，在当时台湾，受到良好的传统文化教育的人多是来自士绅阶层和商贾家庭，社会地位和经济地位显赫。组织日本汉学家和台湾诗人一起从事诗歌唱和活动，可以笼络士绅遗老。"日人既陷台湾，设官置守，初来官吏，颇多能诗，彼辈征闻各地士绅诗名，均另眼看待，时与唱酬，以图沟通彼此感情。……诗酒征逐，以冀收揽人心。"[1] 对于台湾诗人而言，这种旧式汉诗写作是在当时为数不多的能够被允许的汉语写作，他们只能通过这种方式与祖国文化相沟通。于是，在诗社林立，旧诗创作的风气中，"击钵吟"[2] 体蔚然成风。

"击钵吟"是由闽派诗钟、台湾诗钟逐步沿革而来的一种诗歌创作形式。这种创作形式是"以唱为重"，创作上追求典句"熨帖自然"，空句要"看似寻常而有故实"[3]。在台湾，"击钵吟"还逐渐演变为汉族节日娱乐风俗，流行于台北市等地。每逢端午节或重大喜庆仪式，迎宾送友等，人们都会举办诗会，轮流吟诗。在作诗以前，先要在薰香中段系上一段细线，下面挂一铜钱，香炉底下放铜板，点燃薰香，开始作

---

[1]　林熊祥、李腾狱监修，廖汉臣编纂：《台湾省通志稿》卷六"学艺志文学篇"第三册，转引自吕若淮，《台湾文社及其＜台湾文艺丛志＞研究》，福建师范大学博士论文，2010年，第17页。

[2]　"击钵吟"之名称源起于"诗钟"。近人徐珂所撰《清稗类钞》有《诗钟之名称及原起》等篇，略谓："诗钟之为物，似诗似联，于文字中别为一体。"

[3]　参见汪毅夫：《台湾近代文学丛稿》，福州：海峡文艺出版社，1990年，第99页。

诗。等到薰香烧断细线，铜钱落在铜板上，清脆作响，犹如击钵，其声铿然。所以，"击钵吟"又被称为诗钟，即刻烛击钵之遗意。由薰香燃起到铜钱落地的时限对于一般的作者来说，足够写出四联，也就是一首完整的七律之诗（写不出就要受罚）。也因此，台湾的"击钵吟"体促使了七律等作品种类的派生。"击钵吟"在近代台湾文学史上历经了两次高峰 [1]，有悠久历史。

二、"击钵吟"中的"满洲"期待

本节所选取的，是1941年发表在台湾《诗报》和《风月报》（《南方》）[2] 上的一组"击钵吟"诗词。这组诗词是为了欢送兴亚诗社副社长陈寄生 [3] 赴"满洲"而作。1941年7月4日的《诗报》第二五一号在首页上刊载了"翰墨因缘"这则新闻。内容如下：

> 兴亚吟社副社长陈寄生、干事曹恒捷、黄建怀三氏将游大陆。诸社员于去廿二日星期午后一时起，在事务所开壮行击钵吟会，题拟"远游"体七绝韵十一尤。左右词宗公推陈寄生及来宾陈志渊二氏，限三时

---

[1] 汪毅夫在《略谈台湾近代文学史的分期》中将台湾近代文学史划分为六个时期："抗英文学"时期（1840—1850）；"采风文学"时期（1850—1886）；"击钵吟"时期（1886—1893）；"抗日文学"时期（1894—1895）；沉寂时期（1895—1902）；第二次"击钵吟"时期（1902—1923）。汪毅夫：《台湾近代文学丛稿》，福州：海峡文艺出版社，1990年，第106页。

[2] 《风月报》，台湾日据时期汉文通俗文艺杂志，为1937年报刊汉文栏废禁后唯一的汉文刊物。其前身《风月》（1935.5.9—1936.2.8）、《风月报》（1937.7.20—1941.6.15）、《南方》（1941.7.1—1944.1.1）、《南方诗集》（1944.2.25—1944.3.25）。

[3] 陈寄生（1896—1942），台湾东港人，通汉试问，擅长经营农场，日据后期南台湾著名的香蕉生产大户，曾任冬庄协会会会员、地方保正、高雄州青果同业组合评议员、台湾青果会社代议员、信用组合理事等职位。陈寄生为人性情豪爽有侠气，平日喜欢臧否时事，而遭受日警嫉忌，编入危险分子之列。东港事件爆发后，他被逮捕入狱，目睹悲惨现状竟愤恚而死。

交卷，誊录后呈词宗。选毕，双元均被林逸樵、陈寄生二氏所占。继赴朝日旗亭会宴，亲友满座，红裙侑酒，雅士猜拳，兴致淋漓，一堂合气，夕阳西下，灯影上时，始各尽欢而散。

　　这是这组诗词的絮语。大意为兴亚吟社副社长陈寄生等三人即将赴大陆（"满洲"），诸社员于二十二日下午以"远游"为题举行壮行击钵吟会。林逸樵和陈寄生所作诗词占取双元。评选之后众人赴朝日旗亭会宴，欣赏歌舞，雅士猜拳，把酒言欢。由此可见，"击钵吟"是当时盛行于台湾的一种诗歌模式，因其形式灵活且具趣味性经常被诗社采用作为酬唱答和的方式。在接下来的几期《诗报》中就连续刊载了此次击钵吟会的诗作。首先刊载的是即将远行的主角陈寄生的《将游大陆留别诸君子》[1]：

甚欲吟旌计远程

长亭话别酒频倾

才非班马难投笔

学异机云孰抗衡

好玩烟霞[2] 行直北

饱餐风月入燕京

谁云汽笛销魂处

第一关心是此声

自笑嶙峋快此行

[1]　陈寄生：《将游大陆留别诸君子》，《诗报》二五二期，1941 年 7 月 22 日，第 3 页。
[2]　烟霞有三种解释：一为实物烟霞；二指山水、山林；三指红尘俗世。结合全诗来看应是后两层含义的叠加。

敢同鹏翮奋翔翔

欲将驽马驰沙漠

进看红羊踏海桑

涉世应怀高季迪[1]

放船空系米襄阳[2]

奚奴伴我终何用

只把诗歌贮锦囊[3]

  第一首诗中首联铺陈饯别会的场景。颔联谦虚地提到班固、司马迁、陆机、陆云等人物，表示自己的才华无法与前代先贤抗衡，颈联表达了之所以北上的原因：是想要游山玩水，寻求风月享受。尾联则袒露心绪：别人都觉得离别的汽笛最让人难过，而在我听起来非常开心。乍看起来，此诗表达了作者轻松、愉悦和闲适的羁旅态度。但是结合第二首则会发现作者更多的心灵隐迹。首联"自笑嶙峋快此行"是形容自己此去"满洲"的愉悦心情，引用"鲲鹏"的典故暗示了作者一展宏图、有所作为的雄心。颔联的驽马驰沙漠有种老当益壮的豪情，红羊的典故则要表达即使遭遇灾难，历经剧烈动荡的时局，还是有番搏击的情怀。但是高昂的情绪到了颈联却急转直下，认为自己既不是高季迪，也不是米襄阳，

---

[1] 高季迪：高启（1336—1373）字季迪，长洲人。明初著名诗人。性格孤高、厌恶官场，写诗有所讽刺，朱元璋早有不满。1370年，拒绝朱元璋授予官职，教书治田。因写《上梁文》，1373年因苏州知府魏观一案受牵连，腰斩于市。是明初文人不愿依附朝廷而招来杀身之祸的典型事例。

[2] 米襄阳：米芾（1051-1107），自署姓名米或为芈，芾或为黻。北宋书法家、画家。祖籍安徽无为，迁居湖北襄阳，后曾定居润州（今江苏镇江）。米芾一生官阶不高，因为不善官场逢迎，为人清高。此二人都是坚持理想、不事权贵、仕途暗淡之人。

[3] 锦囊：李贺常常骑弱马，跟随一个小书童，背着古锦囊，碰到有心得感受，写下来投入囊中。等到晚上回来，他的母亲让婢女取囊中所有，见所写很多，就怨怨地说："这个孩子要呕出心肝才算完吗？"

只是个会贮锦囊的诗人。这个典故是在表明作者虽然有心造福社稷，无奈时局不与，自己不能认同当权者的政策，所以只能做个远离宦海的诗人。而且，高季迪和米芾都因倔强的风骨而遭厄运，陈寄生是在借此表明志向：即使终生不得志，也不愿与当权者同流合污。

"击钵吟"的创作形式是众人在规定时间内同场作诗，这些友人以前和陈寄生的远近亲疏不同、交流的深浅不同、对陈寄生此时的心情理解不同，而且其本人对一个问题的看法也不同，这就使得同样的背景、同样的情境，诗词内容和表达情绪各不相同。这组"击钵吟"创作，从主题上分类，大致有四个方面：

第一是赞美志向送上祝福。这类诗是在肯定陈寄生文学才华的基础上，肯定远游"满洲"的志向，并顺承陈的本意，送上祝福。如陈志渊《和静园宗兄游留别瑶韵》[1]

知心人欲试鹏程

诗共推敲酒共倾

放浪三苏堪比拟

怀才二陆可争衡

鞭扬北土兼东土

笔载新京与旧京

吩咐前途休客气

铜琶铁板[2]响声声

直难计较作随行

---

[1] 陈志渊：《和静园宗兄游留别瑶韵》，《诗报》第二五二号，1941 年 7 月 22 日。

[2] 铜琶铁板：两种伴奏乐器。用铜琵琶、铁绰板伴唱。形容气概豪迈，音调高亢的文辞。

指点双清[1]送去翔

逐鹿无嫌留大陆

观樱不厌滞扶桑

探幽可涉三韩水

乘兴休辞一汉阳

有好河山深寄语

珠玑次第塞奚囊

在第一首诗歌中，首联即以"知心人"称呼陈寄生，作者将陈寄生此行理解为欲"试鹏程"。颔联是用"三苏"和"二陆"的典故来比拟陈寄生的才华。颈联形容陈寄生笔纵大江南北，穿越新京与旧京的恢弘气魄，尾联用"铜琶铁板"的典故一方面是在肯定陈寄生豪迈、俊朗的文风，同时也表明作者对于友人闯出一番天地、成就一番事业的乐观期待。在第二首诗歌中，作者首先是遗憾自己没有办法与友人同行，并用"双清"的典故形容陈寄生人品高洁，思想和行为都能够不为世俗所熏染。中间两联再次表达对于友人在大陆成就事业的期待，最后一句落笔"有好河山深寄语，珠玑次第塞奚囊"，真正表达了他对于作者的深刻理解，呼应了第一首诗中的"知心人"称谓。因为，在没有看到陈寄生诗作的基础上，他对于陈君此行的"试鹏程"给予准确定位：是在肯定其文学才华的基础上鼓励其建功立业。但是这种期待最终却立足于文学创作，说明他深谙陈寄生性格，知道他不会为了位高权重趋炎附势争取仕途成功。

薛玉田的《送寄生词友之大陆即次留别》[2]也表达了对于友人写出

---

[1] 双清：弹弦乐器，形制与秦琴相近，由古代的阮演变而来。明清时期，在器乐合奏和戏曲伴奏中均有使用。

[2] 薛玉田：《送寄生词友之大陆即次留别》，《诗报》，第二五四号，1941年8月21日。

好文章的期待：

> 雄飞万里羡鹏程
>
> 三叠阳关别思倾
>
> 花月秦淮堪领略
>
> 风云蓟北任权衡
>
> 青山如画迎仙客
>
> 彩笔题诗遍帝京
>
> 预料奚囊收锦绣
>
> 归来我欲听吟声

> 同舟李郭[1]喜成行
>
> 破浪欣看彩鹢翔
>
> 去国漫从蒙蝶梦
>
> 归家有待事蚕桑
>
> 乌衣巷口多斜日
>
> 鸭绿江头衬艳阳
>
> 踏遍中原才思振
>
> 君真脱颖处锥囊

　　第一首表达对于友人远行的艳羡，鼓励他遍赏风景，遍看美人，写出精彩的诗歌回来。"仙客"意象似乎是赞同陈君的隐逸情怀，本诗只谈风月，不谈仕途。第二首诗先是表达友人即将破浪前行的喜悦心情，

---

[1]　同舟李郭出自卫宗武诗《舟行分途次野渡韵》：同舟李郭喜相亲，尽日赓酬夜至分。未信诗能穷我辈，不庆天遽丧斯文。相违虽判城西路，有约同看岭上云。从此吟毫可停运，只疑风月未饶君。

额联则体现对于友人的关心，劝慰友人在外可能有机会追逐紫蝶之梦，但是不要过于流连，回到家还等待你事蚕桑。意为家人还在盼你早归。颈联通过乌衣巷的典故表达朝代更迭的感慨，又通过与鸭绿江的对比，表现出"满洲"的繁华。而诗的结尾，作者仍然落笔在文学上，说明作者也深深理解友人的志向，只是顺势祝福，并没有提出更多期待。

还有几首诗词也表达了类似的想法。如：

远游[1]

逸民

从行志大歌鸿鹄

欲别情钟赋鹭鸥

击水三千鹏举翮

逍遥不逊一庄周

远游[2]

逸民

忍别骚坛饯鹭鸥

系囊遥赴志悠悠

鹏飞万里前途阔

跨海扬帆望满洲

远游[3]

建怀

---

[1] 逸民：《远游》，《南方》，第一百三十六期，1941 年 8 月 15 日。

[2] 逸民：《远游》，《南方》，第一百三十六期，1941 年 8 月 15 日。

[3] 建怀：《远游》，《南方》，第一百三十六期，1941 年 8 月 15 日。

好将琴剑随千里

未弭烽烟偏五洲

抱有雄心探禹穴

凭君眼力说来由

这三首诗中，第一首肯定了陈寄生远大的志向和似庄周般的睿智、不拘泥世俗；第二首不惜将自己比作鸥鹭，将陈君比作大鹏来突显其豪情；第三首诗展示了友人乱世出征、携琴带剑"探禹穴"的英武形象，并肯定其智慧和洞察力，期待其文学成果。

第二是考虑到国内战火纷飞，"满洲"路途遥远，深深为友人担忧。如张簧川《送寄生词兄漫游燕京即次留别》[1]：

纵辔[2]中原不计程

长亭无分酒杯倾

过江人物陈同甫[3]

济世文章薛道衡[4]

欧亚重开新战局

烟云已复旧燕京

都门[5]此去秋将近

好听萧萧易水声

---

[1] 张簧川：《送寄生词兄漫游燕京即次留别》，《诗报》，第二五二号，1941年7月22日。

[2] 纵辔：谓放开马缰，纵马奔驰。

[3] 陈同甫 (1143—1194)，南宋思想家、文学家。力主抗金，反对"偏安定命"。

[4] 薛道衡 (540—609) 隋代诗人。字玄卿。汉族，河东汾阴 (今山西万荣) 人。历仕北齐、北周。隋朝建立后，任内史侍郎，加开府仪同三司。炀帝时，出为番州刺史，改任司隶大夫。他和卢思道齐名，在隋代诗人中艺术成就最高。

[5] 都门：都城的城门。

未容投笔事戎行

健翮[1]多君万里翔

奇气直堪吞泰华[2]

新诗无碍写沧桑

长风破浪追宗悫[3]

落日挥戈待鲁阳[4]

珍重压装惊海若[5]

归来锦字满奚囊

第一首诗首联叙述朋友即将远行，长亭话别情景。颔联以陈同甫和薛道衡来比拟陈寄生的文学才华。颈联以"新战局"和"烟云"二词来形容祖国内地战争迭起，世态纷乱的局势。到了尾联，自然地表现出对于友人的不舍和惦念。尤其是运用荆轲易水边诀别的典故更衬托出陈寄生此行凶险，但毅然前行的悲壮情怀。这已经不再是应景的送别、祝福之作，而是设身处地地为友人的行程安全担忧，由这种忧虑，使分别更加不舍。

第二首诗首联就是鼓励友人虽然没有投笔从戎，但此次"满洲"之行同样是豪迈之旅。颔联以泰山、华山的高耸险峻和沧海桑田的万般

---

[1] 健翮：矫健的翅膀。借指矫健的飞禽。亦比喻有才能的人。

[2] 泰华：指泰山和华山。

[3] 宗悫：是南北朝时期的人，他从小就有远大的志向，精心刻苦地练武，直到练成了才对他叔父说："我有了本事，就可以乘长风破万里浪。"后来宗悫真的成了一位赫赫有名的大将军。

[4] 鲁阳：传说中商周时期周武王的部下。周武王率领诸侯讨伐殷纣王时，旌旗飘扬，杀声四起，战斗非常激烈，周武王的部下鲁阳公愈战愈勇，敌人望风披靡，眼看天色已晚，鲁阳公举起长戈向日挥舞，吼声如雷，太阳又倒退三个星座，恢复了光明，鲁阳助周武王全歼了敌军。李白《日出入行》中有"鲁阳何德，驻景挥戈"。

[5] 海若：出自《庄子·秋水》，即庄子说的东海的海神。

变化在肯定陈寄生的同时表达出对其的期待。颈联又以宗悫和鲁阳的典故比拟陈寄生的高原志向和雄浑气魄，尾联是期盼陈君随着见识日广，阅历日深，伴随着慢慢地积累定能写出让海神赞叹的好文章而名满天下。

同样表达为友人担心的诗作还有静峰的《远游》[1]：

<blockquote>
冒雨冲风入满洲

平安日日寄书邮

奚囊不尽新诗料

稍倚湖西话莫愁
</blockquote>

第一句既是写景，也是写情。一方面写诗人想象旅人去"满洲"遇到的自然气候，另一方面也写出诗人所担心的政治气候。时局纷乱，风雨飘摇。希望友人能够经常向家乡报平安。后两句又将担忧转为信任，相信友人定能够在陌生的环境中经受更多的人生历练，对于生活有更多的感悟，带着体察和顿悟写出更加精彩的诗篇。有了文学上的建树，则一切庸扰自然消失，总会有"稍倚湖西"的安逸与从容。这首诗与其他诗作相比更加温情，更加设身处地地考虑陈君的心态感受。这是对朋友更深层次的关心。

与陈寄生不同，为其送行的同仁们大多数是对于"满洲"充满了期待的。他们受到殖民政府大力宣传的蛊惑，将"满洲"想象为一个充满机会和挑战的"新天地"。

第三是无限憧憬中的"满洲"想象。如：

<blockquote>
玉帛干戈修次日
</blockquote>

---

[1]　静峰：《远游》，《南方》，第一百三十六期，1941 年 8 月 15 日。

楼台第宅焕新京

共荣圈里筹堪运

愿向当途发大声

（陈文石《静园兄将游大陆即次留别原韵》[1]）

潇洒长天鹤一行

飞游日满盼廻翔

共荣圈里论兄弟

逆旅书中慰梓桑

眼界特开宽大陆

葵心偏自向朝阳

同文愿使干戈息

兴亚诗篇满锦囊

（古意堂主人《和寄生词兄游大陆原韵》[2]）

既许携琴游北里

何妨带剑入南京

莫愁大地烽烟急

兴亚雍和已发声

（高云鹤《步寄生兄游大陆原韵》[3]）

---

[1] 陈文石：《静园兄将游大陆即次留别原韵》，《诗报》第二五三号，1941 年 8 月 2 日，第 2 页。

[2] 古意堂主人：《和寄生词兄游大陆原韵》，《诗报》第二五九号，1941 年 11 月 1 日，第 6 页。

[3] 高云鹤：《步寄生兄游大陆原韵》，《诗报》第二五四号，1941 年 8 月 21 日，第 6 页。

难同携手游三晋

任抱豪怀揽二京

东亚即今方建设

民情风俗总新声

（张蒲园《和静园词兄留别韵》[1]）

在陈文石的第一首诗歌中，运用了"化干戈为玉帛"的典故，以示中日重修旧好。接下来又描绘了伪满洲国首都新京（即长春）的楼台第次焕然一新。以这样的描写作为背景，鼓励陈寄生在"大东亚共荣圈"里寻求生机。在第二首古意堂主人的诗歌中亦同样谈及"共荣圈里论兄弟"的字样，结尾处也化用了"化干戈为玉帛"希望陈寄生能够以诗篇"兴亚"。此处的"亚"，即日本鼓吹的"大东亚共荣圈"。后面高云鹤和张蒲园的两首诗也分别用"兴亚雍和已发声"和"东亚即今方建设，民情风俗总新声"，来为日本统治的伪满洲国歌功颂德，想象"满洲"的繁荣兴旺。在陈寄生前往"满洲"的 1941 年，"满洲"（其至中国的一部分）、台湾已经笼罩在日本"大东亚共荣圈"的概念之下，台湾士绅们一方面对于日本极力宣扬的"满洲"充满了希冀和幻想，另一方面又缺乏对于"满洲"的具体概念。因为他们还没有机会到过"满洲"，又处于日人牢牢地控制之下，在这种公开的场合中，只能配合日本的宣传，简单地提及"共荣""兴亚"等官方字样，鼓励陈寄生在"满洲"有所建树。这种想象是官方性质的，也是空洞无物的。无奈，每个人都被缚上了沉重的枷锁，一方面不满现状，另一方面又不敢直言，只能这样无奈应景的写作。

以上三个方面大致概括了这一组诗词的主题，如果说还有例外的

---

[1]　张蒲园：《和静园词兄留别韵》，《诗报》第二五四号，1941 年 8 月 21 日，第 6 页。

话，那就是吴步初的《送寄生词友之大陆即次留别》[1]：

壮志输君万里程

燕云回首总心倾

尽将佳句收经笥[2]

好把人才付玉衡[3]

千载黄金空市骨[4]

一时焦土[5]又名京

黍离[6]莫寓兴亡叹

记取天坛[7]听鸟声

涛翻巨舰无忧后

天阔飞机尽可翔

适志何妨乐山水

逢人不必问农桑

---

[1] 吴步初：《送寄生词友之大陆即次留别》，《诗报》，第二五四号，1941 年 8 月 21 日。

[2] 经笥：比喻博通经书的人。

[3] 玉衡：北斗七星中斗柄的第一颗星或斗柄的三颗星。

[4] 市骨：战国时，燕昭王要招揽贤才，郭隗喻以故事：从前有国君欲以千金求千里马，三年未得。有人花五百金买一死千里马的头回报，国君大怒，此人对曰："死马且买之五百金，况生马乎？天下必以王为能市马，马今至矣！"不久果然买得三匹千里马。后因以"市骨"指燕昭王用千金购千里马骨以求贤的故事，喻招揽人才。

[5] 焦土：烈火烧焦的土地。指建筑物、庄稼等毁于炮火之后的景象。

[6] 黍离：《黍离》，《诗经·王风》，采于民间，是周代社会生活中的民间歌谣，基本产生于西周初叶至春秋中叶，距今三千年左右。关于它的缘起，毛诗序称："《黍离》，闵宗周也。周大夫行役至于宗周，过故宗庙宫室，尽为禾黍。闵周室之颠覆，彷徨不忍去，而作是诗也。"这种解说在后代得到普遍接受，黍离之悲成为重要典故，用以指亡国之痛。

[7] 天坛，在北京市南部，东城区永定门内大街东侧。占地约 273 万平方米。天坛始建于明永乐十八年（1420 年），清乾隆、光绪时曾重修改建。为明、清两代帝王祭祀皇天、祈五谷丰登之场所。

> 应知禹贡征交趾
>
> 至竟虞亡为下阳
>
> 唇齿形成新发足
>
> 伫看颖脱处锥囊

　　第一首诗的首联肯定陈君远行的高远志向并自愧不如。"燕云"是燕京，从全诗来看，又由燕京代指大陆。一想到大陆就总令人"心倾"，原因就是颔联所提及的"收经笥"和"付玉衡"。这两个典故说明，当时的大陆在台湾人眼中是文化和人才的汇集地，所以有种奔赴大陆，试试前程的向往。颈联中"市骨"的典故是承接上联的招揽人才，可是一个"空"字却使得诗的内涵大幅转弯，好似一切都是虚幻。"一时焦土又名京"亦是承接这句，指出刚刚经历过战争的地方又成了首都。这个"京"，指代的就是伪满洲国的首都新京（长春）。最能体现作者深意的尾联也是承接着新京而言的："黍离莫寓兴亡叹，记取天坛听鸟声"。表面的意识是说"黍离"也未必就是指代亡国之痛，就如同天坛祭祀时偶尔听到鸟的哀鸣而已。此句又是具有隐含的意义。既然黍离之悲不能寄予亡国之痛，那作者为何要在此提出来呢。明明是日本已经侵略了中国，"满洲"已经沦为日本的殖民地，这就是亡国之痛。但是作者却要陈君忽视这些，继续远行。这很明显是一种反讽修辞，真实意义与字面意义刚好相反。对于有千年历史的文明古国而言，许多典故已经深深植入文化的血脉中，并非作者一个否定词就能将原有的意义抹煞。作者也并非真想改变这层意义，只是在高压的环境里，只能以这种隐晦的方式表达自己真实想法。作者实际要表达的就是黍离之悲、亡国之痛。

三、"击钵吟"体的流弊

　　在这组诗词中，大多数诗人都是对于现实的压迫视而不见，隐忍不谈，要么从朋友角度对于陈寄生表示关心、祝福；要么和官方立场一样美化"满洲"，提出希冀。表面看起来异彩纷呈，热闹祥和，实则是内容空洞，有话不能言。纵观这组诗词，从内容到形式都有许多流弊：

首先，形式单一、用典重复。"击钵吟"这种创作方式有种竞赛的性质，有诸多的统一要求。比如，此次"击钵吟"会，起因是"兴亚吟社副社长陈寄生干事曹恒捷黄建怀三氏将游大陆"，创作时间是"廿二日星期午后一时起""限三时交卷"，地点是"事务所"，创作主题是"远游"，创作形式是"七绝韵十一"，还推举了两位词宗公：陈寄生和陈志渊。这么多统一的要求就导致主题相似，用典也多有重复。如比喻诗文辛苦的"锦囊诗草"的典故出现在许多诗词的尾联作为收官；源自庄子《逍遥游》中大鹏展翅的典故也屡见不鲜：无论是陈寄生的"敢同鹏翩奋翱翔"（《将游大陆留别诸君子》）、张篁川的"健翩多君万里翔"（《送寄生词兄漫游燕京即次留别》），还是陈文石的"鲲鹏变化谈庄叟"（《静园兄将游大陆即次留别原韵》）、张浦园的"鹏博莫叹许多程"（《和静园词兄留别韵》），再到逸民的"击水三千鹏举翩"和"鹏飞万里前途阔"（《远游》）。作为限定的体式，为了诗歌四联对仗整齐，还需要很多无内容的重复表述。如陈志渊的《和静园宗兄游留别瑶韵》中，颔联"逐鹿无嫌留大陆，观樱不厌滞扶桑"和颈联"探幽可涉三韩水，乘兴休辞一汉阳"四句话说的都是一个意思，要有适当的环境，才能成就大业。颈联、尾随在颔联之后实属多余。此外，这组诗词在对于同样内容的表述方式也极其相似。如在肯定陈寄生的才华和风品时，几乎所有作者都是运用古代才华卓著的人进行比拟。如"三苏""班马""陈同甫"和"薛道衡"等。没有人对其进行正面的描述或其他侧面描述，读起来，未免雷同。这是典型的形式大于内容，为了满足形式，不惜牺牲内容。此时，无论是祖国大陆还是诗人们所处的台湾，新文学都已经发生、发展，趋于成熟，这种旧式的写作显然承载不了涵盖大时代的广博内容。

第二，体现出"媚日"倾向。在台湾，文艺活动是要受到殖民政府监管的，特别是这种"击钵吟"的形式，更是中日作家酬唱答和、相互交流的好方式。很自然就会流露出对于主流媒体宣传的接受和对于当权者的顺从，以"官方"的语言和态势掩盖自己的语言。这种"媚日"还分为两种情况，一种是真心谄媚殖民政府，另一种是羡慕陈寄生可以逃离此地。尤其是后一种情况可能还占了多数。好多诗人已经厌倦了日本政府的弹压，在民族意识与奴化教育的对抗中精疲力尽，所以想要摆脱现实，谋求新的转机。怀有这种想法的人，对于能够离开台湾远赴"满洲"的陈寄生自然由衷羡慕，由此借用官方的语言，提及"共荣""雍和""兴亚"的字眼也在所难免。而且我们前面谈过，碍于这种固定的形式，不论是真心谄媚还是真心逃避，都无法在诗歌中表现得深切，引起共鸣。只能是蜻蜓点水，浅尝辄止。这又涉及到此组诗词第三方面的缺弱：

第三，含蓄有余、性灵不足。形式的限制和用典的繁复已经让作者不堪负累。再加上殖民政府对于中国传统文化的弹压，对于中国文人的管制，使得诗人们已经习惯于按照既定的套路写些应景的文章。他们也有宣泄内心压抑表达真实情怀的渴望，却只能借助于典故含蓄表达。虽然我们刚刚论述过好多典故是为了对仗工整拿来充数的，但是深究每一篇诗词，最能体现作者真实情怀的也只能是典故了。比如在陈寄生的《将游大陆留别诸君子》中，他借用高季迪和米襄阳的典故成功地表达了自己不合潮流，只想远离混沌现实的想法。在张簧川的《送寄生词兄漫游燕京即次留别》中，他用荆轲易水之别的典故表达了对于朋友远赴"满洲"，风雨兼程的担忧和不舍。在吴步初的《送寄生词友之大陆即次留别》中，他运用"黍离之悲"的典故真实表达了自己的亡国之痛。只不过，这种典故，对于一般老百姓是很难接受的。尤其是在 40 年代，台湾受到日本统治已将近 50 年，一部分台湾人甚至日语水平高过国语水平，未必能读懂诗中真意。即使是文界中人，看到典故能略知一二，而作者更多的想法，只能靠读者去猜。而他们在诗中表现出来的对于"满洲"的期待，是真心向往还是逃避现实也无法真正得知，典故的叠加和官方语言的使用让我们看不到诗人的真实想法。他们始终带着面纱，隐藏在文字的背后，他们渴望被人理解又怕被人洞察的苦涩只能和这些言而无质的诗词形影相吊。这是文人之不幸，更是时代之不幸。

文学本来就是表达性灵之作，可是禁锢在格律体这架旧马车上，被日本人拿起皮鞭赶压，"击钵吟"这匹老马陷入双重枷锁：既不敢喊累喊疼，发出真实的声音；又无法以衰老体魄追逐现代化的火车、飞机，只能成为时代的落伍者，默默前行。然而，他们以疲惫之身却踏进了繁荣之地。这群身处南国的台湾诗人的"满洲"想象是苍白的，他们真正到达"满洲"、亲临东北沃土时的"满洲"书写又是怎样呢？下一节我们就来呈现台湾诗人的"满洲"现实书写。

第三节 游记宴乐诗词的"满洲"空白

从 1932 年到 1945 年，到"满洲"去求学、求职和经商的台湾人保守估计多达 5000 人。这一节我们选取了 1937 至 1941 年间，发表在《诗报》和《风月报》（后改名为《南方》）上的一些诗词作品，主要内容是台湾人对于"满洲"的书写。这组诗词绝大多数都是描写游览古迹、欣赏风景的，还有少量的席间赠答之作，而对于"满洲"社会现实、民生疾苦的描写则完全是一片空白。对于这一组诗词，笔者试图以地域进行分类，探求其间关系。

从 19 世纪末开始，东北即成为日俄两国争夺的目标。两国都想通过控制铁路运输最大限度地获取东北地区的粮食、煤矿等物质资源，为此俄国还修建了中东铁路。东北境内，交通发达，运输便捷。东北对外的交通也同样迅捷。当时从台湾到东北有多重途径可以选择。一般人会选择从台湾直接乘船到大连，再由铁路北上。由于台湾是日本殖民地，对日交通十分发达，也可以从台湾先到日本，再搭乘日满联络船转往大连。通常而言，大连是台湾人进入"满洲"的第一站。

一、大连："十千买醉西岗子 听拨鲲弦谱莫愁"

大连地处辽东半岛最南端，东临黄海，西濒渤海，与山东半岛隔海相望。大连是辽宁、吉林、黑龙江和内蒙古东部地区的进出咽喉与门户，也是连结东亚各国理想的海陆联运枢纽。19 世纪末，当大连还是一个仅有几十户人家的破落渔村的时候，就已经引起了俄、日等近邻的注意。1894 年中日甲午战争，清政府战败，日本侵略者占领大连，后经俄、法、德三国干涉，日本不得不带着清政府的巨额赔款退出大连。

俄国为了侵占大连，掠夺矿产资源，于 1896 年至 1903 年间修建了贯通东北三省的中东铁路。铁路以哈尔滨为中心，西至满洲里，东至绥芬河，南至大连，路线呈丁字形，全长约 2400 公里。1897 年开始，俄国强行租借大连，逐渐由控制铁路控制了东北三省。1905 年日俄战争结束后，日本以战胜国的身份攫取了中东铁路长春到大连一段，称为"南满铁路"，还于 1906 年成立"南满洲铁道股份公司"，作为日本侵略东北的工具。大连，由于其重要的地理位置和优越的自然环境，过早地沦为帝国主义的殖民地。1937 年 11 月 1 日的《风月报》第五十一期，刊载了魏润菴的两首《满鲜吟草·大连》。

老虎滩前夜色昏

满蒙大陆此关门

楼船跋浪时来去

人货随潮日吐吞

北接滨江连朔漠

西临渤海望中原

暖风吹送胡藤树

五月街头绿荫繁

筑港偏思不冻求

处心积虑计何周

频年荐食同封豕[1]

---

[1] 《左传·定公四年》"吴为封豕、长蛇，以荐食上国，虐始于楚。"《左传》左丘明撰，舒胜利、陈霞村译注，太原：山西古籍出版社，2003 年，第 25 页。

一败亏功苦沐猴[1]

黄海涛声依旧壮

碧胡氛气黯然收

十千买醉西岗子

听拨鲲弦谱莫愁

魏润菴此次前往"满洲"是应好友谢介石之邀。谢介石与魏润同为台湾新竹人，时任伪满洲国"外交部长"。当时，从台湾到"满洲"虽然有很多种方式，但是最便捷的是乘坐大连汽船株式会社所经营的台湾线直接乘船到大连，再沿中东铁路北行。虽然这种直达的票价要比那些中转日本、朝鲜、天津等地的旅行方式要高，但是联想魏润　受谢介石之邀而来，第一目的地即为"满洲"，这种便捷的方式应该是与其身份、地位相符的。所以，大连应该是魏润菴旅行的第一站。

第一首诗首联以笼罩在夜色中老虎滩起笔，点明大连作为"满蒙大陆此关门"的重要地理位置。颔联描述了大连港口商业繁荣，人、货、船只川流不息、经济繁荣的客观实景。颈联再次重申大连北接中国东北广大腹地，西临渤海面对京津、中原等重地的卓越位置。这些描绘具体而又气势恢宏地带出大连一地之所以可以成为"关门"的要地条件。尾联又从地理版图回到大连街头，五月的大连处处海风吹送，绿荫成林，一片繁荣、祥和景象。

第二首诗首联突出大连港优越的地理环境和"冬日不冻"的特色。大连港位于三面环山的大连湾里，虽然海港宽阔，海水幽深，但由于港口外有大、小三山岛作为天然屏障，所以此处风平浪静又不淤不冻，是

---

[1]　沐猴而冠：出自司马迁：《史记·项羽本纪》，中华书局1959年，第315页。沐猴：梳洗干净了的猕猴；冠：戴帽子。猴子穿衣戴帽，究竟不是真人。比喻虚有其表，形同傀儡，或是讥嘲为人愚鲁无知空有表面。常用来讽刺投靠恶势力窃据权位的人。

少见的天然深水良港。首联同时也点明由于此巨大的商业价值，俄、日等国处心积虑想要据为己有。"频年荐食同封豕"是运用《左传·定公四年》中"吴为封豕、长蛇，以荐食上国"的典故，原义是说楚国受到吴国进攻，楚国使臣申包胥向秦哀公求援时，将吴国形容为大猪一样贪婪，长蛇一样凶残，总想吞并他国丰满自己，而且欲望永远不会满足。希望秦国出兵既营救楚国又能保全自己。这和下面"沐猴而冠"的典故联合起来看，是暗指俄国曾经霸占"满洲"多年，最终因贪欲不断膨胀导致失败，而今其丑恶嘴脸世人皆知。颈联"黄海涛声依旧壮，碧胡氛气黯然收"应该逆向解读：如今碧眼长发的俄国人已经渐渐在大连失去了往日的气魄，可是大连港东临黄海，仍旧波涛汹涌，浩瀚无垠。这一联已经脱离了一人一事的小我范畴，阐释了人生短暂渺小与宇宙恒久无垠之间的辩证关系，也不禁让人对于历史的翻云覆雨、瞬息万变欣然认同，开阔了此诗的宏阔气氛。此联还有以古喻今的含义，我们由俄国贪婪导致的悲剧中很自然能联想到今天的日本不是正在步其后尘吗？当年如此强盛的俄国也会失败，那么弹丸之国日本在中国又可以横行多久呢？作者对于日本的仇恨无法言明，就只有以俄国的失败来做典故。也可能有人认为这是过度解读。因为当时许多台湾人对于日本是比较亲近的。尤其是魏润菴本人就是受谢介石邀请来"满洲"观光的，谢是伪满洲国"外交部长"，自然亲日。但是也有一种疑问，在伪满洲国任职就一定亲日吗？谢介石当时虽然在做傀儡，但是他内心也并非完全服从日本人的统治。他想以自己的方式富国强民，只不过，被眼前的虚幻迷住了双眼，路走错了。1937年日军大举侵华后，谢介石认识到了日人的野心，遂辞官隐居北京。战后，谢介石因此而逃脱了"汉奸"的罪名。这似乎可以证明当时许多在伪满洲国为官之人的"曲线救国"的思想。魏润菴作为谢介石的朋友，未必能理解谢介石当时的苦心和真心，但是我们从一个普通的中国人的角度去理解这首诗歌，由俄国的失败，联想到日本的必败,甚至有种隐隐的期待,应该不算过度解读。尾联则用"十千买醉西岗子,听拨鲲弦谱莫愁"此句承接上句的美幻联想,似乎作者是在这种联想中求得了一种安慰,于是想在买醉与听弦中暂时忘却人间烦恼和纷扰。这种举重若轻、四两拨千斤的气度成就了此诗的恢弘气魄。这不仅是一种境界,更是一种自我保护。因为作者的真实想法只能说到此处了。

与魏润菴不同,立志"好玩烟霞行直北,饱餐风月入燕京"的陈寄生来到大连后没有描写大连港的繁华熙攘,也没有流连于大连的风月景色,而是描写了大连的旅顺。1941 年 9 月 22 日 的《诗报》第二五六号刊发了陈寄生的旅顺感怀:

> 游旅顺东鸡冠山
>
> 据险当前似虎蟠
>
> 参观战迹益心寒
>
> 战壕力掘通天岭
>
> 炮垒坚深入地盘
>
> 铁血三千轰赤阪
>
> 貔貅十万压鸡冠
>
> 果然英勇成无敌
>
> 一击匈奴计已殚

旅顺东鸡冠山日俄战争遗址包括东鸡冠山北堡垒、日俄战争陈列馆、望台炮台和二龙山堡垒三处。东鸡冠山北堡垒是沙俄 1898 年 3 月侵占旅顺后修建的东部防线中一座重要的攻守兼备的堡垒,是日俄战争中双方争夺的重要战场之一。望台炮台是日俄争夺旅顺的最后战场。二龙山堡垒是清政府于甲午战争前所建,先后经历了中日甲午战争和日俄战争的战火。此诗的首联简单介绍地貌后就传达了游览的感受：心寒。作为日本殖民地的子民，来参观日军曾经打了胜仗的古迹应该是带着骄傲和自豪的，何来"心寒"呢？颔联和颈联又描写了此地的险峻地势，遥想战士杀敌时一往无前的骁勇。尾联才为首联的"心寒"做了注脚：原来陈君登临此山想到的并不是日军如何在甲午战争和日俄战争中取胜，而是想到了更遥远的中国历史中，汉族与匈奴对抗时是何等的英勇。同是熟知的历史，作者弃近而求远，是不是有意回避现实、不愿为日本歌功颂德呢？再想到当年强大、兴盛的中华民族，今朝却任凭外族在我国的领土上点起烽烟，鱼肉百姓，所以才会倍感"心寒"。由此诗可以看出，作者是带着被殖民的伤痕来到"满洲"的。在台湾，日本的高压政策不但控制了政治和经济的命脉，更想要钳制人民的思想，作为文人，已经失去了自由发声的权利。作者很有可能是带着在台湾的不得志逃离到"满洲"。然而，一踏上"满洲"的土地首先感受到的仍然是日人的淫威，联想到国破、离乡、失意又极度压抑的羁旅生涯，这"心寒"二字，才仅仅是此次悲情之行的开始。

两位诗人初识"满洲"，是由繁荣、美丽的大连港开始的。无论是踏浪寻春，还是咏记怀古，都只是他们对于"满洲"的第一印象。为了继续解开"满洲"神秘的面纱，他们都会意气风发"行直北"，那么"十千买醉西岗子，听拨鲲弦谱莫愁"则是最好的出发方式。

二、沈阳："红尘万丈纷飞处　天下何人识故侯"

由大连沿南满铁路向北，台湾旅者下一站关注的城市就是沈阳（奉天）。这一站，魏润菴和陈寄生不约而同地关注了沈阳的北陵。北陵，又称清昭陵，是清朝第二代开国君主太宗皇太极、孝端文皇后博尔济吉特氏及皇太极后妃的陵墓，占地面积16万平方米，是清初"关外三陵"中规模最大、气势最宏伟的一座，位于沈阳古城北约十华里，因此也称

"北陵"。作为皇帝和皇后的陵寝，整座园林浸润了清王朝的历史。如今，虽然已改朝换代，却留给后人无尽的思考。首先来看魏润　的北陵感怀。

满鲜吟草[1]

北陵

三百年来旧北陵

眼中城郭尚觚稜[2]

风松有籁鸣遐迩

石兽无言阅废兴

隆业山[3]前云鹤唳

大明楼[4]后鼎龙升[5]

感时莫问神榆树

未必荣枯事可凭

　　首联是写作者来到已有三百年历史的旧北陵，看到陵墓上宫阙楼

[1]　魏润菴：《满鲜吟草·北陵》，《风月报》，第五十二期，第十一月号（下卷），1937 年 11 月 15 日。

[2]　觚稜：宫阙上转角处的瓦脊成方角棱瓣之形。亦借指宫阙。

[3]　隆业山是人工堆积起来的。山虽不高却草木葱茏。北方冬季高寒，降雪较多，每至严冬，隆业山白雪皑皑，宛如一条披鳞挂甲的银龙，横卧于陵寝之后。

[4]　明楼：又叫"大明楼"，坐落在方城北门上。明楼之内立有一两汉白玉石碑，碑高约六米，碑头为龙首，正中开光部分刻有满蒙汉三体"昭陵"二字。碑身竖刻有："太宗文皇帝之陵"字样。也是满蒙汉三体。此碑又叫"圣号碑"，即刻写太宗"庙号"及"谥号"的碑。明楼是昭陵最高的楼。

[5]　鼎湖龙去：指帝王去世。同"鼎成龙去"。传说黄帝铸鼎于荆山下，鼎成，有龙下迎，黄帝乘之升天，群臣后宫从上者七十余人。余小臣不得上龙身，乃持龙髯，而龙髯拔落，并堕黄帝之弓。百姓遂抱其弓与龙髯而号哭。后用"鼎湖龙去"等指帝王去世。亦作"鼎成龙去"，亦作"鼎成龙升"，亦省作"鼎成"

角仍存，不禁回想起那个朝代的兴亡故事，感慨世事变化，沧海桑田。
颔联"风松有籁鸣遐迹，石兽无言阅废兴"由视觉转为听觉描写，描绘
北陵内苍松因为风动而产生松鸣，回应着自然。与松明相对的则是石兽
默默地伫立，无言地阅览朝代废兴与世间巨变。这一动一静的对比突显
的是石兽的"静"，又由石兽的"静"，指代北陵的"静"。这"静"
既包含了作为建筑无法改变历史的无奈，又包含了无生命固体不想改变
或挽留历史的从容和冷漠。颈联介绍了北陵隆业山和大明楼两处著名的
景观，尾联是感慨千古事情，无法评说。这是作者有意噤声的态度。

　　魏润菴还有一首诗写了沈阳北大营。如果说北陵还带有历史的遗
迹，那么北大营纯粹是现代战争、或者说是中日战争的遗迹。北大营是
在沈阳北郊大约三英里处的一个部落，是东北军营所在地。亦是"九·
一八事变"当夜，中日两军冲突最初开战的地点。当时驻扎北大营的是
东北军第七旅。七旅是东北军的劲旅和"精锐"，然而，这样一支"精
锐"，在上峰"不抵抗"的政策下，在几百名敌人的进攻面前，丢弃了
营房，丧失了武器。不仅北大营，仅仅一天的时间，辽宁的战略要地和
主要城镇，大部陷入敌手。来自日本殖民地的子民，来到记载日本"胜
利"的遗迹，感受国土尽失的耻辱，魏润菴是何等心境呢？他又如何驾
驭这敏感的话题呢？

北大营[1]

少帅当年此阅军

徒夸精锐若云屯[2]

那知得土皆狐鼠

---

[1]　魏润菴：《北大营》，《风月报》，第五十二期，第十一月号（下卷），1937年11月15日。

[2]　云屯：如云之聚集。形容胜多。

贻笑生儿是犬豚[1]

零落遗骸缠蔓草

萧条败垒吊平原

古来设险须兼德

刬后停车取次论

首联直指张学良曾经手握东北重权，并曾经夸耀手下精锐之多。他所谓的"精锐"都是狐鼠之辈，即使有了下一代也只能被讥笑为猪狗之辈。这样的部队注定落得尸骨掩盖于荒烟蔓草，只留下记载失败的战斗堡垒供后人凭吊。有了对于张学良征战、落败的回顾，到了尾联，作者提出"古来设险须兼德"的观点，这个"险"字，可以理解为在国难时期想要挽救民族与危亡，成就一番事业，这就需要以德服人。飞机和枪炮固然可以征服土地，但是没有办法征服民心。此诗评价了张氏父子在东北的统治，也表达了普通民众对于政权的理解。这种理解如果结合作者当时的创作背景，联想到东北大地的统治者，恐怕会有更多深意。

纵观这两篇诗作，都是借游览抒怀，由对历史的追溯委婉表达对于今昔的万千感慨。"红尘万丈纷飞处，天下何人识故侯"一句最能代表对过往的缅怀，亦能表达作者心灵深处"勿忘历史"、希冀图强的思想。

沈阳是东北第一大城市，也是政治、经济、军事和文化的中心，历史悠久，地广物博。两位台湾诗人初到沈阳，已经是百感丛生，欲吐无言。随着他们行程的北上，到了伪满洲国的首都，会有怎样的诗篇呢？

三、长春："重逢此后知何日　临发登车百感生"

长春在 1932 年被改名为新京，作为伪满洲国的首都。长春地处欧

---

[1] 豚：小猪，泛指猪。

亚大陆东岸的中国东北平原腹地松辽平原，是东北地区天然地理中心，进可攻，退可守，具有独特的军事意义。而且长春在 30 年代初期还是一个较小的城市，没有哈尔滨和大连繁华；也不像沈阳经张氏父子统治多年，各种势力盘根错节；更重要的是，这座城市与清朝没有太多的渊源，这都是日本选择在此建都的原因。

从笔者掌握的材料来看，台湾诗人书写长春的诗词一共有五首，除了李海参[1]在山东写的一首期盼赴新京的诗以外，其余四首写的都是魏润菴和李海参二人在长春会见旧友。按照行程的逻辑顺序，我们还是先来品读李海参的《赴新京于山东丸作》：[2]

梧桐下叶满嵌城

快上新京万里程

风细银樯闲鹭集

渡微沧海晓霞明

溟茫水色浮金色

冲荡船声杂浪声

漫说蓬莱难得渡

遥遥我亦向新京

首联由"梧桐下叶"可知诗人此行赴"满洲"的时间是夏末秋初之际。"快上"一词一方面说明诗人此行的交通方式是台湾到大连的直航船只，另一方面也形容诗人对此行充满美好期待，有种急切的心情。颔联写到乘船北上所见之景：满眼都是悠闲的白鹭乘着微风、在细浪间纵情飞翔；

---

[1] 李海参，台南人，曾以"明中""卧霞"为名发表作品，是台南明仁吟社社员。

[2] 李海参：《赴新京于山东丸作》，《南方》，第一百三十六期，1941 年 8 月 15 日。

傍晚在苍茫的海上观赏晚霞，增添几许明媚，连汪洋波纹都被晚霞镀上一层金色。颈联则由视觉转向听觉：满耳听到的则是海浪与行船的交错声。尾联以旧时蓬莱仙岛难以登临的说法，来比拟此次"满洲"行程之不易。从全诗来看，诗人是兴致勃勃去新京，路遇艰险也不怕。

李海参如此急切的奔赴新京，究竟是何目的？下面两首会友之作也许可以窥见一斑。

新京席上呈行桂其鸿兄[1]

邂逅新京等聚萍

乡亲何幸眼垂青

万花楼上花如锦

绿绮琴翻不忍听

新京席上呈行桂其鸿兄[2]

劳人仆仆京尘里

三十韶光逝水流

客地逢君如隔世

他乡携手共登楼

看花豪饮千杯酒

醉月能消万斛愁

惆怅明朝分袂后

有谁同赏菊花秋

---

[1] 明中（李海参）：《新京席上呈行桂其鸿兄》，《风月报》，第壹百贰拾一期，一月号（上卷），1941年1月1日。

[2] 卧霞（李海参）：《新京席上呈行桂其鸿兄》，《风月报》，第壹百贰拾一期，一月号（上卷），1941年1月1日。

这两首诗都是因为在新京（长春）与友人桂其鸿相见而作。第一首诗首句"邂逅"和"聚萍"二词表明作者在新京意外见到了友人。第二句"乡亲"表明二人相交甚深，如同亲人，"何幸"是说自己幸运，"眼垂青"是为了抬高友人的自谦之词。这两句表露因意外而惊喜。下一句因为"花如锦"而"不忍听"，显然是承接上一句的惊喜而不忍心让时间过得太快，甚至想通过逃避的方式留住和友人相聚的时光。这句诗深切地表达了朋友间相知相惜的深厚情感。既然感情如此深厚，那么一首绝句显然不能表达全部感情。于是作者又作了第二首。

第二首诗首联"劳人仆仆"可以指友人在新京辛苦工作，亦可以指自己风尘仆仆来新京看望友人。"三十韶光"应该不是说两人分别已经三十年，而是两人友谊已经三十年。颔联"客地逢君"写出了他乡遇故知的喜悦，而"如隔世"一方面可以表现分别的时间长，另一方面又可以理解为分别期间各自发生了许多变故，乍见友人，万语千言想要表达，如同隔世。接下来，作者描述了与友人一同登楼、看花、豪饮、醉月的经历，只可惜所有快乐的所为，都只是为了最后的买醉消愁。尾联作者还在遗憾，明朝分别后，还有谁可以共赏菊花秋呢？这是对于分别的不忍和无奈。

由这三首诗来看，显然存在着逻辑断层。第一首诗作者在山东时，就兴致勃勃急于赶赴"满洲"，如果是为了见多年老友，这也在情理之中。可偏偏席间诗作又明确指明"邂逅"，这就说明作者在来到"满洲"之前并不知道会遇见老友。吸引作者来"满洲"的"好事"在诗歌中根本没有提及，但是从作者会见老友"如隔世"、借酒消愁、赏"菊花秋"这些行为和感慨来看，此次"满洲"之行并不愉快，或者说与预期的想象相去甚远。究竟什么原因，我们不得而知，只知道"满洲"的丰饶物产、"新天地"的"兴隆气象"并没有给作者带来欣喜和收获。

与这两首诗同时发表的，还有一首是流连戏蝶之作，谈不上高深，却能表达作者的情绪。

万花楼席上赠妓[1]

出口芙蓉气味薰

歌翻桃叶不堪闻

席中谁是扬州杜[2]

袅娜纤腰又到君

　　芙蓉即莲花。"口吐莲花"比喻口出妙语，说话有文采。说明席间人物颇有才学，酬唱答和应对自如。"歌翻桃叶"是写歌妓舞女陪伴下共度良宵、诗酒为伴的喜悦。"气味薰"和"不堪闻"可以想象酒喝得较多，醉眼迷离，视觉模糊而味觉占据了感官优势，思维也有些凌乱，甚至自比杜牧，纵情流连欢场。结合作者的前两首诗，似乎可将此诗看作是排遣苦闷的一种方式。在"满洲"的生活不那么如意，邂逅老友更有颇多感慨，可是虑及友人现状，不能言说，只得哽咽在心，买醉浇愁。

　　魏润菴来到新京也只写了两首与友人见面的诗。其中一首是写给林小眉[3]的。

[1]　李海参：《万花楼席上赠妓》，《风月报》，第壹百贰拾一期，一月号（上卷），1941 年 1 月 1 日。

[2]　杜牧（公元 803—约 852 年），字牧之，号樊川居士，唐代杰出的诗人、散文家。曾在扬州为官十年，公事之余，流连于扬州的声色犬马。

[3]　林小眉（1893—1940）即林景仁，字健人，号小眉，别署蟬窟主人，台北板桥人，原籍福建龙溪。台湾著名板桥林家林维源嫡长孙，二房菽庄主人林尔嘉长子。时任伪满洲国外交部政务司欧美科科长。

新京重晤林小眉感赋[1]

学殖东西檀美名

五年游宦滞新京

鲈鱼未遂归吴计[2]

蔡霍[3]偏深报满情

返塞关山愁远阻

故人樽酒喜同倾

重逢此后知何日

临发登车百感生

首联是对于林小眉学识的赞誉。林小眉是台湾著名板桥林家子弟，19岁游学英国，通英、日、法等语言，汉学根底深厚，并以汉诗博取文名，可谓"学殖东西"。曾以诗谒郑孝胥、陈石遗、夏敬观诸前辈先生，唱酬盘桓，名重士林。"檀"梵语是布施的意思，在此诗中可理解为美名远扬。他在新京任官近五年，后来又曾于上海、北京经商，广游欧洲，颇为人称道。颔联引用西晋张翰借想吃鲈鱼而辞官回家的典故是在劝慰林小眉有才华，不能消极避世。这"未遂"二字很巧妙地给林小眉来伪满做官找了个无奈的借口。加之下文引用蔡霍立碑的典故，都是在为林小眉辩解，认为当时不能被人接受的历史，后世可能会有人重新评价。

---

[1] 魏润菴，《新京重晤林小眉感赋》，《风月报》，第五十一期，第十一月号（上卷），1937年11月1日。

[2] 莼鲈之思：西晋八王之乱时，出仕洛阳的吴郡张翰以思念家乡的鲈鱼脍，莼菜羹为借口，远离了洛阳的是非之地。后来成为文人们借以表达自己出仕报国和消极避世的两种矛盾心理时常用的典故。

[3] 蔡霍：明代河南淇县的知县，他的贡献是立了"商朝六七贤圣君碑"，对商纣王帝辛给予全面的评价。肯定他统一中原，传播北方文化的历史功绩，但迫于后世民众对其残暴的痛恨，不敢将他也算作商朝圣君，所以用了这折衷的方法，算他即是七位，不算即是六位，故名"六七贤圣君"。该碑对研究殷商史和淇县历史及商王帝辛生平，具有很重要的价值。

这是在肯定林小眉能够冲破历史与现实阴霾，对于社稷的贡献。其实，越是肯定，越能够让读者感觉到对于林小眉来"满洲"做官的不同态度。可见，舆论上对于在此做官是存有非议的，并不完全像以往朝代，做官即是荣耀。颈联的"关山愁远阻"是表达公务繁重、路途遥远，不知何时才能返乡的忧虑，于是只能与故人共同把酒言欢。尾联写得更加伤感：作者不远万里来到新京，遇见老友，此时正值林小眉事业的巅峰期，作者却全然没有表现为友人欣喜和自豪的情感，"知何日"表达对于分别的恋恋不舍，而"百感生"又平添了离别之外的对于友人处境、心境担忧的复杂心绪。如果再结合林小眉1940年10月客死于新京（长春）的经历，这种担忧，还真可谓不无道理。生死两茫茫，果然是不知何日才能相见。林小眉带着显赫的家世、满腹的才华、备受争议的为官经历远去，他留下的不仅是四十八岁英年早逝的故事，还有更多的悬念待后人解开。

魏润菴的另一首诗也是写给友人的，这个朋友不及林小眉声名显赫，但两人也同样惺惺相惜，情真意切。

满鲜游记[1]

王韫石[2]君

男儿到处为家住

莫问平津与满洲

鹤俸[3]惟知求称职

---

[1] 魏润菴：《满鲜游记·王韫石君》，《风月报》，第五十五期，新年号（上卷），1938年1月1日。

[2] 王韫石，台南人，曾任满洲国庶务科属官。参见徐淑贤，《台湾士绅的三京书写》，新竹：清华大学台湾文学研究所硕士论文，2012年8月，第110页。

[3] 鹤俸：泛指官俸。

鸢肩[1]何用梦封侯

客中枉驾情逾切

塞外题诗气更遒

同我终宵谈契阔

频揩病眼话从头

首联是肯定王辑石四海为家，情豪志大的抱负。颔联是说既然拿了工资，那只要求得称职就可以了。"鸢肩"不是形容王辑石相貌丑陋，而是宽慰王君既然官职较低，那也不用苦争苦熬梦想成就更大的事业，承担更重的责任。这其中也蕴涵了对于友人难以就任高位的心酸。颈联是写虽然王君自身境遇不佳，但是对于"我"的来访十分高兴，真实自然地流露出对老友的深情。这广漠的塞外，并没有消磨他的意志，题诗运笔更显遒劲力度。这一方面是在鼓励王辑石在创作上更加努力，同时也期待友人能够在心境上自强不弃。尾联是铺陈老友相见深夜畅谈的情景。"通宵谈契阔"是说二人都觉得有千言万语想向对方倾诉，尤其是对于此次不期而遇；"频揩病眼"一方面可以理解为王辑石年龄较大或是眼睛不太好，另一方面也可以理解为遇见老友，遥想当年，不觉无限感慨，老泪纵横。这首诗写的随性、自然，却流露出对于老友间的深深情谊，表现出男子也有铁骨柔肠的一面。

长春是伪满洲国的首都，更是当时"满洲"政治、经济、军事和文化的中心。作为执政政府的所在地，本该有许多话题可以作诗。可是两位诗人不约而同地保持了沉默，只写了友人相见、流连欢场这些极其个人化的内容。尤其是写到与友人离别时，都万般不舍，甚至是不知何日相见的生离死别。这不仅蕴涵了情谊深厚，不忍分手，更寄托了自己

---

[1] 鸢肩豺目：肩耸像鸢，目凶如豺。形容奸恶的相貌。

对于友人在乱世之际，于遥远的东北从事冒险工作的重重忧虑。所以才"重逢此后知何日　临发登车百感生"。

四、哈尔滨："舟人重诉前朝事　折戟沉沙恨未平"

从长春继续北上，台湾旅者终于来到了风景宜人、多国文化的汇聚地——哈尔滨。哈尔滨是一座历史悠久的城市，金、清两代王朝的发祥地。1896 年至 1903 年，随着中东铁路建设，吸引了大批外国移民和来自山东、河北等地的移民。20 世纪初，哈尔滨就已经形成近代城市的雏形，并迅速崛起很快成为国际性商埠，多个国家在此设领事馆。随着铁路的畅通和经济的雄起，许多人还开始由此转赴欧洲大陆，哈尔滨真正成为连接欧亚大陆的枢纽城市。与此同时，民族资本也在俄国势力的夹缝中艰难起步。伪满洲国成立后，哈尔滨逐渐成为北满经济中心和国际都市。

描写哈尔滨的台湾诗人有李海参和陈寄生两位。他们都没有被哈尔滨的欧陆风情和多国文化迷醉，而是不约而同地将视线聚焦在哈尔滨的松花江。"松花江"是满语"松阿里乌拉"的转译，汉语译为"天河"，是黑龙江最大的支流，流经黑龙江、内蒙古、吉林三省区，沟通了哈尔滨、齐齐哈尔、吉林等主要城市及黑龙江、乌苏里江国际界河，对于东北地域的工农业生产、内河航运、人民生活等方面具有重大的意义。哈尔滨松花江畔江水澄澈旖旎，两岸杨柳依依，蓝天白云或是彩霞满天都会给松花江带来不同的意境和韵味。李海参曾于中秋之夜泛舟江上，感受北国风情。

哈尔滨松花江中秋夜即事[1]

乘兴清游万里遥

元龙豪气[2]未凌霄

泛舟喜玩吉林月

鼓棹欣听哈尔潮

兔魄[3]光辉今古感

渔灯闪烁水天摇

骚人韵事今宵最

对酒吟诗碧玉箫

首联是说自己兴致勃勃不惧万里之遥游赏到北方，只可惜如陈登般的冲天豪气未能施展。此句留了一个悬念，表达了想象与事实之间的巨大落差。作者于此处虽未言明具体情状，但也能初步解释其在山东遥望新京的急切和来到新京后的落寞。颔联讲述自己在吉林和哈尔滨泛舟赏月，鼓棹听潮的经历，表面看似在游山玩水，其实记录的是多日的奔波劳碌。颈联的"兔魄光辉"首先暗示泛舟江上的时间——中秋之夜，"今古感"说明作者此刻不是简单的在想自己的心事，而是借由月光联想到古往今来沧海桑田的变化。虽然明月的光辉依旧，却"岁岁年年人不同"。设想南来的诗人在中秋月圆之夜却一个人漂泊在清冷的北方，宦游失意的落寞和思念亲人的痛苦伴随着渔舟灯影一起在水天间摇晃，实乃人生之大悲凉也。此处的"摇"乃此诗的诗眼。既能形容作者此刻在清冷寒江上的现实处境，同时又是作者乘兴而来壮志难酬，无奈漂泊

---

[1] 李海参：《哈尔滨松花江中秋夜即事》，《诗报》，第二六〇号，1941 年 11 月 7 日。

[2] 元龙豪气：东汉陈登，字符龙，性格豪放。

[3] 兔魄：月亮的别称。

不知所往的人生困境。"摇"即动，动即不确定。作者的苦闷正在这飘摇之间。在这一联情绪的高点之后，尾联则顺势而收，这种看似淡然悠远，与自然交融而自得其乐的行径，与首联欲说还休的豪气形成了一种对应，细究其间关系，隐然有诗人豪气因故不得伸展，只好转而追求自然之美，期望能与之融为一体，以安顿身心的心情转折。

李海参描写哈尔滨松花江的第二首诗与第一首诗发表的时间相近，应是相近时间所作：

哈尔滨松花江纪游[1]

明中（李海参）

周游日满记斯秋

省内滨江会有俦[2]

佳景如描摩诘画

谣歌似带杜陵愁

松花江上斟清酒

杨柳桥边系短舟

自是匡时男子志

忘机争忍狎沙鸥

首联"周游日满"应该是在讲述自己此次"满洲"之行即将结束，很想给这次难忘的秋天游历画上圆满的句号，于是约上同伴畅游松花江。初秋的松花江云淡风轻，银波细舞，流连于江景之间仿佛进入了王维画作的清淡悠远、远离世俗纷扰的意境，然而，随风飘来的谣歌却似乎带

---

[1]　明中（李海参）：《哈尔滨松花江纪游》，《风月报》，第壹百贰拾三期，贰月号（上卷），1941 年 2 月 1 日。

[2]　俦：同辈，伴侣。

着杜甫诗篇中国破家亡、百姓流离失所的哀愁。此处暗暗显现的家国之
思，既是哈尔滨百姓的，亦是作者的。但是作者也无处排解这种苦闷，
只能在江上斟满清酒，在桥边牵系短舟，将自己埋没于白山黑水之间。
尾联，作者终于直抒胸臆：自己过往怀抱之匡正时政的志向，到了今日，
也只能转为与沙鸥亲近，隐居离世。此诗中，作者的情绪有一个回环，
先是由景及情，表达自己忧国忧民之思，然后又由情到景，让自己与沙
鸥为伍。由放到收，衔接自然。

　　李海参一路走来，一直隐忍难言，直到哈尔滨才真正表露自己的
情怀。无独有偶，陈寄生也是如此，看来哈尔滨确是诗人抒怀之地。

松花江夜游[1]

客夜无聊独举杯

松花江畔小徘徊

垂杨也解天涯恨

缕缕随风拂面来

月冷寒江一水清

渔灯点点傍船明

舟人重诉前朝事

折戟沉沙恨未平

　　陈寄生来"满洲"也是在初秋。东北气候寒冷，一入秋令就会感
觉丝丝凉意。第一首诗描绘的就是诗人在客居他乡的九月夜晚，登临江
畔月下独酌的情景。一路羁旅的辛劳，满腹心事又不能言说的忧郁，都
让诗人不免纵酒徘徊。好在江畔的杨柳似乎能读懂"我"的"天涯恨"，

---

[1] 静园生 (陈寄生)：《松花江夜游》，《诗报》第二五六号，1941 年 9 月 22 日，第 24 页。

否则为何能伴着清爽的秋风拂面而来呢！但是在第一首诗歌中，诗人并没有言明何谓"天涯恨"，我们只能从第二首诗歌中略窥端倪。

在第二首诗歌中，诗人已经厌倦了江畔独步，搭上了打鱼的小船泛舟江上。江面宽阔明净，在月色的笼罩下会泛起粼粼波光。东北白天和黑夜温差较大，如果南来的诗人白天衣着单薄的话，夜晚乘舟临风一定会感觉"月冷江寒"。但越是冷，反而会感觉江水更清澈，渔人舟上的点点灯火更加可贵。诗人与渔人攀谈起来，谈的是什么呢？原来"舟人重诉前朝事，折戟沉沙恨未平"。舟人所述之事未必是历史上的前朝之事，而是他的亲身经历：哈尔滨地处北端，近临沙俄，由于清政府屡弱无能，使这座美丽的城市从20世纪开始就不断受到沙俄侵扰。近年来日本的势力不断北进，日俄交战，百姓更是苦不堪言。除了日俄之外，哈尔滨还成了多国资本入侵的港口，它的时髦和现代，掩藏不了被瓜分、被奴役的事实。"折戟沉沙"的典故是在哀叹我们的祖国明明应该是一只勇武的利剑，而今却掩埋在沉沙中失去了光彩。所以，舟人"恨未平"。这种"恨"显然不是个人的小恩怨，而是涉及"国家／民族"利益的大仇恨。一普通舟人尚有如此感慨，更何况诗人这个熟读经史、良知未泯却又报国无门的思想者呢？此时，诗人如遇知音，不免想起自己的故乡台湾亦是被清政府割让给日本，才造成他今日"无国"、"离家"的痛楚。此句似乎点明了第一首诗"天涯恨"的含义。再结合诗人在台湾出征时所做的诗，我们似乎可以勾勒诗人的心迹：他正是不满日本的殖民统治，感觉在台湾没有用武之地才会来到"满洲"。而一想到"满洲"也已经在日人魔爪的笼罩之下，所以临行前就已经打定主意要远离宦海，不问政治，"只把诗歌贮锦囊"。这是当时千千万万生存于殖民统治下，又不愿做顺民的国人心声。

从台湾海峡到松花江，台湾诗人见到碧波荡漾、平静澄澈的江水，感到一种恬淡、静远的怡人心态。只可惜如此纯美的江景却正在遭受帝国列强的掠夺和蹂躏。这种隐藏在背后的伤痕也正是来自殖民地的诗人的伤痕。七尺男儿，心怀救国济世之志，无奈时局不利，只能混迹于沙鸥之间。所以听"舟人重诉前朝事，折戟沉沙恨未平"。

五、四地观感，心迹渐明

随诗人游览了"满洲"四地后，会发现每到一处，作者描写的内容不同，诗人运笔题诗间流露的对情感的收放程度更是不同，前者与城市的差异有关，而后者则有更微妙的动因了，其中很重要的一点是与伪满洲国政府对于城市的禁锢、控制的程度有关。不难想象，虚假的繁荣和整齐的市貌对于普通的异乡人还是有一定的迷惑作用的，可是对于来自殖民地台湾的诗人们则不具有任何掩饰性。深谙日本野心和殖民策略的台湾旅者一踏上伪满洲国的土地就已经嗅到了浓重的殖民味道，他们知道所有的"和平""安定"都是汉奸政府对内血腥镇压、对外粉饰包装的结果。这几位诗人都没有打算放弃自身的原则在宦海中寻求发展，自然也不会应和时局写些应景的文章。作为中国人，他们眼见国土已大面积沦为日人手中，想到"满洲"人也正在遭受台湾人被压制、被奴化的痛楚，不免产生重重忧思。他们想表达，又不能直吐胸臆；他们想隐忍，又义愤难平。既不能发真声，又不能真沉默，在言与不言之间艰难地寻求平衡。

与古时文人一样，他们大多选择了一条不言当下，只及山水的游赏之路。大连，由于其重要的地理位置，导致其备受磨难的历史和粉墨衣冠的现在。老虎滩的熙攘繁荣和暖风熏醉的市容街景与旅顺口的战争创伤交相辉映。残留日俄战争血迹的旅顺港、警备森严的老铁山和甲午战争时旅顺大屠杀的遗址白玉山，这些遗迹都无法被表面的洁净和肃穆掩盖。台湾诗人不断挖掘历史的痕迹，审问自我，也警醒后人。陈寄生选择旅顺东鸡冠山，这个记载着日本两次战胜历史的古迹，遥想我族当年痛击匈奴的骁勇，表达了"哀我不幸又怒我不争"的心情，魏润菴以"沐猴"和"封豕"的典故讽刺俄、日野心，期待历史对侵略和奴役给予惩罚。

20 世纪上半叶的沈阳，既辉映着清王朝的背影，又遗留着现代军阀统治的痕迹。金瓦高楼却已沾染灰尘的故宫、繁华依旧仍载满故事的中街和神秘莫测已换了旗帜的帅府，到处都给游者留下言说的空间。作为努尔哈赤、皇太极的"龙兴之地"，刚刚逝去的清朝的遗迹，更能激起台湾旅者借古评今的热情。陈寄生和魏润　两位诗人来到沈阳后不约而同地选择了北陵诉说心事。这一方面说明沈阳作为东北第一大城市，具有重要的政治、经济和军事意义，日伪政府自然管理严苛，因此，作者已经不敢像描写大连那样借俄讽日，买醉浇愁，只能借着逝去王朝的遗迹感时代废兴。在这个管制森严的重镇当中，陈寄生还有意在诗词结尾加上能够发表的"护身符"——诗注。这个诗注显现了他及众多游人前去参拜忠魂塔的事实，却在言语背后流露了无法言明的屈辱。这是一种讽刺，借讥讽自己，来讥讽自己所处的畸形的时代。在魏润菴的《北大营》一诗中，作者借张氏父子的兵败论及以德服人、长治久安治国方略。

从大连到沈阳，作者的言说一直是隐晦的，含蓄的，都是借着古迹，引用典故表达多种复杂的情绪，叫人难以捉摸。或者说作者一直是顾左右而言他，没有真正表达自己的想法。到了新京长春，却连这点借古论今的隐晦和含蓄都没有了，直接选择了"交白卷"。两位诗人在长春写的五首诗词，除一首是遥望新京之作，其余四首全部是他乡遇友之作。对于友人的描写也只是集中在赞誉才华、重诉友情两个方面。即使友人在伪满政府身居高位，也只字不提施展抱负、建功立业的期望，对于地位卑微的友人，则劝慰其求取俸禄，养家糊口，丝毫没有意气风发的倾慕和希冀。另外，新京的楼台街市、风土民情、地域习俗和白山黑水的动人景观在台湾诗人的笔下都没有涉及。或者说在整个"满洲"，对于现实风物的描写都是一片"空白"。

但是，这"空白"不是由于生疏，而是由于了解。前文已经论及台湾第一大报《台湾日日新报》从 1905 年起已经开始对于"满洲"风物、矿产和气候等方面的报道，伪满洲国成立后更是形成了报道的高峰。这些官方报道将"满洲"描述为一个工农业发达、竞相进入现代化的"新天地"，这才吸引了几千台湾人"勇闯天涯"。虽然来到"满洲"，台湾人可以利用懂日语、懂国语的优势，享受与日本人一样的待遇（这种待遇高于"满洲"人），但是傀儡政权本身的弱质性并不能带来满洲国真正的振兴，更不能从根本上改变民不聊生、失业彷徨的现状。而且，亲历"满洲"的台湾人很快就能感受到"满洲"还是在运用自然资源进行生产或加工，这种所谓的发展和兴旺与台湾一样是建立在"被掠夺"的基础上的。日本完全将"满洲"作为其国内经济的资源地和附属地，对于"满洲"的经济也没有长远、通盘的打算，只能按照"被需要"的方向畸形发展。这种现状，与台湾如出一辙。对于这一点，普通的诗人可能未必能够看清，但是陈寄生不仅是兴亚诗社副社长，还是台湾著名香蕉生产大户，还担任多种社会行政职务。所以，至少他对于满洲国的"伪繁荣"是心知肚明的。亲历"满洲"后，几位台湾旅者还不可避免地要感受到日本关东军的跋扈野蛮、伪满政府的懦弱无能、百姓遭遇的奴役压迫和对抗日同胞的血腥镇压……轻薄华丽的衣衫遮不住滴血的身躯，刚从日据狼窝里逃脱的被殖民者再次陷入日伪的虎穴，饱受流离之苦的台湾旅者怎能不百感交集。然而，从几位作者的身份来看，都是有一定社会地位和经济地位的士绅阶层，他们谙熟"满洲"的历史与现状，更明了作为伪满帝都的管制森严、对言论的极度控制，只能选择对于现实的回避。从另外一种意义上而言，"空白"也是一种书写，"回避"也是一种态度。他们为求在浊流中自保，只能是愧对于自己的内心。压抑是一种残忍，压抑也会产生一种反弹的力量。诗人一路走来，越发感觉到这种力量蓄势待发。

到了哈尔滨之后，这种情况有所变化。哈尔滨位于中东铁道南北线的交汇点，可以说它是以国际都市的地位成为伪满洲国经济中心的。由于其复杂的国际背景和业已发达的经济，致使伪满政府对于哈尔滨的高压管制不及在长春和沈阳那么奏效，这也造就了哈尔滨相对宽松的政治氛围。所以，直到哈尔滨，我们才触摸到诗人真正的情绪。李海参的《哈尔滨松花江纪游》直言自己壮志难酬只能混迹于沙鸥的失落痛苦；陈寄生的《松花江夜游》两首，直接阐发了作者的"恨"意。而且这"失落痛苦"和"恨"不是腐蚀小我的个人情仇，而是牵动了所有被殖民子民的家国之恨。南来北往的人素昧平生，但一提起共同的被殖民经历立刻就能引发他乡遇故知的感慨，互诉衷肠。恨俄日残暴、恨政府昏庸，更恨家国无力导致百姓备受欺凌。所有的愁怨，满腔的怒火，伴着松花江的冰冷江水和缕缕寒风激荡流转。这才是作者"满洲"之行潜藏在心底的最深情绪。

纵观台湾诗人这几首诗词，从临行前的明志到亲临"满洲"的书写，呈现了完整的心迹：不满台湾现实，想要寻求新的转机。虽然要前往"满洲"却没有抱任何希望。但是真正到了"满洲"，还是不免太多失望。无奈政治高压，不能言明，只能借着古迹略抒情怀。来到新京，连抒怀的空间都没有了，直到哈尔滨，才将胸中"恨"字喊出。台湾旅者的失望、愁绪和恨意，是所有热爱祖国又不能全力报国的中国人的自然反映。虽然台湾早已沦为日寇手中，虽然他们被迫接受皇民化教育，虽然他们为了生存不得不委曲求全，但是其内心与祖国是紧密相连的，只不过，由旧殖民地到新殖民地的双重被殖民经历，令他们多了一层洞察和无奈，流淌中华血脉的日本身份更让他们难掩尴尬和悲哀。这是所有来到"满洲"的台湾人无法言明的痛楚。政治环境、旅人心迹和社会现实共同铸就了台湾士绅"满洲"书写的空白。

第四节　钟理和的"满洲"实景

前面两节提到的台湾诗人虽然亲临"满洲"，但他们都是在台湾较有地位的士绅阶层，来"满洲"迫于身份、局势的限制，并不能将所见、所想和盘托出，只能借景、怀古含蓄的抒情。真正对"满洲"实景进行描写的是台湾作家钟理和[1]。钟理和是少数有东北经验的台湾作家之一。1938 年 5 月，他经由日本渡海到"满洲"奉天，两年后又返回台湾接爱妻钟台妹（小说中改名为"钟平妹"），终于在奉天组建了他们的小家庭。钟理和在"满洲"的直接经验创作了《柳荫》《门》《泰东旅馆》（未完成）和《地球之霉》（未完成）四篇小说。从数量上看不算浩繁，在其创作中也没有占到很大比重，但这种"原乡"意识却是作者内心深处最具动力、最能体现作家人格的情感体验。

一、双线交错中"原乡"意识

1959 年 1 月，病榻上的钟理和完成了他的小说《原乡人》。这是一部没有紧凑情节，缺乏中心人物、颇像散文的小说。唯一能够将小说连缀起来的线索即是作者对于"原乡"的情感变化。

"原乡"这个词，是台湾客家同胞对于祖国大陆的称呼。据这部自传体的小说中交代，钟理和一家是在他爷爷的爷爷那一辈从广东省嘉

---

[1] 钟理和（1915-1960），笔名江流、里禾，号钟铮、钟坚，祖籍广东梅县，出生于台湾屏东县农家。是台湾乡土文学杰出的奠基人之一。钟理和生前发表的小说约 30 余篇。1976年《钟理和全集》由远景出版社出版，张良泽编；2009 年《新版钟理和全集》由高雄县政府文化局出版。

应州（今广东梅县）迁往台湾的[1]。钟理和的青少年时代，正值日本侵略者统治台湾时期，官办学校是不允许使用、学习中文的。台湾人为了不忘记自己的祖国和母语，就在村落中办起了私塾，教授国语。钟理和就是在这种情况下学习中文、感受原乡文化的。从小说中我们可以窥见，作者原乡意识源自于孩童时期。他能够接触到的与原乡有关的每一件事、每一个人都清晰地呈现在记忆中。父亲的福建朋友、爱吃狗肉的原乡老师和那些卖参的、算命的、修理布伞锁匙的和补破缸烂斧的不很体面的流浪人，他们都带给“我”某些关于原乡的想象。尤其是铸犁头的一班人，一个个身材魁梧，在火星四射的熔炉边袒着胸、流着汗，用钳儿将炽热的溶液自炉口流进模里的瞬间，简直成为了坚毅无比的巨人，那雄浑伟岸、肩挑重负的形象在漆黑的夜空下熠熠闪光。这场面慑住了“我”的思想，这种力与美正是作者想要追求的境界。然而，这种发于自然的原乡情结是要与台湾的奴化教育进行不断地抗争的。上了公学校之后，“我”倾慕的大陆变成了“支那”。日本老师津津有味地给我们讲解“支那”的衰老破败和“支那人”的吸食大烟、肮脏卑鄙、见钱眼开和怯懦不负责任等等。加之父亲在大陆投资失败，怀着遗憾将大陆比作“没落的舅舅”的无奈，都让我对于原乡的热情有所减退。“真正启发我对大陆发生思想和感情的人，是我二哥。”[2]二哥从原乡带回的名胜古迹照片和粤曲唱片令“我”着迷，不断加深“我”对海峡对岸的向往。二哥在日本接受先进的教育后，对于“国家／民族”有了更深刻的认识，还为了投身报国与父亲激烈争吵。二哥去重庆参加革命之后，宪兵和特务的盘问并没有让“我”胆怯，“我”甚至总感觉二哥在什么地方等候

---

[1]　钟理和：《原乡人》，《原乡人——钟理和中短篇小说选》，北京：人民文学出版社，1983 年，第 2 页。

[2]　钟理和：《原乡人》，《原乡人——钟理和中短篇小说选》，北京：人民文学出版社，1983 年，第 8 页。

"我"。

在"原乡"情召引我的同时，另外一种现实也在促动我逃离台湾，奔赴大陆。这就是日本人的劣迹和暴行。从孩童时代开始，母亲们就以"日本人来了"哄骗哭着的孩子，他们腰佩长刀，威风凛凛的形象让每个人都避之唯恐不及。上公学校后，日本老师又极度鄙视和嘲讽"支那人"，可是"我"从来不曾忘记，今日的"支那"曾是我先祖的故乡，那个叫作广东梅县的小地方，是家族血脉的发源地。日本人还可以随意找理由将糕饼铺的老板捉进警察署，只因为他在捐款时没有捐到日本人所希望的数目。作者身处台湾现实感觉备受压抑：想学习心爱的国语，只能偷偷地进行；恼人的防卫团的职务欲罢不能；眼睛所见，耳朵所闻，身体所感都是日本人对我族类的极度压制和奴役，于是才"没有给自己定下要做什么的计划，只想离开当时的台湾"[1]。

在原乡情感和奴役现实的交错下，作者立下了逃离台湾奔赴大陆的志向。但是，大陆那么大，哪里才是归宿呢？是什么原因让作者弃重庆的二哥于不顾，直接奔赴"满洲"呢？作者对于目的地的选择我们似乎可以从另外一篇小说《奔逃》中找到答案：

"满洲"，对于日本来说，是块"新天地"。这块抢来的"新天地"以地广人稀所造成的真空，大量吸引着日本帝国的臣民，想发大财和做大官的野心家，都想到那里去显显身手。移民的怒潮透过那条连接着日本、朝鲜，和南满铁路的大动脉，以排山倒海之势直向那里猛扑。每班船和每班火车，都堆积得几无立锥之地。[2]

---

[1] 钟理和：《原乡人》，《原乡人——钟理和中短篇小说选》，北京：人民文学出版社，1983 年，第 12 页。

[2] 钟理和：《奔逃》，《原乡人——钟理和中短篇小说选》，北京：人民文学出版社，1983 年，第 96 页。

不可否认，台湾官方媒体持续不断地对于"满洲"的积极报道在很大程度上让台湾青年对于"满洲"形成了地广人稀、新兴被开发、就业机会多的印象。在第一节中我们曾经提及，自 1932 年伪满洲国成立以来，有大批台湾人奔赴"满洲"，寻找生机。作者和许多年轻人一样，受到潮流的指引，想去那多雪的北国寻找生机。作者与钟台妹的同姓婚姻受到家族阻碍之后，终于在 1938 年奔赴"满洲"，并于 1940 年返回台湾，接钟台妹共赴沈阳。对于奔赴"满洲"的作者而言，升官发财不是目的，但养家糊口、安身立命和亲近祖国文化是他执著的追求。或者说，钟理和并非一个仅仅希图温饱的小知识分子，而是肩负着希冀和使命、想回到阔别多年的母亲怀抱的离乡游子，他是带着浓重的寻根情感踏上返乡之路的。正如小说《原乡人》中作者倾吐的心声："我不是爱国主义者，但是原乡人的血，必须流返原乡，才会停止沸腾！"[1]

二、隐忍中的铁骨豪情

钟理和在成长的过程中阅读了大量中国"五四"时期的新文学作品，既受到了很好的文学熏陶，也惊醒了他那颗渴求自由的心灵。他在文学中认识到人追求爱情、婚姻自主的合理性，又明确了追求理想的过程中应该具有反抗性和坚决性。

钟理和作品中的铁骨豪情首先表现在对于旧的婚姻制度的反抗。当他与钟台妹相爱遭到家庭反对后，他没有愤怒地与父亲争吵，也没有怯懦地放弃自己所爱,而是背负着骂名默默地离开故乡,去遥远的"满洲"寻求生路和爱情的生机。两年后，当他在"满洲自动车学校"毕业，可以养家糊口时，才按照走时的约定返回台湾，接钟台妹来沈阳团聚。在

---

[1] 钟理和:《原乡人》,《原乡人——钟理和中短篇小说选》, 北京: 人民文学出版社, 1983 年, 第 12 页。

《奔逃》中，钟理和详细地记述了二人从台湾经由日本逃到"满洲"的过程。小说一开始就将读者带到焦急且未知结果的等待中。"我"和平妹约好乘第二班火车出发，但我并不知道她到底会不会来。虽然我从"满洲"归来接她显示了足够的决心和诚意，但是让一个女孩背着骂名离开家乡和所有的亲人，跟着一个男人奔逃到遥远的他乡，这是需要足够的勇气的。另外，即使她想要和我逃走，能否实现这也是个问题。她的家人也可能会发现端倪将其扣留，她也可能在逃来的途中发生什么意外。"我"就是以自己的命运作为赌注，在"全胜"和"毁灭"间等待宣判的。当"我"登上九点三十五分的火车，在车厢中看见熟悉的平妹时，抑制不住心中的狂喜，澎湃起生平最大一次感情的波浪。"我"窃喜，这场赌博以"全胜"收场，"我们"即将开始蜜月旅行！先到日本，再乘日满联络船转往大连，这种中转的船票比较便宜，而且"我"当时是没有出国护照的，光靠一纸"渡航证明书"只能在日本国内乘船渡航。离开家乡的割离之痛、奔赴他乡的不安与凄寂加上辗转奔波的辛劳，平妹终于病倒了。她与高烧搏斗了三日之后，为了不在半路就用完全部的钱，坚持带着病体乘船北行。"她倔强地支持着，但衰弱使她时不时垂下脑袋。我紧紧握住她的胳膊。无言的激励自我的手传进她的心。她蹶然举首，牙齿更深地啮进下唇。"[1] 经过三天的不眠不食，加上热病和劳顿，到达沈阳时，平妹已经"嘴唇发紫，眼睛盖上一层薄雾，视力涣散，额角滚着汗珠。"[2] 平妹就是凭着这股勇毅和坚强支撑着筑起我们的新巢。在这个过程中，"我"始终没有怨恨父亲的残忍无情、没有迁怒邻人的讥讽嘲笑，只是愧疚不安地带着母亲和兄弟的牵挂，无言地坚持自己的

---

[1] 钟理和:《奔逃》,《原乡人——钟理和中短篇小说选》, 北京: 人民文学出版社, 1983年, 第 96 页。

[2] 钟理和:《奔逃》,《原乡人——钟理和中短篇小说选》, 北京: 人民文学出版社, 1983年, 第 97 页。

选择并甘心为这种选择承受苦难和艰辛。这是中国传统士大夫所具有的忍辱负重的情操。

钟理和在"满洲"经验的作品中，还触及了朝鲜的婚姻制度。《柳荫》通过朝鲜青年朴信骏和金泰祺的婚姻悲剧，展示了旧的婚姻制度对人的戕害。朴信骏是"我"在"满洲自动车学校"的同学。他是个皮肤浅黑、长相清秀的朝鲜人，生长在大同江边。在练习开车的闲暇，我和朴信骏经常躲在北方常见的大柳树下消磨夏日的苦热。朴信骏借助日语，广博地阅读了世界文学，他的言语间总带着文学青年特有的忧郁和聪慧。有一次，在谈到作家生活与作品之间有机关系之后，我们谈起了朝鲜，朝鲜的早婚、朝鲜的包办式的婚姻。他和他的女友为了抵制包办的婚姻制度不得不双双逃走。他逃到"满洲"，女友却在平壤做了妓女。在行文间，作者隐隐地表达了对于朴信骏没有采取有力措施挽救女友的遗憾。终于，朴信骏和他的女友去了张家口。这个文学青年终于敢于从不平和愤懑中走出，去弥补破碎的爱情。而小说中另外一个人物金泰祺却连爱情的滋味都没有尝到过。身材矮小的朝鲜人金泰祺也是包办婚姻制度的牺牲品。他十五岁就当了一个女孩的父亲，在最适合学习本领、最能吃苦的年龄却不得不承受家庭的负累。面对比他大六岁，包办而来的妻子，根本谈不上感情，他的一生只能为满足家庭的温饱四处奔波。

在这篇短小明快的小说中，作者没有谈及自己的经历，但是从《原乡人》《奔逃》和《同姓之婚》等小说的情节中，我们不难比较出作者较之两位朝鲜人的优势。虽然作者也受到旧式婚姻制度的束缚，但是作者有机会接受进步思想，具有明辨是非的能力，更重要的是，作者具有承担责任和苦难的信心，这成就了他和钟平妹成功逃离台湾，来到"满洲"立足。在没有人认识他们，也没有人在意同姓婚姻的"满洲"，夫妻俩终于不用再看别人的白眼，过起了平淡自足的生活。

林戴爵说："到了杨逵和钟理和，他们各自将台湾文学中的这两种精神发展至最顶点，杨逵是抗议精神的代表，钟理和以最完美的形式表达出悲天悯人，默默隐忍的另一种精神。"[1] 在钟理和的作品中，我们看不到声嘶力竭的怒吼、怨天尤人的指责和感天动地的表白，只能感受到作者面对苦难的从容理智的应对态度，面对责任默默无言果敢承担的豪气和面对原则毫不妥协的抗争精神。婚姻的磨难、生活的贫苦和病痛的困扰没有使他变得偏激、严酷或冷嘲，反而使他在困厄中展现出以儒家思想为主流的中国知识分子的人文精神。

如果说钟理和的小说表现的主人公与旧家庭、旧制度决裂的坚决态度，沦陷区的本土作家则倾向于对旧家庭中的流毒进行挖掘，展示其弊端。沦陷区本土作家小说中的人物与旧家庭的关系往往是控诉有余，决断不足。古丁、爵青和梅娘等作家笔下的人物，大多是受"五四"新风潮浸染，他们一方面对旧家庭的封建意识进行猛烈抨击，对旧中国的迂腐和落后表现为不耻，另一方面又表现出对家和传统的留恋。古丁的小说《原野》中的钱经邦，看不惯官吏、封建士绅的种种劣行，深深地对他所生活世界的浑浊衰败感到悲观和厌弃，但他又无法摆脱家庭给予他的社会地位，欣然享受着特权阶级的种种福利。像他一样找不到方向的知识分子只能在精神破裂和道德堕落中渐渐沉沦。爵青的小说《欧阳家的人们》，以欧阳解的死亡表现了病态传统夹缝中青年的无奈选择。这些小说通过家族叙事表现旧事物必然衰败的主题，作者还有许多在当时境况下不能直抒胸臆的观点都可以在这种主题下表达。旧势力和旧家庭成为压力反抗的中心，许多作家借此发泄对现实的不满情绪。与这些控诉现实的作品相比，钟理和的小说弥漫着更强的理想主义精神。

---

[1] 应凤凰编著：《钟理和论述 1960—2000》，高雄：春晖出版社，2004 年，第 172—173 页。

三、失落中的"满洲"实景

立志成为作家的钟理和带着希冀、梦想奔逃至"满洲"后，发现"满洲"在日本殖民文化政策下已经成了祖国传统文化的盐碱地，根本满足不了他的文化期待。他耳闻目睹是流动又闭塞的空间、卑劣的国民性格和日本残暴的殖民统治。

1. 流动又闭塞的空间描写

钟理和最早尝试的长篇小说《泰东旅馆》中，一开场就有一段对于旅馆环境的集中描写：

泰东旅馆是三合房，有十几间房子，庭外一扇黑漆木垣，把院子和胡同隔离开。叫风霜雨雪给剥蚀，而褪成煤黑色的墙勉强支撑着的屋顶，已经有倾颓的倾向了。窗户彷如幽灵的鳞甲，闪烁着迟钝而神秘的光线，与地上凄冷的冰雪相映照。屋栋——像土块盖着巢穴中的地蜂的嗡嗡嗡之声一样，压伏着在其下边日而继夜的，缺乏理性和秩序的野性、淫秽的声浪的屋栋；如无底深潭的幽圹的石碑的——门坊；和这门坊连接着的孤寂的垣檐；这些都溶合于一线，一个阴影之下。这里漂浮着不可名状的寂寞、惆怅，与迫人的忧郁。一种似浓密的秋雾的，难以捉摸的荒凉、凄怆、暗淡的空气，把泰东旅馆镇个的包围起来。它强韧而钝重，几乎凝结成可触性的窒息的一块。这气氛波及与感染了旅馆的全部住户——人们的脸色、心灵、思想、生活都一如下雪前的阴霾的天空一样灰色，如孤寂的垣檐一样单调，而无生气。[1]

---

[1]　钟理和：《泰东旅馆》，《新版钟理和全集5散文与未完稿卷》，高雄：高雄县政府文化局，2009年，第151页。

这段描写不仅描摹了现实的景物，还挖掘出潜藏在阴暗灰色的房栋下不安的灵魂，那"缺乏理性和秩序的野性、淫秽的声浪"如地蜂一样，发出嗡嗡之声。挣扎在生死线上的贫困心灵有着对于生命的更加迫切的欲望和蛮力，这座古旧的房栋却如同庞大而庄严的国家机器和延续千百年的腐旧体制，将每个灵魂中星星点点的渴求全部湮灭。所以这旅馆才荒凉、凄怆和暗淡，能够在紧缚和阴影中漂浮起来的仅有"寂寞、惆怅与迫人的忧郁"。这"寂寞"是都市人表面浮华、内心苍凉的写照，他们很难找到倾诉情绪的对象和心灵栖息的港湾。"惆怅"就是一种没有目标，看不到希望的茫然。"迫人的忧郁"则是所有人都面临的生计的考验，理想、志向等虚空的东西都不及饿肚子来得实在。这段空间描写，不仅刻画了泰东旅馆的外在构造，还以外形的破落描摹了旅馆中人物的精神面貌。与旅馆的陈旧、破败相比，泰东旅馆中的人却是流动的。这种环境不好的旅馆只是低阶层穷人的暂居之所，一旦生命有了转机都会想要尽快离开（如韩小姐）；如果生命遭际有了变化也不得不离开（如王建东）。居客们也习惯了聚散离别，不以为意。如果考察钟理和东北题材的创作，会发现他笔下的空间大多是如此流动性的。《泰东旅馆》讲述旅馆中各类居客的生存状态，《门》讲述一个大杂院中各个租户家的喜怒哀乐。虽然这里的人员相对于旅馆更稳定一些，但整体上还是逃离不了随时因欠房租被赶走的命运。即使令钟理和获得声名的《夹竹桃》也是以北京的租借地作为描写空间的。这种流动的空间突显了钟理和的心态。他虽然回到了日思夜想的原乡，可是无论是在身份上，还是在文化上，都没能得到他期待的认同，身体上远离家乡，心灵上找不到寄托，他时刻有种不稳定的漂泊感。与这种不稳定感相形共生的是作家的自我封闭意识。在小说《门》中，"门"这个意象就是作者心理的象征。说起"门"，通常人们关注的是"开门"这个动作，以此来指代通往世界、通往成功之方法。作者在此关注的是"关门"这个动作，他不是千方百计在寻找通往富裕、成功的捷径，而是在主动地关闭心门，妄图隔断他与世界的联系。他因为并不认同他所生活的世界，不愿意为日本人工作，便自动自觉地将自己封闭起来，以"门"的关闭来阻挡外界的一切纷扰。所居住的沈阳，早已成为日本的殖民属地，要想完全脱离日本控制找到一份工作谈何容易。《门》中的"我"则偏执地不想为日本人服务，所以道路越来越窄，生活越来越贫穷。如果我们再考察此文的写作时间——1941 年，似乎能够体察到作者对于当时奉天灰心失望、想要逃离的心情。也正是这一年五月，钟理和带着妻儿来到北平。

景物描写总是具有巨大的内涵。钟理和笔下的"满洲"风雪更是迎合了作者的心境。

在一望无际的雪原之中，贫寒的匍伏着一个寂寥，萧条的小市镇。那便是通辽——灰与死的地方。暗澹、凋零、憔悴，这些象低迷的云雾，冥顽的紧缠着这市镇全体。[1]

我卷起大氅的领子，鼓起勇气，只一跃，便已跳入已经疯狂的野兽般的风雪之中。

咻咻吼叫的风雪声中，奉天市沉沉地在昏睡，不，宁象死了，象一片荒凉的荒城废墟，不见半个人影。

我雄赳赳，但又孤凄地，恍如探险鬼域。心，如非麻木，则是太过紧张，并不感觉半丝儿寒冷。风雪打横里、竖里、斜里，或扫、或射、或窜、或扑、或卷而来。我跟着就是直冲、倒退、停步、踉跄，双方在展开着无言的恶斗。[2]

---

[1] 钟理和:《门》,《原乡人——钟理和中短篇小说选》, 北京: 人民文学出版社, 1983 年, 第 283 页。

[2] 钟理和:《门》,《原乡人——钟理和中短篇小说选》, 北京: 人民文学出版社, 1983 年, 第 288 页。

第一段是《门》中的主人公欲寻求工作来到通辽时的景物描写。"我"为了生存，终于放弃了原则，来到这么偏远的城市请求一个日本人施舍。虽然是这么破落的小镇，虽然是如此的寒冷和孤寂，却仍然没有"我"的容身之地。一方面"我"在寻找可能给我工作的山口先生的时候出现了波折，几次寻找没有找到；另一方面也是"我"在这衰败、颓然的城市面前退缩了，匆匆地逃离回家。而后，当"我"见到帮我推荐工作的朋友时，"我"甚至不敢提起我去过通辽，只能"愧歉地对他谢我的爽约"。"我"内心的原则不断地在残酷的现实面前妥协、退让，因为褴褛中的小生命和日渐消瘦却从无怨言的妻让"我"惭愧和汗颜。"我"在痛恨和诅咒自己的同时，内心世界也在进行激烈的搏斗。第二段景物即是我从通辽回到沈阳，又奔入风雪中往家赶的情景。在死寂的城市中，"我"想要挺起腰身雄起起地直面风雪，然而风雪却"打横里、竖里、斜里，或扫、或射、或窜、或扑、或卷而来"，我只能"直冲、倒退、停步、踉跄"。在庞大自然力的面前，"我"感到自己的渺小和懦弱。钟理和确实是为了逃离家乡"同姓不婚"的婚姻制度来到"满洲"的。因为这"奔逃"本身就是对于理想的执著，所以，即使一贫如洗，落魄颓唐，他也不会为了温饱而放弃原则。大陆，是他的故乡，他想要在这寻找他所热爱的祖国文化的血脉；"满洲"是他的避难所，他不想再蜷缩在日寇的屋檐下，在被奴役的同时还感恩戴德。这就是一个不愿做亡国奴的知识分子的内心情怀。他忍受的不仅是饥饿和困顿，还有邻人的鄙视、对亲人的愧疚和理想失落的痛苦。

2. 卑劣的国民性格描写

钟理和从小即受到鲁迅、巴金和郁达夫等优秀作家的影响，尤其是鲁迅作品的叙事方式和思想内涵对他产生了深远的影响。改造国民性是鲁迅思想的重要部分，在钟理和的小说中，他也试图将国民的劣根性揭示出来，引起疗救的注意。

在小说《泰东旅馆》中，钟理和首先展示了"看客心理"：

"喂，喂，你瞧，搬进日本人来啦！"

……

"是高丽棒子吧，日本人他住这样的旅馆？"

……

"漂亮的朝鲜娘们！"

……

"你才漂亮呀！"[1]

"我"和妻子还没有进旅馆的大门，首先看到我们的十五六岁少年已经低声地向衣着时髦的冷漠男人报告了。冷漠男人看着"我"和妻子的狼狈相，从我们的口音推断我们应该是朝鲜人——日本人是不会在这种下流旅馆居住的。恰在此时，红唇圆脸，媚态十足的妖娆女人也充满羡慕和嫉妒地应和了一句，引得清秀面庞的青年讨好又打趣的搭讪。这是典型的鲁迅小说的"看／被看"的情节模式。这群人见到与他们同一屋檐下居住的同胞不是热情的问候，也不是善意的帮忙，而是带着傲慢的情绪冷眼旁观。他们热爱咀嚼陌生人的故事，无论是悲是喜，至少满足了一时的好奇心，可以打发无聊的时光。

小说《地球之霉》中写到奉天汽车行的司机们每日驾驶着汽车载着嫖客、妓女、老爷游荡在大街上。他们无言地观看日本军官的跋扈、可怜女人的眼泪和酒醉之人的放纵。他们只能旁观，因为他们身份卑微，需要这份薪水养家糊口；他们习惯旁观，因为义愤填膺也无济于事；他

---

[1] 钟理和:《泰东旅馆》,《新版钟理和全集 5 散文与未完稿卷》,高雄: 高雄县政府文化局,2009 年, 第 149 页。

们安于旁观，屈辱和不平见得多了，也就不足为奇了。然而，对于大多数民众而言，暂时的安稳又感觉乏味无趣，时常会滋生嫉妒别人优长而嘲笑他人缺短的恶习，在别人需要时袖手旁观，在别人痛苦时暗自满足，以使自己受挫的、受辱的和受痛苦折磨的心得到一点平衡。这是中国人骨子中的精神杂质。

除了旁观，钟理和还揭露出当时中国人精神萎靡贪图享乐的精神状态。《泰东旅馆》中贫穷衰败的气息不仅体现在颓圮的院墙和屋顶上，更源自于居客们的自我放逐：守门的赵小秃子做完份内的活就是和厨子闲谈；已近花甲的厨子只喜欢饮酒和听戏；整个旅馆的闲人都被韩小姐排演鼓书的歌声吸引，只要歌声起，定会集结成一场旅馆盛会；比韩小姐的鼓书更能吸引众人的则是大烟。无论是读书的学生还是打杂的伙计，有点钱来都想要抽上一口，在烟雾缭绕间议论关心他人的长短是非。且看躺在床上的杨光祖：

> 熏黑的面色，失了光彩的昏聩的眼睛，干涩的嘴唇痉挛的手足，山字肩膀罗锅腰……
> 他也是××日语学院的学生，但现在他最关心的并非学课，而是抽烟、女人及吹箫。他日日劣力，注重后者比前者多多。他把时光的三分之二，消耗在大烟和女人及瘾过后吹几曲箫子，把三分之一的一半，分给下棋、吃饭、聊天、其他，剩下的零五分才这么无精打彩的上他的课程。实际念书于他是个赘疣，无必要多此一举了。[1]

这个情节揭露了伪满当局利用鸦片毒害中国人的事实，究其原因：

---

[1] 钟理和:《泰东旅馆》，《新版钟理和全集5散文与未完稿卷》，高雄: 高雄县政府文化局，2009 年，第 166 页。

其一是通过经济搜刮牟取暴利，获取军需，以此作为"以战养战"的重要手段；其二是以大烟的麻醉让中国民众失去民族意识和反抗斗志，甚至成为丧失劳动能力和无法生活的废人。泰东旅馆即当时奉天下层社会的一个缩影，许多民众在日满的殖民政策统治下，还未懂得人生的要义，就已经沉沦在毒品中。小说中写到"我"可怜他们想要规劝，却念及他们的自尊心，只是轻描淡写地劝了一句："因为大烟是奢华东西，上瘾了不好对付，要谨慎一点才是，尤其是年轻人！"然而"我"的规劝也立即随着烟雾消散了。泰东旅馆此刻重现了鲁迅先生的"铁屋子"意象，将有能力反抗的中国人都迷醉在其中，直到昏睡死亡。偶有几个清醒的，也成为异类，没有能力将更多人唤醒。这是作者当时在"满洲"感到孤独和寂寞的最主要原因。

同样是对年轻人沉迷、堕落现实的描写，钟理和注重描摹他们的现实状态，沦陷区本土作家则更注重对悲惨现实根源的揭示。古丁的小说《莫里》，展现了日寇入侵后的东北，年轻有为的中文系才子莫里是如何一步步堕落。五年前的莫里是中文系的才子，大有一番理想与抱负。五年后的莫里，已经身着警官服，眼神无力，背脊弯曲。莫里吸鸦片、嫖妓到得了梅毒、卖了故乡的土地，印证了东北当时的现实：既不能给有志青年提供施展才华的舞台，又从政治上、经济上处处弹压，致使青年人逐渐地打破自己的理想，不断屈从于黑暗世界。古丁的小说集《奋飞》之名取自《国风》"静夜思之，不能奋飞"之句。作品的主旨也是展示小知识分子"欲奋飞而不能"的困苦、愤懑心态，读来不免产生幻灭之感。由于日伪文坛环境的原因，作者也没有办法更多渲染故事背景，但其风头所向是不言而喻的。

钟理和的小说中还表现出作者深恶痛绝的劣根性就是趋炎附势，恃强凌弱。《门》中的房东太太在每月初一，便发出叫火给烫了似的叫嚣，嚷骂吵撵地对付那些交不起房租的穷户——这是她收房租和撵人家走的时候。对另外几家则是另一种神色："和颜悦色、低声下气"，因为"他们一个是少佐，一个是中尉，一个是某机关的课长"。[1]在殖民地，日本人、军人和伪满政府的官员是高高在上的统治阶层，他们一方面干着蚕食中国、奴役国民的勾当，另一方面又要摆出架子，享受尊敬和服从。大多数老百姓只能安于这种屈辱和叫骂，压制着怒火勉强生存。钟理和这位带着殖民地伤痕来的有良知的作家自然很难容忍这种不平。他正是为了摆脱日人的压迫才从台湾来到"满洲"的，每次当这种情景再现的时候，定会怀疑奔逃而来的意义。

3. 残暴的殖民统治描写

钟理和对残暴殖民统治的描写首先是通过空间对比来展现的，在小说《地球之霉》中作者以自动车司机崔志信之眼观察到了这两处空间：

> 配车室外面的司机休息室里，六十烛的灯光明晃晃地，但却温柔地照着，六七个穿着同样草色制服的司机，这里有着日本人、中国人、朝鲜人、远在南太平洋上一小海岛的人，坐在暗红色的，沾满了油垢、尘土、虱子的沙发上，围着一台长方形、颜色不分明的棹子，四个在搓着扑克牌，余下的便都在旁观着。两个在里壁，由三叠榻榻米而成的，台子似的矮床上，翘起腿抽烟。十来张嘴里，一齐冒起白烟，把整个屋子熏得极度污浊。[2]

在嘈杂又尘土飞扬的配电室的外面，就是自动车司机的休息室。灯火通明的夜晚，正常的家庭都在享受团圆和宁静，崔志信等人还在等

---

[1] 钟理和：《门》，《原乡人——钟理和中短篇小说选》，北京：人民文学出版社，1983年，第255页。

[2] 钟理和：《地球之霉》，《新版钟理和全集5散文与未完稿卷》，高雄：高雄县政府文化局，2009年，第248页。

待工作的机会。同样的制服显示着来自不同国家的人同样的被剥削的地位。他们要么栖居在肮脏不堪的沙发靠扑克牌消磨时光，要么躺在简陋的矮床上抽烟。这个烟气缭绕的休息室渐渐地将每一个司机浸染上烟气、浊气和晦暗气。　凌晨一点二十五分，崔志信接到任务，从矮床上爬起来开车到满铁道社员的住宅区接客人。这个社区居住的都是满铁（"南满洲铁道株式会社"的简称）的中高级社员，处处显示着满铁雄厚的经济实力和至高无上的政治特权：

> 一式一样的潇洒的日式房子，隔着窄窄的庭子比邻衔接。庭里有繁茂的草树，在朦胧的灯光之下，静静着垂着枝叶，在做夏夜的美梦。疏疏落落的路灯，冷清清地立在马路两傍，在俯视，并且悲叹人世间这一日是去的如何地悾惚，正如灵前吊故人的生涯的灵灯一样。街区沉寂。[1]

社区不仅满足了社员的居住要求，还提供了休闲和观赏的功能——有大片草树。这是建立在刚性需求基础上的高级的精神满足。茂密的树叶也和它们的主人们一样，在安逸舒适的环境中有充足的时间去做着夏夜的美梦。那疏疏落落的路灯和司机休息室里的明晃晃地灯光形成了鲜明的对比。在这寂静无人的深夜，路灯象征着独裁和铁血统治，窥测着深夜里每一颗不安灵魂的躁动和反抗，作者带着无限怨恨将路灯比作吊故人的灵灯。"街区沉寂"，既是对于深夜环境的描写，亦是对于当时人民敢怒不敢言的现状描写。在司机休息室中，崔志信发出了司机和妓女是同路人的感慨——晚上不睡觉，等着伺候老爷。这是将司机和妓女

---

[1] 钟理和:《地球之霉》,《新版钟理和全集5散文与未完稿卷》,高雄: 高雄县政府文化局, 2009 年, 第 253 页。

同样置于被压迫的地位，显示了崔志信的第一重悲哀。在第二个情境中，他来到住宅区，亲眼目睹了日本嫖客殴打妓女，老鸨从中调和的过程。最终，因为交易谈成老鸨给了崔志信比车费多得多的钱。这又展现了崔志信的第二重悲哀：无论是他的车，还是他的人，都成了殖民暴力统治的帮凶。面对这种屈辱又尴尬的角色，小说中的崔志信接受了，但作者钟理和接受不了。

殖民的残酷性不仅体现在表层的暴力和奴役，更多的时候是潜藏在祥和的表象中。小说《柳荫》讲述了"我"在满洲自动车学校的经历。日本人开办这所学校，表面上看是提供了就业机会，繁荣了经济，实际上仍是一种以掠夺为目的的殖民性资本投入。"我"的同学金泰祺即是受害对象：

> 我想退学。矮人是不能开车的。坐在车里，就像掉在海里，什么也看不见。矮人开车好似吊死鬼，活受罪。考，也不会考上的。[1]

金泰祺发觉自己由于身体缺陷和经济困窘无法完成学业想要退学时，日本校长却侵吞了他剩余的学费。在这赤裸裸地剥削背后，还有一个令人不免绝望的隐喻：矮人开大车，暗示着弱小的被殖民者永远无法驾驭强大的殖民体系，只能接受摆布和驱使的命运。

殖民统治最大的威胁是先从民族内部瓦解。在小说《门》中，处于统治阶级的少佐、中尉与我们同院居住，他们勾结在一起做大烟、酒及杂粮等买卖，很发了一笔财。用房东太太的话说，"做白的是白的，做黑的是黑的，谁敢拦挡，敢说个什么？警察？警察才蒙住眼睛装瞎子

---

[1] 钟理和：《柳荫》，《新版钟理和全集 1 短篇小说卷（上）》，高雄：高雄县政府文化局，2009 年，第 232 页。

呢！"[1] 这些人混迹在国人中间，却成为殖民者残害自己手足的最有力工具：泯灭良知，奴役自己的同胞；唯利是图，做打击国民经济、残害国人身体的勾当。这正是殖民统治最残酷的地方，不但从外部掠夺土地和资源，还从内部剥离民族情感，造成难以愈合的心灵创伤。

相比之下，沦陷区的本土作家则大多是通过百姓们吞食荒土、争吃死尸的悲惨生活将矛头直指殖民统治。金剑啸的《云姑的母亲》中，云姑清醒地看到日本侵略者是使母亲陷于疯癫的罪魁，最后，作者借云姑母亲的一些疯话，揭示出了日本侵略东北造成的罪恶："世界的末日，兵匪，天灾，人祸……全快来了，我们得回去准备。"[2] 这些看似疯话，实则道出了千百万人的心情，在那个"杀人的世界"里，有谁能不诅咒日伪反动统治的末日早早到来呢？

钟理和来自于殖民地台湾，他对于日本的殖民手段有着更深的体悟，所以他能够在"平等""祥和"的表面参透殖民的实质并深深地为这种洞察而感到痛心。从这个意义上说，钟理和对于殖民统治危害性和隐蔽性的揭示较之沦陷区本土作家更为深刻。

四、误读中的惨淡现实

误读涉及哲学、语言学、文学等诸多层面，也与个人生活阅历、成长背景及知识构成密切相关。当人们接触某种新的环境、文化时，经常很难摆脱自身的文化影响，往往按照自己的思维定式去理解新事物。这很可能就会在短时间内得出错误或与事实真相有偏差的结论。如果我们将这个定义引用到社会学领域，将日据时期的"满洲"比作一个文本

---

[1] 钟理和：《门》，《原乡人——钟理和中短篇小说选》，北京：人民文学出版社，1983年，第260页。

[2] 金剑啸：《云姑的母亲》，《东北现代文学大系(1919——1949)·第三集·短篇小说卷(中)》，沈阳：沈阳出版社，1996年，第754页。

的话，初到"满洲"的钟理和也很有可能带着自己的殖民体验去误读这个本文。虽然文学研究中最容易产生误读，同时也鼓励误读，但是在社会学领域里的误读则可能妨碍阅读者对于事实真相的认识。

既然我们肯定了钟理和作为现实主义的作家对于"满洲"现状描写的真实性，那"误读"一说又源自于哪里呢？

这种"误读"不存在于现状的展示层面，而是体现在认识层面。任何人也不能否认旧中国积贫积弱的现实，但钟理和似乎只是看到了殖民地的阴暗现实，并没有看到这阴暗中潜藏的光明。

从反抗旧的婚姻制度这个层面来分析，大陆是作者日思夜想的"原乡"，更是他婚姻的避难所。是原乡人以宽容和善良接纳了这一对在台湾无法生存的苦命鸳鸯，给他们一个栖息的港湾。而且从小说《柳荫》来看，朴信骏、金泰祺这些对婚姻的反抗者都聚集"满洲"并在这里积蓄力量，这说明"满洲"确实是受苦难、受压迫青年的避难之所。在这里他们可以宣泄自己的不平，可以找到求生的出路，还能够找到正确的人生方向。更重要的是，三位来自殖民地的青年在"满洲"互诉衷肠、互相鼓励的情谊正是所有被落后婚姻制度戕害青年的阵地联盟，具有启蒙主义的先锋色彩。

从民族认同这个层面分析，钟理和夫妇获得了原乡人的承认和关爱。在《泰东旅馆》里，"我"和旅馆的居户们，"因为我们同样负着那可诅咒的，悲哀的同一的命运——殖民地的人，因为这些，很快使我们亲近起来。更特别是因为后者的关系，甚至使我们发生了同情的、感伤的，类似友谊的微妙的感情。"[1] 老厨子和账房先生会热络地与"我"攀谈；学生们会把心灵深处的秘密说给"我"听；"我"也会善意的为

---

[1]　钟理和：《泰东旅馆》，《新版钟理和全集5散文与未完稿卷》，高雄：高雄县政府文化局，2009年，第155页。

盗窃少佐家煤的邻人保密，尽管我并不知道他是谁。在小说《门》中，"我"深深地感谢裴大爷夫妇对于我们家无私的、巨大的帮助。然而，钟理和只是将这种帮助看成个体对于个体的帮助，而没有将这种无条件的温暖和关怀上升到广阔的民族情感层面去理解：是天下受苦难的人对于所有受苦难的人的同情和帮助，更是所有被剥削者的阵地联盟。有了这种至真至纯的情愫，使得"我"和妻子这一对被家乡所不容的人在"满洲"不仅有一个容身之所，还能切实感受到祖国人民对"我们"的爱、感受到大陆母亲对于台湾儿女的爱。

再从民族劣根性这个角度分析，作者只是看到了《泰东旅馆》中青年学生们追逐女人、吸食大烟、无心学业的颓靡和堕落，却没有肯定吴容对于爱情的执著和奉献；李护以明确的做人准则去捍卫友情；王建东表面浪荡内心纯真的广阔胸怀和为爱敢于献身远走的勇气魄力……当作者借《门》中的"我"表达对于失业困顿、难以养家糊口愧疚的同时，一个"贫贱不移、富贵不淫、威武不屈"的中国脊梁似的人物跃然纸上。尤其是在民族危亡之际，富贵与贫穷不能衡量一个人的价值，贫穷甚至更能代表人格操守。

钟理和不堪忍受日人在台湾的殖民统治而出走，千辛万苦逃到"满洲"，但是这里仍然在日本的控制之下。所谓"皇帝"仅仅是一个傀儡，真正掌握"满洲"实权的是日本的关东军。多年来民族文化的浸染，使得钟理和产生了强烈民族自尊心，他的一言一行始终实践着对于祖国、对于民族的爱与维护：当日本人在台湾残暴地实行殖民统治，强迫台湾人使用日语、改用日本姓氏时，钟理和坚持不用日文创作，自然也没有经历过战后官方语言转变所带来的"失语震撼"；在钟肇政的《原乡人——钟理和的故事》中记载了与钟理和同院居住的伪军大卫以施舍的口吻请钟理和去当通译，与日本人打交道，但是钟理和当即回绝的故事。事实上，钟理和确实凭借流畅的日语和熟悉的国语担任过日本翻译，待遇颇丰，因受到民族大义的感染，不肯充当日军侵华的工具，只干了三个月就愤然辞职；在伪满时期的东北，台湾人是比东北人高一个层次的，但钟理和在生活极其艰苦的情况下，也坚决拒绝以日本侨民的身份领取补给，生活困顿；钟理和对于日人的仇恨还不止于默默地抵抗，他担任"奉天交通株式会社"的司机时，还因为酒醉的日人强迫 15 岁的中国少女卖淫而将其赶下汽车，愤然离去[1]。这不是一个卑微的自动车司机对于日本乘客的愤怒，而是有血性的中国男人对于日本侵略者的反抗！这事过去不久，钟理和便辞职了。他无法忍受每日满眼见到的日人飞扬跋扈欺侮中国的现实，索性远离，专心从事写作。可是这条路也行不通。在日伪严格控制的"满洲"，除非是为伪满洲国粉饰太平、歌功颂德的文章，真正表达民族义愤、同情下层人民疾苦的描写真实文学是没有发表的空间的。所以钟理和只能是空有报国志向和一身才华而忍饥挨饿。

钟理和是因为不满台湾被殖民的现状而逃往大陆寻求解脱的，他对于心中的"原乡"有一种美化和憧憬，更有无限的期待。这种期待让他无法接受"满洲"的堕落和废墟，他不能像本土"满洲"人一样，平静、淡然的接受这不合理的现实。加之他在满洲所经历的求职的心酸、生计的困苦，感受到人性的卑劣，不免产生失望的情绪，在现实面前迷失。作者带着从台湾裹挟而来的殖民地的创伤，自然很难正确地分析当时的国情，只能用其固有的已经被殖民者同化的眼光去"误读"中国的现状，最终导致错误的判断。

钟理和的"满洲"时代是 1938 年 5 月至 1941 年 5 月，这之后他带着家人前往北平。写北平经验的《夹竹桃》是"满洲"殖民地体验的继续，古旧奉天（沈阳）的破落，下等人居住地的颓靡，人性中自私炫耀

---

[1] 钟肇政：《雪地篇》，《原乡人——钟理和的故事》，高雄市：春晖出版社，1993 年，第 29 页。

和日伪统治下正直青年不愿被奴化就无处谋生惨状再次被放大，字里行间都洋溢着"恨"与"不平"。生存更加艰难，"误读"一直继续。钟理和终于在 1946 年带着原乡的失落携妻儿返回台湾。

第五节　林辉焜的"满洲"底色

在台湾本土作家的"满洲"书写中，还有一位比较特别。他没有到过"满洲"，仅凭报纸、杂志等了解"满洲"，却能够在描写台北都市生活的小说中将"满洲"置于文本的最底层，表达了当时台湾青年的"满洲"想象和"满洲"期待。他就是林辉焜[1]。1932 年 7 月起，林辉焜的长篇小说《命运难违》连载在《台湾新民报》上，前后 7 个月，总计 170 回。小说将故事的开始时间设置在 1932 年春，描写了李金池、陈凤莺等台湾上流社会青年的婚姻和爱情。在展现台湾政治经济和社会风俗的同时，以"满洲咖啡馆"为载体，融合了东北的时政风云，反映了伪满洲国成立之初，台湾对于"满洲"的认识。这篇小说的独特之处有以下几个方面：

一、"满洲"报道与台湾现实的互文关系

小说的背景是 1932 年伪满洲国成立。此时"满洲"与台湾一样，成为日本的殖民地并作为经济掠夺对象的开始。相隔甚远的台湾和"满洲"以日本的殖民统治建立了联系。小说的开头即设置在"满洲咖啡馆"中。大学生李金池正在和好朋友张玉生倾诉对包办婚姻的不满，巧遇了

---

[1] 林辉焜（1902—1959）出身台湾淡水望族，国语学校国语部毕业后，赴京都二中、金泽四高就读，1928 年京都帝国大学经济学部毕业。回台后成为台湾兴业信托株式会社社员，1930 年获选为淡水信用组合专务理事。1936 年辞卸专务理事职务，转任台湾农林株式会社主事。1939 年 4 月进入台北帝国大学医学院就读，7 月中途退学，赴厦门特别市政府担任实业科长，兼任仙门至诚会干事。又曾任台北市长吴三连的机要秘书，后转入彰化银行。此作是他知名度最高且目前仅见的唯一创作。参见柳书琴，《满洲内在化与岛都书写——林辉焜＜命运难违＞的满洲匿影及其潜话语》，《台湾文学研究》，2012 年 6 月，第一卷第二期。

为躲避一场狂暴的西北雨,也来到这间咖啡馆的林友三及他的两个朋友。这个咖啡馆是由广口商会旧址改建的,地方不算太大,有二层楼,仅二楼就有十二三张桌子。几个人一见面就谈到了"满洲"议题:

……静子对这位熟客招呼道:

"赵先生、徐先生好久不见,什么风把你们吹来?"

"我因为生病住院了……哈哈……"

"我也是!"

他们两人大声朗笑道。

"真的生病了啊?"

静子明知这是笑谈,也一脸正经,语带悲怜。

"也不来探个病,本来我不打算来'满洲'了。"

"去满洲当流浪汉吧……哈哈哈……"

友三这俏皮话,惹得大伙儿噗喇大笑起来。

"说的也是,去满洲国当流浪汉挺麻烦的,干脆来满洲咖啡馆逍遥。"

"那个是去赚钱的满洲,这种可是来花钱的'满洲'啊!"

友三朗声揶揄说着。

话毕,大家又哄然大笑。

"与其花大笔的旅费去满洲赚钱,到头来落到流浪汉的地步让人看笑话,宁愿来这里的'满洲'的好。"[1]

在本章的第一节我们论述过官方的《台湾日日新报》从20世纪初就持续不断地对我国东北进行频繁地报道。尤其是1931年"九·一八

---

[1] 林辉焜著、邱振瑞译:《命运难违》,台北:前卫出版社,1998年,第12—13页。

事变"后，更是加强了报道的力度。小说的故事时间是与台湾官方的报道高峰吻合的。作者显然是为了搭乘舆论热点的快车，将小说中的咖啡馆名字设置为"满洲"，以此可以看似无意又顺理成章地讨论"满洲"事宜。这段对话中出现名字的人物有两个，一个是咖啡馆的女招待静子，一个是政府的文官林友三。静子气质高雅、涵养颇丰，对任何客人、任何场面都能够礼貌应付。林友三在这里则显现出玩笑和闲适的态度。他玩笑说"去满洲当个流浪汉"似乎表达了对于离乡别井、奔赴遥远又寒冷的"满洲"的畏怯心理。同时"赚钱的满洲"一说，又说明了在当时台湾的报道中，"满洲"确实是个发财机会多的地方。只不过去"满洲"首先要筹一笔路费，还可能遇到想象不到的巨大风险，可能发财，也可能真的变成一无所有的流浪汉。他们之所以能够以如此轻松的态度谈论"满洲"是因为都属于台湾的上层社会，衣食无忧。这几位人物都具有一定的身份：故事的主人公李金池在日本读大学，父亲是台北屈指可数的富商；张玉生出身士林，在某家族企业工作；林友三带来的两个朋友分别是银行职员和米商。由于各自的职业，谈话自然也触及了台湾的经济现实。比如经济的持续低迷，导致银行和米商都很吃紧；滨口内阁的紧缩政策和解除黄金出口的禁令，导致台湾金融界的混乱等。由于这个情景是小说的开头，只是为社会问题的阐发垫了个伏笔，并没有深入触及。

随着情节的展开，台湾的社会问题逐渐暴露。在特产课的山泽课长来找陈太山为郭西湖家提亲的情节中，就提到了台湾米限制出口的实质问题。陈太山认为这件事对于台湾的小地主确实影响很大，恳请即将回东京述职的山泽课长向中央力陈台湾的现实困境。这个细节反映了米谷出口问题引发台湾社会高度关切，士绅为此奔走、央告，企图改变现实。

应日本国内之需，砂糖产业和大米产业是台湾的经济支柱。此时，这两个产业都免不了受到巨大打击，台湾的茶叶生产就更艰难了。在《宿命》一回中，杨万居来拜谢金池搭救其父的时候，谈到茶农已经惨到了极点，茶叶产业极度萧条："茶叶价格只有过去的三分之一，收成只有以往的一半，已经濒临无法想象的困境了。……我们好几代都做制茶生意，从没遇过像今年、去年这么艰难，累得要命，却又赚不到钱"[1]。这几段对于台湾现实的展示看似与"满洲"没有任何关系，其实却密切相关。1929 年的经济危机席卷全球，日本经济受到重挫，他们加紧侵略"满洲"是为了缓解国内危机。占领"满洲"后又受到国际舆论的指责，所以发动上海事变转移国际关注视线。此次台湾米谷出口限制的决策是在日本内政外交雪上加霜的情况下，为了弥补日本国内损失的权宜之计。台湾与"满洲"共同连接在日本的殖民纽带上，在政治、经济、军事、民生等诸多方面产生必然联系。更直接的联系还数台湾人谢介石深得溥仪信任，担任伪满洲国"外交部长"。在《父女情深》一回中，陈太山还与女儿谈起此事。原本回乡探亲的谢介石，此时却作为"满洲国"的特使来访，并"给予宫中贵宾待遇，此后作为政府的国宾接待"[2]，无比风光。陈太山则与谢介石相识，评论谢是"最不争名利、最温和的人"[3]。由于小说时间的设置，巧妙地将有关"满洲"的报道与台湾现实产生互文关系，直接展现了"满洲"对于台湾产生的影响。

二、台湾时尚外表里的保守观念

由于殖民的关系，台湾较早地进入了资本主义经济运营模式。但是台湾人古旧、保守的思维模式和行事方式，并没有随着经济模式的改变而改变。台湾的上流社会，经济上一直延续奢侈之风；婚姻制度恪守"父母之命、媒妁之言"的传统习俗；对女性还是以"三从四德"加以

---

[1] 林煇焜著、邱振瑞译：《命运难违》，台北：前卫出版社，1998 年，第 208 页。

[2] 林煇焜著、邱振瑞译：《命运难违》，台北：前卫出版社，1998 年，第 231 页。

[3] 林煇焜著、邱振瑞译：《命运难违》，台北：前卫出版社，1998 年，第 231 页。

训诫；很多人都有极强的"宿命论"观念。这些封建社会的沉疴与现代化的工业生产共存于现代台湾社会，犹如一列老旧的蒸汽式火车，涂上了新鲜的油彩。然而，时尚的外衣，掩藏不住保守落后的观念，踩着高跟鞋的摩登女郎不得不被淹没在旧的体制中。

奢侈之风，在台湾社会，有时仅仅是为了满足物欲。富家女儿杨秀惠正值妙龄，却不读书，所有的精力都用来打扮自己。她衣着时尚，饰物考究，走在大街上，时常迎来路人注视和艳羡的目光，而她自己也安于享受这种注视。这种美丽的背后，是充裕的金钱支撑。 杨秀惠每月的零用钱（仅用于穿衣、打扮）就要三百元，光香水的消费就得六十元左右。这种花销让同是富家子弟的李金池都瞠目结舌，因为在当时，一个毕业大学生的全部收入也就是七八十元。杨秀惠既不读书，也没有任何生存技能，更重要的是，在她的世界里，只有物质而没有对于家庭的责任感。婚后，家境败落的情况下，她仍然依仗娘家雇佣三个女佣专门伺候。这是一个典型的被金钱包裹起来不懂得人生要义的女子，她在享受物质奢华的同时，也成为了"金钱万能"理念的牺牲品。李金池虽然为人低调，从不炫耀，但是他家在没落之前的生活也是极度奢华，居住的屋舍和庭园坐落在士林郊外的公会堂对面，占地千坪，庭院中央还有圆形的喷水池。母亲雍容华贵，祖母长寿健康，为祖母做寿就要花费近千元。金池的婚礼更是显示李家的实力，最高档的酒店作为婚礼现场，还要在婚礼仪式后分两批招待亲朋好友，场面甚是盛大。很多时候，奢侈也并非仅仅满足物欲，它还代表了台湾传统社会的门面观念。尤其是有身份有地位的家庭，更要在婚礼、寿宴这类大的事情上满足亲友的期待，以奢华来显示自身的实力。这种挥金如土的形式已经取代了事实上的内容，人们并不关心当事人的心境和情绪，只满足于对于仪式场面的品头论足。

在婚姻制度方面，三十年代的台湾还在恪守"父母之命，媒妁之言"

的传统习俗。杨秀惠的父亲在生活上非常娇宠女儿，在与男性交往方面却一律禁止。青年人即使敢于追求自己的爱情，也不得不通过传统的方式争取解决。李金池对杨秀惠是一见钟情，却不得不通过媒人正式向杨家提亲。得到双方家长认可、订婚后，李金池才能和杨秀惠见面约会。而且，在那个年代，门第观点无比强烈，尤其是大户人家更要门当户对。如果李金池家不是士林首富，恐怕即使帮助过杨文聪，这个大稻埕的茶商巨贾也不会同意将宝贝女儿嫁给他。陈太山家作为万华的名门望族，未能与士林首富李家结亲，很快即与大稻埕著名米商郭西湖家结亲。连前来提亲的山泽课长都说："结婚这种事，以人品为重才是最为妥当，拿什么家庭、环境为条件，这似乎都过时了。但在台湾，说来说去，虽然知道这些过时不对，但还是当做条件来考虑。"[1] 因为所有人都默认了这种择偶标准，所以在担任媒人撮合婚事的时候都很自然将双方的经济条件和社会地位作为考虑对象。青年人又没有婚姻自主的权利，这样一来，所有的婚姻都是以门户的准则结合在一起的。

李金池就是旧式婚姻制度的牺牲品。他对于婚姻有一个最简单的想法，即想找一个交往过的、彼此了解的、有感情的女子结婚。为了这个理想，他说服了较开明的父亲，拒绝了与陈家未见面的女子凤莺的婚事。他对于杨秀惠是一见钟情，并且费尽心机才取得了联系。他只想要真正地了解一下这个美丽的女子，但是保守的杨家必须在他们订婚后才能允许正常交往。而初次的深刻印象，又使他无论如何不能拒绝，就这样草率地决定了自己的一生。其实，在结婚之前，他已经开始后悔与杨秀惠的婚事了，但是好朋友都劝他女人可以在婚后"教育"。而且，虑及他家庭的社会地位、父母的面子等因素，他也只好带着赌博的心理接受杨秀惠。同样身为男人的郭启宗也是个婚姻制度的牺牲品。婚前，他

---

[1] 林辉焜著、邱振瑞译：《命运难违》，台北：前卫出版社，1998 年，第 307 页。

没有机会了解陈凤莺的品行和性格；婚后，突遭家庭变故导致他情绪和身体受到重挫；加之母亲从中挑拨，导致他与凤莺之间产生误会，怒火中烧。两个没有感情，彼此不了解的人结合在一起，即使眼前人有金子般的心灵也得不到对方的理解和支持，只能任由命运的摆弄。

婚姻不仅是男性的悲剧。进入婚姻殿堂之后，更加显现出"三纲五常"和"三从四德"等封建糟粕对女性的戕害。陈凤莺嫁给郭西湖三年仍没有生育，婆婆不认为是儿子郭启宗身体有问题，反而将责任全部推给陈凤莺，制造家庭矛盾。陈凤莺满腹委屈，得不到丈夫的理解，反而遭到虐待，又不敢回到娘家倾诉，被逼无奈甚至想要自杀。就连一向自我的杨秀惠在与丈夫闹矛盾时，也总是哥哥主动出来调停，并被责怪不应与丈夫顶嘴，还要主动认错。因为在结婚之前，夫妻双方彼此没有了解，所以婚后出现问题需要磨合这是必然的。但是在当时的台湾，并没有考虑女人的切实感受，而是一味要求女性对于男性的服从，这是极不平等的。

在台湾人保守、封建的思想中，还有一种根深蒂固的宿命论的观念。小说中不管是陈太山等老一代缙绅，还是李金池、张玉生等青年，都觉得人生就是一场赌博，幸福与不幸，都是命运安排。当发生不幸的时候，不是查找自身的原因，而是完全将责任推卸在命运上。正因为这样，他们的头脑中没有靠着自己的努力改变命运的想法，他们对待命运的方式就是等待和接受，而从不希图改变。主人公李金池千辛万苦地退掉了与陈凤莺的婚事与杨秀惠订婚，婚前却发觉陈凤莺比杨秀惠更适合自己，可是为时已晚。婚后，二人的家庭生活都不幸福，情绪烦闷的李金池又在淡水河边巧遇前来轻生的陈凤莺。互诉衷肠后，二人感慨世事无常，虽然有机会得见，却终究已经错过。这种宿命论正中了小说主题："命运难违"。

台湾虽然在日本的殖民统治下，较早地进入了现代化发展阶段；

在台北街头也出现了装饰考究的咖啡馆、川流不息的电车和衣着艳丽的时髦女郎，许多青年也主张更积极、主动地把握自己的人生。但新兴的台湾，骨子里还是那个老年人，它所秉持的观念、立身行事的原则还是将许多青年困在牢笼之中，不能够给有才华的青年提供一个施展舞台。一方面是殖民统治的遏制，另一方面是来自家庭、社会的传统束缚，这些共同导致台湾青年的忧郁、压抑和想要出走。正是这些，使小说的"满洲"底色突显出来。

三、小说的"满洲"底色

《命运难违》，浮在上面的是台湾的世俗生活，于小说中，我们熟悉了：台湾中上层社会的人际交往、婚丧礼俗、情感浮动和社会世相等。但真正支撑小说的，却不是"台北"，而是"满洲"：台北是主人公追逐爱情感受人间冷暖的巢穴，而"满洲"却是他们的心灵归属。

"满洲咖啡馆"是主人公寻求心灵抚慰之地。小说开头，就写到几个青年相会于"满洲咖啡馆"，嬉笑间谈起去"满洲"流浪或来咖啡馆消费的不同选择。此时，主人公李金池和咖啡馆女招待静子第一次见面，虽然没有太多的交流，但是彼此留下了比较好的印象。"满洲咖啡馆"也不仅是这些富家子弟消磨时间打趣闲聊的地方，当他们真正有了烦恼，也会来这里倾诉。当李金池发觉杨秀惠身上有诸多缺点，并不适合他时，就将林友三和张玉生两位好友约到"满洲咖啡馆"来商量对策。然而两个朋友都抱着乐观的心态，劝他结婚之后再好好教育妻子，目前悔婚是不可能的。金池就是带着这种不情愿与杨秀惠结婚的。婚后，金池的父亲意外离逝，家道中落，卖了土地，只能靠每月75元的工资生活。杨秀惠对于李金池没有丝毫的慰藉，仍然过着奢侈的生活。而且她生性懒惰、不懂礼貌和猜疑心重的缺点一点都没有改变，终于导致误会升级，将李金池逼离家庭。李金池每到心情烦闷的时候都是去"满洲咖啡馆"

找静子聊天，善解人意的静子每次给李金池受伤的心灵极大的宽慰。从道德的角度衡量，李金池已经背叛了杨秀惠，但从情感的角度讲，谁又能说这不是一种自然呢。满洲咖啡馆成了李金池灵魂的栖息地，他终于在扰攘的城市中觅得一片净土。

不仅是李金池，其他几位青年如张玉生、林友三等也经常来"满洲咖啡馆"闲坐。他们的谈话间除了对于台湾的茶农、米农和经济低迷的惨景引发同情外，并没有立志于社稷的宏图大志，更没有"国家""民族"等大的观念。在他们的生活中，没有对于日本殖民统治的愤恨，也没有因日本对于台湾的近乎毁灭性的经济政策的不满，他们只是借助祖业过着相对安闲的生活，关注的也只是女人和世俗的生活。这一方面反映了日本殖民者对于台湾青年成功的奴化教育，使得他们不懂反抗，不理是非，只在自己的小天地里生活。另一方面，也确实反映了台湾社会经济畸形、低就业率给青年造成的消极影响。李金池是日本京都大学毕业的高才生，家道中落后只能去新闻社当个记者。男子都找不到工作，女子就更艰难了。在"满洲咖啡馆"的二十七位女招待中有十六位都上过女中，静子还上过女子专校。但是她们也只能来咖啡馆当女招待。在甚为保守的台湾，这一职业已经断送了女子工作和婚嫁的所有前程，可是为了生计，她们别无选择。这客观地反映了台湾的严酷现实：有许多台湾的青年，怀着报效国家的理念，各处求学，耗费了许多金钱和经历，可是毕业回到台湾却成为找不到工作的游民。大批有才华的青年在台湾没有用武之地，这也逼迫好多人远走海外。所以，本篇小说的"满洲咖啡馆"，不仅是许多重要情节发生的地方，还隐现着当时许多台湾青年的"满洲"期待。

在小说中，李金池这一形象也并非仅是一个个体，他的经历隐喻着当时台湾身不由己的无奈。金池本来有一个引以为傲的爸爸，依仗他显赫的家族过着无忧无虑的生活。可是突遭变故使他失去祖业只能过着寄人篱下的生活。这正是台湾人普遍存在的"弃儿"情结，他们觉得自己被祖国抛弃了，永远带着一种流浪的心伤。而结婚之后，李金池与岳父杨文聪关系亦可以隐喻为台湾与日本的关系。1895年割让台湾之后，日本以强势的殖民统治不断镇压台湾人民的反抗运动，还以各种政策迷醉台湾人民，使其做顺民，服从管理。岳父杨文聪以财雄势大总是想要主宰李金池的生活，而李金池的妻子杨秀惠也正是依仗着娘家的权势对他作威作福，傲慢轻视。痛苦的李金池想要逃离却无处逃离，甚至想要结束自己的生命。虽然在"满洲咖啡馆"找到了静子，可是他根本没有能力摆脱旧的婚姻，更没有勇气冲破世俗的眼光与静子结合在一起。所以，抚慰都是暂时的，爱情也是虚幻的，亦如台湾人眼中的"满洲"。表面上看，"满洲"新近开发，求学、就业机会众多。其实与台湾一样，都仅仅是日本捞取政治、经济资本的殖民地而已，根本不可能有长远的发展。这种期待本身也是虚幻的。无论是台湾还是"满洲"，暂时都摆脱不了被殖民的命运。

本篇小说将"满洲"内在化为台湾生活的底色，既是一种追逐热点的都市小说的重要策略，又在字里行间展示出"满洲"与台湾同属与日本殖民地的相近关系。在展示台湾社会的婚恋生活的同时，反映了"受全球连带性经济危机及日本对华战事波及的殖民地产业和社会民生之困境，呈现了一幅'满洲事变'后殖民地都市暗云涌动的剪影"[1]，对于展现台湾人的"满洲"情结是有深远意义的。

---

[1]　柳书琴：《满洲内在化与岛都书写——林煇焜 < 命运难违 > 的满洲匿影及其潜话语》，《台湾文学研究》，2012年6月，第一卷第二期。

第二章
酷寒蛮荒中的东北精神

丹纳在论及日耳曼民族崛起的历史时，曾经这样说过：

古代的日耳曼部落来到这片沼泽地带的时候，不过披着海豹的皮在皮艇上打猎捕鱼，过流浪生活；这些野蛮人要花多少气力才变做文明人，造成一块能居住的土地……环境太恶劣了……在这等地方，需要有深思熟虑的头脑，感觉要能听从思想支配，不怕厌烦，耐劳耐苦，为了遥远的后果忍受饥寒，拼命工作；总之是需要一个日耳曼民族，就是要一般天生能团结，受苦，奋斗的人，不断地重做，改善，筑堤防河防海，抽干田里的水，利用风力，水力，利用平原，利用粘土，开运河，造船舶，造磨坊，制砖瓦，养牲口，办工业，兴贸易。因为困难大得不得了，全部聪明都集中在克服困难上面，不再注意其他方面。为了要生存，要有得住，有得吃，有得穿，要防冷，防潮气，要积聚，要致富，他们没有时间想到旁的事情，只顾着实际与实用的问题。[1]

---

[1] 丹纳著，傅雷译：《艺术哲学》北京：人民文学出版社 1963 年，第 161—162 页。

　　日耳曼民族的生存、发展和崛起是同严酷的自然环境做斗争的结果，他们强悍勇武的性格是同异族战争中形成的，而支撑这一切的是他们永不妥协的民族精神。东北民族的延续和发展也与之类似。特定的地理环境会产生特定的生产方式，生产方式等诸多因素的汇聚会影响人类的性格。

第一节　东北精神的源头

　　"东北"一词，最初源于《周礼·职方氏》："东北曰幽州，其镇山曰医巫闾"。"东北"作为地域名称，所辖地理范围随着历史沿革的不同而发生变化，但其基本范围变化不大。大概指称长白山、黑龙江一带的松辽地区。本研究所指称的"东北"疆域是依据赴台作家东北书写的内容而划定，大体上也与我们今天所说的"东北地区"相同：包括黑龙江、吉林、辽宁三省和内蒙古东部地区（亦峰市、兴安盟、通辽市、锡林郭勒盟、呼伦贝尔市），土地面积100多万平方公里。

一、东北地理环境与生产方式

　　东北位于亚洲大陆之东，北端自北纬五十三度之黑龙江左岸起，南端至北纬三十八度之辽东半岛，东端自东经一百三十五度之黑龙江与乌苏里江汇合处，西端至东经一百五十度之呼伦贝尔草原。东北的最北端是额尔古纳河和黑龙江，与西伯利亚接壤；东端乌苏里江与俄罗斯接壤，东南的鸭绿江与朝鲜接壤，西部与外蒙古接壤，西南与河北省毗连。东北地区，国境线约占其三分之二，以位置而言，天然自成一区，间于日俄，屏蔽中原，扼欧亚交通之枢纽，当国家竞争之必争之地。

　　东北的地势是"环山绕水"。西部有大兴安岭山脉，与蒙古高原毗连；

东南部有长白山脉，余势蜿蜒，直达海滨；在兴安岭和长白山脉中间是一片广大的平原——松辽平原，又叫东北平原。这是中国最大的平原，面积达 35 万平方公里，松花江、嫩江、牡丹江和辽河从高山流经这个大平原而注入大海。在北方、东方与东南方边缘有黑龙江、乌苏里江、图们江、鸭绿江流过，将这个大平原分成三个部分：北部是松嫩平原，南部是辽河平原，东北部是三江平原。山水相依，共同孕育了东北农业发展的温床。

渔猎、游牧和农耕是东北人民依靠东北沃土形成的最主要的生产方式。在东北地区的东部和北部，有大小兴安岭和长白山脉，山高林密，野生动植物资源丰富。松花江、黑龙江和鸭绿江横贯其中，不仅是土地丰美，还孕育了丰富的鱼类。在东北部地区，鄂伦春族和鄂温克族主要以狩猎为生，赫哲族人则主要以打鱼为生。在东北地区的西部还有大片草原和丘陵牧场，这里一直活跃着北方草原民族中的东胡族系各民族，如东胡、乌桓、鲜卑、契丹和蒙古等。他们世代生活在莽莽无极的大草原上，"逐水草而迁徙"，过着漂泊不定的游牧生活。东北地区西北部与西伯利亚连成一片，西北风可以长驱直入，大陆性气候的特征明显，冬季严寒，夏季酷热。春秋期短，风速较大，雨量相对稀少。一年中，月平均气温在零度以下四五个月。冬季是纬度、地势越高越寒冷，夏季则普遍高温。而且东北地区的雨水三分之二集中在夏季，加之夏季日照时间较长，气温和雨量都很适合农作物的生长。所以集中在东北平原一带居住的农民依靠农耕生产，也可获得良好的收益。

二、东北的文化品格的成因

在我国东北地区，考古发现的古人类文化遗址年代相当久远。吉林省前郭尔罗斯蒙古族自治县王府屯遗址，考古年代为 100 万年左右，是全国九处百万年以上旧石器时代早期文化遗存中的一个。辽宁营口县金牛山的古人类化石，距今 30 万年。东北地区已发现有 30 多处旧石器时代的古人类文化遗存，遍布黑、吉、辽三省。他们是源于东北的古人类，而不是从中原或什么地方迁入的。[1] 考古发现距今 6000 年前的沈阳新乐文化和黑龙江兴凯湖附近的新开流文化遗址表明，东北夷人同西安半坡、浙江河姆渡、西北仰韶时代的人类一样，不仅创造了渔猎时代的物质文化（鱼叉、鱼钩等生产工具），而且创造了刻在石头、兽骨和陶器上的鸟兽虫鱼和人参图像。这是东北远古时代的精神文化，标志着人类文化文明创造与进化的阶梯。

"一个没有文化底蕴的民族，一个不能不断进行文化创新的民族是很难发展起来了，也是很难自立于世界民族之林的。"胡锦涛同志这一论断应该是我们研究地域文学的基点。地理环境不仅能够决定人类的生产方式，还能够和生产方式结合起来，共同促动地区文化的形成。文化作为人与环境互动的产物，形成于人改造自然的活动过程之中。黑龙江、吉林、辽宁和内蒙古部分地区在自然环境、人文环境、历史背景和现实状况基本相同，所以在文化方面显现出一致性。 东北的文化品格大致源自于以下四个方面：

（一）中原文化奠基

古代东北少数民族包括秽貊、东胡、肃慎三个民族系统。公元 4 世纪，原属东胡系统的拓跋鲜卑部落强盛，其首领拓跋珪于 386 年建立北魏，后统一北方，形成中国历史上第一次东北少数民族政权与汉族政权对峙的局面；公元 10 世纪后，东胡系统的契丹族与肃慎族系的女真族先后建立与汉族政权北宋、南宋并立的"大辽""大金"政权；13 世纪，东胡族系的蒙古族雄起，先后灭掉西夏、金和南宋，建立了第一个统一全国的少数民族政权——元，开北方民族一统中华的先河；17 世纪，

---

[1]　李治亭主编：《东北通史》，郑州：中州古籍出版社，2003 年，第 44 页。

肃慎族系建州女真崛起，再一次建立了统一全国的政权——清。古代东北民族在入主中原的过程中并没有因武力强大而故步自封，相反，他们意识到东北由于地理、气候条件的限制，经济、文化发展落后的现状，一直以仰慕和开放的态度向中原民族学习。北魏道武帝鼓励人民学习汉字；契丹和金都模仿汉字制造自己的文字；辽太宗耶律德光改穿汉服；金朝高度重视儒学书籍的翻译、刻印和学习；元世祖忽必烈刻苦学习儒家经典……这种学习和交流开阔了东北民族的文化视野，增进了对于中原文化的认同感。北方民族在入主中原建立强大政权的同时也创造了辉煌灿烂的属于东北民族的文化：从脍炙人口的北朝民歌、壁画、石雕和书法等到比较成熟的宗教信仰；从契丹、女真、蒙古等北方民族诗歌音乐形成的北曲艺术到元代戏曲小说的嬗变；从辽朝耶律倍、耶律绪隆、萧观音的诗赋到清代纳兰性德、顾太清的词彩等，都成为中华传统文化中重要的一部分。尤其是清初，随着文化流人不断被流放到东北，他们兴办教育、集结诗社、编写著述、传播戏曲歌舞，使东北地域的文化活动越来越丰富。如函可[1]、吴兆骞[2]等人的流人诗歌，再现了东北地区丰富多彩的社会生活，使东北古代文化从此进入鼎盛发展时期。

（二）齐鲁文化交融

清政府认为东北为祖宗发祥之地，惧怕满族受到汉族高度封建经济文化影响，渐失"满洲之本"，所以封禁东北，希望永保满族骑射剽

---

[1] 函可（1611—1660），岭南博罗人，自号千山剩人。顺治五年（1648年）四月被流放到沈阳，居于感恩寺。在长达十二年的流放生活中，他不仅讲经传道，阐扬佛法，还创办冰天诗社，广泛结交文化流人、隐逸之士，写下许多感叹时世、抒发情怀、怀念故土的凄烈悲壮、感人肺腑的诗篇。函可是东北诗歌创作的开拓者、奠基者。

[2] 吴兆骞（1631—1648），吴江人。顺治十四年（1657年）十一月，因南闱科场案被判流徙宁古塔。吴兆骞在宁古塔谪居二十三年，广泛结交文化流人。他书写壮丽的边塞风光、奇异的边疆民族、烽烟的抗俄斗争，风格壮美，意境悠远。

悍之风。顺治十八年（1661 年），分东西两段完成了柳条边[1]的修筑，用以保护"龙兴之地"，防止满族汉化，独占东北的特产。到了乾隆年间，河南、山东等地连年灾荒，大量失去土地的流民生计堪忧，冒险冲出山海关闯荡东北。东北也具有吸引容纳流民求生谋食的有利条件：不仅土地肥沃、物产丰富而且税轻租少；相对于关内而言，生活安逸。这些有利条件对关内流民具有极大的吸引力，他们闯关跨海，"闻风而至者不可抑遏"，大量涌入东北。在东北的八旗官员拥有土地田产，却耽于享受，不愿辛苦耕种，所以非常欢迎汉人的到来。咸丰年间，东北沃土不断受到沙俄侵扰，边疆危机日益严重。吉林将军、黑龙江将军不断奏请开禁部分地区让人民居住，防止沙俄乘虚而入。清政府先是局部开禁了一些土地，供人民伐木、采参、捕鱼，以此厚集人力，渐壮声威。随着边疆形势和战争形势的逼迫，清政府终于在光绪二十八年（1902 年）宣布蒙地开禁，允许蒙地在盛京、吉林、黑龙江将军主持下设局丈放。[2]解禁之后，关内移民蜂拥而入，"闯关东"[3]现象出现了一个高峰期。由于"近水楼台"，山东人一直占据着"闯关东"的主体地位。山东自清初开始人口持续增长，耕地面积也随之不断增加，到了乾隆时期，山东地区的易垦地基本垦殖完毕，但人口仍在快速增长之中。到了民国时期，传统的农业社会已经容纳不下过剩人口，加之垦殖技术停滞不前，制度上缺乏创新，以致生产力发展缓慢。人多地少，经济负担沉重成为

---

[1]　柳条边，俗称边墙，是顺康年间清廷在东北修筑的一条柳条篱笆，用以表示禁区的界限，禁止汉人蒙人等越过篱笆打猎、放牧、采人参等。柳条边的修筑方法是用土堆成宽 3 尺、高 3 尺的土堤，堤上每隔 5 尺插柳条 3 株，各株间再用柳枝横连起来，编成柳树栅子。柳条边分东西两段，东段自凤凰城以南至海起，至开原东北的威远堡；西段自威远堡至山海关，全长 1950 公里，几本沿袭明代辽东边墙，较明代辽东边墙稍有扩大。

[2]　李治亭主编：《东北通史》，郑州：中州古籍出版社，2003 年，第 620 页。

[3]　"东北"还有一个俗名，称"关东"。因为东北地区位于长城以北、山海关以东。这是源起于明初修山海关后逐渐形成的新的地理概念。

山东地区日益尖锐的矛盾。不论是在清政府对于东北的封禁时期还是开禁时期，山东人都像潮水一样涌向东北。至民国初期，闯关东的人数达到 3000 万人以上，其中约七成的人来自山东。20 世纪 20 年代中期，张氏父子实行"整军精武，励精图治"的政策，开矿山、修铁路，山东、河北、安徽、湖南等地以每年 300 万人口的速度向东北大量移民。由于人口数量上的优势，使得齐鲁文化取代其他省籍文化与东北文化迅速融合，山东人不畏艰险敢闯敢拼的斗志和宽厚待人、扶危济贫的厚重与山东特有的饮食习惯、婚嫁风俗一起在广袤的东北大地上生根发芽。

（三）异域文化影响

东北是一片富饶的土地，有苍翠的群山、纵横的河流、肥沃的平原、丰富的矿藏。也正因为此，一直为帝国主义列强垂涎。在整个近代，帝国主义通过经商、传教、蚕食、割占、修筑铁路等卑劣手段，千方百计从东北攫取权益。东北与异域文化交流也带有抹不去的殖民痕迹。

由于地缘的原因，俄罗斯一直是对我国东北（主要是黑龙江）影响最大的国家之一。通过签订《瑷珲条约》和《北京条约》，沙俄割占我国东北一百多万平方公里的领土，黑龙江和乌苏里江成了两国的界河。1903 年中东铁路通车后，迁入黑龙江地区的俄罗斯人骤增。沙俄除享有建筑和经理中东铁路的特权之外，还粗暴地蹂躏中国主权，非法夺取了所谓铁路附属地的行政和司法特权，在铁路沿线拥有驻扎军队，设置警察、法庭和监狱，减免关税，开采林矿资源，在东北沿海和内河航行，经营工商业，甚至发行货币等一系列侵略特权。这种侵略客观上将俄国文化移植到中国，形成影响。他们侵占沿线土地，致使大批农民倾家荡产，不得不接受俄办工厂的廉价雇佣，被迫接受俄罗斯生产方式。俄罗斯人还通过建立学校和创办期刊传播俄罗斯文化。20 世纪初，中国很多落后偏远的村镇没有学校，中国孩子只能和俄侨子女、中俄混血儿一起就读俄办学校。他们除了学习俄语，也学习俄罗斯的历史、地理、文学和艺术等。许多中国学生也不可避免地受到俄国学生影响，在衣着、饮食、卫生习惯等方面俄罗斯化。有俄罗斯学者统计，中东铁路沿线有71种刊物是由俄罗斯人创办的，尤其是在哈尔滨，俄罗斯人创办了杂志27种，报纸39种。俄罗斯人还将其信奉的多种宗教传播到中国，平均每四万左右俄侨就有20个教堂，其中包括东正教堂、犹太教堂、天主教堂、新路德派教堂等。俄罗斯的饮食、民居、服饰和卫生习惯等生活方式通过日常的交流传播到中国家庭中。

相对于俄罗斯而言，日本文化对于东北的影响则没有任何隐蔽性，完全是通过赤裸裸的武力战争实现的。从侵略朝鲜挑起中日甲午战争到1904年在东北发起日俄战争；从1931年的"九·一八事变"占领东北三省到1937年"七七事变"的全面侵华，日本觊觎中国的野心昭然若揭。日本对于中国东北的文化影响更确切地应该称为"文化侵略"。他们以武力作为后盾，以扶植的傀儡政权"伪满洲国"作为工具，大肆压抑和摧残东北民族文化，强制东北人民接受日本文化，进行奴化教育；筹建"满洲笔会"，创作小说等文学作品，歪曲历史，宣扬殖民文艺，美化侵略罪行；成立株式会社"满洲"映画协会，简称"满映"，以电影为手段，宣传殖民主义思想文化；他们控制东北教育，逮捕屠杀爱国的中小学教师，严厉打压传统私塾，增派日文教师，强迫学生学习日语和日本文化，还查封、关闭东北原有的大学，推行摧残民族文化意识的愚民教育。在现实生活中，日本关东军还强迫东北人民向日本国旗致敬，遥拜日本皇宫……这都是在武力侵略基础上的精神文化侵略。

除了受俄日两国文化的交融，东北还受到其他多国文化的影响。中东铁路打开了中国东北的门户，哈尔滨首先借助其有利的地势取得殖民经济的迅速发展。在1914年以后，英、日、法、美、意等16个国家在哈尔滨设立领事馆，建有300多家国籍商社。外国移民大量涌入，最多时达17万人（此时的哈尔滨人口30多万），他们在哈尔滨设立了数以千计的工商、金融企业，经营进出口贸易，同时也将多国的文化艺术传播到中国。仅在哈尔滨中央大街一条街道上，就有 70 多座风格迥异的欧式建筑。中东铁路沿线的长春、沈阳、大连等城市也不同程度地受到英、美、德等国文化的影响。

（四）地域文化崛起

文化是地域的产物，伴随着人类的产生而产生，伴随着人类的发展而发展。人类又具有地域的区别，各个地区的人类都会仰赖各自的地域资源产生自己的生活方式，创造各具特色的文化。文化是民族的产物，同一地域的不同民族会以不同的方式思考同样问题，从而得出不同的结论。民族的思维方式又具有相对的稳定性，所以民族性文化具有强烈的遗传性和积淀性。文化又是历史的产物，每个地域、每个民族的文化经过历史熔炉的历练越发产生新的质素。这使得文化脱离画地为牢的自我封闭状态，焕发出新的光彩。东北地域文化正是融合了地域因素、民族性格和厚重历史而形成的特色鲜明的文化，是璀璨辉煌的中华文化中不可分割的重要部分。

从历史上看，东北一直是中国的边疆，气候寒冷、人烟稀少。东北人要想在这种环境下生存下去，必须以旺盛的生命力和坚强的意志去征服自然。正是在与自然和人的斗争关系中形成了强悍尚武、勇于开拓的价值取向。又由于东北人民有很大一部分是"闯关东"而来的，他们破釜沉舟、开天辟地的豪气与东北土著民族的胆识融合在一起，共同成就了东北骁勇尚武的文化精神。在与中原文化和齐鲁文化交融的过程中，长期的农耕生产，使东北人从"一分耕耘一分收获"的日常生活经验中孕育出了极强的"务实"精神，儒家思想精髓渗透到东北人的强悍体魄中，孕育了忠肝义胆、诚实笃信的立身原则。积极入世，经世致用，"内圣外王"，"修齐治平"，都是东北人所推崇的主要信条。他们追求"正德、利用、厚生"，力求将内在的思想外化为积极的事功。由于东北的自然环境限制，东北早期民族主要依靠游牧和渔猎这两种生产方式，这两种方式流动性较大，危险性高，很难安居在一处，慢慢形成了东北人崇尚自由、不喜束缚的天性。自由天性加之骁勇强悍的豪气，使得东北人民在遭遇俄、日等帝国主义侵略和奴役时，便如火山喷发般爆发出反抗的豪情。黝黑肥沃的黑土地上，处处浸满了革命斗士的鲜血，他们以青春和生命捍卫自己的祖国、家乡和亲人。东北大地的反抗悲歌与屈辱的侵华历史相形共生，谱写了可歌可泣的民族史诗。在血与火的斗争中，他们不仅葆有激情、无畏生死，还有逆境求生、忍辱负重的智慧和理性。不贪图名利和享受、不畏惧误解和流言，宁愿在别人的白眼中默默坚守自己的信念。勇武忠诚、齐家治国、反抗奴役、甘于奉献这些质素成就了脊梁式的东北精神，亦是民族精神发展创新的源头活水。

第二节　东北精神的华袍：骁勇剽悍、反抗压迫

东北的历史就是一部充满尚武精神的历史画卷。古代东北少数民族中的鲜卑、契丹、女真曾经割据中国半壁河山，蒙古与满族曾建立全国统一的政权。这些民族之所以不断崛起创造出激动人心的业绩，原因是多方面的，东北文化中尚武好斗的精神与骁勇强悍的民风是其中比较重要的方面。这也是至今留存在人们印象中最典型的东北精神特征。

一、与自然搏斗中血战厮杀

东北地区山川连绵起伏，气候变化剧烈，冬夏温差和昼夜温差都很大。结冰期要长达四五个月到半年，最冷的地区可以达到零下四十多度的低温。风雪肆虐、滴水成冰的严酷环境在某种程度上制约了社会经济的发展，决定了东北人民在冬季里只能依靠游牧、渔猎等仰赖自然的生存方式。这些方式与日出而作，日落而息的农耕作业的保守性不同，需要穿山越岭、跋涉林海、转徙江河、驰骋草原。同时，人与动物的决斗猎食过程，也决定了东北人民不可能像种地农民一样从容笃定、规律周详。他们随时会因为丧失捕捉猎物的良机遗憾捶胸；也随时可能面临凶猛强大的野兽必须以性命相搏；他们还可能因一时疏忽在莽莽森林中迷失方向，还需要在酷寒冰雪中寻觅生机。梅济民的散文《北大荒》中写道：

最初进入北大荒的汉人，多半都是偷去长白山区盗采金矿和私掘人参的，但是清廷称这人为"金匪"，一旦破获即行斩首。他们竟不顾朝廷的禁令，携带武器、马匹、粮食，深入这狼群遍地，熊虎拦路的密

林莽野，去寻找富贵的梦。这些敢向命运挑战的汉子们，在黑夜的大森林里拢着一堆堆的营火，马儿在四周不时地发出惊恐的吼啸，他们把一些枯树壳吊在高高的枝桠上，就睡在这些天然腐朽成的大木槽里，任凭狼虎整夜在下面呼啸，他们却随心所欲地酣睡整夜。这些冒险者多半都是春去秋还的，除非不得已，绝不在那大雪埋人的长白山里过冬。每年当他们各人带着自己的财宝归来的途中，在那些晚秋落叶的大森林里，成群结伙地在跟强盗展开恐怖的血拼，有些人冒险辛苦了半生，就在这些可怕的战斗下沉尸荒林秘谷中，永远不被亲人所知……[1]。

　　这段文字集中展示了闯入北大荒的汉人所面临的三大阻碍：其一是政府捕杀。清政府为了独占人参、貂皮、鹿茸、东珠等贵重东北物产，设置柳条边将东北大部分地区封禁起来，禁止汉人、蒙人等越过篱笆从事打猎、放牧、采人参等活动。但是东北的丰腴和关内的连年灾荒形成越发鲜明的对比，巨大的利益诱使一批汉人铤而走险，不顾封禁闯入长白山森林。其二是野兽侵袭。茂密的森林富藏宝贝，但是虎狼成群、杀机满地，只有具有超凡智慧和非凡胆识的英雄才能够高"吊"树上，在狼虎愤怒的张望和咆哮中酣然入眠。这种淡定和从容只有身怀绝技和内心强大两者结合才能做到。其三是强盗威胁。过了前两关的英雄也不能骄傲自满，因为满载而归的途中还会有更凶险的杀机——强盗。穷尽智慧和体力、已经筋疲力尽的闯关者必须再拿出十二分的勇气与这些"地头蛇"周旋，而最后这一关最有可能让这些英雄埋骨东北。从常人的角度看待，只具备这三大阻碍的其中之一，足以令人望而却步，闯入东北并且顽强生存下来的汉人却在这重重险境中安然自得。

　　当然，最能显现骁勇剽悍的东北精神的还是人与猛兽的厮杀肉搏。

---

[1] 梅济民：《北大荒》，《北大荒》，台北：星光出版社，1991 年 1，第 10 页。

森林中能够伤人的动物要么具有体积的绝对优势，如熊、虎和蟒蛇；要么具有数量的优势，如狼等。人与之对抗时首先不能被其优势击倒，而要有冷静的头脑，分析地势、环境等因素，再利用猛兽此时的狂躁心态找到出手搏击的有利时机。经验丰富的森林人大多身怀绝技，懂得利用刀、枪等工具制服对手。如果失掉了利器，那就只能利用可获取的原始工具凭借力量进行肉搏。《长白山奇谭》中受"天审"的索伦族猎人，凭借手中的两块石头击伤了猛虎的前腿，又趁猛虎扑来之际一面灵活地躲闪，一面猛击老虎的头部，直至老虎眩晕倒地，鲜血染红大片雪地。然而，光凭借蛮力也不能解决所有问题，更多的时候还需要力量加智慧。《长白山奇谭》中，王三哥从巨蟒口中救小女孩的情节就充满了玄机。这条巨蟒身长约百尺，粗大褐色的身躯，"两只炯炯的蛇目就似两盏灯笼，吐动的毒舌有两三尺长，就像两片细细的火焰，不住伸缩闪动在巨口间。"[1] 王三哥一手抽出猎刀，一手抓起一块大卵石，在与巨蟒僵持的瞬间冷静判断它可能袭击的方向并随时准备出刀。第一回合，王三哥躲过袭击的同时划断巨蟒的舌头；第二回合，王三哥判断准确，出手迅捷，成功将猎刀砍入巨蟒头颈下部并借助刀飞舞的惯性在蛇腹下割出一道深深的裂痕，蛇血迸溅。第三回合，痛和愤怒让巨蟒激烈蹿跳，用尾部狠狠卷住王三哥，张开巨口向王三哥咬来。王三哥一手以猎刀砍下巨蟒的下颚，另一只手将大卵石猛塞入巨蟒的大口。巨蟒拼命想要吐出卵石却办不到，再也没有力气攻击王三哥，扭动蛇身任蛇血飞溅。在前两个回合中，王三哥步伐稳健、定点准确、出刀凶狠，成功地重创蟒蛇，最后一个回合才得以使出杀手锏——卵石，制服蟒蛇。这场肉搏是智慧与力量的融合，更脱离不了王三哥丰富的丛林经验和强大的生存自信。

---

[1]　梅济民：《长白山奇谭》，台北：星光出版社，1984 年，第 152 页。

二、民族战争中斗智斗勇

"受辱"和"反抗"是东北近代历史的关键词。日俄争霸东北，用中国人的鲜血浇灌土地；随着帝国主义在中国势力的更迭，百姓们越发无处安身。农村凋敝，处处土匪，城市惶恐，贫病交加；"九·一八事变"后，日本人直接伸出刺刀实行对东北的血腥统治，肥沃的良田、丰饶的矿产和三千万憨厚朴实的东北民众全部沦入敌手。民族的苦难和同胞的血泪激起了全中国人民的危机感，东北人骁勇剽悍、无畏无惧的生命本色，在民族危机面前转化为抗击侵略、抵御外辱的最坚强力量。

作品首先描写的是人民的自发觉醒。最先觉醒的是读过书受到良好教育的青年。他们不仅能够看到帝国主义列强对于自己故土、亲人的欺辱和奴役，还能够意识到在民族危亡面前个体与族群利益的关系，只有每个个体都觉醒起来，展示雄强的一面与敌人抗争，才能有安宁和太平的生活。所以他们在国难面前首先放弃了自己的理想，服从于抗敌救国的大计。如梅济民的《北大荒风云》中，大学生赵玉琴、赵志伟、李宏、田慧娟等都是品学兼优的好学生，因1929年爆发中俄战争而投笔从戎，保家卫国；纪刚的《滚滚辽河》中，"我"是医科大学的高才生，不忍屈服于日伪的统治，参加正义组织"觉觉团"，开始了抗日工作；赵淑敏的《松花江的浪》中，老叔高亮以教师和记者的身份做掩护，一直冲杀在救国前线，直至壮烈牺牲；《巨流河》中国民党元老齐世英先生，从青少年时代就为了民族解放事业舍身忘死，为日寇统治下的父老乡亲做了许多默默无闻的工作……这些青年不仅发出民族斗争的先声，还起到了星火燎原的作用。觉醒青年的激情和正义首先感染的就是他们的亲人。《北大荒风云》中赵志伟的父亲赵廷祥来呼伦贝尔草原前线看望儿子时，临危受命，充当狙击手，给俄国坦克兵以沉重的打击；《松花江的浪》中，"我"受到老叔抗日精神的感召，放弃学业，毅然参军；《巨流河》中齐世英先生的妻子虽是农家妇女，却伴随着丈夫在不断地流亡中持续帮扶东北少年，她那一桌桌浸满亲情的东北饭菜，不知道感动了多少无家可归的孩子。在这些以家族和血缘关系为纽带的人物活动中，表面上看是一种影响，其实是一种传承。以赵廷祥父子关系为例，从情节上看是赵廷祥被赵志伟等青年的救国热情感染，也投入其中，大显身手。其实，赵志伟身上的勇敢、顽强和对于侵略的反抗精神，正是源于赵廷祥的性格和精神基因的遗传。在东北这片饱含着斗争和拼杀的土地上，骁勇剽悍、不平则鸣是一种凝结在骨子里的质素，它必将也会伴随着时事、世事延续下去。《松花江的浪》中，"我"对于老叔高亮精神的继承就是明证。如果从精神传承这个角度去思量这批作品，作家是以"血亲"这种根深蒂固的联系直抵民族的灵魂。又由于"血亲"这一庞大的内涵和外延，将东北的学生、农民、小商人甚至土匪都包容在抗敌救国的事业中。

面对正面的厮杀，东北青年是在恐惧与成长中越战越勇。《北大荒风云》中，初上战场的赵志伟遭遇敌人飞机、坦克的轰炸也很害怕，尤其是看见那些残肢断臂在火光中进溅起来更觉惊心动魄。这些未经过专业训练的学生士兵，在有经验的老班长的提点下不断增加经验和胆识。战争间隙的静夜里，代替枪声的是被俄军抛弃的受重伤士兵的哀号声，只能让上帝用严寒快些结束他们的生命。赵志伟和同学聆听着这种痛苦，同时在自省中准备下场战役。在父亲赵廷祥的带领下，赵志伟敢于和俄军正面冲突，还抓获俘虏。在敌方凭借精良的武器装备节节致胜的情况下，参谋长终于使出了我方的杀手锏——白刃战。天生豪气加上满腔怒火，支撑着中国战士在白刃战中奋力拼杀。他们没有坦克的掩护、没有后方骑兵的补给，有的只是落后的步枪和锐利的钢斧，他们是凭借着置生死于度外的蛮力与敌人血战。经过数次激战，赵志伟左臂受伤，领导此次战役的韩光第将军也殉国了。我方败北，士兵们只有借着夜色将脸埋在死尸堆里才侥幸躲过敌人清理战场。而疲惫至极的他们似乎也忽略了生死的界限，在无知与无畏中沉入梦乡，直到清晨起来，才感慨自己的幸运。赵志伟的成长就在于他没有被伤亡吓破胆，也没有因失败灰心丧气，反而是凭借这些经验夺取了俄军的物资。

东北人民的骁勇善战还体现在舍得用生命去换取信仰。信仰是"人类试图超越自己的现实有限性，获得某种具有永恒意义的一种终远目标设定以及追求这种目标的心理趋向。"[1] 在这个定义中，信仰包括两个部分，一是目标，二是心理趋向。在目标明确并且能够实现时，信仰可以给予人巨大的力量。当目标永远也不能实现时，信仰同样可以给予人不竭的动力，因为可以在心理上趋向目标。或者可以理解为信仰是将人从注重结果的功利目的中解脱出来，以身心投入到实现目标的过程当中。在战争中，信仰的力量足以造就人类的求死之心。《北大荒风云》中的大学生张励民，在战争前夜还在思念受伤住院的母亲，遗憾自己"忠孝不能两全"。在敌众我寡节节败退的情势下，他竟然敢于抱着地雷以人体炸弹去攻击敌人的坦克，然后在这声巨爆中"不知去向"。董存瑞舍身炸碉堡成为中华民族几代人的精神楷模，由梅济民的小说我们知道，在烽烟和战火中，还有更多像张励民这样的无名英雄。司马桑敦的小说《崖》中，被围困在悬崖上的连长张清明为了保卫家乡的土地，宁肯战死也不向敌人投降。《松花江的浪》中，老叔高亮被捕后拒绝了市长职位的诱惑，承受敌人开水烫、雪水冻的酷刑，最终被刺刀刺死。这种对于信仰的执著源自于东北黑土地日积月累的民风，源自于东北人民根性中不屈精神的传承。在这些作品中，青年学生已经将理想主义精神与救国的实际行动结合起来，不是只会伤春悲秋，而是亲身实践着救国理念。

---

[1] 荆亚平：《当代中国小说的信仰叙事》，上海：学林出版社，2009 年，第 1 页。

三、"野马"性格的女性形象

我国的封建社会是一个结构最完善、最稳定的社会。中国人民长期处于封建专制之下，每个人都背负着沉重的思想枷锁在纲常、礼教的约束中生活。在封建社会生存的女人，还要在此基础上再背负"男权"的禁锢，他们连起码的生存权都难以获得，更何况追求自由和爱的权利。不用说在漫长的古代社会，有无数值得同情的刘兰芝、杜十娘、林黛玉等人的悲剧，就是在提倡"民主"和"科学"的近现代社会，仍然有像瑞珏（《家》）、繁漪（《雷雨》）、郭素娥（《饥饿的郭素娥》）、祥林嫂（《祝福》）这样的人间悲剧。她们要么在虐待和隐忍中丧生（瑞珏），要么在反抗中消亡（繁漪、郭素娥），要么就是在卑微和贫困中主动寻找精神枷锁将自己缚紧，自取灭亡（祥林嫂）。如前文所述，在东北，剽悍的民风和对于压迫的反抗是根植在骨髓中的。由此造就了与以往贤良淑德、温柔顺从的"羊性"形象异质的"野马"性格女性形象。司马桑敦长篇小说《野马传》中，牟小霞就是一匹总想要脱离缰绳的"野马"。

牟小霞的性格中最突出的就是任性放纵，爱出风头。这首先源于她从小自母亲那里继承来的美丽和强悍。母亲牟秋霞是个美艳动人、饶有风情的坤伶，在她组织的戏班子中，她是当之无愧的女皇，无论是和戏班中的男子打情骂俏，还是出外应酬时的端庄内敛，她总能够凭借美貌和智慧支配别人，而不能被支配。她由经济地位获得了家庭地位，从来不把抽大烟的丈夫放在眼里，甚至半公开地与武生刘中燕同居。牟小霞自小生活在这个没有礼教束缚的环境中，也自然养成了任性放纵的性格。八岁时看到男孩子在大海里打闹，就跳进海里，差点淹死。由此得了"野马"的诨号；十三岁上台表演就懂得卖弄风骚而且自觉很得意；上了学之后也因为不满贵族小姐取笑，任性反击，引起阔少楚玉霖注意，产生一段孽缘。如果从心理学的角度去考察牟小霞与楚玉霖的爱情，则是各自满足了对方的情感期待。楚玉霖生性腼腆懦弱，总需要人保护，而牟小霞则天生具有强悍的本性，看到楚玉霖在她面前羞涩脸红，她有了很强征服感，每一次楚玉霖对她言听计从的时候，她都有种被崇拜的满足感。她恶作剧似的要求楚玉霖骑着机器脚踏车在窄桥上转弯，致使他跌断右腿，而她自己也被楚家痛打到流产。这段不光彩的往事结束了她的初恋，为了生存只能被父亲"卖"给干爹许润亭。和许润亭来到蓬莱老家后，她的本性不但没有收敛，反而在许润亭的纵容中变本加厉。她参加读书会，与其说是民族意识的启蒙，不如说是受到满屋汗臭味的青年体征的吸引；与其说她献出私财投身革命，不如说是迷恋众多穷兄弟的爱慕、赞赏和拥护。他们把她奉若女王，让她出尽了风头。这种境况让牟小霞更加飘飘然了，稍微取得一点成就，就大肆庆祝，酒醉后从桌子上跌落，造成第二次流产，将许润亭视为命根的孩子扼杀在她的纵欲之中。当然，我们也不能完全否认其性格中积极的一面：她出身贫寒，十分同情底层受苦的老百姓；她不计得失，甘心情愿拿自己的钱帮助需要的人。可是在她受到陈立文和许海感染，参加革命的最初阶段，还是摆脱不了本性中的任性放纵、爱出风头的弱点的。每个人都想要冲破束缚，任性放纵地生活，每个人都想要别人羡慕和关注。但是一般人懂得隐藏自己的真实想法，懂得在自己做不到的情况下装作不想去做。更聪明的人还懂得不能在庸俗生活中过于特立独行，过于光彩夺目，这都会引起别人的厌恶和嫉恨，而这些表面的虚荣并不能取得任何实际的利益。所以，应该在生活中学会保护自己，隐藏自己的内心来获取生存的更多资本。牟小霞却完全不懂这些，她的放纵是一种不被束缚的天性的使然，是未经雕琢的人性的自然状态。她不是一个被框架束缚住的木偶，相反，她生下来就是为了与天地间任何一种束缚作对的。她从母亲身上继承了美艳和强悍，却没有继承母亲的智慧和隐忍。这使她在现实的泥淖中越陷越深。

牟小霞的任性放纵，爱出风头形成了悲剧的肇始，而她性格中的另一个极端——脾气火爆，不计后果则将她推向悲剧的深渊。她去金州看望截肢后的楚玉霖，路见抗日游行的队伍便毫无准备地跟着这群男生怒吼狂喊抗日口号，忽然发现曾经打她并致使她流产的徐老二的手脚正在旁边监视游行队伍。想起往事，她不仅怒火中烧，捡起石头便向他们砸去。身后的玻璃门粉碎了，引发了游行队伍大规模地暴力运动。不久，她和七个跑得慢的男生被抓进警局，遭受同样的鞭笞。这次无准备无目的又无结果的冲动是盲目的、幼稚的。这件事产生了两个严重的后果：其一是牟小霞没能见到楚玉霖，没有机会说出她所受的委屈和她对楚玉霖的一片真情。导致楚玉霖只能听信他母亲的谗言，把牟小霞想象成一个没有良心放荡不堪的野戏子，为楚玉霖以后构陷牟小霞埋下了伏笔。其二是逼迫许润亭带着她离开大连回到蓬莱老家。因为有一个抗日的老婆，是难以在伪满洲国取得商机的。遗憾的是，牟小霞并不为这次冲动的后果而后悔，也从未检讨过自己的错误，更谈不上吸取教训了。

到了山东后，她依旧任自己的脾性到处树敌。她处处挑战许润亭老姐姐的威严，找一切时机挖苦、讽刺她们母子，气得老姐姐想要毒死她。牟小霞虽然侥幸逃生却惹上了一场官司，害得许润亭散了好多财才将她救出来。而且这件事成为她经历中抹不去的一条罪状；参加革命队伍之后，牟小霞也并未成熟。在多次受到赵博生的诬陷后，她居然未经组织同意去暗杀赵博生，没有见到赵博生她应该悄悄返回等待时机，她却在赵博生的住处留下字条发出警告。了解她的人知道她是逞一时之快，不懂她的人，都会认为她是有意提醒对方。这不仅暴露了身份，也留下了后患。赵博生一直将此事作为他和牟小霞有染的口实；因为犯了错误被"流放"到许海驻守的庙岛当天，她又因为同情岛上忍饥挨饿的老百姓，就利用手中的枪帮助百姓抢红薯。最终她被许海射伤，许多无辜百姓被打死。牟小霞被囚禁在破屋之中，从春到冬，没有棉衣棉被，不能洗澡洗头，吃的都是发霉的饭菜，任伤口的脓水滴滴流淌。这种境遇下，牟小霞仍旧"不思悔改"，她明明对许海的温情抱有幻想，还总是不能释怀许海对她的伤害，用尽恶毒语言辱骂想要"挽救"她的许海，再次招致毒打。牟小霞的怒发冲冠还引起了更严重的后果。她成了赵博生的替罪羊，被诬陷成杀害许润亭的凶手。在法庭上她不是寻找有力证据为自己辩解（当然，辩解可能也无济于事），而是怒骂作为法官的赵博生为日本汉奸，还用椅子砸向赵博生，造成赵博生控诉她的"野蛮"事实。牟小霞的最大特点就是遇见对自己或对别人不公平的事就要立即发作。她永远不懂得审时度势，不懂得考虑自己当时的处境，而是以自己的情绪为第一准则，先发泄自己的怒火再说。在所有时候，这种简单的发泄模式，不但解决不了问题，反而会让牟小霞陷进更深的麻烦当中。可是她受到惩罚后，不是知难而退或知错就改，即使是她自己认定的做错的事情，她也一样不会悔改，而且不会采取任何挽救措施，再变本加厉地将这种惩罚累计到仇恨当中。这样，她的人生，不断地背负着更重的仇恨而行。

表面看来，牟小霞是既冲动又愚蠢。她似乎只是个追求"野性"与"蛮力"的傻子。其实支持她的动力是她灵魂深处"宁为玉碎不为瓦全"的执著精神。她无论是对自己还是对别人的立身行事都有一种判断的原则，突破了这一原则，她就会形成对于自我的反省和对别人的反抗。她承认自己和楚玉霖相恋给戏班子带来了毁灭性的打击，坦然接受了被打流产的事实，还以嫁给许润亭来缓解戏班子的危机。她还多次承认自己的任性和爱出风头，对于自己闯下祸患从不否认和退却，而是从容接受一切后果。在这个层面上，体现了牟小霞虽然是作为一个弱女子，却有这比一般男人更坦荡的心胸。她喜欢许海那反抗的性格，她同情他和自己一样处在"穷人"的地位。她从不认为她和许润亭的买卖婚姻有什么道义和原则需要坚守，所以当她爱上许海的时候，她会毫不保留地全身心付出。她与许海的结合不是卑鄙下流的交媾，在她看来是一种反抗不公平命运和不合理制度的一种方式，更是她寻求解放的一种途径。她和许海的爱，对于她而言是"灵与肉"的统一。正是这种统一，让她可以无惧无畏地面对世人所不齿的情感。她甚至敢于向许润亭承认这种关系，并希图和许海名正言顺地结合。

她肯为自己的过失承担责任，对于别人的过失也同样不能容忍。她在很多年中不能接受许润亭，甚至背叛、打击他的原因是许润亭和日本人做生意，发国难财。她和赵博生的经年宿仇也主要是因为赵博生的汉奸身份。虽然牟小霞只是一介平民，没有惊天动地的救国理念，但她知道她还是个中国人，有义务去保卫我们的领土，而不是给侵略者当帮凶。其实她每一次蛮力爆发不计后果的"野马"行为，都有一条人生准则：穷人要帮助穷人，而不是欺压群众。她看出了许海对于她的目的，无非就是想获取金钱和利益，所以主动与其决裂；她敢于滥用职权私自放走莱州母女，就是因为她坚信她们是无辜的；她对于领导人朱新的反抗，就是因为朱新动员她"在无形中和间接中杀害群众"再去战场上直截了当地杀人；她帮助村民们抢红薯，是因为她不忍心看到群众在饥饿的生死线上挣扎，她认为群众有权利获得起码的生存物资；在被许海囚禁在庙岛上的岁月中，她仍旧将许海"挽救"她的机会用来痛骂许海的背信弃义、泯灭良心，而遭致毒打……其实在她的生命中，是充满转机的：只要她稍微放弃一些原则，就可能躲避灾祸；只要她稍微顺从一点，就不必处处责难；只要她稍微听话一点，就有很大的活动空间。可她偏不！她甚至不会在她的敌人面前流一滴眼泪。在她"傻""虎"[1] "二"[2]

---

[1] 东北方言，形容人脾气火爆，没有心机。

[2] 东北方言，形容人语言、行为鲁莽、造次。

的背后，是她高傲的内心对于人生原则的坚守：她永远不会为了自身的解困而放逐自己。虽然她的境遇是越发凄惨，可是她的人格却越发闪光。牟小霞的野性、暴躁、不计后果，表面上看是做人的一种缺陷，其实是她与现实的搏斗。她的生命历程是以她纯洁的精神和肉身去对抗污浊的社会和人性的过程。牟小霞的残缺正是一种美，她在与丑恶搏斗的过程中，完全忘记了自身的存在和所受到的损害。被鞭笞、被侮辱、被拘禁、被强奸、被诬陷、被公众唾弃……所有人类、所有女性可能面临的灾难她都承受了。她就是在重重伤害中倔强地生存，永不妥协。虽然她的境遇在不断变遭，但是她的精神始终如一！

在司马桑敦的笔下，许多女性人物都有这种勇敢强悍、甚至略带野蛮的性格。《玫瑰大姐》中的玫瑰将恋人的人头随身携带，于冰雪中东冲西突地追杀仇人；《人间到处有青山》中崔县长的夫人与土匪周旋毫无惧色，试图隐藏崔县长和随身携带的财宝；《湛山庄主人》中，一介名伶林宝茹用手提式机关枪亲手血刃了害死她丈夫的高官褚玉璞；《外乡人》中，将"我"放生的小媳妇经常冷静从容地帮助她杀人如麻的公公分解尸体、清理杀人现场……在其他东北作家笔下，也不乏带有野性和蛮力的女性形象。梅济民《北大荒风云中》，骁勇善战的王丽君被称为女"贞德"；田原《这一代》中，自知逃脱无望的陈小兰为了挽救亲人和孩子，引爆炸弹与杨砚飞同归于尽。如果在和平年代，她们可能都是平凡的女子，是异族侵略和民族战争剥夺了她们常态的生活，激发了她们体内最原始的反抗和复仇的冲动。新文学中，对于中华民族反抗精神的发掘可追溯到陈独秀和鲁迅。他们痛感中国人性格当中"驯顺"的一面，而呼唤他们称之为"兽性"，即"野性"的东西。这批作品挖掘到了东北人民性格中骁勇剽悍、反抗压迫的精神，谱写了一曲曲人性的赞歌。

第三节　东北精神的核心：诚笃无欺、厚情重义

东北文化是变异的文化。文化的变异源于土著的原始和外来的先进。具体而言，对于东北民性产生直接影响的有两个类型的文化：农耕文化和儒家文化。农耕文化一方面体现民族性格中的文化守旧、固守土地、安于现状、缺少开拓进取精神的惰性习气，另一方面也促成东北人民靠天吃饭、辛勤耕耘、诚信热情、脚踏实地的行为方式。重视农业生产，热爱土地是中原人向东北移民的主要原因。衣食而足的生活使他们逐渐稳定，安居乐业。农耕文化使人们变得格外坦荡、务实、憨厚、忠诚，因为只有忠诚于土地，才能获得丰收的回报。儒家文化的主要内容是仁、义、礼、智、信，以"仁"为中心，强调"礼乐""仁义"，推行"仁政""德治"，形成一整套维护"君君臣臣、父父子子"封建等级制度的纲常伦理。儒家伦理道德作为精神内核，向外辐射与影响着东北家族和村落，处于这个"场"里的所有人和事无论崇高与卑下，无论悲惨与幸运都一定程度地取决于与这个内核的关系；同时，这个精神内核在变幻无常的社会生活表象的深处，穿起了一根承前继后的家族意志象征的精神轴线，无论世事如何地风云突转、磨难多艰，这根轴都一如既往地沿着自己既定的目标前行。以血缘、地缘纽带维系的家族、宗族保持和维系着这两种文化构筑的稳定的社会秩序。生存在这种精神场域里的东北人民大多具有诚笃无欺、厚情重义的精神特征。

一、萍水相逢，倾囊相助

在中国传统文化中，常有路见不平拔刀相助的故事。台湾文学东北书写中也经常写到这种仗义疏财、救人于危难的高尚人格。不仅仅是

遇到不平，当有人遇到危险、受到威胁或生病时，所见之人只要有能力相帮，不管是否相识，一般不会无动于衷。

梅济民的《长白山奇谭》中就讲述了长白山的王三哥一生行善助人不求回报的故事。王三哥的善心首先来自妻子兰兰的感染。兰兰心地善良，看不得生灵遭受涂炭，她生前最大的痛苦就是遇见苦难而自己没有能力挽救。她不忍看到生命的牺牲以养活生命，所以终身素食；她为了放生两条金鱼变卖自己首饰；遇见挨饿的小孩子，即使自己家徒四壁也要把自己的吃食分给孩子。家乡大饥荒，兰兰在饥渴中死去，王三哥逃难来到长白山后一直想要报偿爱妻，就始终履行爱妻生前的慈善愿望。只要王三哥遇到需要帮助的人，他就会第一时间挺身而出。遇见同样逃难来到北大荒的灾民，他会在寒冷的春夜将自己的睡袋、鹿皮外衣和皮内衣都分给小孩子们，以信念支撑自己抵御寒意；他会把自己身上的银子交给素不相识的人，帮助他们给孩子看病；面对从河南逃难到东北的无助的父母、饥饿的孩子和可怜的老人，王三哥不仅拿出身上所有的钱给他们买吃的，还痛苦地思索解决的办法。当好心人劝说王三哥难民太多，怜悯不完时，王三哥只是微笑着说："俺有善脾，见人不救俺简直都活不下去。"[1] 最终，王三哥预支了自己一季的工资借给灾民们，帮助他们创办了北大荒上第一个夜市。挽救了无数生命，也让灾民们在北大荒落脚、生根。灾民们有了钱之后，都把钱还给王三哥，还想要为兰兰修庙，抚慰王三哥的思念之情。但是王三哥拒绝了，他要求大家把建庙的钱给更多的需要帮助的人。王三哥助人行善的故事与他在北大荒开荒破土的故事相形共生。王三哥带领棒捶营子追人参时，勇斗巨蟒解救被送来喂蛇的小女孩，还帮女孩所在的赫哲部落惩治了为非作歹的大巫师，选出了受众人拥戴的新酋长。王三哥还不惜冒着生命的危险到陡峭

[1] 梅济民：《长白山奇谭》，台北：星光出版社，1984年，第64页。

的山谷中寻找珍贵的天恩草来解救患有天花的索伦族少妇，并指导索伦族人寻找天恩草防治祸患。索伦族长为了感谢王三哥，执意修建了兰娘娘庙，成为王三哥在北大荒的栖身之所，也是所有在北大荒搏命打拼的人心灵归宿站。他们的灵魂中有了罪恶都会来到兰娘娘庙忏悔以求得宽恕，他们彼此间有了纠纷，也想来到庙里让兰娘娘帮助解决，这个庙成了长白山人的精神寄托。王三哥的善行迅速在北大荒树立了良好的口碑，连乾隆皇帝到长白山祭祖时都亲自请王三哥吃饭，还赏赐黄金鼓励王三哥。王三哥却将这些赏金用来创办了学堂，解决孩子们无书可读的现状。随着王三哥在北大荒名望的不断高升，皇帝和巡抚老爷也乐于请王三哥出马帮助他办些利国利民的大事。比如王三哥的老家山东受灾，皇上命王三哥主持账济事物。王三哥还亲自运送账济的钱粮到灾区。沿途，王三哥的威名和平易近人又海纳百川的气度，感化了一路的绿林中人金盆洗手，回归正途。最终，王三哥带着这些好汉镇守黑龙江边陲，带领军民抗击俄国侵略，保卫祖国安全。王三哥的故事慢慢被北大荒人演绎成了神话故事，他那种巨大的精神力量鼓舞着许多来北大荒求生创业的贫苦百姓。而那些真正在苦难中被王三哥救起的人，都能够将王三哥的善行传播开去，真心帮助每一个需要帮助的人。王三哥在北大荒上洒下了无限光辉的仁爱种子，让这片大地在温馨和慈善的氛围里越变越暖。

东北的气候恶劣，常年冰雪封山，北风呼啸。东北土著人民是仰仗着群山中的宝藏生存，他们在获取丰厚的资源的同时要与严酷的自然环境做生死的搏斗。凿冰捕鱼、森林狩猎、草原放牧，随时随地都可能遇上风险，个人的力量毕竟是有限的，所以就形成了东北人相互帮助的风气。由于历史的原因，大多数东北地区外来移民都是带着求生目的逃难而来的。如果不是生命已经受到威胁他们也不会冒着巨大的风险离乡别井来到这高寒禁区。绝大多数人是一路乞讨来到这片土地的，到了这里也要靠乞讨和乡亲们的救助才能活下去。也就是说，每一个在北大荒上能够生存下来的人，不管是富庶还是贫穷，都或多或少地接受过别人的帮助，即使是现在富庶的大粮户当年也是由乞讨维持生存的。大多数人，在接受帮助后，会怀着一颗感恩的心看待社会和人生，也会在自己有能力的时候将这份爱传递下去。所以，王三哥的故事是东北土地上人情风物的一个缩影，未必所有的东北人都会像王三哥这样不遗余力、不计得失，完全没有私心。但是，互帮互助、坦诚相待确实是这块土地上长久以来延续下来的美德。关东的老规矩，亲朋好友还有同乡投奔来了都得照应。田原《这一代》中的罗小虎，因为妈妈去世，爸爸抗日被关进监狱，从六岁起就寄养在山东老乡陈爷爷家里。陈爷爷对他视如己出，关心备至。《松花江畔》中，憨厚爽直的山东青年栓柱来到东北投奔表舅，得到了赵氏一家的鼎力支持。不但嘘寒问暖，照顾生活，还借给他钱，鼓励他开荒种地。栓柱固然吃得了辛苦，守得住寂寞，但是没有亲人的帮助也不可能成功。不仅亲戚之间会有如此深情厚谊，在东北，只要你开口，素不相识也不会拒之门外。栓柱初到八狼屯开荒，到离他最近的大粮户家求助，不管是借车借人还是请教种地的常识都会得到满意的答复。东北形成了一个团结互助的"场"。这个"场"不是一个人、两个人形成的，而是群体的力量和群体的共识。长工与地主之间、大车店老板与车老板子之间、小买卖商人与顾客之间、邻里之间、亲人之间，所有人都秉承着一颗真心对待其他人。

东北不仅自然环境恶劣，社会环境也十分险恶。自20世纪初，东北沃土就不断遭受俄、日两国侵扰，"九·一八事变"后又长期沦为日本的殖民地。东北人雄强性格遭遇异族的血腥压迫不断迸射出战斗的火花。越是在危险的环境中，同样命运的人越容易同病相怜，从相互信任到相互帮助可能只需要一种合力救国的默契。

司马桑敦的短篇小说《越狱杀人的十九号》讲述了伪满时期在长春的监狱中，"我"和土匪海天一见如故互帮互助的故事。"我"是一个身份背景都比较复杂的抗日分子，在哈尔滨的黑牢关押十三个月后，与三名同事一起被押解到长春，准备受审。土匪海天是个第三次入狱的死刑犯，前两次入狱，他要么打死看守逃脱了，要么是被绺子[1]弟兄劫狱救出，造成很大声势。所以在长春这个鸟笼似的监狱中，他是被重点监管的对象，又是被优待的对象——没有人敢欺侮、毒打他，也没有人敢激怒他。听说"我"是东山里来的，他就主动和"我"打招呼，总想打听一下那边的情况。"我"也折服于他传奇般的经历，将"我"的饭送给他吃。海天有着所有的土匪首领的豪爽和大气，这一来一往，我们有了"同是天涯沦落人，相逢何必曾相识"的感慨。熟悉环境之后，"我"渐渐知道从犯人中选出来帮助送饭的人有的可以为囚犯们传递信息。"我"托海天护着小柳，让他不要再被看守毒打，海天果然与看守交涉或威胁，让小柳免于受苦。海天也会问"我"一些在哈尔滨监狱的信息，尤其是关于胡子林二虎的信息，"我"都如实回答，并表明对林二虎的不耻态度。每一次的交往，都让我们对于对方有了更加深入的了解，尤其是在抗日的原则问题上，渐渐达成共识。随着"我"的一次次受刑，海天越发了解到"我"对于原则的坚守。当"我"感到前途暗淡，灰心丧气时，海天还鼓励"我""未碰上死之前，想到死，都是混蛋"。[2]我们还约定，谁有机会先出去，都要设法营救对方。在传递重要信息时，表现了海天粗中有细的性格。他通过盗窃犯、看守老张和小柳三个不同的传话人在不同的时间分别传递给"我"一些隐秘的信息，"我"苦思冥想才将这些信息剪接成完整的段落："三个月内到农安县歪脖子车站，找吕老爷子，或者林二虎，替海天想想法子。""我"利用过堂的机会，佯装呕吐，及时准确地将这些信息传递给有可能出狱的同事小黛。海天

---

[1] 在东北，民间称"匪帮"为"绺业"，"绺子"一般指土匪居住的地方。参见曹保明：《东北土匪》，北京：西苑出版社，2004年，第16页。

[2] 司马桑敦：《越狱杀人的十九号》，《雪乡集》，美国：长青文化公司，1992年，第304页。

看到了全部过程，为"我"喝彩叫好。"我"由于被以前入狱的朋友"追加"了罪证，一同被捕的同事又招供了一些事实，迟迟没有被释放的机会。但是，在狱中，"我"却听到海天被救的消息，而且相关信息还涉及"农安县""胡子"和"大车店"等。可见，海天的重生很可能与小黛的传递消息有关。

"我"和海天萍水相逢，没有深交，虽然自身难保，却愿意发挥一点余热帮助这位豪气满天的弟兄冲出牢笼。因为我们都有一个共同信念，就是抗击日寇。时代的险恶、社会的动荡将同样热爱家园的热血男儿逼到绝境，同样身陷囹圄的人有什么理由不相互帮一把呢。"我"面对朋友和同事的背叛坦然接受，敌人的一次次酷刑无非就是让"我"一次次痛彻心扉的昏迷不醒。皮鞭、电刑、吊打这些老掉牙的手段除了摧残"我"的血肉之外，对"我"没有作用，反而会让"我"在痛苦中更加坚强，更增添"我"人格的魅力（海天就是在"我"一次次受刑中增添对"我"的信任的）。受刑，就说明"我"没有招供，没有招供就不会给组织造成损失，"我"也就尽到了对于组织的义务。从时间上看，忍受酷刑甚至比忍受死亡更加难，死是瞬间的，很容易就解脱了；而酷刑是长年累月的，弥漫不散的。海天在小说中的情节中虽然没有受刑，但从他那满脸伤痕、满眼血丝中也可窥见生活对于他的巨大摧残。"死"对于人既是一种巨大的威胁，又能产生巨大的动力。像"我"和海天这样的既能够将生死置之度外，又通过考察见证了对方和自己具有同样的胸襟和气魄，还有什么可以犹豫和畏惧的呢！所以，两个并不熟悉的人在短暂交往之后惺惺相惜，亦在危难之际做生死相托。本性高洁、志同道合的两个人在民族矛盾的契机中相遇，自然就会擦出晶亮的火花。而这一切的底蕴，又在于东北民性中慷慨仗义、坦荡热忱的奉献精神。

二、义薄云天，看轻利益和生死

东北地域辽阔，人均占有资源相对宽松，在自然经济的生产方式下，早期的游牧、狩猎文明落后于农业社会，商业活动和文化也不发达。据《大金国志》记载，从先秦到辽金时期，东北很多民族还是"买卖不用钱，惟以物相贸易"[1]。近代之后，东北的农耕文明崛起，自种自食，相对封闭的内陆村落生活，强化的是农民的乡土意识。种种原因结合，东北一直没有形成经商的风气，大多数人不善经营，买卖往来大多是依靠货真价实和重义轻利来博取商机。这有利于形成和保存诚笃无欺、厚情重义的品性风习。

"义气"一词在《辞源》上有两种解释，一是指"刚正之气"，二是指"忠孝之气"。在东北的民情风俗中，这是最被看中的一个方面。它时常不是指代具有血缘的亲戚手足之间的关系（东北人觉得为了亲人赴汤蹈火责无旁贷），而是指代没有血缘关系朋友、同乡或仅是一面之缘的过客之间的情谊。这种情谊不是简单的关心和帮助，更多的时候需要为了对方克服苦难、承担风险甚至要牺牲自己的利益和生命。梅济民的小说《雪地》展现的就是东北的土匪和农民义气相交的故事。农民刘老头来东北开荒七年了，一直是村里的困难户，三个儿子都娶不上媳妇。这年冬天好不容易攒点积蓄要给大儿子娶媳妇了，便借了东家的车给儿子去营口置办婚礼的东西。归途中，刘老头担心赶不及儿子的婚礼，就脱离了车队单独行动。结果，所有物资被土匪劫掠了，无助的刘老头只能在路边哭泣。同刘老头一起来的车队没有袖手旁观，神枪手李二荒子和刘老疙瘩认为大家都是开荒斩草的老邻居了，得出头帮他将物资要回。

---

[1] 宇文懋昭撰、李西宁点校：《二十五别史·大金国志》卷40，山东：齐鲁书社，2000年，第298页。

这在一般人看来是不可思议的。土匪劫持路过的物资是他们"分内"的工作，而且土匪都是杀人不眨眼的，谁又敢找上门去要回物资呢。可是，在北大荒的穷兄弟们看来，必须这么做。因为他们一路上和刘老头结伴而行，现在刘老头遭难了，他们不能置之不理。土匪劫持了北大荒的东西，也总得讨个说法。所以李二荒子和刘老疙瘩带着刘老头面见匪首白龙。李二荒子凭借他对于土匪内部一些规则的熟悉和临危不惧的态度，得到了白龙的认可，取得了和白龙谈话的机会。他们在众多枪口下从容地与白龙攀交情、诉苦衷，并不失时机地给白龙带上"仗义疏财"的高帽。谈话间，刘老头诚实地向白龙倾诉了家中贫寒，向东家借来马车给儿子置办婚礼的不易，白龙果然豪爽，当即点清了刘老头的物资，准备归还。事情当然也没有这么容易，土匪们讲义气，重诺言，但他们更渴望见识支撑李二荒子和刘老疙瘩敢于亲赴险境的本领。在乱世江湖中闯荡的人，除了义气，能够征服他们的还有胆识和绝技。

在白龙和李二荒子比武这个环节中，李二荒子的马上百步回头枪、扭股糖射摇绳儿和百步点鞭炮等看家本领让白龙佩服得五体投地。白龙不甘示弱，也为李二荒子表演了一身绝技。这就是东北人坦荡的胸怀。当面对比自己强的武艺，他们不仅会由衷赞叹和佩服，还会因为结交了豪杰而畅快高兴。比武场上，比拼的并不只是身上的绝技，还有为了朋友挺身而出的正气和勇闯江湖的豪气。李二荒子虽是一介农民，但是他的气度、本领和魄力丝毫不输匪首白龙。这也正是白龙愿意和他对话，并"卖"给他这个人情，将物资归还的原因。

从李二荒子的角度来分析，无疑是表现了东北人仗义、坦荡。从白龙的角度去看，也不失为一条好汉。面对来讨要物资的李二荒子三人，白龙并没有看轻他们的农民身份，更没有恃强凌弱，滥用武力。听说刘老头家的现实困境后，客气地承认自己的"失礼"，并坦白自己也是穷家出身，还表明了自己对这个行业的看法：

天寒地冻的，我领着这些浪子弟，也不能说眼瞧着他们冻死饿死在山林里呀！在家靠父母，出外靠朋友，去求求过往客商大家帮衬帮衬总是免不了的，我白龙从来就没敢打算在东三省堆个金山银山的，那是种丧良心的买卖儿，二位说这对不对。[1]

前文我们论述过，在东北落草的土匪与贫苦的百姓有种血浓于水的关系，他们出身于贫苦，也懂得下层农民的不易。他们大多数时候是针对富户和官商来求取钱财的。白龙将这种求财方式解释为无奈，所以他从来没有想过要以这种方式大富大贵，只是求得温饱。这话说得堂皇，却也是实情。在土匪的绺子里，看中的也是义气，能够在江湖上扬名的，除了有一身过硬的功夫本领以外，还需要行侠仗义，广交朋友，要做的顶天立地，才能够让兄弟们信服。白龙被李二荒子征服也是因为他讲义气，敢为朋友出头，又兼备一身本领，这与白龙自己的价值观不谋而合。所以白龙也仗义疏财，为的就是结交这个朋友。

"义气"还有一种解释，就是感念知遇之恩。知遇之恩在中国文化传统中可谓源远流长。从先秦时代荆轲、聂政的"士为知己者死"，到刘备的白帝城托孤，诸葛亮鞠躬尽瘁，从刘、关、张的桃园三结义到历代名臣对君王的誓死效忠，报答知遇之恩已经成为中华民族秉承的行为规范、精神境界和人生追求。人，尤其是男人，都应该有一番理想和抱负，即使不能达到《礼记·大学》中为君子设定的"齐家、治国、平天下"的最高目标，至少要对于他所生活的环境有一定贡献，要在小范围内得到认可和信服。尤其是在时局动荡、民族危亡之际，每个热血男儿都渴望以自己的方式报效国家，但是单枪匹马、乱打乱撞解决不了大的问题，还容易造成个人的牺牲。只有遇到伯乐，千里马才会有所作为。

---

[1] 梅济民：《雪地》，《牧野》，台北：星光出版社，1980年，第215页。

田原的小说《青纱帐起》描写了付东方、彭大娘等一群民间游击队在日寇入侵之际奋勇杀敌的经历。小说从主角付东方（后改名付长喜）被学堂先生开除写起。十七岁的付东方身量高大但脾气倔强，看不惯学堂先生何欣之傲慢刻薄的脾性，不想读书，经常惹事、逃学。他的父亲二秃子尝到了没有文化的苦头，长工、短工干了一辈子还是一贫如洗。父亲逼着儿子读书，希望有所作为，为了让何欣之收留付东方不惜下跪拜求，还毒打付东方希图先生怜悯。最终，付东方还是在赶大车的时候被土匪头老白毛看上，当了他的传令兵。与何欣之的鄙视不同，老白毛特别喜欢付东方憨厚、耿直的性格，不但让师爷教他继续念书，还在危难之际对他委以重任。付东方之所以能够迅速地从一个不听话的孩子成长为一个抗日游击队的首领，最主要的原因是他遇到了老白毛和彭大嫂这一对赏识他的夫妇。付东方从小家里贫穷，受人冷眼；上了学后又因为性格顽劣遭到了先生的鄙视；他的父亲整天辱骂他"畜生"！他从来没有享受过被肯定、被赞美的幸福。直到遇见老白毛，他才知道他也有优点。他正直憨厚、诚实侠义的性格得到了老白毛的喜欢和认可，把他当作可塑之才留在自己身边。从人格的角度上讲，付东方第一次得到了尊重，这极大地刺激了付东方情志与才智的爆发。在老白毛因为轻信被剿灭之后，彭大嫂仍旧在离开队伍之前让付东方带队，这信任的巨大力量足以让一个年轻人感激、奋起。付东方也确实不负众望，时刻遵循彭大娘的指挥方向，打了胜仗，得了名声也从不自夸，见到彭大娘立即将权力全部转交。付东方的积极努力，一方面是报答老白毛和彭大娘，另一方面也是实现了自我。知遇既为实现自我提供了条件，又成为促发自我潜力的一种刺激力量。同时，付东方还在斗争中不断觉醒。当曹玉宣率领队伍要借道通过时，付东方知道他是害死老白毛的凶手，还是说服弟兄们让其通过。因为此时，曹玉宣谎称借道的目的是去打击日本鬼子。付东方何尝不想报仇，他更理解兄弟们痛恨曹玉宣的心情。可是如果不让他通过，和平的局面就会破裂，还没遇到日本人，中国人就已经开始自相残杀。他不能够因为个人的小恩怨影响民族战争的大局，所以他顶着弟兄们的辱骂，承受着难言的委屈，放行了曹玉宣的队伍。此时，他已经脱离了狭隘的江湖义气成长为一个心怀天下的革命战士。也正是因为他对于全民族解放事业的忠诚和热忱，所以在他得知曹玉宣通敌后，痛悔自己既没有给老白毛报仇，又害了同志，痛彻地病倒了。他深刻反省自己的错误，承认自己的错误，忍受着委屈继续战斗。终于在彭大娘的领导下，将个人恩怨与民族仇恨结合在一起，逐步将队伍汇入全中国抗日战争的洪流。

在阶级分野和对立日益严重的社会情形下，情义心理和行为可能会更加突出。同一阶级内部会更加团结，共同面对来自另一个阶级的压迫。既能够从生活出发又明显受到时代思潮影响的作家田原，在透视和描绘东北大地的历史与现实时，凸显了这种矛盾与对立。王二虎虽然不是小说《松花江畔》的第一主角，却极有代表性地诠释了东北男人的性格和义薄云天的东北精神。王二虎是个四十多岁只身闯关东的大车店老板，在王氏宗族中也有着族长的权威。同乡好友赵宗之向他租车，他一口回绝，还讥讽赵宗之"是不是有几毛钱烧的睡睏不着"。最后以王二虎将车白借给赵宗之作为结果。王二虎在金钱方面十分大方，不论是大车店小伙计结婚还是王氏家族遇到什么事他都会第一个站出来，舍财相帮。他对自己的钱，不当回事，对别人的财物却能小心看管。他的大车店里停留着许多车老板子的车，他都经常打扫，稳妥安置。大青龙临走时将自己的车送给王二虎还必须明明告之他，否则，他不但不会动，还会经常洗啊修啊。王二虎真正的细心还不止体现在这些小事上。当胡子首领大青龙受伤，找到王二虎帮助时，他先是冷静又迅速地寻找医术和人品都可靠的医生，又在自己忙得顾不上的时候安排稳妥可信的人伺候。经过他的周翔策划，审慎实施，既没有露出一点风声，又较迅速地治好了大青龙的枪伤。在人多眼杂的大车店，窝藏一个政府悬赏一万元捉拿的犯人并非易事，可是王二虎做到了，而且做得漂亮。

由于王二虎自己对朋友是竭尽全力，诚恳厚道，他时常也会以己度人，轻信别人。他眼见着修江堤的工人辛苦了好几个月，却发不出一点工资，心里着急。正在这时，工头油碾子和日本老板佐佐木商定要提拔王二虎，利用他在工人中威信，哄骗工人用修堤的工资入股农场，实际就是想要侵吞工人的工资。王二虎听信了油碾子的谎言，以为自己当了管理员就真的可以给工人结算工资，他就答应了。王二虎组织工人与佐佐木签完合同后，就被油碾子送给保安团了。保安团的贺三成和王江海正想通过王二虎捉拿大青龙，就对王二虎严刑拷打，甚至弄瞎了他的右眼。大青龙委托二当家的小白蛇绑架了油碾子，要挟保安团拿王二虎和一万八千两银子来交换。小白蛇怜悯修堤工人，决定将这笔钱发给工人，王二虎则拖着病体，冒着被日本人和保安团捉拿的危险，将这些钱全部发到工人手中。他自己受尽酷刑换来的大洋，自己却分文未占取。王二虎豁出性命兑现了他当初对于工人的承诺，求得了良心的安宁和名誉的清白。这应和了中国传统文化中"舍生取义"的观念。这里，还要提到的两个关键人物就是大青龙和小白蛇。大青龙感念王二虎对自己的救命之恩，觉得王二虎被抓受刑是受到自己连累，所以病榻中的他乞求二当家小白蛇营救王二虎。小白蛇则认为王二虎是大青龙的恩人，也就是整个队伍的恩人，营救王二虎是责无旁贷的。救出王二虎，获取银子之后，这个故事应该可以作为喜剧结束了。但是田原没有罢手，他继续将情节引向深入——银两的处置问题。

按照我们常规的理解，钱是小白蛇绑架油碾子换来的，应该归绺子所有。而王二虎由于受到大青龙的牵连受刑，绺子应该补偿。所以这笔钱应该用来壮大绺子、慰藉王二虎。可是大青龙和小白蛇深刻理解王二虎为人，如果让他不能兑现对于工人承诺，不能给他们发工资，那他就真的成了日本鬼子诓骗工人的帮凶，这损伤了他的名节，会让他的良心受到终生的谴责。尽管他也是受害者，王二虎作为一个顶天立地的汉子，他一定要为他自己的轻信负责任。如果他有权决定钱的分配，他宁肯自己不要分文也要发给工人。问题是他在狱中，没有为获取这笔钱做出任何贡献，所以他没有发言权。大青龙是大当家的，也能理解王二虎的想法，但是他重病卧床太久，绺子事务早已交给小白蛇管理。从绑架油碾子，到单刀赴会营救王二虎、运回白银，都是小白蛇所为，大青龙即使有想法也不能说出来。真正的决定权只在小白蛇手里。这个十九岁的女孩虽然出身富庶家庭，却十分同情底层工人的辛劳和不易，加之她对于王二虎的敬佩和理解，终于提出将银子全部发给工人的想法。大青龙和王二虎当即拍手称快！王二虎拖着满是伤痕的病体，仅凭左眼的微弱视力纵横在千里的江堤上。一天两夜，水米没沾牙（不敢住店），拉着一万八千两现大洋，发给几个月不见工钱的工人。王二虎的义举，已经不仅仅是他和大青龙、小白蛇之间的江湖义气，而是团结了中国最底层正在蒙受苦难的千千万万的贫苦弟兄的阶级感情！所有被压迫同胞的结合，标志着革命的新的发展方向。

工人拿到了工资都跑回家去了，佐佐木在此地的投资计划破产。与此同时，小白蛇还派人不断打击佐佐木。每到夜里，佐佐木的住宅打枪声不断，不停飞进来砖块和瓦片，随从都被击伤，玻璃震碎，水井里都是大便，厨师、车夫和佣人通通辞职，想喝口水都没有邻居愿意提供。在内忧外患的多重打击下，佐佐木不得不退败到长春。这是中国民众团结起来抗击日本人的胜利，更是东北精神在民族危亡之际的彰显。

第四节　东北精神的底蕴：执着追求、忍辱负重

当凛冽的东北风，裹挟着剽悍豪爽的东北汉子从殷殷莽莽的东北原野上，从雄浑奇伟的白山黑水之间，沿着久远的历史弹道走来时，魁梧高大、雄强勇猛只是他们的外表。支撑他们厚情重义勇闯天涯的是东北大地上说不尽的动荡历史和道不完的文化絮片。东北曾经是中华多元文化起源之一红山文化的肇始之地；东北是鲜卑、契丹、蒙古、女真等诸多少数民族繁衍生息的美丽家园，由他们建立的北魏（386—534）、辽（907—1125）、金（1115—1234）三个区域性政权和元（1206—1368）、清（1616—1911）两个大一统政权，时间长达750年，贯穿了中国封建社会历程的三分之一时期；这里是连接欧亚大陆的枢纽，是俄、日等多个帝国主义争相掠夺的目标，这里的人民都饱受过奴役、侵略的苦难历史，也在一次次将眼泪化作血肉的反抗中变得坚强。在东北人鲜亮的外表之下，潜藏着执着追求、忍辱负重的精神底蕴，这才是能够融进中华民族奋进历史的脊梁精神。

一、对土地的眷恋

东北人的执著精神首先体现在对于土地的眷恋。传说中女娲造人的故事，用的也是地上的泥土，造成人形在太阳下晒干再注入灵魂。人类经常将大地比喻为母亲，一方面是源于这些美丽的传说，另一方面是形容土地之温柔敦厚、包容万千、养育万物。从古到今，人们对土地的崇拜从未改变，常用"社稷"一词来比喻"国家"就足以说明这种情结。广袤的东北大地，在群山和河流的环抱中，形成辽阔的平原，土质异常肥沃，物产十分丰富。这片淌着黑色血液的土地，不仅丰饶了东北，还

带给东北人民以无限动力。赴台作家历经了流亡和漂泊，似乎更能够体会到土地的深意，许多作品都是以故乡的山川、河流直接命名的。如田原的《松花江畔》《大地之恋》，梅济民的《北大荒》《长白山奇谭》《长白山夜话》《哈尔滨之雾》，纪刚的《滚滚辽河》，齐邦媛的《巨流河》，赵淑敏的《松花江的浪》等。他们热情高涨地展现了这片土地荣辱与兴衰的历史，刻画了此方水土养育的质朴诚恳的人民，记录了东北大地被奴役的血泪往事，也渲染了东北人民奋起反抗的呐喊与歌哭。

在这群作家中，最钟情于描写人与泥土深情的还是田原。他的《松花江畔》以史诗的规模展现了这片土地上特有的风情和悲壮的历史。小说的线索有两条，一条是大青龙、小白蛇和王二虎等人团结队伍与日寇的奴役压迫作战的英雄轶事，另外一条则是作为线索和小说底色的山东农民李栓柱在东北开荒的故事。表面看起来波澜壮阔，激情飞跃，支撑人物奋进、战斗的动力则源于土地，这是所有东北人的希望所在。

首先，种地之苦与收获之喜相形共生。多少年来，人们用"谁知盘中餐，粒粒皆辛苦""面朝黄土背朝天"等语言形容庄稼人的辛劳。其实，这种苦并不是语言能够穷尽的，由田原的小说，我们可以窥见一斑。都说东北土地肥得流油，也不会自己长出庄稼，种植之前需要进行一番精心的准备。首先是地点的选择。所谓"开荒"，就是到远离人烟的地方，找到一片没有被人开垦、种植过的土地。《松花江畔》中，栓柱选择了距离屯子二三十里、松花江沿岸的一片沃土。栓柱三人来到这里时，满眼都是茂盛的荒草。他们是从搭建睡觉的窝棚开始的。所谓窝棚就是在长方形的土台子上铺上秫秸、茅草，四面是秫秸和茅草垒成的墙壁，架起窝棚的横梁只有半人高，进去都得弯着腰。窝棚内没有床铺、更没有炕，就在土地上，铺上厚厚的秫秸，再铺上席子、羊皮褥子和行李。窝棚搭好了就在前面的土地上挖个灶，用来煮饭。灶挖好了，还要挖井，这井得用两天工夫，挖下一丈多深。这些工作做好了，才开始与土地更亲密地接触。朝阳还没有升起，栓柱三人已开始在新烧过的草上犁地、点种，晚上只能躺到窝棚里听虫儿鸣叫和远处的狼嚎。能够保护他们的，只有那条狗和三眼土枪。在这荒郊野外，很到见到人影，吃的都是附近大粮户送的、能够长期保存的豆酱、咸菜加上自己煮的高粱米饭。日复一日，从春到秋，在辛苦的劳作中，在无边的寂寞和荒凉中，栓柱坚持不懈地耕种自己的希望。实在无聊了，只能几个人一遍又一遍讲述和咀嚼那些陈年的故事，或者栓柱唱琴书来给两位长辈解闷。在乏味之余，危险是无处不在的。有一次，栓柱被七八只耐虎子[1]围住，不得脱身。栓柱没有武器，只能拳打脚踢，这些畜生却仗势欺人，不断用嘴巴撕扯栓柱的衣服，没过多久，栓柱的裤子和小褂被撕烂了，皮肤被抓得出血，累得满头大汗，畜生却越战越勇。当栓柱侥幸逃到李家窝棚的时候，伙计们看到他血肉模糊，还十分庆幸他没有遇到狼。栓柱的头皮立即发麻了，生怕自己被狼趴在肩上，狠狠咬住脖颈。他急忙向前辈们学习防狼和对付狼的措施，不敢有一点懈怠。

种地的好处就是付出总有收获。当栓柱经历了几个月来在荒郊中与野狼为伍，挨暑受冻的日子之后，终于获得了自己的"金山"——巨大的麦堆。打完场后，足足借了十辆大车才将粮食运到城里卖掉。栓柱捧着白花花的银子，一面兴奋的手发抖，一面流下滚烫的热泪。更加贴切地描写丰收场面还有田原的《大地之恋》。到了收麦子的季节，陈爷爷带着长工三扇和十几个短工一起上阵，陈爷爷在城里上大学的孙子长顺也赶回来帮忙，学生制服都没换下来，卷起裤脚就忙着下地和三扇争"头镰"。所谓"头镰"，就是割麦子的能手，不但要垄数割得多，还要快，不掉麦子。通常，做长工的要稳居"头镰"的交椅，这样才有面

---

[1] 属黄鼠狼类，身上的毛是黄的，嘴巴和尾巴呈乌黑，离地有半尺多高，一般都是七八只以上群居。

子，也好向东家交差。长顺没回来之前，三扇一直不负众望，保持着威风。长顺回来了，二人约好每人五垄地，开始比赛。长顺虽然在城里念书，粗活细活，没有一样不干，快二十岁的小伙子并不比三十岁的三扇差到哪里。一会儿是长顺的头镰，一会儿又被三扇赶过去。两人忽前忽后，最多差一两步，惹得附近的年轻人一面叫好，一面紧紧地跟。他们二人带动了收麦场的劳动高潮。陈大爷发现他的孙子有他去世的儿子的那股虎劲，手摸着胡子高兴得闭不拢嘴巴。在这里，作者并没有把土地仅视为自然之物，而是将其与人类活动、人类文明、人类社会历史和现实关系紧密联系起来。人们在土地上不仅获取了生活的必需品，同时也在与土地的互动中尝到"一分耕耘一分收获"的喜悦，这种喜悦又继续激发人的无限动力和激情，将辛苦的劳动作为实现人生价值的最主要方式。庄稼人强健的臂膀，冲天的蛮力和不服输的精神都在与土地的融合中体现为一种力与美。

其次，土地对灵魂的救赎。在动荡的时代，在纷繁的诱惑面前，人容易把控不了自己而迷失，真正能够让浪子回头的还是土地。《松花江畔》成功地塑造了东北人民的群像，虽然有主有次，但是各个丰满。王本元不算是这部史诗巨著的主角，他的人生经历却生动地体现了人对于土地的皈依。王本元家在山东，靠着祖业也小有收入，不过年纪轻轻就染上了赌瘾，一到白天就犯困，一到晚上就精神，要是没有赌本去赌博，躺在床上就会像一条热锅里的煎鱼，翻来覆去睡不着。自己的家产败光了，堂兄寄给他买地钱也被他赌输了，只能抛弃妻小离乡别井逃到东北来躲债。本来可以依靠富庶的堂兄做点活计生存下去，可是他那戒不掉的赌瘾使他不能做任何经手钱的事。他来到王二虎的大车店做车老板子，逢年过节别人都热闹团聚的时候还必须把他派出去干活，否则就得把自己输个精光。直到和栓柱在荒郊野外开荒，方圆几十里见不到人影，他才彻底离开了赌桌。赵宗之走后，只剩下他与栓柱相依为命，这时他承担起了作为长辈的责任，指导栓柱怎么干活，遇到事情也总是他不慌不忙地想办法。在生活中，他性格温和，对栓柱也照顾有加，总是把进城的机会留给栓柱，自己留在窝棚里继续劳作。栓柱对他产生了心理上的依靠，甚至贪心地想和他在一起生活一辈子。日出而作，日落而息的生活虽然辛苦、乏味，但他觉得踏实和满足。他不用像过去一样到处躲债了，也不必为输光了棉衣裤挨饿受冻，更不用一到夜晚就躺在床上翻来覆去睡不着——现在躺下就睡，因为白天太累。经过几个月与世隔绝的生活后，王本元的话越发少了，看到冰雪，他想起了故乡：

> 雪花一飘，王本元更加想家。过去没有这种感觉，现在荒郊野地里，便体会到"在家千般好，出门事事难"的味道。
>
> 家乡气候没有这么冷，还不到下雪的时候。更不会困在叫天不应叫地不灵的野地里。
>
> 今年走的是不知哪步运，沦落在荒郊，沦落在担惊受怕、挨苦刑的日子——到底为了啥？
>
> 当找不到一个完整的台阶，承担那抬起落下去的脚底板时，心，变成茅草灰了。
>
> 人，不易知足——他抖擞出这句话来折磨自己。仿佛这句话埋藏在心中已有几十年，只有在天寒地冻的北大荒，才挖得出来。
>
> 家，哪点不好，偏偏爱赌钱，家产快光了，欠了一屁股债，才到关东来过一阵子。
>
> 多少人到关东为了创番事业，只有自个没有准头，如同游魂，又像孤鬼。[1]

---

[1] 田原：《松花江畔》，台北：大地出版社，1986 年 1，第 630 页。

这是王本元在山东和东北游荡半生第一次深入地反省自己。多少年了，他从来没有认真思考过自己这辈子的得失，一直是浑浑噩噩地混日子。家人的亲情感化，朋友的言辞劝阻对他都没有用，只有这北大荒的风雪才让他真正的清醒。首先，这荒郊野外，连人都没有，更何况赌友了，他失去了接触赌桌的机会。其次，庄稼人都身无分文，他也没有赌资。最后，也是最重要的，他亲眼参与和见证了栓柱的开荒历程，掉在泥土里的汗水真的能够孕育出丰硕的果实。而他——王本元也可以用自己的双手创造这一切！在与土地接触的过程中，他重新肯定了自己，也为自己找到了一条生路。这大半年的耕种生涯，是走上了人生的正途，让他觉得自己有脸面回家看看妻子儿女。最终，他几次拒绝栓柱分给他的银子，还是从堂兄那里借了回家路费，趁着栓柱熟睡之际，悄悄地回家乡山东了。一个赌棍，终于拒绝了金钱的诱惑，一个浪子，终于踏上归程。涵养万物的土地，终于让人找到了精神的依托。

最后，也是最重要的，对土地的崇拜是农民的根性生存法则。在东北到处流传着这句话："庄稼汉的田万万年，生意人的钱当日完。"人们更看重种地这种最传统的生产方式，认为土地是最可信赖的生存支柱。栓柱从小在山东农村长大，自幼在田间嬉戏，对土地感情深厚。但是家乡人多地少，连续三年遭逢水灾、蝗灾和旱灾，七亩薄田受到重创，他和母亲每日奔忙，却连肚子都填不饱。母亲为了生计，迫不得已让十七岁的栓柱闯关东，临行前，唯一的嘱托就是"赚了钱就买地"。应该说栓柱是幸运的。他来到郭尔罗斯前旗，投奔的表舅赵宗之为人厚道热忱，赵大娘和大妮母女也非常喜欢栓柱踏实、憨厚、勤快的性格，尤其是大妮对栓柱一往情深，会真心为他着想。比起在家乡，栓柱吃得饱，穿得暖，情感上也觉得很温暖。山东煎饼铺虽然忙碌辛苦，但生活还算殷实，栓柱是可以在这个"安乐窝"里享受下去的，可是他一刻也忘不了土地，他始终不喜欢城市，不喜欢那些现代化的火车、楼房和熙熙攘攘的人群，他更想在这片黑土地上开辟一片荒原，成为自己的领地。栓柱称不上聪明伶俐甚至有些木讷愚钝，但是他认准了一条路就会坚持到底，不怕任何困难。十几岁的男孩正是贪玩的时候，栓柱却能抵得住城市里商店、浴池和集市的热闹，来到荒郊野外与泥土为伴。酷热、寒冷、狼群和寂寞都没有让他退缩，最终在忍耐中收获金黄的麦子。不管是浪子回头的王本元，还是忠厚义气的王二虎都对栓柱赞赏有加，更加肯定栓柱开荒破土的精神。在栓柱身上，他们寄托了自己的希望，他们把自己对于正途的理解都凝聚在土地上。所以说，表面上看，《松花江畔》写的是大青龙、小白蛇和王二虎等人与日寇入侵的斗争，作为小说底景的却是栓柱的开荒。栓柱虽然没有直接参与民族斗争，在风云跌宕的大时代里显得边缘化，但是他对于土地的执著，他和泥土融为一体的勤劳、善良、淳朴、憨厚的品质正是中华民族生生不息的精神动力。在东北书写的其他小说中也同样表露了对于土地的深情。《大地之恋》从题目就可以看出，写的是乡下人的泥土之恋。主人公陈玉章一家和吕大海一家一年四季所有的活动都与土地紧密联系。施肥、播种、除草、收割……好像离了土地，人就丧失了灵魂，没有了寄托。这两家都早已谷梁满仓、丰衣足食，可还是凡事亲力亲为，省吃俭用。陈长顺宁肯放弃省城继续升学的机会，也要回到家乡做一名教师，为的就是让家乡的孩子感受先进的教育，他自己也可以随时卷起裤脚帮爷爷下田劳作。农民，一出生就与土地为伍，土地已经成为他们灵魂的皈依。

二、为了民族振兴忍辱负重

在中华民族命运攸关之时，这群将国难、民忧、乡恨、家仇集于一身的作家，定然要竭尽全力描绘东北儿女的反抗豪情和不息斗志。正面战场的血肉厮杀并不是斗争的全部，在那风云跌宕、群雄逐鹿的大时代里，并不是所有人的爱国情怀都能够被理解和支持，也并非所有为国捐躯的人都能得到礼赞和鲜花。有好多人，为了自己梦想，必须以一种别人不能理解，或者暂时不能理解的方式投入战斗，他们要么会被讥讽、被嘲笑甚至被辱骂，要么就是永远都默默无闻，即使为自己的信仰牺牲，也没有人知道。相对于激勇剽悍、憨直仗义的东北性格而言，这种不慕名利、执著梦想而忍辱负重的精神与中国传统的人文情怀更加接近，是东北精神的底蕴。

有这样一群人，他们默默无闻地生活在自己的日常角色中，是日伪统治下的顺民，又以这个角色作为掩护，在严密的组织领导下，暗地里从事反抗侵略、救国救民的抗日工作。纪刚的自传体长篇小说《滚滚辽河》以三十多万字的容量记录了日伪统治期间，东北地下组织"觉觉团"的抗日活动，以"真人、真事、真感情"[1]展现了这批时代的先驱者为民族献身，为国家流血，为信仰牺牲生命的战斗历史。相对于一线战场而言，他们没有锋利的武器，很少有和敌人正面的白刃厮杀，好多战士甚至没有亲手杀过一个敌人。他们很少有机会宣泄国仇家恨的满腔怒火，没有生死对决的痛快淋漓，更没有英雄的光荣称号，但他们生活时刻危机四伏，随时可能身陷囹圄，他们要以肉身对抗敌人的酷刑和毒打，还要永远承受心灵的孤寂和难言的屈辱。这部皇皇巨著，真切再现了隐秘战场上青年战士的博大胸怀和坚定的信仰。

1. 无法言说的委屈

在日伪政府的高压统治下从事抗日地下工作，一定会有许多不能说的秘密。为了掩盖秘密，地下工作者需要在现实中隐藏自己的真实情感和真实意图，必要的时候要制造些假象以掩盖真相。小说的主人公采用了作者的本名"纪刚"，是沈阳辽宁医学院即将毕业的高才生。作为

---

[1] 赵庆华：《铁、血、诗熔铸而成的生命之舟——纪刚的辽河人生，依旧滚滚》，《台湾文学馆通讯》，2010 年 9 月第 28 期。

抗日秘密社团的骨干力量，经常由于工作的原因接触到一些女性同学和朋友，为了转移大家注意的目标，"我"还要在正常"工作"之外再有意与一些女性朋友保持联系，加之长相不算丑陋，脾气不算太坏，一来二去，与"我"有"染"的女子不在少数。有许多同学不明真相，就叫"我""妇女之友"，男女同学之间有些什么办不通的事经常让"我"去办。能解决矛盾固然是好事，但有时候也会让人由误解而质疑"我"的质量。钟鸣和木莎都是"我"的同事，"我"和钟鸣有较多的接触，但纯粹是同志兼朋友的关系。后来钟鸣委屈地嫁给了一个追求她的特务，木莎则误以为钟鸣的委屈是"我"到处拈花惹草不负责任造成的，在很多年当中对"我"冷语相向，直到抗战胜利后才有机会澄清。能澄清的委屈还不算什么，在小说中，作者还较深刻地揭示了许多秘密工作者难言的委屈。

组织接到情报：敌人已经注意几个联络点一个多月了，就要采取行动。负责人决定将省组织由沈阳转移到长春。"我"的任务是从联络点至善里将大批行李运送到火车站再托运到长春。沈阳是东北的重镇，潜伏的特务特别多。"我"由于多年的工作经验，在万人中指认特务如探囊取物。每次行动时，也都能在看似无意中留心观察周围环境。果然，运行李的大车刚刚出发，"我"就机警地发现到有一个特务在跟踪。确定了特务的身份后"我"开始猜测他的来由，如果是一般的特务，"我"自信可以凭借我的证件等轻松应付；但如果他是从至善里尾随而来的，那性质就严重了。途中经过派出所时，他还进去打了一个电话，并在讲话的同时继续注视"我们"。"我"立刻意识到他是在向上级汇报，请求支援。此时"我"忽然觉得孤独无助。由于缺少人手，负责人没有派人暗中尾随、帮助"我"，现在又无法与负责人联系取得指示，只能自己做出应对的决策。打完电话后他继续跟踪，并且违反了跟踪的常规，既不换人还公然尾随。这就是让"我"无法逃出他的视线，是逮捕的先声。

确定了敌人的目的，"我"反而镇定了，开始积极应对。"我"首先摸出身份证，暗中撕碎吃下去，以免落到敌人手里弄出间接线索。"我"仔细分析了行李里的东西，是安全的，忽又想起行李上写着长春住址的布条，立时渗出冷汗，巧做掩饰将布条撕下，吞入口中。做完这些，"我"可以安然地等待被捕了。其实，"我"知道"我"单独一人是可以逃走的，只是还抱有一丝侥幸的心理：如果敌人还没有发现至善里的明确证据（因为没有采取行动），而"我"却弃行李而逃，不是"此地无银"了吗？所以"我"静观其变，即使被捕了，也只是"我"一个人而已。当"我"再次观察特务的时候，情况起了变化，他不是一个人，而是和一个同伙在商量。"我"立即警觉他们不仅要捉我，还要放长线钓大鱼。"我"在紧急的情况下冷静地思考"我"被捕后的结果：会遭受敌人的严刑拷打，虽然"我"有决心一定不会出卖组织，但是负责人会不受惊扰吗？整个组织会不受影响而正常工作吗？"我"工作了这么多年，知道这么多组织的秘密，至少在"我"英勇牺牲之前，与"我"有联系的所有工作都要瘫痪！这个损失太大了。因此"我"就不能坐以待毙了，"我"必须让行李成为绝缘体，"我"也不能被他们捕去。于是我想到了"丢"和"逃"。但是丢了行李就等于主动暴露了至善里这个联络点，"我"也无颜再见江东父老。"我"又在决策时进行了第二次的矛盾挣扎。最后终于决定，即使被组织制裁，也不能被捕。于是"我"借口去满洲医科大学找人，让车夫在门口等候，混入校园内寻找熟悉的路线逃跑了。为了周全，"我"辗转绕路，于晚上八点才在确定没有人跟踪的情况下返回敦和里联络点。在这一段描述中，比现实战斗更精彩的，是主人公的心理战。作者详细描述了自我的每一次心理交锋，读者可以明确感知"我"在危机面前的"取"和"舍"。"取"的是尽最大努力将组织的损失降到最低。运送行李过程中，"我"通过吃证件、吃布条毁灭有关组织的一切信息；再通过仔细观察和巧逃脱摆脱敌人的跟踪，破解敌人放长线、钓大鱼的阴谋，让他们只是得到了一车毫无意义的行李。"舍"的是"我"个人的安危。"我"从来没有将个人的生死、安全纳入考虑范围，最后一次思想交锋时，"我"思考不能被捕的理由也是"我"参加工作太多，知道秘密太多，会给组织带来瘫痪性的打击。这是从"我"作为组织的重要成员这个角度而不是"我"个人安危角度考虑的。遗憾的是，"我"的全部想法并没有人倾听，"我"也没有机会为自己解释。

　　"我"满身疲惫地回到联络点后，只是简单报告了事情的经过，负责人就让"我"去吃饭了。"我"一边强忍着胃里的布条在作呕，一边影影绰绰听到三位领导人说的几句话："没有勇气""智慧不够"等等。"我"知道，这是对"我"的判决。当"我"想借机向负责人痛哭一场，倾诉我的心理历程的时候，他只是温和地说"事情过去，不必再谈了！"[1]这以后的几天，"我"被视为"惊弓之鸟"，没有被派任何外出的工作，只是留在联络点烧饭。虽然平时也经常做这活，可是这个时候，却让"我"不停地流泪。当"我"实在抑郁难当，想向好朋友罗雷解释时，他也气呼呼地说："解释什么，说你怕死，你就是怕死！"[2]由此，"我"知道再没有提及的必要了。因为"我"一提，别人就以为"我"要为自己开脱，其实，我希求的是被了解而不是受宽恕。从这时起，我这个二十岁出头的年轻人有了一个心结："怕死"。当"我"知道别人开始以这种眼光看待"我"的时候，"我"越发想要证明"我"的"不怕死"。"不提归不提，我心底的忧郁潜流仍常在不时激荡，假若这也算是我个人冰点的话，那只有用死亡才能将它融化吧！"[3]这个心结为"我"今后的盲目行动埋下了伏笔。

[1]　纪刚：《滚滚辽河》，台北：纯文学出版社，1994年，第170页。

[2]　纪刚：《滚滚辽河》，台北：纯文学出版社，1994年，第173页。

[3]　纪刚：《滚滚辽河》，台北：纯文学出版社，1994年，第174页。

2. 舍生求死的冲动

丢行李事件后，"怕死"成为"我"的心结。"我"一方面默默工作，希望做出成绩，另一方面又很想有机会证明"我"不怕死。终于，敌人发动了疯狂的逮捕行动。几天之内，连同负责人在内的一百多名同志入狱。"我"拒不配合取调官的审讯，除了坚持自己已经被识破的假身份以外，什么都不说。迎接"我"的是连续十多天的酷刑：上大挂三次，灌凉水两番，过电五回，压千金、跪楞木、走钉板、烧肚脐、穿指甲、绞夹棍、抛绣球……除此之外，像皮鞭、木刀砍锁骨和拳打脚踢就是家常便饭了。一次次昏迷又一次次被凉水击醒，不知白天黑夜，也没有力气思考任何事情，只有一点是清醒的："什么也不说"。"我"当然知道，这么多人被捕，不是所有人都能扛得住，"我"不说，别人也会说，组织的秘密不一定能守得住。但是"我"此时的想法就是要忠实于自己的信仰，任何时候都不能背叛组织。忽然有一天，"我"意识到这种抵抗也是没有意义的。入狱后"我"除了忍受酷刑，就没有做任何事情。负责人都进来了，组织几乎被一网打尽，我们又能做什么呢？既然什么也不能做，那在这忍受痛苦又有什么意义呢？再进一步反省，"我"又意识到自己在这次事件中的失误。负责人在"我"负责的区域内出事，"我"怎么也摆脱不了责任，还有何颜面再事生存呢？此时，行李事件恰逢其时地涌入"我"的脑海，既然负责人一直认为"我"怕死，同志们也都嘲笑"我"怕死，那"我"为何不用死来证明"我"无所惧怕呢？长久郁积的心结影响了"我"对事情的正确判断，一直以来想要澄清自己的渴望已经战胜了本能的求生欲望。经过上吊和割动脉两次失败的自杀之后，"我"经受了敌人的鞭笞，这使"我"感到无比屈辱。一个人为了生而忍受酷刑是有道理的，为了求死还要忍受酷刑真是滑稽可笑。"我"一直自诩虽没有过人之才，却也是铁骨铮铮，而今落到这种求生不能、求死不能的境地真是可悲。"我"不会轻易放弃，"我"又开始了绝食行动。每天吃饭时，"我"用手将米饭压进去一个凹坑，来骗过看守。每当"我"的手失控地想向嘴里添饭的时候，就鄙夷地骂自己是猪，然后又将手放下。一周过去，饥饿感消失。第二周就是渴的折磨了。渴到极致时，"我"甚至用手去揭开小便盆的盖子——那里有"我"狠心倒进去的水。清醒的意志力战胜了一切，"我"饿得昏迷了。可是"我"再度醒来时，不是在天堂或是地狱，还是在"我"的监牢里。医师们正在用吸管给"我"喂白色的流食。在"我"昏迷的时候，下意识地吮吸他们送来的食物，"我"又活过来了！"我"本来已经积攒足了死的勇气，现在居然又活过来了，在这一刻，"我"是真的彷徨了！"我"觉得自己变成了一个实实在在的弱者。

小说中，作者呈现了"我"这个二十五岁青年战士的几重悲哀：第一重是酷刑。对于普通人而言，酷刑已经算是极致的考验。多少自认为英勇无畏的战士都在酷刑下投降，毕竟血肉之躯难以抵挡钢铁刑具的摧残。"我"不但忍受了敌人的十八般酷刑，还要在身体的疼痛中承受第二种悲哀——苛责自己的失职。这种苛责又直接引发曾经的心结，为了证明自己不怕死，"我"又开始第三种悲哀——自杀。自杀未果，不但要经受鞭笞的屈辱，还要面对万念俱灰的现实，即第四种悲哀——生不如死、自我否定。一个多月的狱中生涯让"我"经历了生死、信仰和道义的多重考验，"我"虽然经受住了，却仍然失去方向。虽然后来"我"在负责人的点拨下重新燃起斗志与敌人斗争，却不能掩盖"我"不能够看清事实真相盲目求死的冲动。对于"我"的这一段狱中心理的刻画并没有减损"我"的英雄形象，反而使文本更加真实、可信，更能够触及人的灵魂深处。作为革命战士，忍受误解和屈辱是与忍受寒冷、饥饿、酷刑一样的考验，忍受了这些，才能谈到为祖国和民族献身。

3. 躲避爱情的无奈

爱情是一个人一生中最美好的经历。风华正茂的青年男女很自然地会生发爱情的萌动。动荡的年代，险恶的环境和"我"的特殊身份合力剥夺了"我"追求爱情的权利，甚至在她主动来临时也只能故作不知地躲避。孟宛如是我的同乡，在我们医院做护士。她有一双"我"今生见过的最迷人的眼睛，水汪汪、溜明澈亮。"她用这对眼睛看你的时候，你不敢与她瞬息对视，可是她不看你的时候，仍像有强力磁铁似地，吸着你的眼睛向她呆呆偷看"[1]。"我"的一位同学甚至因为痴迷这对眼睛成疾而死。比这对眼睛更加迷人的，是宛如的性格，纯洁澄澈，温柔甜美。她的娇弱无邪让每个遇见她的人都想要拼命保护她，不忍让她受到任何世俗的惊扰和伤害。"我承认我很怕见她那对摄魂夺魄的眼睛，更怕她又是向你投射出特殊的光芒"，于是，"我"很早就将我们的关系禁足在某种界际上，除了必要，"我"不愿与她做多余的接触。"我"给自己的躲避找了个合理的理由，不但是为了保护"我"自己，更是为了保护"我"所身负的严肃工作。当宛如的朋友黎诗彦出现后，"我"立刻判定她比宛如坚强，既是一名可以塑造的妇女工作者，又比较适合做人生的伴侣。当她勇敢地摆脱了父亲为她订立的婚约后，"我"更加钦佩她，欣赏她。雪夜谈心，握住她的手时，"我"几乎情绪失控，很想将"我"这么多年来压抑着的情感爆发出来。最终，还是忍住了。"我"想起了负责人对我们有关感情问题的告诫，也想起了心超和严姐的不幸遭遇。心超是"我们"的同志，被捕后定刑十五年，而他的女友严姐不但没有与他分手，反而接来他的妈妈同住。心超多次请求严姐放手，严姐始终坚持自己的决定。"一想起严姐冰凝霜结的面影，比李庸之死更冷缩了我对任何善良女孩子所滋生于心底的爱恋。"[2]"我"不能为了贪图个人的情感享受而伤害无辜的女孩，"我"真的没有能力承受最宝

---

[1] 纪刚：《滚滚辽河》，台北：纯文学出版社，1994年，第 3 页。

[2] 纪刚：《滚滚辽河》，台北：纯文学出版社，1994年，第 27 页。

贵的情感，越是爱，越是要远离。当诗彦向"我"表白的时候，"我"又一次做了逃兵。按照负责人的指示，"我"彻底成了"黑人"，切断了与从前的一切关系网，更名改姓，开始新的工作。琐碎而繁忙的工作加之时刻处于高度戒备状态，"我"筋疲力尽，"我"甚至有意让自己累得没有心思去思考有关情感的问题。当"我"在宜民的女校偶遇诗彦时，本能躲避，却在心底泛起感情的狂潮。诗彦是宜民想要重点培养的对象，我们很可能就快成为真正的同志了，如果是那样，我们是否可以并肩战斗呢？

　　我太疲劳了，我需要一点休息；我太紧张了，我需要一点松弛。我何必强作圣者？我何必徒事苦修？假若我与诗彦在一起，至少可比仲直减少一份困难。我以前的想法正确吗？我把自己挂在超人的地位，我要为我所喜爱的肩负生前与死后的责任，我祝福我所喜爱的人能享永恒的幸福……我这样做能达到我的心愿吗？什么才是诗彦永恒的幸福呢？……[1]

　　这段内心独白暴露了"我"感情上的弱点，"我"也是一个平凡的人，在坚强的背后也有累和想要休息的时候，也极度渴求爱和安慰。当这一切都顺理成章地摆在眼前时，"我"怎能不内心纠结呢？但是，突变的工作形势再次阻断了"我"的思绪，"我"只能在工作、逃亡和受刑的间隙偶尔闪现诗彦的影子，现状越是悲惨，越是庆幸自己当初的躲避，还自认为没有伤害到诗彦而自我安慰。工作的紧张将"我"自身的情感压抑到一个小小的角落，在很多年当中"我"没有时间和平静的心绪去整理自己的思路，这种心理压抑一直持续到抗战胜利后。当"我"因牙

---

[1] 纪刚：《滚滚辽河》，台北：纯文学出版社，1994年，第166页。

科手术又回到母校医院的时候，宛如出现了。"我"忽然发现"我"很爱宛如，而宛如的那句"你活着回来，不如你死去！"[1]的责骂也让"我"意识到她对"我"仍有很深的感情。所以，"我"明确地向她表白，并解释了曾经躲避她的原因是不想伤害她，希望她解除婚约和"我"相聚。宛如经过痛苦的思索，最终拒绝了"我"。这个情节看似矛盾，其实正揭示了"我"这么多年的感情症结："我"从来不知道自己爱谁。

宛如的美丽和温柔早已经深入"我"心，可是越喜欢就越怕伤害，所以"我"早早地切断了我们进展的可能。诗彦的坚强、勇敢和镇定让"我"十分钦佩，这种可以发展为同志，又可以和"我"共同在枪林弹雨中穿行的可贵素质，让"我"和她有更多的共同语言，而她对"我"的热情又刚好填补了"我"空虚的情感世界。所以，在好多年当中，"我"都误以为自己喜欢诗彦，尽管"我"也同样抑制着自己想要和她联系的冲动。直到抗战顺利、局势缓和的环境里，"我"不必再做"黑人"，不必隐姓埋名流落江湖，也不用时刻警惕着被逮捕、被屠杀，当"我"可以安静从容地从事自己喜欢的职业，有能力保护家人，可以给喜欢的人一种稳定的生活时，"我"才能从心底里发出最真实的要求。宛如的再次出现，唤起了"我"心灵最深处的情感需求。原来，当年越远的逃避，恰好说明了越深的爱和保护。刘再复说："要塑造具有较高审美价值的典型人物，就必须深刻揭示人物性格的内在矛盾性。只有在各种性格因素的对立统一运动中产生的立体感和多侧面，才是真正的典型化要求。"[2]"我"的这种内心的矛盾的揭示，不会妨碍这个形象的伟大，反而会让这个形象更具美感。"我"作为一个谨慎、镇定、老练的地下工作者，将全部身心都投入到工作的时候自然没有精力再思考个人的情

---

[1] 纪刚：《滚滚辽河》，台北：纯文学出版社，1994 年，第 402 页。

[2] 刘再复：《性格组合论》，合肥：安徽文艺出版社，1999 年，第 288 页。

感问题。即使有对于这个问题的思考，也会因环境、时局的压抑而产生错误的判断。又因为"我"对于自身危险处境的洞悉和"我"随时准备为了组织牺牲自己的决心，所以"我"即使有了判断也不会主动去追求自己的爱情。在这个过程中，我们可以窥见，"我"这个角色心中有组织，有民族大义，有"我"深爱的人，唯独没有自己！"我"默默地忍受着宛如和诗彦怨恨的眼神，在别人"鸡飞蛋打"的嘲笑中，遗憾地错过最真的感情。其实小说的作者在为两个女主角取名字的时候，就已经注定了她们的命运。孟宛如，是"宛如一场梦"；黎诗彦是"离失之燕"，预示其后来的不知所踪。对于一个地下工作者而言，最大的敌人，不是酷刑和死亡，而是感情。因为感情是个人最不能控制的事物，一旦爆发会产生失去理性的冲动行为。而本篇小说对于"我"压抑自己情感全身心投入战斗的真实描写，深刻地展示了革命战士忍辱负重的博大胸怀。

加缪的"西绪福斯神话"揭示了一个真理：生命的目的不在于能否将巨石推上山顶（具体人生目标和愿望的实现），而在于不计失败地一次次推动巨石向山顶攀登的过程之中。地处高寒之地的东北人，每一次与自然斗智斗勇的时候，每一次反抗异族侵略的时候，每一次与自己的内心进行搏击的时候，不只有表面的骁勇豪情，不只有常见的质朴诚实。在他们的心灵深处，还有以大地为根基的九死不悔的执著精神，他们的血管里还凝结着为了国家、为了民族忍辱负重、殒身不恤的牺牲精神。这种厚重是传统的儒家精神内核的散射，更是足以傲然于世的东北精神的底蕴，是它引领着东北人既能立足于东北沃土，又能够勇闯天涯。

第三章
畏天敬神、圆融剽悍的东北民俗

　　日升日落，斗转星移，时间为我们留下了太多的玄想。中华民族五千年的悠久历史留给世人的不仅仅是四大发明、万里长城、丝绸之路和汉唐盛世，还有点点滴滴的民俗文化。"民俗"即民间风俗，指一个国家或民族中广大民众创造、享用和传承的生活文化。[1] 从时间上看，民俗是人类社会发生、发展过程中的产物；从空间上看，不论是往日落后、愚昧、野蛮的少数民族部落，还是今夕经济文化高度发达的繁华都市，民俗都是他们的伴生物。它起源于人类社会群体生活的需要，在特定的民族、时代和地域中不断形成、扩布和演变。民俗形成后，就成为规范人们语言、行为、思想的一种基本力量，它作为一个区域的文化传承，其精神特质会浸润在一代代人的生命历程中，流淌在一代代人的血脉里，反映在当地的居民、风土人情乃至思维方式行为习惯之中。民俗事项纷繁复杂，从经济活动到社会政治活动，从统治阶级的意识形态到平凡百姓的市井生活，大都附有一定的民俗行为及有关的心理活动。但是，民俗也并非无所不包。按照钟敬文的观点，民俗大略可以分为以下

---

[1]　钟敬文主编：《民俗学概论》，上海：上海文艺出版社，1998 年 12 月，第 1 页。

几个部分：精神民俗、社会民俗、物质民俗和语言民俗。[1]

所谓"骏马秋风塞北，杏花春雨江南"，具有生香真色、鲜明个性的文化，都与地域有一根永远剪不断的脐带。东北大地民俗文化历史悠久，积淀厚重，以其鲜明的民族性、地域性和民间性，成为一个地区文化的基因、血脉和历史"活化石"。本章将从白山黑水间的萨满魔影、交融质朴、和合圆满的饮食习俗、彰显民间判断标准的匪性文化和中日俄文化交融镜像四个方面分别呈现东北的精神民俗、物质民俗和社会民俗。

第一节　白山黑水间的萨满显影

萨满教是一种以氏族为本位的原始自然宗教，发轫并繁荣于母系氏族社会，至原始社会后期，其观念日趋成熟，仪式日臻完备。进入阶级社会后，随着社会形态发生了某些变异，　但其精神实质和文化内核却大多被保持着，其影响至今可见。"东北亚我国境内地区曾是萨满教最主要的发源地之一，而且就是在这一地区，萨满教表现得最为典型和

---

[1]　精神民俗，是指在物质文化与制度文化基础上形成的有关意识形态方面的民俗，精神民俗主要包括民间信仰、民间巫术、民间哲学伦理观念以及民间艺术等。社会民俗，亦称社会组织及制度民俗，指人们在特定条件下所结成的社会关系的惯制，它所关涉的是从个人到家庭、家族、乡里、民族、国家乃至国际社会在结合、交往过程中使用并传承的集体行为方式。它主要包括社会组织民俗、社会制度民俗、岁时节日民俗以及民间娱乐习俗等。物质民俗指人民在创造和消费物质财富过程中所不断重复的、带有模式性的活动，以及由这种活动所产生的带有类型性的产品形式。它主要包括生产民俗、饮食民俗、服饰民俗、交通民俗等。语言民俗，指通过口语约定俗成、集体传承的信息交流系统。语言是一种文化载体，各个民族、各个地区都有特定的语言，即民族语言和方言，它们是广义的民俗语言。侠义的民俗语言，是指在一个民族或地区中流行的那些具有特定含义，并且反复出现的套语，如民间俗语、谚语、谜语、歇后语、街头流行语、黑话、酒令等等。参见钟敬文主编：《民俗学概论》，上海：上海文艺出版社1998年，第5—6页。

完整。"[1] 作为一种自然宗教和原始宗教，它不仅浸润了东北表层的文化植被，在整个东北历史的文化岩层中都留下了它蠕动前行的痕迹。

一、萨满教的源起

萨满教是伴随着中国北方民族的产生而源起的。最初传播这种信仰的先民并没有能力将这一行为记录下来，我们只能通过中国古代汉文典籍寻访它的足迹。公元前 2 世纪，司马迁在《史记·匈奴列传》中首次记录了匈奴祭天地、拜日月、祈鬼神的简况。400 年后，晋人陈寿所撰《三国志·乌丸》中记载了我国另一北方古族乌桓祭祀天地、日月和山川的活动。又过了 150 年，南朝宋范晔在《后汉书·乌桓》中记叙了乌桓歌舞送葬的习俗。公元 6 世纪中叶北齐魏收所撰《魏书》与 7 世纪 30 年代唐令狐德棻所编《周书》中都提到了北方突厥族由"女巫"主持的祭天仪式。公元 7 世纪中叶，唐代魏征主编的《隋书·契丹》中，也记载了契丹为老人举行风葬仪式的生动场景。这些记述是现在能够找寻到的有关萨满教的最早记录，但是这些文字记载中却始终没有提到"萨满"这个称号。

13 世纪初，北方女真人萨满教传入中原。南宋徐梦莘在《三朝北盟会编》中第一次记载了萨满教女巫的消息："兀室奸滑而才……国人号为萨满。萨满者，女真语巫妪也，以其通变如神。"[2] "萨满"一词来自埃文基（鄂温克），许多学者提出埃文基的 saman，xaman 和蒙古语的 shaman，突厥语的 kam，xam 是密不可分的语言群。也有学者指出埃文基的 shaman 可能来自于通古斯满族人的动词 sha 或 sa ，意思是"知晓"。金元以后，"珊蛮""沙曼""撒麻""娑玛"，"沙

---

[1] 闫秋红：《现代东北文学与萨满教文化》，广州：暨南大学出版社，2012 年，第 2 页。

[2] （宋）徐梦莘：《三朝北盟汇编》卷三《政宣上帙》，《景印文渊阁四库全书》第 350 册，台北：商务印书馆 1986 年，第 23 页下。

玛""萨玛""萨瞒""萨满"等词便多次出现在各种书籍中。从字义上讲，"萨满"一词在我国满——通古斯语族中的满、赫哲、锡伯、鄂温克、鄂伦春族中，包括"知晓""晓彻"的含义，所以我国有学者认为"萨满"是能够知晓、明彻神的旨意、是神灵的师者，是沟通人与神的中介[1]。

　　萨满是天神的代言人，是人和神的结合体，既代表人们倾诉苦难、许下心愿，又代表神灵将人们救出困苦、实现心愿；而跳神则是萨满教最重要的宗教仪式，在放纵癫狂的情绪下，萨满用巫术支配着周围世界的一切。跳神时，萨满要穿上神衣、神裙、神靴、神袜等法衣，戴上安有显示威力的鹿角的神帽，法衣上缀有防魔避妖的铜镜、铁腰铃，手中拿着能灭鬼请神的神鼓、神刀、神杖等法器，击鼓歌舞跳神，或祭祖，或为人除魔治病。他们中大多数也是普通人，平时也和大家一起劳动，只有在举行跳神等宗教仪式的时候，才梳妆打扮、脱离凡俗，与神沟通。但是，因为萨满能够联络人与神之间的思想感情，达到神灵护佑的目的，所以萨满在民间拥有特殊的社会地位，受到族众的信仰和崇拜。在满族后世萨满神谕中，将萨满直接尊称为"阿布卡朱赊""阿哈朱赊"，即天之子、天仆、天奴的意思，其意是指萨满为宇宙间众神祇服务的仆奴。[2]其他如鄂温克、鄂伦春、赫哲等族也有自己的萨满，他们或者通过跳神祭祀等方式来充当本氏族的保护者和精神领袖，或者直接担任部落首领。

　　布赖恩认为："最初的宗教思想不是产生于对自然作用的沉思，而是产生于他们对生活事务的一种关切，产生于连续不断地左右他们精神的希望和恐惧。"[3]在低等、原始的社会中，人民精神焦虑的核心是

[1]　参见孟慧英：《中国北方民族萨满教》，北京：社会科学文献出版社，2000年，第24页。

[2]　参见富育光：《萨满教与神话》，沈阳：辽宁大学出版社，1990年，第3页。

[3]　【英】布赖恩·莫里斯著，周国黎译：《宗教人类学》，北京：今日中国出版社，1992年，第191页。

起码的生存问题，比如食物、住宅、衣服等。为了解决这些问题，人民要从事物质生产活动，最初的萨满就是在这些活动中产生的。在前文中我们论述过，渔猎、游牧和农耕是东北人民依靠东北沃土形成的最主要的生产方式。在渔猎文明中，所有的衣食都取自于野兽和鱼类，所以人们会把猎获野兽看作主宰野兽的"神灵"的恩赐加以崇敬，于是出现了萨满教对于动物的崇拜。凶猛的、具有杀伤力的动物是值得敬畏的，如熊、虎、蛇、狼、狐狸、豹等；天空飞翔的、难以捕获和驯服的动物是值得崇拜的，如鹰和雕；被驯养的动物也是具有神性的，鹿、马、牛、狗等都是财产和富裕的象征。随着人类同动物周旋经验的丰富和狩猎技能的提高，人们渐渐觉得动物不那么神秘可怕了，可是他们赖以生存的森林、湖泊和草原却充满了玄机。生活的不安全感和不稳定性依然存在，人们在无法把控自己命运的时候，又开始崇拜山神、树神、水神，自然崇拜和动物信仰发生了结合。萨满教的泛神思想和对于自然的敬畏就源自于渔猎文明。

欧亚草原，从大兴安岭一直延伸到黑海之滨，东北的游牧民族世世代代在这片草原上生存、繁衍。在生产力水平较低的条件下，畜牧经济具有不稳定性和脆弱性，人们在不能把控自己命运的时候，就会把自然现象、自然力和自然物当成有意志、有能力支配自己的某种神秘力量和神圣事物去依赖和崇拜。太阳神是游牧民族宗教生活中最突出的信仰对象，千载不衰。火神，既是人类和动物的保护神，又可能成为无恶不作的凶神，人民普遍认为它是不可触犯的，既规定了许多禁忌又频繁地加以祭祀。

像畜牧业生产一样，生产力水平比较低下时期的农业生产，也受到自然环境极大的限制，依赖大自然的恩赐。自然力、自然现象都可能成为被信仰和崇拜的对象。这与渔猎、游牧生产所崇拜的对象难免交叉，很多时候不能完全区分开。北方少数民族所崇拜的保护农业生产的神灵，经常与农作物的生物特性和生长规律有关。很多时候还与生产经验以及农事活动的季节性和周期变化规律有关。比如满族会用打糕祭祀农神乌忻贝勒，打糕中还会洒水，象征着神灵降水；锡伯族有对土地的崇拜和祭祀；达斡尔族会供奉土地神，祈祷风调雨顺、五谷丰登。[1]

萨满世界统治下的生灵，有许多民族。他们分布在从东起长白山经蒙古高原达天山南北的广阔地域，栖息在从黑龙江、乌苏里江到冰川雪山下塔里木河流域的山谷和平原。人们创造了萨满文化，既闪现出愚昧中的智慧、病态中的质朴，也留存了野蛮中的勇武和粗犷中的奋进。如果我们用现代宗教观来衡量萨满教，会发现它不过是一种独特的信仰活动与现象，是自然民族的自然信仰，有许多与人为的宗教不同的特征。比如，它没有形成自身固定的信仰组织；崇拜的主体也是多神的泛灵而非一个至高无上的膜拜对象；它还是一种自发传承的观念，没有支配这种信仰的绝对权威；它本身也没有建立其完整的、伦理的和哲学的体系；也没有形成固定的聚集活动的场所。[2] 萨满教是在人类的生产生活实践中诞生的，在数千年的文明史上，它像一条纽带联结着许多民族的历史与文化，承载了人类自原始社会以来的文化发展的历史记录。

二、万物有灵凝结感恩情怀

萨满教的基本观念是万物有灵论和灵魂不灭论。认为整个宇宙世界是一个万神的王国，自然界和宇宙间没有无生命的东西，天、地、日、月、风、雷、云、海、山、树、石、鼠，世间万物都是蕴藏着神祇的生命活体，可以产生超自然的神奇力量，能够给予人类护佑和帮助，同时可以给人类带来灾难和困苦。受到这种观念的影响，作家在近距离描绘

---

[1] 参见孟慧英：《中国北方民族萨满教》，北京：社会科学文献出版社，2000年，第71页。

[2] 参见乌丙安：《萨满信仰研究》，长春：长春出版社，2014年，第6页。

人与自然的关系时，是带着感性的色彩去描摹人与自然万物的情感交流的。人对于自然的依赖与征服、恐惧和崇拜使得万物都成为与人一样具有感知和灵魂的生物，人类已经将其视为精神家园，在神化万物的同时为自己寻求一种安全感和皈依感。

在萨满教中，日神崇拜意识是极其突出的。对太阳的崇拜不但定型为北方民族统治者的例行祭事，也早已演化成北方民族最普遍的生活方式。如《史记 匈奴列传》记载："单于朝出营，拜日之始生，夕拜月。"[1]单于自称，"天地所生、日月所置匈奴大单于"[2]。《新五代史 四夷附录》也记载："契丹好鬼而贵生，每月朔旦，东向而拜日。"[3]辽、金、元三代朝野也都有拜日古礼。不独古代东北民族如此，即便现在，许多民族仍然对太阳有极深的信仰崇拜。如鄂伦春人把太阳奉为至高无上的神明，呼之为"得勒恰博如砍"，每逢旧历年正月初一，无论大人小孩都要向太阳叩拜，祈求太阳保佑一年的幸福吉祥。

萨满教还崇拜火神。当人们面对难以驾驭的天火、雷火、森林大火、草原大火时，火就是象征恶的天神，由于对其无能为力，所以更加恐惧。另一方面，人类的文明崛起于火种的燃烧，利用火种，人类可以食用熟的食物，可以驱散寒冷和驱逐狼群等野兽。梅济民的散文《草原上的强盗——狼》讲述了"我"和母亲夜晚在草原上被百只以上的狼群围攻，在子弹射杀失去作用的情况下，母亲不断地燃烧衣服以驱赶狼群，最后还是爸爸带领队伍来支援，以通明的火把吓退了狼群。不独是狼群，老虎、熊、狐狸和黄鼠狼等都害怕火，在森林或草原上，火甚至比枪更有震撼作用。萨满教认为火能听懂人间的语言，还能够除污祛邪。所以索伦族的猎人每年都会举行盛大的火祭，许多北方民族在新娘入门时也要

---

[1] 司马迁：《史记》卷一一〇《匈奴列传》，北京：中华书局，1959 年，第 2892 页。

[2] 司马迁：《史记》卷一一〇《匈奴列传》，北京：中华书局，1959 年，第 2899 页。

[3] 欧阳修：《新五代史》卷七十二《四夷附录》，北京：中华书局，1974 年，第 888 页。

跨火而过，这些都说明在萨满教信仰中，火是十分圣洁的神灵。

马克思说："任何神话都是用想象和借助想象以征服自然力，支配自然力，把自然力加以想象化。"[1]萨满教的这种日神火神崇拜心理与东北的生存环境有很大关系。东北大地一年有近二分之一的时间处于冬季，北风呼啸、大雪纷飞、江河结冻、万物凋零。在这样残酷的自然条件下，太阳普照万物驱散寒冷，火焰带来温暖，融化冰封。对于生产力低下的先民而言，显得分外宝贵。这些能够带来光明的事物是他们能够繁衍生息下去的可靠保证，是现实的、使用的生存目的和需要，使东北人民将日神、火神奉为神灵并将对其的敬仰以宗教的形式世代流传。

除了日神和火神崇拜，作家总是带着泛神、泛灵的思想意识描写东北风物中奇幻莫测甚至有些荒诞不经的奇迹，借助神灵来表现一种超乎自然的寓言，渲染一种神秘的气氛。梅济民的散文《长白山夜话》中讲述了在雪光映照的寒夜中，走在乡村间乡路上的奇特感受：惊天动地的雷声可能是雪崩；听到有人吹口哨，那是风在刮着飘雪的树梢；如果有人在咳嗽，那也许是山谷的回音；如果你翻过一道山岭，忽见满坡满谷都站满了人——你可能会吓得昏倒路上，其实也不用怕，那是披盖着积雪的松柏树！这绝对不是夸张，确实有一个与此经验有关的故事。传说辽金对垒的岁月，辽军派出大军奇袭金军。当辽军历尽千辛万苦准备在一个月夜发起总攻时，却意外看到前面的山坡上漫山遍野都是严阵以待的金军。辽军仓皇撤军，丢盔弃甲，狭窄的山路上许多兵员被战马踩死。直到逃出了长白山，还不知道是受了月光和积雪树木的欺骗。金国知道此事后，出动文武百官前来祭山，从此，金国的百姓更加敬仰神秘的长白山。更多的时候，作家所描摹的神灵无处不在、无所不有的事实已经不是刻意地渲染，而是自然地流露。梅济民的小说《长白山奇谭》

---

[1]　马克思：《<政治经济学批判>序言、导言》，北京：人民出版社，1971年，第33页。

的开篇就是"雪祭"。当第一场大雪降在长白山上时,每个伐木营都要进行盛大的雪祭,期待瑞雪给他们带来好的运气。第二年春天,冰雪第一次融化时,伐木营都要举行盛大谢恩宴,感谢冰雪、感谢山神、感谢工人。在多神的长白山区,人们还会崇拜石头和树木。他们对于大而黑的不常见的陨石既敬又怕,祈祷它不要给自己带来厄运;他们从古树的树结观察树木的喜怒,借以预卜出猎的吉凶。敏捷的猎人在遭遇猛兽袭击的时候,还可以爬上树去躲避灾难。

在散文《长白山夜话》中,梅济民展现了迷信的山村里,人们对于野生动物的崇拜:"把狐狸叫'狐仙',把黄鼠狼叫'黄仙',把蛇叫'长仙'……要算老虎的身价最高,他们一直是被尊为一山之长的'山神爷'。"[1]从表面上看,人与这些猛兽地位是对立的,必须要征服他们才能获得生存。其实,猛兽不仅与人身安危有关,他们的灵魂还可以帮助人们狩猎,也会成为人类崇拜的对象。一旦人类患有某些疾病,就会认为是野兽的"精灵"在作祟报复。而且,东北一年有好几个月是大雪封山,采集和耕种活动无法进行,动物成了人类唯一的生活来源。他们的肉可以食用,皮毛既可以做衣服又可以卖到山下,成为最主要的经济来源。他们的骨、角、牙等可以做装饰品。所以人类自然而然地与动物产生一种亲近感,在生活中不断地"神化"动物。刘毅夫的散文《农村的节令和习俗》中谈到:"多神的传统,认为一切都能成仙得道,老树会成神树,大石也会成仙,蟒蛇能成精,土拨鼠也会修炼成为豆仙,黄鼠狼修炼会成黄仙,狐狸成精就是狐仙……"[2]生活所遇的事物皆有灵魂。既然相信万物有灵,那东北人民就会对每一种动物真心呵护。比如梅济民在散文《山林里的调皮鬼——熊》中就提到在狩猎的黄金季

---

[1] 梅济民:《长白山夜话》,《长白山夜话》,台北:星光出版社,1984年,第36—37页。

[2] 刘毅夫:《农村的节令和习俗》,《白山黑水忆故乡》,台北:黎明文化事业股份有限公司,1986年,第188页。

节——冬天，熊是要冬眠的，它们在活跃的时候要时刻担心猎人的袭击，而在此时却能酣睡享乐，因为信奉萨满教的猎人不但不会乘人之危，还会好好地保护它们，否则，这个物种在东北早就绝迹了。梅济民的散文《长白山之夏》中还记述了东北伐木营子、追棒槌营子和老猎户都会饲养失去妈妈的小熊、小虎等猛兽，等他们长大了，有了谋生能力再将其送回森林。

萨满教的多神崇拜最突出的特点是，诸神之间并未产生有严格的统属关系，而是平等相处，互不僭越。大草原的游牧民族不仅崇敬狼群、熊、虎等野兽，他们对于自己所饲养的牲畜更是满怀温情。梅济民的散文《牧家新年》中记述了梅家牧场在除夕夜里的畜群祭酒仪式：

> 这是一个简单而又庄严的仪式，由婶婶执壶，母亲捧杯，由弟妹提灯，由我进香，祖父恭敬的把一杯杯的酒洒撒在畜群中，饮水思源，这是代表一种感恩的意思，因为牧人是全靠这些家畜生活的。在祭酒的时候常会遇到一些感人的场面；常有一些小羊挤上前来亲切地舔着弟妹的手，或是几匹小马跑过来围着我友善地用鼻子嗅着……[1]

庄严的仪式结束后，还会宴请所有的牲畜大吃一顿。枣红的高加索马、白色的蒙古马、勘察加种的花马和黄色绥远马会分期分批地来到牧场主人的场院里"认家门"，一面接受主人的爱抚，一面惬意地吃着它们最喜欢的高粱和玉蜀黍。宴请马之后，就是宴请狗，它们是牧人最忠实的朋友，一只狗在荒野上甚至比一位牧工所做的工作还多。每四条狗就给放置一张木桌，上面排满了各种菜肴，狗儿喜欢吃肉，菜的样式要超过十二种，都用大碗装着，吃了就添，直到狗儿不想再吃为止。几

---

[1] 梅济民：《牧家新年》，《北大荒》，台北：星光出版社，1991年，第21页。

十张桌子摆满了整个场院，每条狗都在主人的引领和看管下尽情享用美食。主人还要在这时如数家珍地为每个牲口表功，将其过去一年所有辛苦和贡献都讲给大家听。在人烟稀少的荒野里，离开这些狗的帮助，整个牧场就像断掉了的羽翼，它们为了保卫牧场、保卫畜群不惜性命与狼群搏斗；那些跑信的牧狗会游过刺骨的河水、躲过熊、豹等野兽的攻击准确地在各个牧场间传递信息。它们身上的累累伤痕经常让主人们感动得落泪。

以上种种对于日神、火神、野兽和家畜的祭拜，根基上都是源于东北人民对于万物的感恩情怀。在生产力水平比较低的原始状态下，人类的生存受到自然环境的严重制约，每一点所得都是自然的安排和恩赐，所以他们感念这种恩情，以自己的实际行动来表达这种感激之情。由于感谢，生发对于自然万物的爱护，由爱护产生情感上亲昵，再由亲昵发展为心悦诚服地叩拜、祭祀、宴请。萨满教这种源于自然和劳动的宗教情怀让每个普通人意识到自身的渺小和周围世界的伟大，所以人类必须在踏实劳作、不畏艰险、不敢辛苦的奋斗中去寻求生存的生机。既然自己是没有神性的凡俗肉体，而自然是处处充满神性的圣地，那就要诚心诚意地对自然顶礼膜拜，感激其每一点无私的赠予。有了这样一种心理依托，东北人民不抱怨、不诅咒、不憎恨，而是安于奉献牺牲，安于清贫自足，在感恩之情中不断生发对自然万物的崇拜。

三、采参艰险血腥彰显畏天敬神

萨满教是在物质生产中发展起来的，劳动中凝结的人与自然世界的情感更加真实和稳固。人人都知道东北有三宝：人参、貂皮、乌拉草。在绵延万顷的原始森林中，采参是一道独特的风景。梅济民、王汉倬和刘毅夫等作家笔下都详实地描写了东北采参的故事。在东北管采人参叫追棒槌。他们非常明确自己的这个职业固然有经验和技术的层面，但是更重要的，还是运气。每一个追棒槌的人都把希望寄托在层峦叠嶂的山岭上，他们的性命、家族的生计，还有那五彩斑斓的明天，都在这片浩瀚无垠之间。追棒槌的队伍在每年冰雪融化时开始准备，进入六月整装待发。出发前要举行隆重的"山神祭"。梅济民的《追棒槌》记述到：采参兄弟会捞来鱼虾、采来野花、蘑菇和木耳、宰杀鸡鸭准备丰盛的宴席。在山神祭那天正午，老把头会手捧着整把香火，带领着全窝棚[1]的兄弟，抬着摆满酒菜的桌子，到一棵挂着红布的千年老树下，鸣炮献香，虔诚地跪拜祈祷。这种祈祷不仅仅是祈求山神赏赐更多的人参，还有更加朴素的愿望：保佑平安。采参人基本上都是没有土地的流民或者是带着更凄惨的身世躲藏到深山里来的可怜人，为了采参，他们要学习技术，苦练武功，不但要心细如发，还得勇猛机智，为了采挖人参，通常要与猛兽搏斗，与毒虫纠缠。森林凶险，采参人经常发生意外事件，被山洪冲走、被山崩压死、滑落悬崖跌死和一些找不出原因的神秘失踪……他们的祈祷中充满了虔诚的敬意，祈祷之后，他们吃喝纵酒、大肆狂欢，因为谁也不知道自己还能否再回到这个窝棚。背着粮食、火种和工具在苍莽的大森林里穿梭，再有经验的把头也不敢决定前行的方向，很多时候是通过摇卦问卜来决定的。他们一方面凭着树色来判断"风水"，另一方面会将风吹草动看成是神明的指引。所以放山把头每走一个山头都要跪拜一次，时刻表达对于山神的敬畏和祈求。梅济民在小说《长白山奇谭》中还谈到行进的途中还有许多禁忌，比如不能走在别人前面，会抢了别人的运气；全程不能讲话，人参宝宝会被话语声惊走。此时，人参就已经被神化了。它不仅仅是有生命的植物，还具有堪比人类的形象和情感。王汉倬的散文《人参的故事》和梅济民的散文《追棒槌》都讲过类似的故事：穿红色衣服的胖娃娃来找猎户四岁的女儿玩耍，猎户让女

---

[1]　工人居住的据点。

儿在胖娃娃离开时拴上一根红线，居然找到了一棵百年老参。因为具有神性，所以寻找和采摘的过程更显神秘。一两个月找不到一棵参也不能生气和辱骂，只能耐着性子在绝望中寻找希望。真的找到了人参也不能立即采挖，而要先在草地上叩拜过人参，于次日上午才能采挖。人们对人参的神性深信不疑，总是认为将人参从土地中挖掘出来会使其失去了根基和血脉。所以，采集人参后的保存也要采用一些非常手段。刘毅夫的散文《挖人参的故事》中老把头和义子小瘫三爷挖出了一只像小儿臂大小的宝参，四肢俱全，头脸如婴儿，白胖可爱。

老把头用参叶擦净了参上的泥土，突然用力割开了自己的腿肚子，未等鲜血大量涌出，已将白胖可爱的参仙塞进腿肚子里，然后用绑腿把腿肚子捆好。

他这样做，几乎把小瘫三爷吓昏了，但看老把头，连眉毛未皱一下，但往峰下爬时，还是需要义子的扶持。

下了山峰，老把头不等义子询问先说："孩子你看了一定很吃惊，我告诉你，参仙已成了精，半月前看见胖小子骑在白兔背上的，就是这只参仙，方才我挖它出土时，我似乎看见参仙的眼睛含着泪水，我不忍心看，我立刻把他藏在我的腿肚子里，否则参仙会土遁，再跑了便永远找不到了！"

小瘫三爷皱着眉问："干爹真了不起，我看你割开腿肚子连眉毛都未皱一下，那该有多痛啊！"

老把头笑笑说："吃得苦中苦，方为人上人，怕痛就保不住参仙，我们这一行的，百人中也不会有一个人找到过参仙，所谓参仙，特别灵效，忍得一时之痛，参仙已贴着肉，就会止血止痛，我现在就一点也不痛了，明天这时，伤口就会长好了，你不用担心。"

父子俩历经半个多月来到城里最大的参店：

> 老把头捋起了夹裤腿儿，先拿出了一卷绑腿，又由膜中摸出一贴膏药，和一包药粉。
>
> 老把头做这些事的时候，掌柜的好像司空见惯，一句话不讲。
>
> 老把头取出了小刀，一刀割在腿肚子上，在鲜血淋漓中取出了参仙，一句话不讲，送给了掌柜的，然后自己飞快的在伤口上洒了药粉，贴上膏药，再用绑腿缠好，才回头对凝视参仙的掌柜的笑笑……[1]

老把头将人参当作有生命的胖娃娃一样看待，他是以人的情感来感知参仙脱离土地时的眼泪，并不断忏悔自己将其挖出的罪过。他果断地割开自己的血肉以供养它，塞入和拿出的场面鲜血淋漓，老把头却平静自如，一方面是用自己的血肉使参仙的灵性得以存活，另一方面是以自己的肉体疼痛缓解了精神上的惩罚。参店掌柜对这件事司空见惯的态度说明许多采参人得到精品后都是以这种血腥的方式保存其生命的。从采参前的充分准备到寻找的如履薄冰，再到挖参的叩拜虔诚和保存参的残忍极端，处处都显示了采参人对人参及生产人参的土地的崇拜和敬畏。每一个过程中，他们都是在祈求神灵的赐予，感激参仙招引，小心翼翼地守护着与参有关的一切，却从不计较个人所付出的艰辛。因为渴望获得，所以祈求上天，因为害怕失去，所以增添畏惧。这种恐惧使得萨满教的先民在任何时候都保持对于神的虔诚信仰，在任何时候都以忠诚、信义和笃定要求自己。这种思想固然不及"人定胜天"的口号那么勇武，却显现了东北人民质朴又坦荡的情怀。

---

[1] 刘毅夫：《挖人参的故事》，《白山黑水忆故乡》，台北：黎明文化事业股份有限公司，1986年，第38—41页。

四、跳神天审抨击原始野蛮

萨满教作为多神的宗教，认为万物有灵，处处有神。神无所不在、无所不知、无所不有。当人需要将自己的意愿传达给神，就需要与神进行沟通。"萨满"就是人神沟通的媒介。而跳神则是人通过萨满与神沟通的最主要途径。当人们要祈求神的庇护或得到神的帮助时，当人们想要占卜未来预知吉凶时，或是亲友生病想要祛病驱邪时，都会举行跳神仪式。在东北作家萧红、萧军和端木蕻良的笔下经常对萨满跳神场面有大段的、详细的、生动的铺排描写，作家对于跳神仪式的否定态度也成为其作品抨击愚昧、麻木、落后的国民性的一个重要方面。在台湾文学的东北书写中，虽然没有如此大场面的描写，却也时常流露出作家对于跳神的否定态度。刘毅夫在散文《顽皮的童年》中有一段对于跳神的集中描写：

乡人有病时，很少请医生，都认为得罪了鬼神，于是烧香许愿，再不好时，就请巫婆到家跳大神。

所谓巫婆，都是村里的邪魔歪道的刁钻妇女，手持皮鼓，身披彩衣，到了病家之后，怪模怪样的巡视一番说："哼，你们这屋里满是邪气，等我请胡大太爷来看看吧。"

她坐到炕沿上，左手高举皮鼓，右手击皮鼓，同时闭上眼睛，嘴里念念有词"胡家的多呀，黄家的少呀！窦家的也很巧呀！"

这样鬼念穷念的念了一会儿之后，就见她浑身发抖，看得人们喁喁私语："来啦，大仙来啦，不知道是那位大仙哩？"

这时我也挤在人堆旮旯（墙角）里，看见巫婆颤巍巍的睁开眼，说话了："本仙是胡大太爷，接到干女儿的邀请，可怜你们这班恶虫无知……"

话未说完，人们早已跪拜地上叩头说："谢谢大仙临凡，纯二奶奶（病家太太）一向孝敬你老人家，如今病得厉害，大太爷不看金面、看佛面救救她吧！"

巫婆装模作样的瞪着眼睛说："本仙为了你们这些凡人不胜其烦，本仙的干女儿（巫婆）缺油少米的你们谁去管她？"说完了瞪着眼睛看向众人，这时病人的丈夫老广纯跪下说："大仙请放心，从现在起，每月我送她二斗米，二斤豆油，天天给大仙牌位烧香……"

我听了有些气不过，由旮旯钻出来说："大仙是不是住在后边老榆树下边的小庙里？"

巫婆说："本仙住在老榆树上边的凌霄宝殿。"

我说："是啦，树下小庙供着你的牌位，我经常搬出来胯骚（摆在胯下）还要尿泡尿，你怎么不找我，你只会欺负老实人纯二奶……"

巫婆圆睁二目，怒视我半天，才"哇呀"一声说："煞神在此，本仙退位。"她又晕过去了。

于是跪在地下的人，爬起来揍我，我赶紧逃出去，从此跳大神的人家，再也不许我去看热闹了，我也不再去看跳大神，但对这些骗人的胡黄窦家的假仙结了仇，尤其是供奉它们的那些小庙，每每有人去上供焚香之后，我必去胯骚尿尿，也因此，信奉它们的人们也把我恨透了。[1]

很显然，进入现代社会的萨满跳神仪式似乎已经脱离了先民那种除恶扬善、解救苍生的大公无私的意义，作者以极端否定的态度从各个方面揭露了这个仪式的虚伪性。首先，萨满已经不再是村里的族长或是德高望重、受人爱戴的权威人物，而是专职从事跳神的闲散人员。第二，

---

[1]　刘毅夫：《顽皮的童年》，《白山黑水忆故乡》，台北：黎明文化事业股份有限公司，1986年，第322—324页。

跳神仪式与经济利益直接挂钩，成为少数人牟利的手段。第三，萨满那种高傲的态度和放纵的癫狂并不是灵魂出窍与神沟通的表现而是为了骗取钱财故弄玄虚的把戏——她连我向灵牌撒尿都不知道，怎么会与神沟通呢！第四，也是最重要的，"我"的觉悟并没有唤醒大众。村里的人民仍然信奉这种跳神仪式，虔诚地跪地祈祷神仙不要生气，还以殴打、驱逐"我"，表达对神的崇敬。"我"反而成了众人的敌人。这个场景延续了鲁迅批判国民性的方式，真实再现了原始宗教根植在人民思想意识深处的巨大力量和解脱人民精神枷锁的巨大困难。

作家历经漂泊、流徙，在开眼看世界的过程中能够吸收较先进的理念和较文明的思想。当他们在人生暮年反观儿时的乡土文化时会有更多的理性、审慎的认识。继萨满教的跳神仪式被定义为文化糟粕之后，梅济民又以民间的"天审"仪式揭露了萨满教的弊病。萨满教对大自然崇拜中有一个很重要的方面就是对天的崇拜。从努尔哈赤立朝开始，举凡用事、用人、用兵，一概不离"天灵""天兆""天意""天理""天祐""天助"[1]等。当遇到解决不了的矛盾或找不到事物的真相时，人往往借助天的力量决定。在小说《长白山奇谭》中，作者借王三哥之口介绍了"天审"风俗：

> "天审"是按长白山里最古老的一种风俗，出自鱼皮鞑子，是根据咱北大荒萨满教因果报应的传说，在荒山中当两人发生争端无法解决时，就使用这种方法来判明胜负，这完全是一种命运的赌博，一切靠运气，不知有多少人不明不白的冤死在这种古俗下。
>
> ……

---

[1] 参见乌丙安：《神秘的萨满世界——中国原始文化根基》，上海：三联书店上海分店，1989年，第10页。

每种行业的"天审"作法都不一样，反正都是一些极为惊险残酷的场面。就像咱们伐木这个行业的"天审"，是坐"鬼橡"。坐鬼橡就是骑在一棵巨木上，从山谷激流上端一直顺水冲流下来，凡是死伤的都表示有亏天之罪，因果报应，上天降灾。

淘金人的"天审"是跳落悬崖，这是最惊险最可怕的，同伴们为了同情受天审的人，往往都在悬崖下铺上很厚的青草，冬天则铺砌厚厚的白雪，就是这样，很多受天审的人还都不能幸免，为解决争执冤死的人不知多少！

猎人的"天审"是黑夜徒手暴露猛虎出入的地带，同伴为挽救受天审的人，都偷偷把附近的猛虎先驱赶开。

其余，挖棒槌的"天审"是涉渡激流，这都有九死一生之险。

最有意思的还是采药人的"天审"，他们是喝下一种有毒的药草，一天一夜内不死，就以解药救活，死掉的就表示有罪，遭天谴。同伴们都把一些甘草水代替毒草拿给他们喝，结果都是息争救人的皆大欢喜。[1]

从这段文字可以看出几个信息，首先，东北各种能够求生的职业都是需要团队合作才能完成的，在历史的发展中形成了各个有序的组织，有统一的领导，有严格的纪律和明确的惩罚措施。第二，对天神的敬畏和信任甚至可以让人们将命运相托。这反映了在生产力低下、人不能自己的情况下对于神灵的期待。刑罚要惊险残酷，才能配合天神的高尚，如果受审的人能侥幸逃脱则确实能够彻底洗脱罪名成为英雄。这个"天审"仪式能够长久流传下来说明绝多数人是承认这种解决问题的方式的。每个人都认可这样一个事实：如果自己在"天审"中丧生，那就确实是

[1]　梅济民：《长白山奇谭》台北：星光出版社，1984年，第24—25页。

自己做了错事而遭受到应有的惩罚。第三，天审中蕴涵人"审"的成分。虽然规则是确定的，可执行规则的环境是灵活的。淘金者铺垫草堆，猎人驱赶老虎，采药人偷换草药，这蕴涵的就是人"审"观念。当大多数人认为受审者无罪时，就会创造环境帮助他逃脱厄运。第四，反映了人民的极度善良和极度愚昧。善良就体现在当人们认为某个人确实有罪的时候，也不会亲自制定和执行死刑，而是让他受天审，给他一次凭借技巧和侥幸逃脱的机会。如果受审人真的死了，参与天审的人可以逃脱杀人的罪名，而将责任推给上天。极度的愚昧就是天审并不能揭示事实的真相，只能考验被审人的幸运指数。况且这种天审的方法太过凶险，很少有人能死里逃生，而且仅仅是一般的争端并不至于将人置于死地。大多数人都是冤死。王三哥意识到了"天审"的愚昧性和不公平性，但是多年间传承下来的传统并不是一人之力能够改变的。

在小说中写到两次天审。一次是索伦族猎人受人诬陷，勇战猛虎，不但幸运逃生还与诬陷他的人冰释前嫌。另一次是做尽坏事的赫哲族大巫师被送进蛇洞受审，可是他却失踪了。蛇洞没有蛇，也没有被吃掉的血迹。这两个事件恰好印证了天审这一古老仪式的荒诞和无意义。

古老又神秘的萨满教，伴随着东北各族人民战胜荒寒和饥饿，在一次次绝望中寻找希望。它给了人一种精神的信仰和灵魂的安慰，让人民安心守分，笃诚守拙、听天由命，日出而作，日入而息。它又带给人民巨大的精神枷锁，将自己最宝贵的生命寄托在所谓的神灵手中，任其摆布，给本来已经困苦的生活中徒增烦恼和牺牲。受到萨满教观念的影响，东北沃土充满了神秘而灵动的色彩，别有一种神性的异彩和超验的审美追求。萨满教是白山黑水中文化迷影，美丽飘渺的面纱笼罩了东北各民族生存的艰辛与抗争的血腥。

第二节　交融质朴、和合圆满的饮食习俗

中国饮食文化的历史源远流长，博大精深。它经历了几千年的发展，已成为中国传统文化的一个重要组成部分。在长期的发展、演变和积累的过程中，东北人逐渐形成了自己特有的饮食民俗，创造了具有独特风格的东北饮食文化，成为中国饮食文化宝库中的一颗璀璨明珠。

东北地区土地肥沃，草场优良，平原广阔，五谷杂粮与山货水产都很丰富，冬季寒冷漫长，人口稀少。这片土地，生活着满族、蒙古族、鄂伦春族、朝鲜族等少数民族，游牧狩猎是他们的主要生活方式。后金政权兴起后，皇太极分别于 1627 年和 1636 年两次入侵朝鲜，掳掠朝鲜军民数万人，客观上促进了满族和朝鲜族的融合；1635 年皇太极继位，改女真为满族并与科尔沁的蒙古部落通婚，促成了满族文化与蒙古族文化的融合；清政府初期，鼓励山东农民到东北开荒种田，从"招民开垦"到后期的"闯关东"再到"开荒移民"均以山东农民为多，这样就形成了齐鲁文化与东北多民族文化的交流。饮食文化也体现为包容互渗的特点。

一、多民族交融的风味饮食

鄂伦春、达斡尔、鄂温克和赫哲等东北的土著民族很多是以狩猎和打鱼为生的，如"鄂伦春"的含义之一就是"使用驯鹿的人"。东北气候寒冷，这些民族长期在外渔猎，需要摄取高热量的动物脂肪以御寒冬，慢慢积累了丰富的食肉经验，形成了他们原始的饮食方式。鹿、野猪、

熊、狼等都是他们口中的美味，但食用最多的还是狍子 [1] 肉。作家笔下
每每写到狩猎和战争生活时，都会提到食用野兽的美味和艰辛。梅济民
的小说《大兴安岭猎队》讲述了由各民族优秀猎人和神枪手组成庞大狩
猎队，深入大兴安岭深处猎虎的故事。几十人的庞大队伍长期生活在原
始森林中，他们的食物除了自己带的干粮，最重要的就是猎取的野兽。
烤肉是森林中最常见的美味。首先要将鹿、狼等动物切成半斤左右的片
状，埋在有暗火的火炭中烧烤，到外黑里红的时候就可以食用了。还有
更讲究的吃法就是在肉的外层抹上一层厚厚的黄粘泥，再放到炭火中烧
烤，烤熟后将烤干的黄粘土去除干净就可。还有一种烤法是在开膛之前
先将鹿身上涂抹一层黄粘泥，然后吊挂在篝火上翻转烤制，到黄泥烤干，
鹿皮成焦黄色为止，然后再清除掉黄泥，开膛取出鹿的内脏，享用喷香
的烤肉。这种烤制的肉还有一个最大的好处，就是易于保存，加盐后烤
干的肉类，在冰天雪地中几个月都不会变质。梅济民的小说《五千公里
雪山大逃亡》，叙述战败后日本战俘徒步穿越森林想要逃回祖国的经历。
士兵们在粮食吃光、饥饿寒冷的时候就只能靠猎杀动物烤食而活。赫哲
族烤鱼的方法也与之类似。烤前先刮去鱼鳞、去内脏，然后洗干净，撒
盐，用木棍串好拿到木火旁烤，烤熟后有股又香又脆的特殊味道。烤食
是最简单的方式，如果能够有口锅就可以做火锅了。清水中放进块状的
肉，煮熟了再加些盐，可以保持肉类原有的味道。据史料记载，鄂温克
人用原始的桦树皮桶也可以煮食肉类。方法是将拳头大小几乎要烧红的
河流石置于桶中，等桶内石头的温度降下来后，取出再换上烧好的河流
石，如此反复多次，直到生肉煮熟。在鄂温克人看来，每一块河流石都

---

[1]　狍子又称矮鹿、野羊，属偶蹄目鹿科，草食动物。狍身草黄色，尾根下有白毛，雄狍
有角，雌无角。狍是经济价值比较高的兽类之一，也是中国东北林区最常见的野生动物之一。
狍子的好奇心很重，看见什么都想停下看个究竟，所以有经验的猎人如果一枪没打中狍
子，也不会去追逃跑的狍子，因为狍子跑一段时间会颠颠跑回原地，看看刚刚发生了什么事。
东北人也叫它"傻狍子"。

充满自然的神性，将其与肉类同锅，还可以使肉类吸足大地的灵气。由现在科学理念出发，河流石中含有丰富的微量元素，沸水煮开后可以散布在桶中，具有强身健体的功效。东北土著民族食用的肉类是珍贵的美味，食用的方法也是最自然健康最符合生态标准的。但是这种原始的方法正反映了东北人民由茹毛饮血的原始逐渐走向文明富强的艰辛路程，他们的每一点收获都要付出用生命相搏的巨大代价，他们的强悍和乐观正是不断地与自然环境抗争的结果。

东北虽然猎物丰富，但是人们却从来不会暴殄天物。比如信奉萨满教的东北各族人民，从来不会伤害冬眠的熊，而是好好保护它们。人们在捕猎到食物后也总是先祭祀祖先神灵，感谢神明的保佑，然后再自己食用。吃肉时要举行祭火、祭神的仪式活动，以表示酬谢敬奉神明的心意。在浩瀚的原始森林里，只要是见到了人，不管是否认识都可以一起用餐，而且都会将自己最珍贵的食物拿出来给对方吃。森林中行走的人也经常可以见到简陋的窝棚，里面有简单的做饭设施和一些发了霉的米粮。按照东北的规矩，这些食物可以随便吃，但是不能将剩余的拿走。在刘毅夫的散文《挖人参的故事》中，老把头和义子小瘫三爷就在休息处吃挂着发霉的米，将自己的新米放在上面，给后来的人吃。恶劣的自然环境、简陋的饮食、无人监管的空间，人们却能够自律、自爱，还能够惠及他人。好多人都说东北开化较晚，没有文化，其实，在天地中与自然和谐相处，与陌生人互敬互爱的民俗正是文明的最高境界。

1635 年，皇太极废除"女真"的族号，改称"满洲"，将居住在中国东北地区的建州女真、海西女真、野人女真、蒙古、朝鲜、汉、呼尔哈、索伦等多个民族纳入同一族名之下，满族自此形成，他们的饮食习俗也体现为多民族的融合。经常外出狩猎，为了抵御寒冷和饥饿，满族先民要携带各种干粮，面食就成为他们的主要食品。满族人将馒头、包子、粘食等面食统称为"饽饽"，其中由粘米做成的粘饽饽，因为香味浓郁、食材易得、便于保存又比较耐饿，所以受到满族人喜欢，成为具有特色的东北饮食。东北另一种主食是米饭。东北地属温带，高粱长成时期缓慢，高粱穗儿吃露水、晒阳光的时间长，又兼土地肥沃，所以高粱粒儿特别肥大。刘毅夫的散文《丰富的东北故乡》就提到："东北的高粱，和关内的高粱完全不同，东北的高粱粒儿像粉红色的珍珠，煮出来的米饭，又甜、又香，我们小时候偶尔吃顿大米饭，不习惯，酸酸的无味道，高粱米加上红豆煮饭，说不出有多么好吃呀！"[1] 高粱米饭的吃法也很多样，干饭、稀饭，还有水饭。到了夏天，东北人怕热，就开始吃水饭。水饭就是把米煮熟之后，用大笊篱从锅里捞出来，放进盛满冷水的盆里。饭粒熟了，但是还有些硬度，吃了极为爽口，小伙子一次能吃八九碗。由于冬季气候寒冷漫长，无霜期短，新鲜蔬菜不能常年拥有，为了摄取足够的维生素，他们一方面在蔬菜生产旺季晾干菜以备冬春两季食用；另一方面，又能够利用物产自制好多食物，丰富餐桌。东北盛产大豆，可以打豆浆、做豆腐、捞豆皮，又可以榨豆油、做豆饼。最有特色的要数东北大豆做的酱，好吃又营养。刘毅夫的散文《午夜回乡打胡子》讲述的就是作者在抗战胜利后回到东北老家消除匪患的故事。在这篇散文中，作者完成工作任务之后，做了两件最有意义的事情，一件是祭拜祖先，另一件就是在老乡家吃到了家乡的饭：

> 十四年来，我又尝到了儿时家常饭：井拔凉水泡高粱米饭，一碗大酱，满桌生萝卜、黄瓜、小白菜，对我来说，这比酒席还要香美，一口气吃了六碗水饭，徐大爷看的笑不离口："县长还是以前的大孩子像

[1] 刘毅夫：《丰富的东北故乡》，《白山黑水忆故乡》，台北：黎明文化事业股份有限公司，1986年，第64页。

啊！"[1]

东北沦陷后，作者一直颠沛流离从事抗日工作，家人受其牵连也不得不搬离老家远走他乡。这段叙述中高粱米稀饭成为连接作者与乡亲的媒介。"我"痛快地大吃，解了多年的相思之苦，而徐大爷看到"我"的吃相，一方面回想起"我"儿时的样子，另一方面也知道"我"没有忘本还仍然眷恋着故乡。"我"吃着老乡的饭，感受着浓烈的乡情；老乡看"我"吃饭，欣慰下一代的成长。

严寒的气候万物凋零，但是东北人却能够很好地利用严寒创造美味的食物。首先，冰雪是天然的大冰箱，适于食物的储存。猎人狩猎回来，可以将收获的猎物直接摆放在院子中冻实，积累到一定数量再运下山去买个好价钱。农家院里可以将所有的食物都冻起储存，随吃随拿。饺子、馒头、粘豆包等主食可以一次性包好多，然后冻到大的缸里，吃的时候放到锅里一热，和新做的味道一样。其次，严寒还有利于食物的生成。王汉倬的散文《东北的冷食》，介绍了儿时在故乡东北吃的令人流连忘返的食物。大块糖就是一种普通的零食小吃，但是在东北，人们把它买回来都是放在筐里，挂在窗外的房檐下，不接触热气。吃的时候拿回屋里，立即就吃，又脆又甜，咬一口直掉渣。全国各地都有大块糖，但是由于气候不如东北寒冷，所以吃起来不如东北的大块糖那么酥脆可口。于是，许多卖糖人都将其命名为"关东糖"，以提高身价，招揽顾客。大块糖不仅仅是给小孩子解馋的，它最大的用途是用来祭灶。"每年到了腊月二十三的夜晚，一般人用秫秸皮，扎成狗马，用糖瓜（大块糖）做祭品，点着几张烧纸，把灶王爷牌位一同焚烧，连着放三声纸炮，

---

[1]　刘毅夫：《午夜回乡打胡子》，《白山黑水忆故乡》，台北：黎明文化事业股份有限公司，1986 年，第 353 页。

这叫做辞灶。"[1] 这是汉族旧俗，传说，这一天灶王爷升天，向玉皇大帝奏报人间的各家情况，为了希望他能"上天言好事，下界降吉祥"，需要来一次热烈欢送，即送灶王爷上天。人造的狗马是供灶王爷骑乘和给灶王爷护驾用的，请灶王爷吃糖，是希望其嘴甜多说好话。这个仪式体现了东北人民朴素的祈福愿望。此外，东北的冬天还有冻梨、冻柿子和冰糖葫芦等美食，在故乡，它们既便宜又常见，可是一旦离开东北要么是已经变味了，要么是永远也品尝不到了。作者只能在文字的回忆中畅想故乡。

二、一团和气、乡邻共享的杀猪菜

由于气候的因素，东北人需要食用高热量的动物脂肪来御寒。山间的野物固然美味，但是一般耕地的农家并不能经常享用。在一般的贫民家庭，日常生活中想吃到肉都是困难的，境遇好的人家偶尔能割上二两肉包个饺子，大多数人家，只有在自己或别人杀猪的时候才能吃到肉。家里的猪起码要长到一百二十斤以上才能"出圈"（杀或卖），平时杀猪家里人一时半会吃不完，一般都是卖了换钱花。唯独过年（春节）是个例外，进了腊月，大部分人家都要杀猪，为过年包饺子、做菜准备肉料，民间谓之"杀年猪"。刘毅夫的散文《农村里的四季》讲道："不管穷富人家，都要杀口年猪，大肥猪有两三百斤重的，小门小户杀的猪有百斤上下也就够了。"东北童谣中说"小孩小孩你别哭，进了腊月就杀猪"，"小孩小孩你别馋，过了腊月就是年"，从一定程度上反映了人们盼望杀年猪吃肉的心情。

杀猪在东北农家算是一件大事，几乎相当于过节。这个复杂的过程往往不是一家人靠自己的力量就能完成的，通常都会找亲朋好友来帮

---

[1] 王汉倬：《东北的冷食》，《白山黑水集》，台北：三民书局，1973 年，第 24 页。

忙，大家也借此机会欢乐聚会，联络感情。刘毅夫在散文中就讲述了儿时家中杀年猪恰逢姐姐的夫家来过礼[1]的热闹情境。在准备的过程中，家里在院子里搭了大席棚，请了四位厨工，杀了四口大肥猪，父亲还亲自上沈阳买了一满车的东西。杀猪前，在神案前有庄严的领牲礼，杀完后，在猪血里加上适量的佐料，灌在事先洗好的大肠里，系好两端，放在锅里煮熟，就是血肠，也是敬神的贡品。猪肉煮八分熟的时候从锅里捞出，按猪原来部位在神案前摆列还原为一个整猪，俗称"摆腱子"。在神案前祝祷后，再放入水中煮熟，用刀片食。因其肉是敬过神再食，故称"福肉"。如果选取皮薄肉嫩的肥猪上五花肉（去骨带皮），用清水慢火煮熟，这就保持了猪肉的本色本香，切成大薄片，即为白肉。将白肉片和血肠一起炖煮就是东北著名的"白肉血肠"，食用时放上蒜泥、韭菜花、酱或辣椒等，白肉肥而不腻，血肠柔润适口，红白相间，色美味香，看到了都直流口水。

　　每个村屯里都有擅长杀猪的人，由他们"掌刀"，不仅杀得干净麻利，而且还不浪费，把猪的肉和头、蹄、下水（内脏）、血、骨头等各部分收拾得井井有条，分门别类，各持其用。通常在杀猪这一天，会以血肠烩酸菜为主菜，配有猪头肉、裁骨肉、猪蹄、猪肝、猪腰子等炖上一大锅，这就是正宗的东北"杀猪菜"。在散文中，作者还详细地记述了来人的规模：厨工头几天就来了，先砌行灶，再杀猪预备酒菜；有很多远道的亲戚先后赶来道喜，我家住不下，还住在邻居家；还有枪法好的邻人自动来守卫，防止土匪抢劫。在作者看来，来的这些亲朋都对于"我"

---

[1]　过礼又称之为"下茶"，已经定亲的男方家族根据议定的聘礼择吉日去女家行聘。聘礼的种类，以地位、贫富的差别而异。上层贵族多以鞍马、甲胄为主要聘礼，一般百姓多以猪、羊、酒、钱、帛、首饰等物为聘礼。聘礼放置在铺有红毡的高桌上，抬送女家，陈列于祖先案前。两亲翁并跪斟酒互递醮祭，俗成"换盅"。女家设宴款待，男家赠银，以供跳神志喜之用。"过礼"之后，男女双方即可商定日期，正式确定婚姻关系。参见王宏刚编著：《满族风俗志》，北京：中央民族学院出版社，1991年，第170页。

家有种深深的情谊，为了感念这种关怀，一定要竭尽全力将亲朋招待好。首先要拿出家中优质的食物款待客人。在杀猪这一天必须将最好的肉炖在锅里，以供客人享用，而且随吃随添。在宴客中也不断体现出东北礼俗。能够上桌陪客的都是家族中有地位的男性，晚辈和女性一般是不能上桌的。且在会宴当中，主人要一直为客人夹菜，照顾到客人的各种需要，会宴结束后，还会将猪头、猪蹄、大腿肉等好的吃食送给客人拿走，以感谢其帮助的情谊。

有了好菜自然不能缺少酒，进餐时，由主人先向客人斟第一杯酒，喝酒用小盅，没有干杯、碰杯的习惯，客人喝酒必须留点底子，俗成"福底"。其实，在广袤的黑土地上，为了对抗漫长的严寒，酒文化是源远流长的。史籍记载女真人"嗜酒好杀"[1]，女真人无论男女老幼都有饮酒的嗜好，不论是婚丧嫁娶、岁时节日，还是日常生活中都必不可少。酒最主要是用来御寒的。如刘毅夫就写到："村子里有枪的人家，自动派年轻枪法好的，到我家守卫，于是前后炮台上也热闹了，堂屋里，经常酒菜不断，大冷天值班，喝几盅热酒，也可取取暖儿。"[2]梅济民在小说《大兴安岭猎队》中也提到四个女孩被雪崩掩埋，老猎人从雪里挖出她们后先给她们喝几口酒暖暖身体。东北人最常喝的酒叫作"烧刀子"，是65度以上的烧酒。因为度数极高，遇火则烧；味极浓烈，入口如烧红之刀刃；吞入腹中犹如滚烫之火焰，名字起得恰如其分。田原的小说《松花江畔》中多次提到这种酒，比如大青龙就迷恋这种酒，对他来说，"几斤烧刀子，全当洗舌头"[3]。王二虎也因为酒的作用轻

---

[1]　（宋）宇文懋昭：《钦定重订大金国志》，《景印文渊阁四库全书》第383册，台北：商务印书馆1986年，第1048页下。

[2]　刘毅夫：《东北的冷食》，《白山黑水忆故乡》，台北：黎明文化事业股份有限公司，1986年，第26页。

[3]　田原：《松花江畔》，台北：大地出版社，1986年，第241页。

信了油碾子的诡计，当了工地的管理员，被佐佐木等人利用。但大多数时候，酒还是具有积极作用的。东北人喜欢"唠嗑"，酒桌上的"唠嗑"更是达到了极致，如果喝多了，酒后吐真言，证明交情到了，朋友可交。虽然很多人认为酒桌上的话不算话，可是重信义的人言既出，行必果，只要承诺了就一定兑现。亲戚朋友之间，吃着热乎乎的杀猪菜，喝着高度的烈性酒，许多恩怨纠葛都能就此打开，东北人重于情、讷与言的性格，也只有借助这种场合才能表露真实的情怀。

三、和合圆满、团聚祈福的年夜饭

春节，过去叫"年"。它的出现和历法的出现紧密相连。根据历法，十二个月为一年。当十二个月过完之后，新的一年的头一天叫"年"。所以，过春节也叫过年。1912 年中华民国成立，南京国民政府宣布在全国范围内改行公历。为避免与公历的"年"相混淆，就把阴历正月初一改称"春节"。

中国古代大部分节日都是单日，尤其是单月单日，如一月一日元旦，五月五日端阳节、七月七日七夕节，九月九日重阳节等。中国喜欢讲双月双日，成双成对为吉利，为何节日大多是单日呢？其实，中国这些节日最初并不是像我们今天所谓的"佳节良辰"，相反都是些不吉利的日子，而且各有禁忌，非"凶"即"恶"，所以叫"过节"。人们为了度过这个日子就要采用巫术、祓禊等手段驱邪祈求吉祥。饮食是人们在节日期间从事这些活动的主要手段和工具，具体的方法就是将煮熟的整鸡、猪头等平时吃不到的"荤食"，摆上神龛，供奉给祖先吃，以求祖先神灵保佑家人度过这段凶险的时间。这样节日的习俗便产生了。祭祀用的供品，人们也可以享用，而且人们认为吃祭祀过祖先的食物可以趋吉避凶。所以年节饮食具备了双重的功能，如果说祈福禳灾是年节食俗的肇起之源，那么，把节日作为农闲纵情享受口福的时机，则是推动年节食俗不断延展的内在动力。[1]

过年的食俗也是从祭祀和供奉神仙开始的。在宗法血缘关系中，突出的伦理心理是"孝心"。祭祀则是"孝"的升华体现。祭祀所用的物品主要是食物，显然，祭祀者以为他们所祀的灵魂与自己一样，第一位的需求就是饮食。刘毅夫的散文《农村里的四季》记载到："一直忙到三十这天，真正到了年底下，大忙特忙了，女人为了上供、上坟、整理供菜……中午一过，男人们抬着供桌，上边摆了供菜、纸钱，出门踏雪上坟。女人们在家也要分别为家堂、灶王、天地、胡仙摆好供菜，单等男人们上坟回来，再燃蜡烛、上香、叩头，然后放了鞭炮。"[2] 这供品的准备可非一日之功，一般家庭从过了小年就开始准备。上供的馒头必须又大又白又漂亮，各式各样的供菜必须别致丰富而又带有吉祥的意义；不但表示敬祭之意，同时也是供一般拜年访客参观的。所以许多妇女尽可能把她们的艺术才能都表现在供菜上：

"餐桌上的艺术"并不是西洋所专有的，我们中国民间向来非常讲究，只不过都是表现在祭桌上而已。看那些精巧的妇女，只需在一块煮熟的猪头皮上划割几刀，就能做成一个站在碗里的象，插上两只葱心当象牙，以一些青萝葡丝做陪衬，在菜碗内就造成一个奇美的小世界——那是一只象踏在翠绿的草地上。这只是一个例子，其余像红绿萝葡丝在菜上摆着各式大大小小的"福"字，用鲜红的虾子在绿色的菜上摆成各式各样的蝙蝠，用一些染色的粉条在菜上作着"寿"字，或各种简单美丽的图案……有些聪慧的妇女，几乎能使每一碗供菜带出笑的表情。每

---

[1] 万建中：《中国饮食文化》，北京：中央编译出版社，2011 年，第 235 页。

[2] 刘毅夫：《农村里的四季》，《白山黑水忆故乡》，台北：黎明文化事业股份有限公司，1986 年，第 31 页。

家供菜的好坏，在新年期间常是人们谈论的话题。[1]

这种祭祀仪式一方面表现了东北人对于自己祖先的缅怀，对于未知神灵世界的敬畏；另一方面也表现出东北人安守本分，无愧天地，祈求神灵和祖先护佑的积极情怀。每一件艺术品都是发自内心的虔诚祷告，每一次私下里和别人家的比拼，都暗藏了本家女主人想要胜过他人、求得神仙注意以获取更多关爱的小小私心。

祭祀结束，人们最期盼的就是年夜饭了：

晚饭，也是年夜饭，非常丰富，吃酒菜，有自己灌的血肠，自己蒸的闷子[2]、自己炸的丸子、蛤什马[3]、火锅里炖的白肉、酸菜、粉条，还有整条大鲤鱼、大锅的帘子上蒸的有螃蟹、龙虾、还有油煎带鱼和小黄鱼，炒菜有猪肝、腊肉、海带、蘑菇、干菜，炝的有海参、肚片等等。[4]

这一桌美食有很多是有丰富寓意的：鲤鱼在年夜饭上是必不可少的，古代汉族传说中黄河鲤鱼跳过龙门，就会变化成龙，比喻中举、升官等飞黄腾达之事。在此比喻逆流前进，奋发向上。鲤鱼一定不能吃完，叫"年年有余"；螃蟹、龙虾等海鲜类食物的吉庆色彩（淡红色或红色）给人们以新年将至的憧憬和喜悦，信心和鼓励；肉和豆腐等做的丸子也是必需品，象征着"团圆"；煎炸食品预祝家运如"烈火烹油"；海带

---

[1] 梅济民：《腊月风情画》，《长白山夜话》，台北：星光出版社，1984 年，第 99 页。

[2] 东北地区的汉族小吃。将打散的鸡蛋加入东北大酱、少许植物油、葱花以及少量的水，上锅蒸 15 分钟左右即可。可补肺养血、滋阴润燥，用于气血不足、热病烦渴、胎动不安等，是扶助正气的常用食品。

[3] 林蛙，民间俗称红肚蛤蟆。

[4] 刘毅夫：《农村里的四季》，《白山黑水忆故乡》，台北：黎明文化事业股份有限公司，1986 年，第 31 页。

186 | 台湾文学中的东北书写

要打成结，预示着新年要"结交"好运……这些饭菜几乎集结了农村富庶家庭一年中可以吃到的所有食品，而且还要（事实是肯定）有剩余，这固然有些浪费，却表明了百姓最朴素的愿望。中国的民俗文化中有一种理想主义的特征，即对于和合圆满的理念追求。"和"就是"中和"，《中庸》第一章说："喜怒哀乐之未发，谓之中；发而皆中节，谓之和。中也者，天下之大本也，和也者，天下之达道也。致中和，天地位焉，万物育焉。"[1] "中"是变化中的不变，"和"是协调与平衡。"和"在年夜饭中具体的体现就是在饮食的荤素搭配上要和谐，既有荤的肉又要有素的菜、既要有山珍野味又要有名贵海鲜、既要有质量高的主菜又要有爽淡可口的辅菜；在烹调的方法上既要有煎炒烹炸又要有切焖拌焖；在颜色的搭配上要有红黑凝重又要有黄绿清新。要达到"和"的最高标准，必须经过谐调。"和"是一种辩证法，是中国古代传统价值观与审美观的根基：政治上讲"人和"；音乐上讲"和乐"；医学上讲"气和"，都是在寻求适中、平衡、和谐的境界。东北的乡村主妇虽然没有接受过哲学思想的深刻熏陶，却在日常的生活中无意识地实践了这种理念，以感性的思维和生活的经验达到了这种至高的境界。许多主妇提前好几天就在心里盘算着年夜饭的菜谱，反复地考量、确认，再到充分地准备食材，才能做到上阵冲锋的这一天有条不紊、从容应对。"合"的概念则相对明了，即闭上、对拢、全、共同、与……相符等。如《诗·小雅·常棣》中的"妻子好合，如鼓瑟琴"[2] 就是和睦，和谐，融洽的意思；《周礼·秋官·司仪》中的"将合诸侯"[3] 就是会聚，聚合的意思。从年夜

---

[1]　（南宋）朱熹：《中庸辑略》，《景印文渊阁四库全书》，台北：商务印书馆 1986 年版，第 198 册，第 565 页下。

[2]　（南宋）朱熹：《诗经集传》卷四《小雅·常棣》，《景印文渊阁四库全书》，台北：商务印书馆 1986 年版，第 72 册，第 813 页上。

[3]　（东汉）郑玄注、（唐）贾公彦疏：《周礼注疏》，《景印文渊阁四库全书》，台北：商务印书馆 1986 年版，第 90 册，第 686 页下。

饭的角度讲，"合"就是一家人团聚。在平时，长大成人的孩子为了理想奔走四方，难得相聚，唯有这一天，不论天南海北，都要想尽办法回家过年。对于漂泊异乡的人来说，回家的路虽然漫长，可返乡的热情丝毫不减，他们痛苦并快乐着。家乡有妻儿老母、兄弟姐妹，还有祖先的庐墓、熟悉的乡土。一旦到家，在亲情的滋润中，路上的辛劳与烦恼也就烟消云散。操劳一生的父母对于孩子没有更多的要求和期待，一年就盼着这一天能见见孩子，能坐在一张桌前吃顿丰盛热乎的饭菜。一箸肉蔬上，印记了无数母亲的温情，一杯浓酒中，沉醉着父亲的期盼。而兄弟姐妹则在一道道美味里，或追寻记忆，梦回从前；或尝尽冷暖，聊慰平生；或品味历史，天涯聚首。在时局动荡、家国沦丧的大环境里，一家团聚已经成为一种奢望，人们在不能把控自己命运的时候更想要表达自己对于团聚的渴望。生命因血脉而相继，文明因传承而接轨。人们回家不仅仅是一次亲情的聚会，一次礼物的馈赠，重要而深刻的是经历了一次精神的洗礼与伦理关系的更新。年夜饭是一种期盼，年夜饭是一种聚合，"和合"了，自然也就圆满了。更确切地说，年夜饭是无数种情感的融汇，更是民族文化象征与凝聚民族情感的重要力量。

　　年夜饭吃完后，"年"还远没有结束。妇女们又开始准备除夕夜的重头戏——饺子。刘毅夫的散文《农村里的四季》介绍了妇女们和面、剁饺子馅，然后全家总动员一起包饺子的温馨、热闹的情景。东北饺子特别讲究调馅和制皮。调馅是要先将肉馅煸炒，后用鸡汤或骨汤慢煨，使汤汁进入馅体，使其膨胀、散落、水灵，增加鲜味。除夕当晚包的饺子还要在馅上花点功夫，放上糖、铜钱、花生、枣子等。糖意味着生活甜蜜，铜钱意味着财源滚滚，花生又叫长生果，取义"长生不老"，枣子则是心愿早偿……制皮需要用面粉掺入适量熟猪油开水烫拌和制。这样会使皮柔软、筋道、透明。一家人差不多得忙到午夜十二点，迎接新年钟声的之前，一盘盘状如元宝的饺子端上桌来，象征着"新年大发财，元宝滚滚来"之意。全家人围桌而坐，尽情品尝。无论是大人还是孩子，除了吃饺子，还惦记着饺子馅中秘密，所以新年夜的饺子吃得特别快——都想讨个好彩头。田原的小说《大地之恋》中，陈长顺第三口就吃到了铜钱，而奶奶吃到了枣子，爷爷则故作神秘，一家人都和和美美遂了心愿。"饺子"乃"交子"的谐音，是"更岁交子"的意思，人们在一年中的最后一天最后一刻吃饺子，意指除旧布新、顺从天意。新的一年开始，万象更新，一切都会更上一层楼。这种观念是"生化日新"思维模式的产物，人们在这种思维模式的指导下，利用食物之间的相互影响和相互作用，期望在新旧交替时（子时）通过吃饺子这一行为模式达到天人同构的目的，从而完成新陈代谢、日日生新的过程。[1]吃完了这顿饺子，年夜饭才算真正结束。

紧张忙碌的过年虽然有几许疲惫，更多还是亲人团聚的喜悦和对于未来的向往。年夜饭，吃的也不只是饭，而是在延续一种亲情，在播种一种希望。质朴憨直的东北人，无论贫穷富有、无论好运歹运、无论顺境逆境，都会对亲情倍感珍惜，都会对明天充满希望。

四、浸满乡情和乡愁的酸菜火锅

在漫长的冬季里，东北缺少新鲜蔬菜，人们一方面会挖地窖[2]储藏白菜、萝卜、马铃薯等，还会腌咸蛋、咸肉，下大酱，腌渍酸菜，以保证菜肴的丰盛。清人何刚德《客座偶谈》记载沈阳民俗："屋中必有两大缸酸白菜。北地独多白菜，冬间腌之。"[3]每到秋末，渍酸菜是东北

---

[1]　参看方川：《民俗思维》，哈尔滨：黑龙江人民出版社，2004 年，第 173 页。

[2]　地窖是根据地下水层的深浅在地下挖个圆形或者方形的洞或坑。是利用土的热惰性而建成的，做好防水、防潮和通风等安全设备的设置后，可以储存酒和白菜、萝卜、马铃薯等食物。在东北农村，几乎家家都有地窖。

[3]　（清）何刚德：《客座偶谈》，上海：上海古籍书店影印本，1983 年，第 324 页。

人一项很重要的活。刘毅夫的散文详细地刻画了这个过程：

　　渍酸菜的方法，把大白菜的根削去，把烂叶削去，然后顺着大白菜中间，一劈两半，用大皂篱和长筷子夹着，放到滚沸的开水锅里，泡二三十秒钟，立即拿出来凉着。

　　这时另外准备好的酸菜缸，必须洗净，绝对不能沾油，把凉了的大白菜，整整齐齐的紧摆在缸里，摆好后，白菜上边，用一块洗净的重石压在白菜上边，再加净水（如想快好，可用烫白菜的水，冷后加到缸里去）淹没白菜为止，然后盖上缸，两星期后，水上浮了白沫儿，酸菜已可取食了。[1]

　　酸菜是东北人家冬季的主要素食，最适合与猪油、白肉烹制成菜肴，可用熬、炖、炒、凉拌等多种方法制作，还可以包饺子、包包子，做汤。《松花江畔》里，赵大婶和大妮母女忙年时包的是酸菜馅的冻饺子。酸菜在东北早已上了席面，凡是宴席，凡要请人吃饭，都离不开酸菜。《松花江畔》里，大粮户刘祖武过年时宴请小白蛇，吃的就是羊肉酸菜火锅；梅济民的小说《雪地》中，李二荒子车队住到大车店吃的也是氽白肉、酸菜炒里脊等；梅济民的散文《腊月风情画》中饭馆小伙计招揽顾客时会说："嗨！酸菜、粉条，白肉片，粳米干饭、热炕头……打尖，住店，可要趁早呀！"[2]酸菜经过轻度的发酵，味道咸酸，口感脆嫩，色泽鲜亮，香气扑鼻，最能"醒脾开胃"。中医认为，脾主运化。饮食入胃，经过胃的腐熟后，由脾来消化吸收，将其精微部分，通过经络，上输于肺。再由心肺输布于全身，以供各个组织器官的需要。如脾不能正常工作，

---

[1]　刘毅夫：《东北农家自制食品》，《白山黑水忆故乡》，台北：黎明文化事业股份有限公司，1986 年，第 138 页。

[2]　梅济民：《腊月风情画》，《长白山夜话》，台北：星光出版社，1984 年，第 95 页。

则"百病皆由脾胃衰而生也"。酸菜发酵是乳酸杆菌分解白菜中糖类产生乳酸的结果。乳酸是一种有机酸，它被人体吸收后能增进食欲，促进消化，同时，白菜变酸，醒酒去腻，还可以促进人体对铁元素的吸收。所以，酸菜是一种经得起科学考验的健康食品。

在齐邦媛的长篇回忆录《巨流河》中，酸菜可就不止是食物那么简单了，它凝结了父亲对革命事业的鞠躬尽瘁、母亲对父亲的鼎力支持和所有亡命天涯的东北人对故乡眷恋。母亲十九岁时因"父母之命，媒妁之言"嫁给了素不相识的父亲，从此开始传统的农村主妇的生活：帮助祖母管理大片良田；烹煮三餐；过年前擦亮上供的器皿；不断的节庆准备；洗不尽的锅、碗；扫不完的塞外风沙；有闲暇就要裁制衣服、纳鞋底、绣鞋面。没有社交，没有朋友，每年只能回两次二十里路外的娘家。父亲常年在日本和德国留学，十年间只回来过四、五次，最多住两、三个月，他对母亲唯一的安慰就是每次给祖父、祖母的家书最后"同此问好"四个字。"我"印象中在东北家乡的母亲，不是垂手站在桌边伺候祖父母吃饭，就是在牧草中哭着。十年后，外祖父心疼他唯一的、由于丧子之痛（我的弟弟振道三岁夭亡）已经有些精神恍惚的女儿，征得祖父母的同意，将母亲送到了当时已在南京工作的父亲身旁。思虑成熟的外祖父还想到，如果父亲不收留，就把母亲带回娘家。英俊挺拔的父亲在火车站台上迎接我们，母亲羞怯的神色遮住了喜悦，哥哥和"我"两个穿着崭新棉袍的乡下孩子从此开始在南京读书。可"我"至今还记得，母亲在东北那些年，常常对哥哥和"我"说："你们若是不好好读书，你爸爸就不要我们了。"[1] 一个无法主宰自己命运的乡村妇女就这样一直生活在忙碌的空虚中和被抛弃的恐惧中。

"我"的父亲出生在东北乡村一个富庶的家庭，家里有良田四千

---

[1] 齐邦媛，《巨流河》，台北：天下远见出版股份有限公司 2009 年，第 32 页。

余亩，青少年时期便留学日本和德国学习哲学，见识深远，思想进步。归国后一心想要献身家乡教育事业，却意外被郭松龄将军感染，参与反对张作霖的兵变，失败逃亡。后来投身国民党，成为骨干力量，还曾经秘密潜回东北联络抗日武装，为革命出生入死。"九·一八事变"后，我们家几经辗转搬到南京，父亲在其"分内"工作之余，还经常在家里招待黄埔军校、中央政校和中央警官学校的东北学生。

照顾东北到南京的学生是我父亲的工作之一，每星期招待他们吃饭却是我母亲的快乐，也是她思念故乡最大的安慰。家中请了一位山东厨师老宋，每星期日请一桌黄埔军校和政校的学生吃北方面食，在我母亲心中，每个人都是她的娘家人。她喜欢听他们说话，讲家乡春夏秋冬的情景，讲亲人，讲庄稼。……

搬到宁海路后，她发现房子后门见有一个不算小的后院，就买了大大小小的缸，除了最热的夏天，她带着李妈不停地渍酸菜，又托人由北平买来纯铜火锅。七七事变前在南京那些年，齐家的五花肉酸菜火锅不知温暖了多少游子思乡的心！

母亲又认为东北的大酱最好吃，就是台湾说的甜面酱（但不甜）。东北因黄豆又多又好，一般家里都会做这个酱。母亲想做大酱，但做的过程其实满可怕的，先得让黄豆长霉。父亲知道了，就反对："你在院子里搞什么？"母亲说："我摆在后院里，又不给人看见！"父亲觉得又脏又恶心，不让她弄，但我母亲下定决心，还是偷偷做了一缸。等这些黄埔军校的学生来，母亲给他们切一段段的黄瓜，蘸大酱吃，然后又端出酸菜火锅。有人一边吃一边掉眼泪，因为想起家来了。这些人这一生没再回去了。[1]

---

[1] 齐邦媛：《巨流河》，台北：天下远见出版股份有限公司，2009年，第64—65页。

　　杨治良的《记忆心理学》中提到："场合（Context）是指时间发生的背景或设置（Settings）它对人类的记忆具有广泛的影响……特定的记忆由特定的物理环境产生。"[1] 在以上这个场合中，母亲和东北学生各自找到了属于自己的和共同的回忆。作者将这段时光定义为母亲最幸福的岁月，她不再是垂手侍立伺候长辈的小媳妇，而是与丈夫相濡以沫同舟共济的女主人。她终于找到了自己一直渴望的角色，并以能为丈夫分忧而高兴。可是家庭的团聚让她在找到自我的同时又诞生了新的乡愁。三十年来她一直觉得乏味的、渴望逃离的故乡真的远去了，那山那河，那父老乡亲，那冰雪和菜肴都在思念中越显清晰。她将每个学生都看成她的娘家人，在他们的谈话中追忆故乡的春夏、庄稼和亲人。置身于东北口音之中，宛若回到了家乡。飘零在外的人，唯一能够拾得起的故乡记忆就是故乡的饮食，母亲选择了酸菜和大酱这两个媒介，将丈夫和自己对于故乡亲人的关怀和祝福全部凝结在原汁原味的菜肴中。

　　对于从东北流亡出来的孩子而言，每一个瘦弱的肩膀上可能都扛着一个颠沛流离的悲惨故事。无论是亲眼看到自己爸爸的头颅挂在城门楼上的盖家小兄弟，还是父亲殉职、家破人亡的张大非，还有那些冬天在街旁冻饿路倒、无家可归的孩子们，他们的生存除了延续生命以外，还要背负着打回东北、血刃日寇的国仇家恨。看着热气腾腾的五花肉酸菜火锅，品尝到多年前吃过的家乡大酱，孩子们早已无心品评美味，全被思乡的泪水浸透。父母的做法是一种无边的温暖，让孩子们觉得自己并不孤独；同时又是一种巨大鞭策，深刻又略带残忍地挖掘着他们奋争的潜力。

　　东北酸菜的酸而香，是带着东北泥土芳香的香，像东北人一样，带着粗犷的豪情和扑面而来的淳朴气息。齐家的酸菜火锅，以最直接的

---

[1] 杨治良等编著：《记忆心理学》，上海：华东师范大学出版社，2012 年，第 273 页。

方式深入到每个人的内心，以至于好多年后，台湾还有好多人在感念"我"父亲和母亲那温暖的乡情。从文本上看，这一内容关注的是母亲和流亡孩子们的思乡之情，文本的作者在当年也许还不理解这其中的含义，可是在 21 世纪初期，已经耄耋之年的她，在写下这一段的时候，谁又能否认也有着借文字寻根的深意呢！

中国人崇尚民以食为天，追求美味佳肴。另一方面，却将对饮食的态度作为衡量道德和品格的一个准绳。天寒地冻的大东北，物产固然丰富，饮食固然美味，但是比它们更美味还是东北人在饮食中体现的朴素的愿望、崇高的气节和无限的温情。无论是山珍海味还是粗茶淡饭，表现出的都是东北人既超越凡俗又平常达观的人生态度。在广袤的土地上，多民族交融混居，互帮互助；在漫长历史中，土著民族与外来民族共同奋斗，互敬互爱，共同创造了交融质朴、和合圆满的饮食习俗，其魅力不仅在于食物本身，更表现为无穷的文化和精神辐射力。

第三节　彰显民间判断标准的匪性文化

东北地域远离儒家文化中心，民风古朴，民众性格粗犷豪放，真诚直率，好勇尚武。广袤的土地除了孕育农民那种厚重、坚忍、保守的性格之外，还躁动着一种不安压迫、带有野性的反抗和生命强力的匪性力量。"匪"在《辞海》中被解释为"强盗，为非作歹的人"[1]。在《吉林地志》《吉林江湖录》和《吉林旧闻录》等书中，出现了"金匪""马匪""烟匪"等名词，他们是以行业划分，结伙抢劫，也以此对抗朝廷的高额税租。农民如果失去了土地，揭竿而起，就被称为"土匪"[2]。土匪专用词的出现和使用约在二百年左右。民国时期，东北的土匪人数之多、分布之广、民间文化根基之深，堪称中国之最。在东北，土匪又被称为"胡子"或"红胡子"。据《奉天通志　礼俗志》记载，"胡子，省俗称强盗曰胡子。凡有二说。一说胡子之称起于明代。汉人即称东北夷曰胡儿。明时，胡人往往逾界掠夺。汉人见之曰胡子。胡子，犹胡儿也。后遂沿为强盗之称。一说往时强盗抢劫，恐人相识，常戴假面垂红胡，借以遮掩，故称红胡子。胡，胡音同，故通用。东北强盗多乘马，又曰马胡子。"[3]《吉林旧闻录》还有一种说法是俄国流放罪人，多在边界，往往越界勾结匪人劫掠，以俄人多须而红，故以名之。中原人对北方"胡地"的称呼，也由此而来。[4]在近代东北社会中国，胡子——土匪已成

---

[1]　《辞海》，北京：商务印书馆1988年，第439页。

[2]　曹保明：《东北土匪》，北京：西苑出版社，2004年，第9页。

[3]　王树楠，吴廷燮，金毓黻等：《奉天通志·礼俗志》，东北文史丛书编辑委员会，1983年，第2301页。

[4]　参见曹保明：《东北土匪》，北京：西苑出版社，2004年，第10页。

为一种十分突出的历史文化现象[1]。

一、民风与现实催生的匪性文化

任何一种社会现象的发生必然有孕育其的温床。近代东北匪类的缘起大致可以追溯到以下几个因素。首先，东北民风孕育着野蛮豪强、反抗不平的精神基因。在西汉以后，盛京、宁古塔成为"流人"的"流放"之地，尤其是明清之际，被发配到东北的"罪臣"和"罪人"迅速增多，他们身上那种逾礼僭制、突破常规的越轨精神与粗犷野蛮的原始民风结合起来，增添了这方土地的冒险精神。清政府一直以"龙兴之地"对东北加以封禁，其实是想独霸东北丰富的物产。随着关内连年灾荒，不断有关外人冲破官军的围堵，对抗野兽的威胁来到原始森林里采参、打猎，搏命换取生存的机会。能够生存下来，繁衍后代的，必然带有常人没有的勇气、胆识和魄力。其二，历史和国情"缔造"了东北匪群。在日俄战争期间及以后，东北受到两大强国的侵略和掠夺，致使东北人民经济破产、家破人亡、饥寒交迫。懦弱的清政府无力保护子民的安全，居住在东北的逃荒者、逃犯、盲流、探险者及其子孙后裔必然揭竿而起，反抗绝望的现实。军阀混战、武力夺权的近代史真相让许多曾经"落草"的土匪摇身一变成为将军。张作霖独霸东北、进军关内的勇武形象一时间成为许多土匪的榜样，许多充满野心的北方男儿试图通过"落草"而等待"招安"。据史料记载，1924 年，东三省有土匪 2.3 万人，到"九·一八事变"以前，已发展到 8.9 万之多[2]。"九·一八事变"后，东北成为统治秩序和权力的"真空"地带，"亡国奴"的悲惨命运将所有有血性的中国人团结在一起，许多"绺子"率

---

[1] 逢增玉：《黑土地文化与东北作家群》，长沙：湖南教育出版社，1995 年，第 120 页。

[2] 王希亮：《土匪密录》，广州：广东旅游出版社，1990 年，第 4 页。

先举枪，打击日寇，让"土匪"的形象在近代史中由黑变红，更吸引了许多爱国图存的正义国民。其三，自然环境让土匪便于隐藏。东北气候酷寒、山高林密，对环境不够熟悉就极容易在森林中迷路被冰雪吞噬。而广袤的原始森林和危机四伏的草场又适合土匪隐藏，他们往往落脚在险恶的地势，易守难攻。恶劣的自然环境成了他们绝好的保护伞，让他们进可攻、退可守，处处争取主动。

在东北，"土匪"已经不是见钱眼开、唯利是图又穷凶极恶的代名词。东北有一种特有的"胡子"文化。当"胡子"的通常都是被生活逼迫、走投无路的血性汉子，他们虽然落草为寇，却没有泯灭人性和良知。他们大多数都是劫富济贫、讲求道义的，尤其是在民族战争的危亡之际，东北的"胡子"大多数成了抗击日寇保卫国土的中坚力量。东北作家群的萧军就说过这样一段话：

> 当时在民间虽然有着这样的谚语："好男不当兵，好铁不打钉。"但在我们的家乡——辽宁锦州、义州一带，人们却并不这样看待的。当兵和当匪不独没什么严格的区分以至耻辱的意味，相反的，这当兵竟成了那一带某些青年人们的一种"正当"出路，一种职业，而且是一种近乎"光荣"的职业。这因为当时统治东三省的大大小小军阀，几乎全是当兵或者当匪出身的。例如有名的军阀：张作霖、冯麟阁、张作相、汤玉麟（绰号汤大虎）、孙烈臣，以至后来成为抗日起义将领赫赫有名的马占山（绰号"马老疙瘩"）将军，就全是"绿林大学"出身，这是时代的产物，时代的风气，是用不到讳言的。[1]

古往今来，土匪的产生并蜂起无不是社会动乱的产物。东北土匪

---

[1] 萧军：《萧军近作》，成都：四川人民出版社，1981年，第133页。

的兴盛既是近代中国政权更迭、百姓困苦不堪为求生存的权宜选择，又彰显了统治阶级无能而民间野性和正义爆发的必然结果。东北的"匪文化"是凝结着历史、人性、风俗等丰富内涵的近代史现象，并非仅是"不平则鸣"的一个单一平面。

二、浓情又无情的行事原则

东北土匪是一个机构严密、责权明确、行事审慎的民间半公开化的组织。土匪聚集起来，就称为"绺子"，匪首被称为"大当家的"，几乎都是通过比试推举出来的，不但武功枪法了得，还要有丰富的作战行抢经验，同时要办事公道、赏罚分明、威望服众。一般情况下，"大当家的"在绺子里说一不二，任何人对于他都要绝对尊重、服从，不敢有丝毫冒犯。司马桑敦笔下的青山，田原笔下的大青龙和梅济民笔下的小白龙都具有绝对的权威。如果"大当家的"受了伤或者被官军逮捕，绺子会不惜一切代价救治或营救。《越狱杀人的十九号》中的匪首海天三次入狱被判死刑，一次是自己逃跑，另外两次都是绺子劫狱或绑架人质将其解救。绺子中的二当家有时是经过比武或论辈分上位的，也有的是大当家的一口任命的。他们的工作是配合匪首主持全面工作，有时也会亲自带队执行任务。《松花江畔》中的小白蛇就是这个角色，一个十九岁的妙龄女子能够坐到这个位子，全靠匪首大青龙的信任和提携。小白蛇出身大户人家，从小受到良好教育，因家族七十多口人全被土匪灭门，为了报仇才落草为寇的。她美艳动人却面冷心狠，责罚严厉，在大青龙病重期间，临危受命，很好地挑起了大梁，树立了自己的威望。绺子中的三当家一般是管理公共钱财的。此人需要正直清廉、公私分明，不贪私财，全绺子一视同仁。《松花江畔》中提到，小白蛇就是再有威望也无法越过大青龙直接从二光头那里拿到钱，这就说明这管钱的三当家是直接听从大当家指挥的。但即使是大当家的，也不能因为私事动用组织的公共财物。大青龙想要老三去寻找四至儿，是拿出自己的私房钱，丝毫没有动用"公份"。此外，绺子中还有"里四梁""外四梁"和崽子[1]。这些职务各有分工，责权明确。比如，"里四梁"中的"水香"，是管站岗放哨和纪律的。绺子经常会受到官军、保安团或者其他绺子的袭击，站岗放哨就成了大事。在绺子老巢附近要布置好"卡子"，随时窥测周围的情况。《高丽狼》中的"我"，一走进黄松甸子车站就感觉到"有几双灼灼锐利的眼睛"[2]，警惕地监视着"我"的行动。发现了他们，"我"知道已经踏进土匪"狼"的势力范围了。而这里距离"狼"的老巢还要翻过两个山头。《雪地》中小白龙的绺子也是距离很远就发现了三老板子集结车队围攻营寨的情况。绺子中的"外四梁"中的"字匠"，也具有一定地位。他们是专门负责写信的。"绑票"是土匪比较常规的工作，"票"一到手，字匠就要起草书信，言辞要准确得当，又要能够打动对方，出钱赎人。字匠一定要有文化，毛笔字写得端庄漂亮，还要会写各类笔体，能够模仿他人笔迹。《高丽狼》中，代表共产党前来招安"狼"的小宫，当年就是绺子里的字匠，因为当年深得"狼"的赏识，才有颜面前来说服"狼"归顺。绺子里的弟兄们，都称为"崽子"。崽子们要绝对服从大当家的、二当家的、里四梁、外四梁的命令，或站岗放哨，或绑票砸窑。

决心为匪的人，自知所从事的并非光明正大的职业，都要避免家族受到牵连。从端这碗饭第一天起，他们便隐去真名，另报一个山号。这个山号又叫作"耍号"，意思就是上山为匪，不过是人生玩笑，耍戏一场，颇有玩世不恭之雅意。[3]报号没有一定之规，一般要图个吉利、赫亮，同时要能代表报号之人的特点或追求。"思维学又可以细分为抽

---

[1] 参见曹保明：《土匪》，沈阳：春风文艺出版社，1988年，第22页。

[2] 司马桑敦：《高丽狼》，《雪乡集》，美国：长青文化公司，1992年，第159页。

[3] 王希亮：《土匪密录》，广州：广东旅游出版社，1990年，第18页。

象（逻辑）思维学、形象（直感）思维学和灵感（顿悟）思维学三个组成部分。"[1] 人类认识客观世界首先是用形象思维，而不是用抽象思维。东北人喜欢以具体可感、表象可触的客观事物作为心理延伸的基点，通过主观联想类比而给具体事物命名。土匪，尤其是匪首的报号，往往是直观具象思维的产物。如龙一直被视为万物之王，尽管人们不可能见到真正的龙，但世代传承的龙文化，使龙形象在每个人心目中变得生动、鲜明可感。"大青龙"的报号就是应和了龙作为万兽之王的寓意，同时也暗应了"神龙见首不见尾"的来去无踪、神秘莫测。这明显寄托着对于自己从事这种危险职业的朴素的祝福。《雪地》中的匪首报号"小白龙"，其人是年轻俊逸，颇有风骨。《长白山奇谭》中的匪首报号"千山龙"，这是借用了辽宁千山的地名。还有一些报号体现了更雅致和开阔的意境。如"青山"，就源自"埋骨何须桑梓地，人间到处有青山"，[2] 虽为土匪，却有一身抱负，无惧生死，只想威名常留。"海天"的报号有"碧海蓝天"永世长存的意思，他为人虽然粗俗，却积极乐观、永远不放弃希望，终于在不懈的努力下，三次逃脱死刑的惩罚。久而久之，大当家的报号也逐渐成为绺子的报号，与外界打交道时，要先报绺子的号，再报自己的号。除了匪首，其余人的报号则更带有一些随意性的特点。二当家的报号"小白蛇"，一方面表现了龙蛇之间的亲密情谊；另一方面也带出了"小白蛇"的本名"白玉薇"和她白皙的皮肤、美丽的相貌。"二光头"的报号体现了他的光头特征，"老毛虎"的报号展现其胡子、头发长期不剪，乱蓬蓬的特征和天不怕、地不怕的性格。"套

---

[1]　钱学森：《关于思维科学》，《自然杂志》，1983 年第 8 期。

[2]　这首诗最初原型出自宋朝人之手，毛泽东和黄治峰的改写流传较广。毛泽东于 1910 年时值其 16 岁时，离开韶山到湘乡读书时改写此诗送给父母，以表其远大的抱负："男儿立志出乡关，学不成名誓不还；埋骨何须桑梓地，人间处处是青山。"黄治峰改写这首诗鼓励志士投身革命："男儿立志出乡关，报答国家哪肯还。埋骨岂须桑梓地，人生到处有青山。"但是笔者目前还没有查到司马桑敦在小说原文中所引用诗句的出处。

筒子"的报号则体现其炮筒子一样直来直去的性格。匪帮内部彼此交往时一般只报匪号，不称呼姓氏。如果和其他匪队打交道，或者是江湖中人询问，就会以隐语回答。"姓"在隐语中称为"蔓"，姓什么称"什么蔓"，询问对方时一般会说"甩个蔓"，"报个蔓"等。这些"蔓"的来源也是匪帮内部约定俗成的。有些姓是以形取音："丁"是"尖子蔓"（钉子带尖）、"王"是"虎头蔓"（老虎头上有王字）、"高"是"梯子蔓"（上高要攀梯）。有些姓是以意命名："冯"是"补丁蔓"（寓补丁需要缝）、"陈"是"千斤蔓"（寓沉重之意）、"赵"是"灯笼蔓"（寓照之意）、"侯"是"跳树蔓"（寓猴善跳）。还有的以姓氏在成语、俗语中的位置，空出该字来表示："二龙戏"就是姓"朱"（二龙戏珠）、一脚门就是姓"李"（一脚门里）、里倒歪就是姓"谢"（里倒歪斜）。还有些姓氏是借用绺子里的黑话命名的："刘"就是"顺水"，"刘"同"溜"，匪队中称逃跑叫顺水，"杨"就是"山头"，匪队称羊为山头子。《雪地》中李二荒子想要面见小白龙的第一关就是用隐语回答寨门外土匪的盘问，会说黑话才能证明"懂行"，传令官才不敢小视，急忙通报匪首小白龙。

除了报号具有一定的隐蔽性，土匪的隐语更是这个团体生存的保障。高名凯认为隐语是指改了样子的秘密语言，是为着从事某一行业的人或某种团体的共同利益而服务的，亦即所谓"黑话"或"同行语"（行话），但并非"行业语"。[1]土匪队伍行动诡秘、猜忌心大，不会轻易相信别人，他们自己在日常生活中也担心会被外人探知了底细，为了活动方便和保密，创造了一些隐语，大多与军事活动有关。两方会晤叫作"碰码"，有情况叫作"起水"，放哨叫作"放料水"，信叫作"叶子"，撤退叫作"顺水、滑"，查哨叫作"巡风"，子弹叫作"柴禾、糖粒子"，受

---

[1] 参见高名凯：《普通语言学》（增订本），上海：新知识出版社，1957年，第61页。

伤叫作"挂花、挂彩"，攻打村庄叫作"靠窑"，绑票叫作"接财神、接观音"，官兵叫作"冷子、跳子"，入伙叫作"插边、挂柱"，退伙叫作"跳边、拔香头子"，枪法好叫作"顶靠"，行动完毕撤退叫作"出水"，队员在行动中失踪叫"飘了"，队员为了保守秘密而自杀叫作"扎"，任务完成得不好接受惩罚叫"领规矩"。这些隐语大多是一个动作或一种形态代替事件的整个过程，如果不是长时期生活在土匪队伍里，很难理解其意义。在田原、司马桑敦和梅济民等作品中出现这些隐语时，作者都会在文中给出明确的解释。这样一来，既不失东北风味，又能够让外行看得懂。土匪的隐语中还有一大类是由于人们趋吉避凶、驱洁避秽、驱雅避俗等心理需求而生成的禁忌避讳类隐语行话。土匪长年累月和危险、厮杀、死亡打交道，稍有不慎，轻者负伤挂彩，重者被擒杀头。他们往往具有很强的迷信思想，将一切凶吉都归于"天意"。他们每说一句话、办一件事都要图个吉利，决不能和倒霉的词联系起来。如吃饭的"饭"与"犯"同音，是最忌讳的词；又如"睡"和"碎"、"饺"和"绞"、"烟"和"淹"等，这些忌讳的词一律用其他词表示。吃饭叫"啃富"、喝水叫"富海"、睡觉叫"搪桥"、杀猪叫"搬浆子"、抽烟叫"啃草卷"、饺子叫"飘洋子"、烙饼叫"翻张子"、面条叫"长顺子"、米饭叫"星星散"。这些隐语反映了土匪深层次的精神文化，他们时常不安于自己的处境，所以避免杀戮和灾祸是他们的第一选择；因为害怕灾祸，所以他们对于生活有小小的期待，比如顺利、吉祥、富裕等等。由这些隐语我们似乎能够窥测到，落草为土匪的人，有些是想要成就他们被"招安"的野心，但是大部分还是为了寻求温饱。这是作为人起码的生存需求，对于土匪而言，却要以性命相搏、不断背负骂名才能获取。

土匪虽然隐居山林，却不是不闻世事、自生自灭。相反，他们对现实社会有非常深刻的了解，与当地的乡绅、权贵也有着千丝万缕的联系，是近代社会中一股不可忽视的民间力量。在小说《松花江畔》中将这种关系写得非常深入。大青龙是在郭尔罗斯前旗一带落草的，他本着"兔子不吃窝边草"的原则从来不在家乡作案、起事，还努力维持这一带的和平。同时他与当地的商会会长黄广丰彼此熟识，虽然多年来互不联系，遇到关键问题却可以与之直接对话，请求其从中帮助协调。王二虎因为救治大青龙被贺三成的保安队抓了，小白蛇就绑架了油碾子将其换回，黄广丰正是此次交易的见证人。这说明土匪在某种程度上可以凭借其特殊的手段与权贵直接对话，换取利益，并不是人们心目中匪一定怕见官、处处躲藏的狼狈之相。另外，土匪与农村的大粮户之间也有深厚的情谊。他们会对土匪提供金钱和枪支的帮助，还会不计报酬地收留土匪队伍在家里吃住，而绺子则会保证他们的安全。这种互利互惠的关系是许多大粮户主动寻求的。刘祖武在过年的时候会请白玉薇到家里吃饭；老胡头请大青龙去吃饺子；刘家窝棚的刘云秋还会因为大青龙受伤不来他家养伤而心里难过。土匪的朋友遍天下，周边的村落基本上都有几个靠得住的生死之交。《青纱帐起》中，朱老九虽然在平时不与老白毛过多接触，却能在老白毛惨死后，冒着风险、不计回报地收留绺子的残余力量，还帮助他们东山再起；《松花江畔》里大青龙受伤后，可以直接找到王二虎以性命相托；大青龙的朋友赵宗之没有得过一点好处，却暗中观察着保安团的一切变化，及时将四至儿出卖组织的事通报给绺子。广阔又牢靠的社会关系网保障了匪帮的生存、发展和壮大。

土匪组织对于朋友讲究义气，对于内部的行事原则却带有一种残酷的民主性。他们干的都是非法的勾当，所以无惧王法，不怕任何权威，完全凭借自身的原则来判断是非。大当家的一般是民主推举产生的，一旦产生就具有绝对的权威，甚至可以决定绺子中每个人的生死。任何一个人，领了大当家的命令就具有了绝对的权力，队员轻易不敢违拗。《青纱帐起》中，付东方是彭大娘钦定的指挥官，虽然年轻却极具权威。曹玉宣谎称要借道通过去打鬼子，尽管整个队伍都不同意，付东方还是能够力排众议让其通过。小白蛇身为十九岁少女便可以镇住整个绺子，除了大青龙的信任还因为她有股狠劲，对于下属要求严格，惩治严厉。她查哨顺便来看望在大车店养伤的大青龙，发现老三正在打瞌睡，抬手就是两个耳光，打得老三无地自容。其他兄弟也因为小白蛇整治人的利落而畏惧她几分。对于敌人，小白蛇更是睚眦必报：听说王二虎被保安团弄瞎了一只右眼，两条腿上也有伤，小白蛇便弄瞎了油碾子的右眼，挑断了他两条腿的大筋，狠狠地惩罚了这个汉奸。对于出卖大青龙的四至儿，小白蛇更是凶狠：齐着手掌砍掉其八个手指头仍在火里，还弄瞎了四至儿的双眼、震破了两耳的鼓膜、割去了半截舌头，使四至儿口不能说、耳不能听、眼不能看、手不能写，自然也无法向保安团透露绺子的秘密了，十足成了一个活死人。给四至儿定罪的过程小白蛇是深思熟虑的：听到赵宗之说他当了贺三成保卫团的小队长，再将事情前后连贯起来推测，就慢慢确定了四至儿背叛组织的事实。让四至儿认罪的过程则非常简单，不要他亲口承认、不需要证人和证物，只要绺子认定了他是叛徒就可以随心所欲地惩治。这对于四至儿来说是罪有应得，也彰显了土匪队伍中的民间判断标准。

三、大恶与大善的双面人生

土匪的主要特征就是以暴力抢劫他人财物，据为己有，如非如此，他们便无法存活。所以，从某种角度来说，他们的生存本身就具有"恶"的本质。土匪获取生存资料最主要的手段就是"砸窑"和"绑票"。"砸窑"就是攻打有钱人家的大院，攻进去叫做"砸响了"，没攻进去叫做"没砸响"。"绑票"就去绑架人质，勒索钱财。在辽远的北国，山高皇帝远，加之近代政权更迭频繁，百姓不能等靠政府的保护，只能凭借自身的力量保家护院。都说东北的土匪野蛮、骁勇，东北的百姓也绝不会任其欺凌、宰割,他们也会团结起来对抗土匪。苍茫的东北大地,从来不缺少武力争夺的枪炮声。刘毅夫《响窑》讲述的就是大粮户与土匪武斗和智斗的故事。柏家堡子有好几千顷的沃野良田,堡墙有两丈高,墙宽五尺,堡四角各有一广大炮台,每个炮台上都有土炮,每座炮台上都有四名炮手,他们不下田、不赶车,只管住在炮台上。每个炮手手里都有长、短两只枪,日夜不离身,而且每个人都是神枪手,拔枪就能打落飞燕和鸟儿。柏家的男女也都有长短家伙,所有长工也是人手一枪,遇到土匪攻击,全家人都能上炮台。柏家堡子三天一练枪,五天一演炮,这项活动对于土匪是示威,对于附近的村落是一种安慰。这种有炮台、有武器、窑墙高垒的大户就被称为"响窑"。土匪轻易不敢攻击这样的窑,但如果有绺子想要扬名,就非要砸这样的响窑不可。土匪砸窑最普通的方法是直接攻打,但是响窑一般占据高处的有利地形,很远就能发现土匪的踪迹,可以很远就发起攻击。而且大粮户的装备精良,炮手又百发百中,强取成功的几率并不太高。很多时候他们是智取。北霸天一伙土匪在强取失败后又新生一计:扮作几十人的丧葬队伍到柏家堡子外面哭丧,以为堡子里会开门出来理论,他们就可以拿出棺材里的枪乘机攻入窑内。可是柏老爷子早料到了土匪的诡计,就是闭门不出,土匪无奈只得爬墙想要攻窑。这一行动暴露了他们身份,柏家开始放枪攻击。北霸天土匪又一次失败了,还送给柏家一大箱子武器。柏家扬名了,从此也更忧心忡忡,每年都跑关外的大车也不敢跑了,进城办年货的大车都要备有武器和人力。他们知道土匪不会就这么善罢甘休,柏老爷子到处打听北霸天的情况,听说其势力减退,已经不在此地活动才略微有些轻松。万万没想到的是,第二年春天,区长大人亲自来家里,以莫须有的罪名带走了柏老爷子,柏家敢于对抗土匪却从来没想过要对抗官府。区长大人实际上是假传圣旨,骗柏老爷子出来,将其交到北霸天手中。区长被土匪利用的原因是他的家人都落到了土匪手中。这群土匪绑架柏老爷子后成功地勒索了钱财和枪支，也守信用地将柏老爷子放回家了，只是他们一边辱骂区长是个"标准贪生怕死的害民贼"，一边把他乱棍打死了。柏家堡子虽然富庶，却并没有危害乡里，对待相邻和长工都不失照顾，土匪北霸天选择攻打柏家堡子，不是因为他为富不仁，仅仅因为"树大招风"。在乡野农村，农民可以和土匪真刀真枪地开火，这已经破坏一个正常社会应有的秩序，东北百姓就生活在这个随时可能爆发枪战的环境中，他们除了以暴力对抗求得生存，没有别的选择。更严重的问题是，土匪们不仅敢随意劫掠百姓，连官员也可以绑架和利用。利用之后又凭借他们的民间判断标准，直接将其处死。这已经从简单的暴力犯罪上升到蔑视国家法制的地步。"历史告诉我们，什么时候政治没落了，土匪便蠢蠢欲动。"[1]这股土匪已经完全脱离政治、法律的约束，形成了一套自己的民间法制制度。他们凭借武力为所欲为，将政权都踩在脚下，能够制服他们的，也只有武力。土匪的猖獗让百姓备受困扰，即使像柏家堡子这样有钱有枪又骁勇善战的大粮户人家也不免被其阴谋诡计算计，最后不得不远走他乡。在这场战争中，柏家堡子从一开始就处在被动的地位。他们不知道什么时候、会不会有土匪来侵扰，只能日夜守卫，不眠不休。遇上强敌，全力出击，武斗虽然胜利却埋下了更大的危机——时刻准备土匪来寻仇。柏老爷子识破了土匪的重重诡计，再次取得胜利，获取了土匪丢下的枪支，却背上了更沉重的精神债务——哪有人可以从土匪手中赚取利益呢。只是柏老爷子千防万防也没想到区长也会成为土匪手中的枪，毫无防备地束手就擒。这场战斗昭示了一个事实，匪患是东北百姓躲不开的梦魇。如果不做防备、被动挨打，那不符合东北人的性格，即使据理力争、重重武装还是不能免于摆脱威胁——

---

[1]　【英】贝思飞著，徐有威等译：《民国时期的土匪》，上海：上海人民出版社，2010年，第10页。

土匪的行事原则和底线在很大程度上超越了常理，安分守成的普通百姓仅凭着勇气和力量无法与之抗衡。所以在东北，富庶的人家经常有人被绑票，遭到勒索。大家过年走亲戚、出门看庙会都要带着枪，随时准备战斗。

土匪的思维是阴谋与智慧的结合体。并不是所有的土匪都占山为王、大张旗鼓地砸窑、勒索，有一些更睿智的土匪，他们就生活在民间，与普通农民无异，给自己加了一层很好的保护色，可以过一种闲适的生活。刘毅夫描述过这样一个人物："老国臣，是村子里的特殊人物，谁敢对他不恭？他对人也很和气，浑身透着一股子神圣不可侵犯的威仪，他成年不下田，也不做事，但家业越过越大，每年一到秋忙的时候，他就神秘的失踪了……但是一到春暖花开时，他又回来了，由哪里回来的？"[1]最初，村里的人们都不敢问他去干什么了，过了很久才从车把头聂老二口中得知一点情况：聂老二的车队在边外遇到土匪抢劫，有人认出了匪首是老国臣，又故意说不认识，老国臣很高兴，便放他们安全离开了。老国臣从来不在自己家乡附近作案，村里人家谁有了事情还主动帮忙。《互助合作成了农村的自然律》一文中就提到，"我"姐姐准备出嫁，老国臣好心提醒要组织枪手防止胡子捣乱。老国臣还被推举为本堡的堡防，有了他，胡子、小偷，都不敢到堡子里来，老国臣成了镇堡之宝。这种土匪在东北也不在少数，行凶的时候青面獠牙、凶狠利落，回到乡里又深藏不露、扶危济困，受到乡人爱戴。土匪也有他的两面性，善恶之间的分野是那么模糊。

土匪即使在劫掠路人物资时也并不是逢人就抢，没有原则。《人间到处有青山》中，魏小胡子救过青山，在他的大车店方圆十里以内从

---

[1] 刘毅夫：《塞上冰雪重，冬季故事多》，《白山黑水忆故乡》，台北：黎明文化事业股份有限公司，1986年，第85页。

来没有胡子作案；青山本来已经摸清了携款潜逃的崔县长的底细，可以大捞一笔，由于遇见了"我"这个恩人，所有同行的人都免于灾难，县长和太太也不例外。我们走到通辽地界，遇见外围卫兵的时候，县长太太才脱口说出："这可到了真正的强盗地方了。"[1]《大车跑边外》中，由于车把头聂老二会说话，讨得土匪欢心，就能让整个车队毫发无损地通过。《雪地》中贫穷的刘老头被抢了，李二荒子能深入虎穴讲明事实，不但将物资讨回，还收获了小白龙的友情和随礼。此外，土匪还有许多情况下是不作案的：喜车丧车不抢，邮差医生不抢，赌博摆渡的不抢，开棺材铺的不抢，鳏寡孤独不抢，单身夜行人也不抢，遇上了朋友或乡邻他们都会放其行走。

　　落草为寇的土匪大多是失去土地、没有生计的贫苦农民。封建统治者对百姓敲骨吸髓的剥削、压迫，各派政治势力为争权夺利而挑动连年战乱，逼得他们铤而走险、揭竿而起。他们反抗的是昏庸无能的政府，他们劫掠的对象是和他们一样的农民，他们求索的仅是能够温饱的衣食。可以说，在本质上，他们与正义是对立的，这个行业也是进不了祖坟、羞于向人提起的丢人行业。当民族战争的硝烟升起，这种情况有了改变。据统计，20世纪上半叶，仅在吉林、长春地区的四五个县和黑龙江的部分地区就统计出有名、有姓、有报号的绺子有三百多股，他们中绝大多数都有抗日的经历。[2]民族危亡激发了土匪骨子里的责任感和使命感，他们不满政府的昏庸无能却不能无视自己的家乡沦为敌手，更不能眼睁睁看着自己的父老乡亲被烧杀掳掠。他们不约而同地将手中的枪对准了异国侵略者，挑起了抗敌御侮的民族大义。土匪也都是保家卫国的英雄。小白蛇不但绑架油碾子向日本商人佐佐木勒索一万八千块发给筑堤的工

[1] 司马桑敦：《人间到处有青山》，《雪乡集》，美国：长青文化公司，1992年，第290页。

[2] 参见曹保明：《土匪》，沈阳：春风文艺出版社，1988年，第9—27页。

人，还整治汉奸油碾子及其弟弟，她还指挥兄弟们半夜往佐佐木的院子里打枪、扔石头；往井水里投脏物；吓跑佐佐木雇佣来的仆人，最终将佐佐木一家驱逐到吉林。《长白山奇谭》中的千山龙、山海精和燕山客这些洗手向善的土匪，保卫王三哥来到黑龙江流域的边陲抵御俄国人入侵；《青纱帐起》中的付东方追随彭大娘组织武装队伍，专门对付日本人；《北大荒风云》中的万海山集结万人队伍，冲杀在抗俄、抗日的最前线；《高丽狼》中狼在与日本军队的血战中树立威名；《越狱杀人的十九号》中海天因为抗日被抓进伪满的监狱；《松花江的浪》中老叔高铁屏说服土匪老狼头一起抗日；《"九一八"那个悲惨的日子》中，冯庸校长派我潜回东北联络义匪老北风一同破坏鞍山炼钢厂，直到老北风的队伍被打散……康德认为，革命文化的叛逆性和土匪文化的反抗报复性确实有相似性，前提是当它们的现实目标一致的时候。在民族危亡的情况下，土匪文化和革命文化出现了一个交叉点，使得土匪那种骁勇、剽悍的精神升华为一种坚挺民族不被灭亡的中坚力量。从此，他们从被人唾弃的边缘行业走向正轨，完成了由"匪"到"侠"的转变。大恶与大善交叠的历史形象增强了他们的神秘感，让土匪的人格更具有深度和厚度。

四、肝胆相照的兄弟情分

土匪的生活表面看起来可以恣意任性、目中无人、痛快淋漓，实则充满了苦涩和艰险。一个队伍如果想要生存下来，就必须形成凝聚力和战斗力。土匪的组织结构是以结拜兄弟、歃血盟誓关系为纽带的，这种仪式增进了彼此的了解，加深了相互之间的亲密感。身在险恶的江湖，要彼此信任才能团结，双方经常要以性命相托才能完成任务。一旦相互间的信任链条出现了问题，未能相信，或者错信了对方，轻者会产生嫌隙、导致矛盾，组织的重托没法完成，重者则随时可能殒命。即便信任对于一个人而言是个巨大的考验，这其中充满了太多的不测，可是大多数土匪还是会在亡命生涯中选择信任自己的同胞，因为他们别无选择。由于信任，就会坦诚，就会像关心自己一样，加倍地关心对方。在一个稳步发展的绺子中，头目之间的感情更是能够彰显双方的人格高度。有了他们之间的大信和大义，才有绺子的团结和凝聚。《松花江畔》中的匪首大青龙和小白蛇之间的情谊不仅是能够生死相托，他们还设身处地地为对方着想，不仅考虑生命的安危，还深切地顾及情绪和感受。

如果从人性角度去体察，全书最精彩的就是小白蛇对大青龙的感恩情怀和感恩的方式——最大限度的施与尊严。

大青龙本名周元化，是郭尔罗斯前旗一带最著名的"红胡子"老大。民间关于他的传说总是带着些许"神性"的：劫富济贫、忠勇仗义、身手矫健、来去无踪。他几次被官军抓获，又几次轻飘飘地逃走，他专对付日本人的狗腿子和压榨百姓的官僚士绅，在民生多艰的年头，只有大青龙给百姓出气。小说中也精准描写了大青龙从监狱逃出坐上火车又跳车骑马成功躲避追捕的精彩瞬间。但是小说中更多的笔墨还是凝结在大青龙病入膏肓之际的描写："当年在雨里雪里睡，弄得一身风湿。被红帽子灌羊油，辣椒水伤了五脏。两次挂彩，流血过多，没有复元，不服输硬充能，伤口又腐烂了，就这样拖拉得吐血……"[1] 此时的大青龙虽然才四十多岁，却已经彻底被伤病拖垮，加之身份特殊，被官军追捕，不敢到正规医院就医，已经没有好起来的希望了。绺子的事务只能交给二当家小白蛇处理。小白蛇本名白玉薇，出身于大粮户家庭。不幸的是，在她很小的时候，由于江湖恩怨，家族遭到灭门。大青龙与其父有交情，小白蛇为了给家族报仇，投奔大青龙当了土匪，由于其头脑冷静，处事利落被推举为二当家的。她对于大青龙既有在人品和才能方面的敬佩，

---

[1]　田原：《松花江畔》，台北：大地出版社，1986年，第426页。

又有对于其养育之恩的感激。小白蛇当家后，就将这感激转化为报恩的实际行动。

首先，她利用隐瞒的方式帮助大青龙逃避了失职的自责和情感的创伤。她早就查明了大青龙被埋伏、暗算受伤和诈死未成都是由于贴身侍卫四至儿的出卖。同时，四至儿还害死了同生共死的兄弟老三。大青龙作为大当家的，丝毫没有发现自己的贴身侍卫已经为钱通敌，且无比信任，给绺子带来了巨大的损失。这种失职，会令他感到深深的自责、脸上无光。正如小白蛇所言："闯荡江湖的人，各个争胜好强，栽了跟头，吃了瘪，就是他亲生儿子出面报仇，表面装着高兴，内心却窝囊一辈子……"[1]小白蛇不忍心让失职的耻辱折磨大青龙，所以她隐瞒了事实的真相。小白蛇亦深知大青龙对四至儿和老三的情感寄托。虽然只是贴身侍卫，大青龙却对他俩倾注了父亲般的爱。尤其是对于四至儿，更是寄予无限的希望。如果他知道竟然是自己最亲近的人出卖了自己，一定比遭到千刀万剐还要难过。这种情感伤害的杀伤力恐怕远远超过枪炮。所以，小白蛇只对大青龙说老三遭了毒手，对于四至儿出卖他的事只字未提。直到最后四至儿冒死前来想要剿灭整个绺子的时候，小白蛇仍旧没有对大青龙说实话，只是精准的处罚了四至儿并谎称把他送去别处养伤了。这么多年的养育之恩已经潜藏在她的心底，她极尽一切为大青龙考虑、周全，默默地抚慰着这个铁骨铮铮的汉子受伤的心灵。这就是为什么她与大青龙对话时时常是背对大青龙的原因。才十九岁，年少的她怕掩藏不住情绪的变化。

小白蛇这些行为都有这样一个前提：大青龙已经无法再好起来了。小白蛇此时是将大青龙当作病人和亲人，而不是大当家的。如果是作为大当家的，当然有权知道绺子所有的真相，才能杀伐决断，果敢明晰。

---

[1] 田原：《松花江畔》，台北：大地出版社，1986 年，第 656 页。

可是如果是对待病人和亲人，尤其是对待将不久于人世的病人，那就要想象病人此时的心境。重病之人再遭受情感与理智的双重打击一定会加重病患。深谋远虑的小白蛇正是考虑到了这一点，不忍心在大青龙的伤口上撒盐，才决定隐瞒。不仅是伤害大青龙的事要瞒着他，能让他高兴的事也要瞒着他。

小白蛇掩盖了自己的功勋，让大青龙在责任中充满希望。小白蛇当家后打的几个漂亮仗：粉碎四至儿卧底的阴谋，绑架油碾子勒索佐佐木为筑堤工人发工资，彻底击垮贺三成、王江海的保安团，成功驱逐佐佐木。小白蛇不想让大青龙觉得自己在某些方面已经超过大当家的，队伍在自己的带领下已经走入正轨。如果那样，大青龙一定觉得自己真的没有用了，真的可以歇歇了，并不急于好起来统帅全局。小白蛇这样做，是在给大青龙留个盼头，让他有股信念支撑着：必须快些好起来，还有好多事等着他去做呢。

思虑周全的小白蛇以隐瞒的方式让大青龙活在她亲自构建的、没有伤害只有希冀的避风塔内，这不仅保全了大青龙的性命，也给予他至高无上的尊严，使他不至于在屈辱中残喘余生。这是对于亲人，对于一个顶天立地的男人，对一生磊落的大当家的最贴心的慰藉。她的苦心，绺子的弟兄未必明白，就是大青龙本人也并不知晓，她是在以自己的方式默默地维护着这位英雄至高无上的尊严。之所以将之定义为"施与尊严"，主要是因为这尊严纯粹是小白蛇个人给予的。试想，如果她当家后，按照常规的逻辑将真相和盘托出，没有人会有异议，这既能表现她对于大青龙的忠心，又可以在她一旦有过失的时候合理地推卸责任。但是她没有，她一人扛起了千斤重担，宁愿忍受着绺子弟兄的误解，也要给大青龙营造一个清静的养伤环境。这"施与"不是一种可怜和同情，而是凝结着无以言说的敬佩和关怀。

大青龙也没有辜负小白蛇的情谊，殷切的嘱托与之肝胆相照。大青龙虽然对于小白蛇恩重如山，却从来不以恩人自居，而是时时处处为小白蛇考虑。弥留之际，小白蛇问大青龙还有什么吩咐，一定照办。大青龙却说："你要像个大当家的，为啥要受死人的话摆布，嗯？"[1] 其实哪个临死的人没有点想法，尤其是他的四至儿，他念念不忘。但是大青龙不糊涂，他知道四至儿的伤不至于养这么久，不来看他一定是出了什么事情。但他不想追问了。他相信小白蛇不想告诉他的事实，一定是对他不利，多问无益。此时他已经将自己的性命、尊严等事全抛开了，他要做的是：不仅要将小白蛇扶上马，还要送一程！因此他没有交代任何后事，全让小白蛇做主。也想让绺子的弟兄们知道，他临终前给了小白蛇多少权力。这就给小白蛇的执政之旅开了个好头，此后，不管她做什么决定，绺子弟兄只有服从这一条路。此时，小白蛇遇到了真正的知音。她绞尽脑汁维护大青龙的尊严，大青龙果然义气回报。这是最高境界的肝胆相照，二人的闪光人格在困厄中交相辉映。

　　大青龙在临终前对于小白蛇家世的描述也寄予了他对她的无限体恤。小白蛇一直想从大青龙口中知道谁是她的仇人，而大青龙则说白老先生当年结交复杂，太多恩怨纠葛，可能就是个"无头案"。此时他是以兄长而非大当家的立场来劝慰小白蛇。因为，如果是以大当家的身份来考虑问题，应该思考如何让绺子更强大，更兴旺。最能够激起人斗志的力量就是仇恨。正如小白蛇当初入伙一样，为了复仇才会放弃常人的安逸和幸福，在刺刀里拼杀，在男人群里熬日子。大青龙此时如果及时激励小白蛇继续寻找凶手、继续复仇，才是让绺子更好生存的方式。但是他没有。按照他对于小白蛇交代的白家的复杂背景，仇家是很难找到。也就是暗示小白蛇，复仇无望。他的这些话，完全是站在兄长的角度对于妹妹的关心。首先，背着仇恨，会给本已艰辛的生活增添又一层负累，

---

[1]　田原：《松花江畔》，台北：大地出版社，1986 年，第 662 页。

即使是片刻的欢愉可能也享受不到；第二，风雪奔袭、刀尖夺命的生活方式并不适合女人，尤其是像白玉薇这样的漂亮女人；第三，所有的胡子，都不会有好的结局。不是被敌人杀死就是弄残，要么就是像他一样，折腾出一身病，郁郁而终。无论你年轻时多么勇猛，多么风光。这个职业潜藏着永远无法摆脱的危机感。因此，他既给予小白蛇绝对的权威，又设身处地地考虑了她的状况，大青龙的这些话也为后来小白蛇放下恩仇与王二虎过普通生活埋下了伏笔。他对白玉薇的关怀，也可谓无微不至了。

不独是大青龙与小白蛇，土匪对每一个与之过命的弟兄都是竭尽呵护，竭尽坦诚。《青纱帐起》中，彭大娘在绺子最艰难的时刻将权力交还有些青涩的付东方，在其犯了错误、判断失误之后仍然信任他、鼓励他，扶持他渐渐成熟；《古道斜阳》中马玉、张毓棠和熊坤等人困厄中相识相知，危难里携手共进，东冲西突地打击日寇……身为土匪，整天过的是刀尖上舐血的凶险生活，他们没有家，没有儿女，远离亲人，作为人的全部感情只能寄托在同生死的兄弟身上。所以绺子里的情感是常人难以想象的一种真挚坦荡，每个人宁肯委屈自己，倾其所有为对方考虑。这是匪性文化超越常理的一种高尚境界，同时又蕴涵着土匪生命中底色的悲凉。

虽然土匪和土匪活动在国家的立法者或舆论界眼里是消极和毫无意义的，但是他对于旧中国千千万万被压迫被凌辱的子民而言，就是一种生活的现实。忠奸善恶、是非功过自有历史评说，无论你承认与否，匪性文化已经根植在东北的沃土中，遭逢特殊的时代，绽开绚烂又苍凉滴血繁花。

第四节　中日俄文化交融镜像

　　文化对于人的熏陶和教育意义犹如阳光、空气和水作用于植物的意义。根据美国学者 J.R. 坎托的《文化心理学》的阐释，"由许多人组成的每个群体都拥有它特殊的文明。因此，每一个人都置身于一定的文化系统中"，都是"文化化"的人，"在每一个文明单位中，置身于其中的成员都持有成套的共同心跳，鄙夷某些事物而喜好另一些事物，作出某种选择而且体验某些反应[1]"。各个国家和民族由于所处的地理环境和人文环境不同，创造出各自不同的灿烂文化。当不同的文化由于历史机缘碰撞在一起时，就会产生交汇和融合。在我国的近现代史上，与俄罗斯文化和日本文化的交融一方面伴随着侵略战争的屈辱和抗争，另一方面又显现出"去政治化"的一种无意识自觉结合、圆融的状态。这批作家生长在东北，很自然地接触到了本地的俄罗斯文化和日本文化，尽管其思想意识中对这两种文化有一种自觉的抵抗意识，却也不自觉地接受了这两种文化的浸染，与自身的文化杂糅在一起，呈现在作品中。在第二章中，我们已经论述过东北接受俄罗斯、日本和其他各国文化的渊源和概况，在本章中我们直接探讨这些文化对于东北书写产生的影响。

一、浪漫唯美的异域格调

　　俄罗斯横跨欧亚两个大洲，幅员辽阔、地广人稀。浩瀚的自然，一方面培养了俄罗斯人强大的自信心和野性力量，另一方面又时常让人

---

[1]　【美】J·R· 坎托著，王亚南等译：《文化心理学》，昆明：云南人民出版社，1991 年，第 98-99 页。

感受到荒凉孤独和冰雪的严酷。别尔嘉耶夫认为，俄罗斯民族是最两极化的民族，它是对立面的融合。它可能使人神魂颠倒，也可能使人大失所望，从它那里永远可以期待意外事件的发生，它最能激起对其的热烈的爱，也最能激起对其的强烈的恨。这是一个以其挑衅性而激起西方其他民族不安的民族。这个民族的每一个个体，正如人的个体一样，都是该民族的一个微粒，因此也像这个民族一样在自身包含着矛盾，而且在不同的阶段都包含着矛盾。[1] 俄罗斯民族精神中这种复杂的矛盾性，主要源自于其受到欧洲文明和亚洲文明的共同影响，俄罗斯文化既不是东方的，也不是西方的，是地缘环境和东西文明双重影响下的独立的文化。19 世纪上半期，在俄国社会酝酿变革的背景下，在西欧文艺思潮的影响下，俄罗斯文学、艺术、教育、科学也进入了一个迅速发展的时期。在文学、戏剧、绘画和音乐等艺术领域，现实主义登上历史舞台，浪漫主义与现实生活的气息交融，共同对抗刻板保守的古典主义。[2] 19 世纪末 20 世纪初，随着中东铁路的兴建和俄国十月革命，大批俄罗斯人将具有浪漫、高雅格调的俄罗斯文化带到中国。作为中东铁路的中心，哈尔滨这座城市在饮食、建筑、宗教和文学艺术等方面浸润了俄罗斯文化。这批作家中，梅济民、李春阳、孙陵和司马桑敦等人都有过在哈尔滨生活、学习和工作的经历，他们的作品中都或多或少地呈现出异域格调。

　　俄罗斯文化的影响首先表现在作品呈现的艺术氛围。俄国十月革命以雷霆万钧之势，涤荡着一切反对苏维埃政权、仇视无产阶级革命的反动势力。俄国约有 250 万白卫军军官、贵族、地主、资本家、官僚，带着被他们裹挟的亲友和大量平民，惶惶如丧家之犬逃离俄国，流窜到

[1]　【俄】别尔嘉耶夫（1874~1948）著，雷永生 邱守娟（女）译：《俄罗斯思想:19 世纪至 20 世纪初俄罗斯思想的主要问题》（修订译本），北京：生活·读书·新知三联书店，2004 年，第 2 页。

[2]　参见姚海：《俄罗斯文化》，上海：上海社会科学出版社，2005 年，第 4 页。

中国、欧洲和美洲各地，造成白俄遍及全球的历史现象。从海路和陆路逃到中国东北、上海、新疆等地白俄大约在 20 至 25 万人之间。[1] 这群白俄来到中国后，将其原来的贵族生活方式和对于艺术的执著带到了中国。白俄难民大多痴迷乐器，能歌善舞，无论是高兴还是失意，他们都会用音乐来宣泄自己的情绪。梅济民的散文《哈尔滨的白俄》中提到白俄在哈尔滨组织了大大小小的交响乐团，工作之暇，常在一起演奏或欣赏，"战前在世界上出色的演奏团体或作曲家，多半都是出身于白俄[2]"。在小说《哈尔滨之雾》中，梅济民描绘了一个由俄、日、中、韩等多个国家的音乐人组成的兰黛交响乐团，他们在巡游世界的演出中，宣扬反战文化，用艺术将人们带离现实的苦海。乐团中每个成员相互配合、相互支持，在音乐的世界中取长补短，亲密无间，打破了国族和战争的界限，散发着最真诚、最质朴的人性之光。在梅济民的作品中，音乐已经不仅仅是工作、休闲的方式，它俨然成为一种生活方式和灵魂的寄托。《哈尔滨之雾》中，无论是从事医学工作的姨妈、管理牧场的维拉伯母还是日本高等女子学校的同学们，人人都与音乐结缘。美丽的姨妈将吉他当做她最忠实的伴侣，无论是休闲娱乐，还是痛苦思考，都要借助吉他的琴弦来拨动自己的心弦；来自俄国的维拉伯母家里拥有庞大的牧场，她自己却是兰黛交响乐团的第一大提琴手，她借着音乐逃避粗鄙世俗的生活；日本女孩菊池美千代以美妙的歌声唱出对于心爱的中国男孩的爱慕之情；乐队中第一小提琴手玛琳姐姐的母亲竟然是白俄贵族中在彼得堡轰动一时的琳塞公主，还曾经指挥过哥萨克兵团与暴动的波罗的海海员作战，母女俩二十多年来一直借着音乐掩护自己的身份；日本战败后在俄国集中营饱受创伤的日本女孩古贺凌子，历尽艰险回到哈

---

[1] 参见王彦俊：《白俄中国大逃亡》，北京：中国文史出版社，2002 年，第 3 页。

[2] 梅济民：《哈尔滨的白俄》，《长白山夜话》，台北：星光出版社，1984 年，第 151 页。

尔滨的家中时，不顾及房子的归属，财产和首饰的去留，唯独将心爱的钢琴从家里搬出，清晨用琴声将心爱的情人叫醒，黄昏以琴曲抚慰自己的忧伤。凌子是随着音乐流淌，努力让自己忘怀过去，与伙伴们一起投入到抗击红俄[1]侵扰的现实生活中。在散文《琴韵诉心曲》中，梅济民讲述了一位提琴老人的故事。他出身于白俄贵族，毕业于莫斯科皇家艺术学院，不喜欢政治纷扰，便携女友游历各国。十月革命后，他被阻隔在中国，担忧亲人的思虑过重，加之经济上的纽带断裂，终于病倒在哈尔滨。在他贫病交迫的时候，女友弃他而去，只留下一只灰色的小狗。他慢慢地恢复了健康，还不断幻想女友的归来，所以每天在远程列车到达的傍晚时分，他都领着小狗站在车站前的广场上，用小提琴拉着他女友从前最爱听的一支曲子，不断呼唤爱的回归。两年后，他的双目失明了，他仍然没有放弃努力，每天由小狗领着他来到广场上继续演奏。一转眼，二十八年过去了，年轻、英俊富于激情的小伙子已经变成了头发花白衣衫褴褛的老人。无论是风霜雨雪还是电闪雷鸣，他都会在黄昏出现在广场上，在寄托自己情思的同时，向每一位旅人发出哈尔滨第一声亲切的呼唤，他那哀伤的琴音已经被哈市市民所熟悉，为千万人散布着优美又忧伤的种子。悠扬的琴声既是对女友的呼唤，又是对昔日美好生活的回忆，更是老人借以逃离世俗消解苦闷的唯一方式。年华老去，物是人非，唯一不变的老人那高傲的灵魂。他永远都是仰着脸，表情与音乐的节拍应和，痛苦和欢快地沉浸其中，从来不和观众说一句话，从来不会查看有多少人为他投了多少硬币。老人就这样坚强又执拗地活着，与其说他在等待女友归来，不如说他是在以达观和勇敢对抗着孤独与寒冷。这位地标似的老人终于有一天消失在漫天的风雪中，而忧伤的旋律却永远留存在人们的心田里。梅济民在《翡翠季节的哈尔滨》中提到，

[1]　苏联建立初期，苏联红军及其附属武装曾经被称为"红俄"，是一种民间的非正式称呼。

哈尔滨的艺术水平非常高，尤其是在音乐方面，可称得上是"远东的维也纳"。这些流亡的俄国贵族们，对艺术的狂热是惊人的，因为他们把整个的精神都寄托在艺术和宗教，以挽救失意的人生，因此哈尔滨一度被人称为是"远东艺术的摇篮"[1]。

在小说中，梅济民不仅描写了音乐氛围，笔力还触及绘画和摄影。《哈尔滨之雾》中，男主人公艾薇酷爱绘画，经常在美丽的松花江畔写生，整个身心沉醉在美景中，进入一种全然忘我的状态。女主人公菊池美千代是个摄影爱好者，她幸运地捕捉到了艾薇凝神作画的瞬间，不由心生爱慕，泛起了情感的涟漪。艺术对于作家的影响，不仅仅表现在作品中呈现的艺术事实，还表现在作者对于艺术思维、构思和风格情调的追求中。受到绘画艺术的影响，梅济民十分重视以色彩来营造优美的意境：

在多少个夏夜梦中，我梦见那满城飞花、烟柳绕堤的水都春日。

媛，你还记得在那些柳絮轻飘的日子里，我们漫步在临江路上那种销魂的醉意吗？春风掠过碧绿的江水，轻咬着袅娜的柳丝，就像泼撒在我们心上的酒。

在多少个水月映衬的夏夜里，满地的翠柳掩映着华丽的街灯，为了享受那份静与美，我们常坐在临江的石凳上，让丝丝的柳影映满一身，使我们沉醉在一种浓浓的诗意里。

有时我们也趁着那清凉的晚风，凭依着临水的栏杆，对着满江星影，轻谈浅笑的直到深夜。[2]

每当故乡红叶飘零的季节，我都会像酒醉一样沉迷着那浓烟的秋

---

[1]　梅济民：《翡翠季节的哈尔滨》，《北大荒》，台北：星光出版社，1991年，第66页。

[2]　梅济民：《水都梦影》，《长白山夜话》，台北：星光出版社，1984年，第2页。

色。

那年晚秋，哈尔滨就像一位醉后的王妃，那种萧瑟美艳诗般画般的情韵，简直就会把人迷醉得忘怀一切。

就是在那样醉人的一个星期天下午，血红的枫叶漂浮在绿波含烟的松花江上；铺陈在美丽的江堤上，我把画架支在落叶飘零的水滨，水蓝天青，澄明幽碧，在这片大好的秋光里，正是写生的黄金季节。[1]

这两段景物是作者描写松花江的春景和秋景的。梅济民比较注重细致的描摹景物，尤其擅长色彩的使用。"碧绿的江水""华丽的街灯""满江星影""红叶飘零""水蓝天青""澄明幽碧""黄金季节"这些词语的运用首先给读者一种强烈的视觉冲击，在多种绚烂的色彩组合的空间中留下深刻的记忆，同时获得美的享受。而且这些色彩不是平铺直叙地罗列出来，作者是将其融合在景物的流动中，"花"在飞，"柳"在绕，"叶"在飘，如此美轮美奂的场景自然营造出了梦幻般的意境。王国维认为"红杏枝头春意闹"，有了这个"闹"字境界才出。在梅济民的笔下，不仅仅绚烂的色彩在飘零、飞舞，他还在每个驿动的瞬间添加了陪衬的场景：是"满城"在飞花，翠柳是在"烟雾"中绕堤，江水就如同泼撒在心上酒，让人不知不觉中沉醉。醉后的王妃，双眼渐渐迷离，感受绿波含烟的缥缈和红叶飘零的迷惘，宁愿化身为水，不断增添这美好景致的高贵与妩媚。"境非独谓景物也。喜怒哀乐，亦人心中之一境界"[2]，造境不是为了写景，而是为了抒情，作者要表达的情感就是对于松花江的喜爱和依恋。如果再结合梅济民流落台湾被囚禁于绿岛近20年的孤寂与落寞，这些极富色彩的文字则是恰切地展示了作者对

[1]　梅济民：《哈尔滨之雾》（上），台北：当代文学出版社，1983 年，第 1 页。

[2]　叶嘉莹：《人间词话七讲》，北京：北京大学出版社 2014 年，第 25 页。

于美丽故乡的眷恋和怀念。越是见不到，就越发向往，越发向往就会尽情联想，他调动自己视觉、味觉、触觉等多重感官去寻找母亲河那温柔的怀抱，留存在记忆中的景物就会因为思念和想象而加重原本的色彩，变得更加绚烂。反之，这种绚烂又会增添作者的乡愁。

不独是绘画艺术，摄影艺术也悄悄植入梅济民小说的人物描写中。他经常会攫取人物最美的那个瞬间，先将其定格，再仔细地描摹：

> 推开卧房的门我才发现姨妈穿着一件淡紫色的旗袍，就那样斜斜的仰卧在床上睡熟了。连楼窗都没关，午夜的微风轻轻飘动着窗幔，吹进阵阵侵人的夜凉……姨妈倦得连高跟鞋都没脱，就那样两条腿斜斜垂在床沿下。钻石耳坠又忘记摘下，在安详的脸畔反射出一团灿艳的水红色……从她的呼吸中我闻到一股酒味，这时我才发觉姨妈双颊的那片醉红，难怪她睡得这样甜美，原来是酒醉了。[1]

姨妈是个二十岁出头的女子，在哈尔滨医科大学从事科研工作。这一段是抗日战争胜利后，我们一起狂欢酒醉的描写。如果姨妈仅仅是温柔妖媚、明艳动人，那不足为奇，可贵的是这样一个出身豪门的柔弱女子胸怀民族大义，能够在国家危亡的时刻挺身而出。她为了营救我国正义青年与俄国将军舞场斡旋，斗智斗勇；为了保护国土，能够苦练枪法、组织义务警察；在与俄国军官谈判之际，还能不顾个人安危，与我们并肩战斗；她抛弃国仇家恨，以人道主义精神帮助身陷俄国集中营的日本少女。然而，她也只是一个少女，在她冷静成熟的背后也有着一般女孩子的喜怒形色，听闻抗战胜利的消息也要狂欢和酒醉。作者对于姨妈的这段近距离描摹，有种喜欢，更有赞美。

---

[1] 梅济民：《哈尔滨之雾》（上），台北：当代文学出版社，1983年，第360页。

此外，梅济民小说追求的那种浪漫的格调也是受到艺术的熏陶。在北国世界中，他经常同时渲染冰雪的美丽与严寒的无情，人们一方面不断地与自然进行顽强地抗争，另一方面又虔诚地感谢自然的恩赐。小说《北大荒风云》中，一群大学生为了抗击俄国侵略投身行伍，睡在严寒的冰雪里，吃着冷冻的干粮，口渴就把雪嚼嚼解渴。战士们从来没有抱怨、后悔，而是享受着艰苦和凶险的生活，将斗争看作生命的洗礼，随时准备为国捐躯。小说的后半部分，抗日战争进入相持阶段，十万义勇军失去了国家的补给，只能退守长白山里保存实力。在荒无人烟的大森林里，大学生们在钓鱼、打猎、采摘蘑菇和野果中感受乐趣，逐步拓荒垦殖生存下来，吃的是原始的野味，穿的是动物的皮毛。身无分文，却也心无杂念，一心只想着保家卫国英勇战斗。还有六对新人在长白山天池边举行集体婚礼，新娘们唯一拥有的装饰就是漫山的野花。这种苦中作乐的浪漫格调是深受艺术熏陶、浸染的自然呈现。

二、忏悔意识与悲悯情怀

在东北，对于日本文化的接受是以日本武力侵略为背景的。也因为如此，东北人民一方面在日本的奴化教育中学习和实践着日本文化，从内心里又同时产生抗拒和厌恶的情绪。在大多数东北作家笔下，触及日本或者日本人的题材，都是写血腥的镇压、丑恶的人性和满腔的愤怒。"九·一八"后蜚声于文坛的东北作家群，亲历了亡国之痛，他们的创作主题、情感基调与时代的需要紧密结合，从此也奠定了中国人写日本人的基本模式。在台湾进行东北书写的作家大多数是在赴台后以回忆的方式写作抗日题材。这其中当然也蕴涵着刻骨铭心的仇恨，但是，时过境迁，在战争结束、现世安稳、抚今追昔中，他们对于仇恨似乎有了和东北作家群不一样的表达。他们不仅看到了战争的血腥一面，也试图寻找其暴力和罪恶的根源，挖掘日本文化与中国文化交融中产生的忏悔意识，同时，也将其放在受害者的位置，产生悲悯情怀。

梅济民的小说《五千公里雪山大逃亡》在日本军人的生存绝境中突显了其忏悔意识。1945 年 8 月日本战败投降后，驻扎在伪满洲国的关东军即将被俄国军队接管，送到西伯利亚当奴工。为了逃避战俘的悲惨命运，也为了回到他们日思夜想的祖国，五万官兵由铃木大佐带领，由大兴安岭经小兴安岭越过松花江进入长白山再从鸭绿江进入朝鲜，最后取道韩国釜山。他们想要徒步穿越五千公里的雪山，逃亡回家。这一路，经过饥饿、寒冷、野兽侵袭、俄军追捕和精神绝望，大多数人都将尸骨埋在了路上。到了第二年二月，到达釜山附近的只有不足一百人。这一路上，没有太多的枪林弹雨，有的只是与自然为伍。在日本文化中，自然具有一种微妙的性格：大多数时候，它都如同"慈母"，一旦接触到慈母般的自然，日本人就会被包容到无限宽广的境界之中，甚至在寂静的森林中聆听到神的声音，他们相信天地万物均有灵魂栖息；自然一旦发飙，就是让人无所适从的"严父"，面对自然的淫威，日本人从来不敢抱怨和记恨，而是怀抱一颗自审之心，将这看成是神明的规诫，以此自我反省。这种泛神式的自然观与中国东北盛行的萨满教不谋而合，生性残忍的日本人终于在亲手制造了中国人的苦难之后，感受到了命运的惩罚，在沾染了华夏鲜血的黑土地上洞见了自己灵魂的丑陋。严寒的森林中滴水成冰，士兵们逐渐消耗尽了他们所带的粮食，杀尽了一路为伴的马匹，丢尽了所有沉重的生活必需品，也耗尽了所有的体力和希望。在冰雪中默默等待死亡的士兵，在树干上刻下自己的名字，留下想说给亲人的话，期待有人能够将临终的心声传递给家人。最终他们在自然面前沉痛地折服了，并以超人的眼光对于人生有了一种新的认识：

"我们这一代走错了路，不能让下一代再迷失。希望复兴后的日本，能够集中智慧教育下一代，使其真正懂得生活的正确目的，更为全人类永久和平寻找出一条正确的途径，未来真正的光荣是属于和平的倡导者……"[1]

　　"这都是侵略战争的杰作，人世纵火者们的成绩。"[2]

"我们生命被剥夺的原因，正是因为我们去剥夺别人。"[3]

"告诉下一代！千万为日本的前途寻求一条正确的路线。"[4]

　　这种忏悔以铃木大佐悲戚的眼泪和佐藤军曹的悬崖吼啸为制高点。"毁灭吧！毁灭吧！我是一个永远洗不清罪孽的杀人犯呵！"[5]人类终于在痛苦和鞭挞中顿悟，狂妄的圣战士终于悟出并承认了自己的滔天罪行。佐藤军曹在悬崖边的纵身一跃是以生命为代价对于自己灵魂的审问。安然伫立的长白山，默默飘洒的白雪和厚重坚韧的黑土地将这一切悄悄掩埋。作者是在以极端残忍的被动和主动的死亡方式让这些灵魂自我救赎。

　　面对日本军人绝境中的忏悔，作者并没有以复仇者的身份求得安慰，而是跨越战争以人道主义的立场产生悲悯。

　　首先，作者挖掘了人物身份本身具有的不可避免和无法逃脱的悲剧性。小说的笔墨着重刻画了队伍中的普通士兵。他们中有东京的颇有前途的农业专家，有才华横溢的青年诗人，有思念母亲又愧于不能尽孝的儿子，还有眷恋妻子和儿女的丈夫和父亲。本来他们也可以过平静安逸的生活，本来他们也有对于自己人生的规划和憧憬，可是，战争将所有人的美梦都打碎，而人为地为他们描画了一幅帝国之梦。日本民族自

---

[1]　梅济民：《五千公里雪山大逃亡》，《牧野》，台北：星光出版社，1980年，第174页。

[2]　梅济民：《五千公里雪山大逃亡》，《牧野》，台北：星光出版社，1980年，第169页

[3]　梅济民：《五千公里雪山大逃亡》，《牧野》，台北：星光出版社，1980年，第174页。

[4]　梅济民：《五千公里雪山大逃亡》，《牧野》，台北：星光出版社，1980年，第174页。

[5]　梅济民：《五千公里雪山大逃亡》，《牧野》，台北：星光出版社，1980年，第177页。

古以来就信仰本土的神道教，信奉天照大神。明治维新之后，皇室被看做是天照大神的后裔，原本俗人的天皇便带有了神性色彩。从此，日本民族性格中最看重的"尽忠"和"报恩"的对象都指向同一个人——天皇。这种传统在日本民间逐渐演化成忠义、服从的民族本性。身为日本的子民，多年来接受的军国主义和民族主义教育，使他们责无旁贷地成为这个"帝国梦"的实践者。这个被动的选择仅是不可避免的悲剧开始。他们离乡别井踏上异国的土地，烧杀掳掠时，也有对于这种行为合理性的质疑。他们不可逃脱的悲剧在于：第一，长官的嗜血成性、杀人如麻是他们立身行事的"榜样"，仿佛不这样做就不是爱国。对于祖国的忠心，对于"帝国梦"的期待不是靠语言实践，而是靠异族的生命和鲜血实现。第二，战争中人的生命的脆弱让他们产生一种"及时行乐"的心理。没有人能确定明天的自己还如今天一样安全和健康，只能在拥有这些的时候尽情放纵。第三，他们明知自己的地位和价值，仅仅是某些人愿望的牺牲品，却不能自拔。所以，他们一方面践行着军国主义的理想，另一方面又怀疑这种理想本身的意义。

其次，"同命感"和"连带感"[1]体现悲悯情怀的普世价值。由于中国传统的庙堂文化和民间文化对于中国作家形成的精神影响，他们采用了一种独特的审美方式来观照人性的悲剧，这就是悲悯。悲悯是一种人类较高层次的情感体验，这种体验首先来自于感动和关注。据徐复观所言，感动者，可概括地分为两类：一类是原始性的个体生命感动；一类是文化性的群体生命感动。这种"文化性"的感动必须在两种前提条件下产生：一是作者的现实生活系在群体中生根，一是作者的教养使他能有在群体中生根的自觉，并由此而发生"同命感"，乃至称为"连带

---

[1] 徐复观：《中国文学讨论中的迷失》，《中国文学精神》，上海：上海书店出版社，2004年，第 83 页

感"。在徐复观的理论中，一直强调的是个"群"字，也就是说因为被关注者所在的"群"的概念，使得他们的经验、感受和体会有了一种泛众的性质，具有了"普世价值"的"普"的内涵。《五千公里雪山大逃亡》描写的是五万人的日本关东军队伍，他们共同的目标，相似的情感和一致行为方式足以代表日本普通士兵。

再说"世"的概念。

小说揭示三个层次的情感。最显在的层次是对于战争的厌倦、对家乡亲人的思念和困顿中求生存的坚强意志。当帝国梦破碎，"永不言败"的日本宣布投降后，只有少部分由狂妄、虚幻理想支撑着的圣徒甚至不相信"无条件投降"这一事实，想要得到确切的真相。大部分士兵并没有纠结于是否投降的事实，而是设身处地思考如何逃出俄国人魔掌，摆脱做奴工的命运，早日回到祖国。在战败的情况下，他们终于敢说出自己对于战争的抱怨，也只有在前途茫茫时才能表达对于家乡亲人的极度想念。或者说，只有这才是支持他们徒步万里艰难求生的动力。第二个层次是绝境中最丑陋、最卑劣的人性展示。尽管人们对于性善说和性恶说一直争论不休，但有一点不能否认，就是人性确实有些阴暗、丑陋、见不得光的层面，在日常的生活中很好地伪装起来，一旦遭遇特殊情境，它们就会被激发出来。比如残忍、冷漠和自私。士兵们在饥饿时会将战斗中相依为命的战马剥皮烤着吃，没有一丝不忍，还在笑声中咒骂前来阻止的小原义郎为"傻瓜，神经病，怪异虫……"；在冬季的原始森林中，人们甚至挖出正在冬眠的野熊，杀死烤着吃，然后再滚入温暖熊窝里美美睡上一觉；饥饿和死亡的双重危机下，人们冒着被狼群活吞的危险，用死尸诱惑狼群，再用枪打死狼来果腹。于是森林中人想吃狼，狼想吃人，人类退化到最原始的本能层面；冰雪的夜晚，人们看着同伴们不慎被取暖的营火燃着而只能拯救自己，无力相帮；还有些人刚从火海中侥幸逃出，又躺进火烧后热呼呼的黑灰里睡熟了……人已彻底沦为狼狈的、麻木的乞丐。作为同类，任何人看了这些血肉之躯的悲惨遭遇都不能不为之动容，更何况写作此文时正身陷囹圄的梅济民。梅济民在 1955 年因"文字为有利于叛徒之倡导"等罪名，被判有期徒刑 17 年，长期囚禁于台湾的绿岛。他就是在岛屿服刑中想象着冰雪故乡的求生故事。而究其被囚禁的深层原因正是政治和战争。他俨然成为了政治和战争的牺牲品。从心理学的角度分析，"悲悯实际上是人在意识层面对自身的生命活动和行为价值的理解把握方式。"[1] 梅济民正是从战败士兵的无辜和可悲中观照到自己的无辜和可悲。作者的经历和教养终于使得他在这个群体中生根，产生"同命感"，甚至"连带感"。这种深层情感的展示，正是"世"的价值。悲悯的普世价值由此得到体现。

　　梅济民没有站在民族主义的立场，而是选择了阶级的立场，将全世界所有的人划分为"剥削／被剥削"、"压迫／被压迫"两个阶级，他自己站在弱者的角度表达了对于统治者的愤恨和对于受伤害者的悲悯。正如小原义郎的分析，战争中包含着三种人物，第一种是铃木大佐类型的，在世界上到处点火，靠战争表现自己；第二种是佐藤军曹类型的，火上加油，借战争游戏在罪恶里；第三种是愿望的牺牲者，如他自己。第三种人不能占据主导，没有话语权，却在数量上占据绝大多数。或者说，任何一场战争都是牺牲绝大多数人的幸福和利益去满足极少数人的野心。无论成败，他们残缺的身体和千疮百孔的灵魂都已经刻满了伤痕。当日本关东军企图逃脱俄国人魔爪自寻生路的时候，当小原义郎们在冰雪森林中徒步万里没有补给的时候，当他们与野兽争食焕发狼性的时候，当他们在莽莽林海中自生自灭的时候，心底没有被祖国、被政府抛弃的愤怒，而是作为日本子民，心甘情愿地接受战争的惩罚。这种对于天皇的虔诚、对于祖国的尽忠是可贵的，只可惜错了方向。在文明

---

[1] 罗维：《论中国文学之悲悯意识》，《求索》，2007 年第 11 期。

的二十世纪里，人类仍然保持着那些不光荣的原始行为，这是对文明的一种讽刺。从这个意义上说，世界上只有两个阶级、两种人："剥削者／被剥削者"和"压迫者／被压迫者"。作为被压迫阶级，日本人民和官兵也是备受伤害的人，而且他们所受的伤害也并不比我们少，因为他们除了身体的伤残、心灵的流亡以外，还背负着一笔重重的良心债。他们承受的灵魂的罪与罚似乎能在某种程度上消解我们的仇恨。这个层面，台湾作家已经脱离了国家和民族的狭隘范围，摆脱了"暴力美学"的战争书写模式，在整个人类共性的基点上书写人性共识。他们对于仇恨的展示，不是宣泄，而是试图消解，引起怜悯和同情。徐复观认为："中国民族的性格，文化的性格，不愿接受走向极端的悲剧。"[1] 所以，在这部小说中，梅济民没有鉴赏和玩味日本军人的丑行，而是将他们的求生、顿悟和忏悔放置在人类生存境遇的大的时空背景中去考察。这是人在生死之间对于生命、对于信仰、对于人生价值的重新确认，注重"终极意义"的审问。

三、婚恋观念的交融互见

中日俄三国文化在交融的过程中，不仅有教育、饮食、服饰、语言等方面的相互影响，正如我们在上文论述的忏悔意识与悲悯情怀一样，三国人民在思想意识、婚姻观念等方面的相互影响可能更加深入。爱情历来是文学中最动人的主题之一，战争中的爱情增添了变化莫测的危险而更加引人注目，战争中跨国爱情则是人性难以回避而又无法压抑的情感核心，在台湾文学的东北书写中，既体现了青年男女为了追求真爱对自己根深蒂固的文化思想的妥协，又生动地描写了其最终越不过种族和

---

[1] 徐复观：《中国文学的想象和真实》，《中国文学精神》，上海：上海书店出版社，2004年，第91页。

国界的战争创伤。

在爱情面前，俄国女性一方面能够张扬个性努力争取，另一方面又在强大家族势力面前妥协。这是俄国的进取文化和中国的中庸文化相互融合的缩影。李春阳的长篇小说《苍天悠悠》描述中国男子李繁东先后与俄国女子、日本女子的跨国恋情。女主人公黛娜是流浪到中国嫩江的白俄女子，其父华陵夫以前是帝国时代的师长，流亡中国后也在白俄圈子内颇有影响。黛娜与中国农民子弟李繁东在中学相识，李繁东的正直、勇敢和善良符合俄罗斯女性的英雄崇拜情结，他们很快产生感情，但遭到家族的反对。黛娜的父亲华陵夫极力劝说女儿"中国人和俄国人是不同的"，还暗中支持、鼓励俄罗斯青年哈里尔泰追求黛娜。这显现了白俄的自卑又自傲情结。原本他们在俄罗斯是有名誉和地位的贵族，十月革命之后被迫流亡到中国来已经相当落魄。很多白俄在边境有屠杀、抢劫和奸淫的恶行，所以中国人痛恨白俄，即使像华陵夫这一群没有作恶的俄罗斯人，在中国也只能寄人篱下、小心翼翼地生存。在墨尔根城，他们形成一个相对独立的生存区域，中国人很少与他们往来，偶尔有一个中国人到来，都被奉为上宾。丧国失家的痛苦使他们只想求得一份生计，不敢冒险去"高攀"当地的中国人。在这种自卑中，又凝结着一种复杂的自傲。他们原本贵族，如今虽然落难，仍然自恃自己的高贵血统，不愿被中国普通农民沾染。哈里尔泰一面向黛娜表白，一面又责怪黛娜丢了白俄的脸，居然爱上中国男人，反映的就是这种心理。

这段爱情在李繁东的家族引起了更大风波。俄国侵略者对于中国的暴行，让李繁东的父母无法接受来自敌国的女人来做儿媳。俄罗斯女孩主动、热情地追求爱情与中国传统的礼法完全相悖。在中国人的思想意识中，婚姻一定要"父母之命，媒妁之言"才算是符合体统，任何一个女孩如果思念某个男孩就是大逆不道的丢脸事情，田原的小说《大地之恋》中就写到，妙龄女子菊菊无比爱慕男孩陈长顺，却不敢对任何人提起，即使自己的父亲也认为女儿家动情就是犯了大忌。菊菊只能眼见着长顺的奶奶不断地为其相亲而悄悄落泪。黛娜对李繁东的一往情深、关怀备至被李繁东母亲认为是"下贱"，甚至对黛娜大打出手，还骂她是"妖精"。李繁东的父亲李青山也认为他的儿子将来是要做大事、扬名声的，绝不能和黛娜这个流亡的俄国人结婚。这揭示了他们反对跨国婚姻的最本质问题：中国人轻视和憎恶无家可归的白俄流浪者。中国人和俄国人之间有着永远无法调和的矛盾，跨国恋情也注定是悲剧。在中国，男子是要实践自己的理想和抱负的，作为妻子即使不能帮助其成就大业，也至少要名声清正，贤良淑德。而黛娜的身份只会给李繁东增添困扰，成为笑柄。在漫长的爱情抗争中，李繁东父母还始终不肯承认是男女双方共同的情感作用，一味认为是黛娜在单方面勾引正直的李繁东，将所有的罪责都迁怒于黛娜这个弱女子，李繁东越是坚持，李家就越痛恨黛娜的"妖媚"。

双方家族的反对，让这对情侣没有时间品味爱情的甜蜜，就不得不走向逃亡之路。他们只能逃往荒无人烟的原始森林，李繁东学习打猎，与狼群搏斗，黛娜像传统的主妇一样协助丈夫。滴水成冰的严寒中，他们构建了自己的小屋，虽然时刻与鲜血和死亡为伴，还是感觉十分快乐。然而，这幸福极其短暂，他们很快在山里发现了母亲的烟袋和留在石头上的字迹："东儿，如娘被冻死了，娘做鬼也要找你！"[1]二人同时感到天崩地裂，两腿发软，眼睛昏花，胸中仿佛有无数颗炸弹爆炸轰鸣。也就是从这时开始，二人产生了思想上的分歧。黛娜担心李繁东的母亲找到他们，拆散他们；李繁东却担心母亲在这森林里的安危，不顾一切出去寻找母亲。黛娜认为李繁东爱母亲甚过爱自己，感到伤心绝望，李繁东则伤心黛娜不信任他。这种分歧又是两国的文化差异造成的。俄罗

---

[1]　李春阳：《苍天悠悠》，台北：纯文学出版社，1987 年 12 月，第 132 页。

斯人性情张扬、崇尚自我，在意个人需求的满足，其家族虽然也会对于年轻人的婚恋表明看法，却不会大加干涉。华陵夫虽然反对黛娜的选择，却会尊重她的选择，他面对黛娜和李繁东的"私奔"实际是默许的态度。在中国文化中，永远强调的是群体性，每个人都必须承担他在家族中的责任，不能够因为个人情感牺牲家族的利益。比如巴金《家》中的觉新，作为长房长孙只能放弃自己喜欢的化学而接受家族生意。李繁东的父母也是要求他放弃自己的爱情，以免让自己的家族被村人耻笑。在中国人理念中，"孝道"是一切道德的基础，而"孝"的最明显表现就是对于长辈的无条件服从和无比的关爱。所以李繁东会深深担心母亲，李繁东父母认为他们有责任决定李繁东的婚姻，更有权利要求李繁东为了自己前途和家族名声放弃爱情。在旧的文化糟粕中，个人情感不值得一提，所有涉及个人的东西都被挤压到一个小小的角落。李繁东的母亲找到他们之后，面对李繁东与父亲的激烈对抗，试着用中国思维去感染黛娜。她首先给黛娜跪下，求她站在李繁东的角度考虑他的前途。她反复重申李繁东与黛娜的结合只能躲在深山中，而这样，李繁东所有的理想和抱负都不会实现，他们家族也永远被人耻笑，这样的生活，李繁东不会真正快乐。黛娜终于妥协了，同意在李繁东熟睡时悄悄离开。

日本女孩则体现出与俄国女孩不同的婚恋观念。首先，她们表达爱情的方式是含蓄、内敛的。《苍天悠悠》中，日本女孩淑子亲眼见证了李繁东和黛娜相继入狱、出狱和永远伴随着战争的颠沛流离，十分同情黛娜的悲惨遭遇，也深深为她的牺牲和奉献所折服。在跟随黛娜一起漂泊、流浪的日子里，她细心地照顾黛娜和患病的华陵夫，为黛娜与李繁东每一次的团聚而欣喜，又在无人的时候暗自神伤。她不可抑制地爱上了李繁东，却从来没有对其表白过，一方面是顾念她和黛娜的姐妹情谊，另一方面也是希望自己所爱的人获得真正的幸福。后来黛娜为了给华陵夫治病而做了妓女，几次想要成全淑子和李繁东，但淑子一直不为所动，只是尽其所能帮助黛娜照顾华陵夫、看管黛娜与李繁东的小女儿。梅济民的小说《哈尔滨之雾》中的日本女孩也是如此的含蓄内敛和富于牺牲。她们不会毫不掩饰地将心事和盘托出，而是更在意对方的反应和感受，时刻期待对方能够主动示好。爱好摄影的菊池美千代因拍摄了心仪男子艾薇的照片而引起了两校的纠纷，也因此有机会认识了艾薇。真正与艾薇接触时，美千代却一句话也说不出来，只是默默听着艾薇和其他姐妹讲话。美千代的好姐妹古贺凌子在极力撮合美千代和艾薇的过程中也爱上了艾薇，但为了不伤害美千代，也只是把感情深深藏在心底。美千代知道真相后，以年迈的爷爷需要照顾为借口回国，成全了古贺凌子和艾薇。其实，她是个孤儿，回国后只能在炮火中思念着艾薇。

日本接受中国文化较多，对于女子的要求也与中国文化有很多相通之处。比如要求女子温柔体贴、孝顺贤淑、以夫为尊，这十分符合中国传统的审美期待，因而，日本女孩相较于俄国女孩更能够获得长辈的喜爱。《哈尔滨之雾》中，无论是聪慧文静的菊池美千代还是纯真可爱的古贺凌子，都能讨得大家的欢心；《异国遗孤》中，"我"的女友杜边千代子不但获得父母的首肯，连仇恨日本人的祖父也能够忽略战争，同意我们的婚事。日本女孩还能够为了爱情放弃自我。古贺凌子认为最美的衣服就是中国的旗袍；菊池美千代可以为了艾薇扔下酷爱的摄影，努力学习汉语；冈田银羽子为了她的中国男友宁愿放弃回国，永远在中国生活；杜边千代子被迫遣送回日本后，因为思念成疾，憔悴病故；淑子为了帮助李繁东照顾妻儿，几次放弃回国的机会，不停地忍受想爱又不能爱的痛苦……日本文化中还有一点和中国文化极其相似，就是贞操观念。两国同样认为女性的贞操大于生命，如果遇到强暴，只能以死明志。古贺凌子在俄国集中营受尽了凌辱，虽然艾薇从来没有嫌弃过她，自己却永远抹不去心灵的阴影，始终觉得自己肮脏，不配做艾薇的妻子，终于在被遣送回日本、离开中国的最后一刹那，于鸭绿江边自杀。

透过婚恋观念，我们既看到了中日俄三国文化的交融，又能够看到三国人民渴望破除国族界限深入交融的渴望。在李春阳和梅济民的笔下，如果驱散战争的阴影，三国人民是可以像同族亲人一样融洽相处的：他们钦佩和尊重彼此的文化；他们愿意接受对方的饮食和生活习惯；他们更渴望无论是友情和爱情都可以在天性的自然状态下蔓延、生长，即使付出再大的代价，也在所不惜。《哈尔滨之雾》中，艾薇的姨妈与她的日本、俄国朋友相处融洽，她还深深地同情陷入俄国集中营的日本少女，极力想办法营救她们；《异国遗孤》中，"我"和杜边千代子被战争阻隔，生死两界；《苍天悠悠》中，黛娜天真地想要和李繁东一起冻死在森林中，她猜想在死后的天国中没有国籍和种族的仇恨，也没有侵略者和强暴者，她就可以完全占有李繁东。是战争给了三国人民接触的契机，是战争导致三国文化主动和被动的融合，也是战争记录下了情感和文化被人为撕裂的伤痕。

第四章
苍凉厚重的美学风格

台湾文学的东北书写在美学上是崇高感与优美感的统一。它大气磅礴的史诗构架包容了中华民族近来以来的受难史和抗争史；寄托着乡愁的漂泊叙事既彰显了赴台作家良好的文学修养又凝聚着饱经沧桑的游子情怀；粗粝质朴的东北语言摹画了东北的方言语义场又透露出东北文化的底蕴。苍凉的东北大地、厚重的人文情怀、离散的忧郁与遗憾，共同谱写了历史的篇章。

第一节　史诗性与纪实性

史诗性一直是衡量长篇小说艺术成就的一个重要标准，因为这类作品能够比较全面地反映一个历史时期社会面貌和民众生活状况，需要对社会和人生有深入的理解，在构思和创作过程中需要大处落笔、小处着眼的胸怀和气魄。不是每一位作家都能够写出史诗性的作品，但是能够写出史诗性作品的作家，在某种程度上堪称成功的作家。黑格尔在《美学》中指出："一种民族精神的全部世界观和客观存在，经过由它本身所对象化成的具体形象，即实际发生的事迹，就形成了正式史诗的内容和形式。"[1] 这里"实际发生的事迹"，指向一种客观存在，即"政治生活、家庭生活乃至物质生活的方式，需要和满足需要的手段。"[2] 由此分析，"史诗性"包含两个方面内容：一是客观存在，一是主体精神。能够在记述史实的基础上注入民族的精神，就是在"史"的框架结构中注入"诗"的内蕴。台湾文学的东北书写大多以东北社会生活为描写对象，既包容了东北近现代历史，又彰显出东北特有的民族精神，构建了史诗性的巨著。

一、追求"史"的宏大与壮阔

"史"的宏大与壮阔，首先体现为巨大的时间和空间跨度。以齐邦媛的长篇回忆录《巨流河》为例，在时间上，作者书写了自己的家庭由清末民初到迁移台湾之后的漫长历史。从"我"出生，一直写到"我"的耄耋之年，其间还追忆了"我父亲"的年轻时代，时间跨度将近百年。在空间上，从儿时的东北故乡，写到青少年时期暂居的南京、天津和北京，又写到随着"七七事变"的炮火一路向祖国西南方向的逃离，途经湖北、湖南、江西、广西、四川等多个省份，尝尽流离之苦。大学毕业后，作者来到台湾，辗转台中、台北求职，台湾多处留下了她忙碌的身影。除了由北到南的国内迁徙，书中还记述了其父齐世英先后赴德国和日本求学的经历，作者自己也有在美国求学的经历，跨域书写成为书中一景。在大跨度的时空挪移中，作品承载了中国近现代历史："九·一八"之前的军阀战争、"九·一八"之后的逃难流亡、抗日战争和解放战争的烽火硝烟、台湾教育事业和铁路事业的艰难发展。司马桑敦的《张学良

---

[1]　【德】黑格尔著、朱光潜译：《美学》第三卷下册，北京：商务印书馆，2012年，第107页。

[2]　【德】黑格尔著、朱光潜译：《美学》第三卷下册，北京：商务印书馆，2012年，第107页。

评传》从张学良出生写起，重点写了东北易帜、中原大战、"九·一八事变"、东北军西调、抗日民族统一战线、西安事变和被蒋介石幽禁等重大历史事件，时间跨度由 1901 年到 1964 年，空间跨度由沈阳、西安、南京，再到江西、安徽、贵州，最后来到台湾新竹、台北。

　　相对于长时间的历史跨度而言，也有的作家在相对集中的一段时间中呈现一个或几个重要的历史事件，在空间的转移中全景式地触及社会现实。梅济民的《北大荒风云》写的就是抗俄斗争、抗日斗争和抗战胜利后的国共矛盾。作者从 1929 年俄国侵略东北的战争写起，一直写到 1949 年新中国成立前夕。赵志伟等一批青年历经了沈阳、北京和旅顺等地的求学过程，在俄、日侵略者的进攻面前，他们纷纷放弃学业，两度投笔从戎，团结在以土匪万海山为首的"浴血救国军"周围，或者冲锋在大兴安岭雪原的抗敌前线；或者伪装成各种角色，在旅顺、哈尔滨等城市窃取敌人的重要情报；或者为了保存实力，潜隐在长白山原始森林，种地打猎自给自足……东北沃土处处留下了他们斗争的足迹。纪刚的《滚滚辽河》叙述国民党东北地下组织"觉觉团"青年由 1937 年到 1949 年前夕的活动，他们不断穿梭于沈阳、长春和哈尔滨等几个东北重要城市，将东北地下抗日机构团结起来，联合作战。赵淑敏的《松花江的浪》追述的是 1931 年"九·一八事变"到 1945 年抗日战争胜利前夕，两代东北青年历经黑龙江、北京、南京、重庆等地的抗日史，巨大的空间跨度勾连起整个国家的抗战史，使台湾作家的"东北书写"超越了一般的地域写作。

　　还有的作家以人物为纲，通过个人的命运遭际反映大的时代。如田原的《这一代》，以东北少年罗小虎的经历串联起""九·一八事变"、"七七事变"、国共内战，随着主人公漂泊的历程，小说触及东北、山东、福建等地的风土民情。司马桑敦长篇小说《野马传》是以坤伶之女牟小霞的人生为线索，书写一个天生带有野性的女子如何在东北和山东两地不断地以斗争方式寻找自我又不断碰壁的经历，其间刻画了东北沦陷前后到抗日战争胜利之初的社会众生相。

无论是怎样的结构模式，这些小说有一个共同的特点就是：在广度上，力图反映动荡年代的重大历史事件和社会各阶层的生活面貌；在深度上，揭示各阶层的思想，并试图挖掘其历史与现实的根源。这些作品，时常呈现作者对于现实的深入思考。

首先，是对战争的思考。对于抗日战争的描写，作家不仅关注战争结局，更关注战争中反映出的东北人民桀骜不驯、反抗压迫的精神特质；鼓励和赞扬无惧生死的战场拼杀；同时也歌颂在残酷战争中显露出的高贵灵魂。战争留给人类的，不仅是情感的创伤，更应该有对于人生意义和牺牲价值的重新判断。当世人都在以是非成败谈论英雄的时候，齐邦媛在张大飞墓碑前追忆其惨痛的家世、笃定的信仰和纯洁的情感，最终，她对张大飞的感情由单纯的男女之爱上升为超越生死的敬仰，对其高贵的灵魂给予礼赞。这是超越战争结果的对于战士的最深的关怀和理解。

其次，是对人性的思考。非常态的现实生活往往能够凸显人性的不同侧面。有诸如齐世英、王二虎、李繁东一样的钢筋铁骨，也有如油碾子、杨砚飞和杨鲤亭一样的丑陋嘴脸。作品不仅展示了各类人性，还分析了人性的救赎与求索。《这一代》中的罗小虎由儿时的羡慕权势，崇拜金钱到憎恨日本侵略者自觉加入党组织的转变，体现了东北沦陷后孤儿的成长史和思想的成熟史。《大风雪》中的东方曙由贪恋个人情感，对政府卖国行为懵懂静观到对汉奸的辱骂和反抗，反映了沦陷区知识分子由困惑到觉醒的过程。《野马传》中的牟小霞一生都在寻找人生的真相和历史的本质，她从没有向事实低头，她的个人主义是其天性没有被时代大潮淹没的写照，但她的悲剧又是人性的悲歌。

第三，是对人与时代关系的思考。在时代怒潮面前，人究竟应该抛弃一切涌入洪流、投身现实，还是应该抛弃时代追逐自我呢？如果是前者，人很可能就会在时代中消失，完全成为一滴浪花；如果是后者，虽然找到了自我，却会在现实中碰壁而死。如果说牟小霞是后一种选择的代表的话，那《滚滚辽河》中的纪刚则是前一种人的代表。"九·一八事变"让正在读大学的纪刚未来得及多想就加入了地下抗日组织觉觉团。他时刻将自己命运与时代的命运联系起来，个人不断向革命妥协，大学毕业后就放弃了自己钟爱的医学领域，成了一个"消失"的黑人，专门从事地下抗日工作；由于工作的紧张性和危险性，对于每个青年人都向往的爱情，纪刚也只能悄悄远离。以至于在很多年当中，他居然不知道自己究竟爱的是谁。直到抗战胜利了，他才恍然大悟，自己的真爱竟是温柔娇弱的宛如。纪刚完全将自己变成了革命队伍里的螺丝钉，丧失了个性，也丧失了主体意识。他的成功伴随着革命的成功，然而抛弃情感、远离家庭、永远地为革命牺牲就是时代赋予人的唯一使命吗？小说结尾，纪刚随着人流不断地向南迁徙，最终流落台湾，与祖国故乡分离的经历也昭示着与纪刚一样的这一代人的悲剧命运。

以上三个方面的思考让作品透过历史真实直达生存本相，是在哲学层面对人与自然、与战争、与世界关系的深度思考。正如《巨流河》结尾的一段书写一样，故事结束了，思考仍在继续：

我到大连去是要由故乡的海岸，看流经台湾的大海。连续两天，我一个人去海边公园的石阶上坐着，望着渤海流入黄海，再流进东海，融入浩瀚的太平洋，两千多公里航行到台湾。绕过全岛到南端的鹅銮鼻，灯塔下面数里即是哑口海，海湾湛蓝，静美，据说风浪到此音灭声消。

一切归于永恒的平静。[1]

---

[1]　齐邦媛：《巨流河》，台北：天下远见出版股份有限公司，2009 年，第 588—589 页。

二、包蕴"诗"的哲理与内涵

在展示历史大事件时，如果只是罗列大量的史实，就会使小说变成教科书，缺乏感染力和审美价值。"史诗性"的作品除了有客观的历史再现，还不能缺少主观的人类精神。或者说，史诗再现仅是一种手段，它的终极目的是通过对于现实的思考展现一个时代、一个民族的精神。这种精神"不应局限于只在一个既定场所发生的特殊事迹的有限的一般情况，而是要推广到包括全民族见识的整体。"[1] 这种精神推动着事件的演变、民族的振兴，是战争取得胜利的力量源泉，也是一部史诗性巨著中"诗"的哲理与内蕴的集中表现。有关东北地域的民族精神我们已在第二章有过专门的论述，在此不再赘述。

对于诗性的张扬还体现为两个方面：其一是将赋予诗意的细节描写注入宏大的历史叙事之中，在史实的广度中增添思考和感悟的深度，让历史变得真实可感。齐邦媛的《巨流河》中就充满了许多生动的细节。如朱光潜是我国现代著名的美学家，但是他"静穆"的观点在1935年遭到鲁迅的批评，他的为人为文，在民族危亡之际都显得不合时宜。齐邦媛就读武汉大学时，朱光潜正担任武大的教务长，又同时担任外文系教授。齐邦媛作为朱光潜的得意弟子，自然有机会窥见其许多不被外人所知的侧面。他在讲到"若有人为我叹息，他们怜悯的是我，不是我的悲苦"时，会取下眼镜，任眼泪流下双颊，突然把书合上，快步走出教室，流下满室愕然[2]；在讲到"冬天到了，春天还会远吗"时，表情严肃，很少有手势的他会用手大力地挥拂、横扫[3]。这是将诗歌联系自身实际触发的情感涟漪，亦是一个有责任感的知识分子以实际行动对黑暗的反

---

[1] 【德】黑格尔著、朱光潜译：《美学》第三卷下册，北京：商务印书馆，2012年，第121页。

[2] 齐邦媛：《巨流河》，台北：天下远见出版股份有限公司，2009年，第184页。

[3] 齐邦媛：《巨流河》，台北：天下远见出版股份有限公司，2009年，第186—187页。

击。冲锋沙场、血刃敌军固然能够保家卫国、彰显正义，这是正确选择，但不是唯一的选择。在内忧外患之际，我们除了坚守祖国河山之外，还要尽更大的努力去维系民族赖以生存的文化传统。同样的，没有冲到前线杀敌却坚守在各行各业的芸芸众生，他们对本专业领域的钻研进取，他们在平凡岗位上的默默奉献，也是一种爱国，也是对敌人侵略的一种抗争。正如王德威所言："朱的美学其实有忧患为底色，他谈'静穆'哪里是无感于现实？那正是痛定思痛后的豁然与自尊，中国式的'悲剧'精神。然而狂飙的时代里，朱光潜注定要被误解。"[1] 能够更全面摹画朱光潜文人情操的，还有他院内那满地落叶。他积攒了好长时间，只为了下雨时，听到风卷起的声音。这个现实场景对于文人而言，比读许多写意的诗句更为生动。其他作品中也镶嵌着许多类似展现人物、体现哲思的细节。《松花江的浪》中，老叔在流亡关内之际，偷偷往老婶碗里夹的一口菜，表达了这个革命战士对于妻子的愧疚和无奈之情，老叔既无力反对这场无爱的包办婚姻，又无法抑制情感上对于真爱的向往，只能在义无反顾的战斗中蹉跎岁月；《松花江畔》中美艳高傲、冷漠苛责的小白蛇，唯独对憨直仗义的王二虎倾述衷肠，这是她在生存的重压下唯——一次喘息和宣泄，将土匪表面威风、实则艰涩的人生展示出来。这些细节无力推动或改变历史，却丰富了历史，让读者看到时代的全景。

其二是一以贯之的情感投入。史诗性作品要求作者将个人对历史的独特体验与历史叙述相融合，既有理性的思考，又有感性的抒怀，这样才能兼具文学性和思想性。在这批作品中，情感的投入以不同的方式表现出来。比较常见的方式是在客观写实的叙述中自然地流露情感。这种情感由于有客观的叙述作为铺垫，显得水到渠成。比如纪刚的《滚滚

---

[1] 王德威：《"如此悲伤，如此愉悦，如此独特"——齐邦媛与＜巨流河＞》，《当代作家评论》2012 年第 1 期。

辽河》中，当"我"与诗彦雪夜对坐、畅谈人生时，不禁情动：

> 我不知中了什么邪魔，当她移近我的时候，竟用一只手腕将她扣住，一种想在荒野里奔驰的欲望，饥渴地驱使着我想去接近她那殷红的、火热的……
>
> 她没有接受，也没有脱走，只是她把脸紧紧地贴藏在我的胸前；是娇羞？是抗拒？我不知道！我的自制力到哪里去了？我也不知道！……
>
> 哗啦啦——
>
> 有些糖果逃落地下。
>
> 这种声音并不是巨响惊人，却足以唤醒我的理智，收回我的灵魂。我是做什么的呢？我真悔愧交加，想打自己一万个嘴巴。我把那双可咒诅的手臂高高攀起放在我的脑后，让诗彦可以自由离开而不受外力约束，但她却未想离开，喷火一般的呼吸，仍使我的胸膛感到高热难抗。……
>
> 我该如何是好呢……[1]

小说中经常提及"我"害怕地下工作的危险性会累及他人，所以一直对于男女之情极度克制。而"我"也一直自信可以把控自如，没想到却在这一瞬间"擦枪走火"。这段情感释放的点睛之笔是"我真悔愧交加，想打自己一万个嘴巴"这句心理描写，它让读者明白"我"的行为完全是不经意间的失控。对于风华正茂的年轻人而言，情动是正常现象，如果太过于压抑情感，就会导致这种无理性的冲动。叙述中的情感流露让人物变得可观可感，更加真实。

更多的时候，作家会选择借景抒情。东北的林海雪原、山河湖泊、晨风晚霞构成了一幅幅美轮美奂的风景画，在每一处景语之后都是作家

---

[1] 纪刚：《滚滚辽河》，台北：纯文学出版社，1994年，第40页。

的情语，景物实实在在地成为作家情绪的载体。如梅济民的小说《长白山奇谭》中，作者会让王三哥在流水淙淙、春回大地时出场，渲染这位默默奉献不计名利的大英雄；王汉倬会在嫩江的旖旎风光中追忆自己逝去的青春；牟小霞和许海可以借助大海的狂波酣畅淋漓地相爱……这些景物描写有力地构建了作品的"东北风味"，亦能够抒发"东北情绪"，展现"东北性格"。

最能够展现"东北性格"的抒情方式是直抒胸臆。有些作家在平实地叙述、审慎地分析之后还觉得不能够表达自己的思想，于是便直接将感情和盘托出。《大风雪》中，孙陵在精细刻画了杨鲤亭等卖国者的丑恶嘴脸后，不禁发出高声控诉：

但是当着一千九百三十年的一月底，——也就是民国二十年旧历除夕将临的这几天，日本军队乘着攻陷双城底余威，而驱兵之下H埠的时候，H埠的这些自诩为"万物之灵"的双腿动物，是怎样保卫他们底族类和巢穴啊？可耻啊！他们连一只乌鸦——被"人"骂为扁毛畜牲的东西——都不如！他们竟企图着在敌人尚未到达H埠之前，就已将自己底窝巢双手奉故了。可耻啊！在禽兽中很少见到的，"人类"中我们竟而见到了！那些"黄帝底子孙们"怎样在称斤论两地向敌人讨着好价找，来出卖他们这些五千年来繁衍至今的族类！可耻啊！他们不但像一个逆子似地要出卖祖先遗留给他们供作生息繁衍的土地，并且连埋葬在这土地里的祖先底骨骼，他们也都要一道上杆称着出卖给他们底敌人哩！可耻啊！[1]

孙陵是带着对于祖国山河的无限爱意来控诉这些卖国求荣的统治

---

[1]　孙陵：《大风雪》（第一部），香港：南华书局，1997年，第155页。

者的，他以比喻的手法惟妙惟肖地勾画出卖国者奴颜卑膝的嘴脸，用中华五千年灿烂的文化来对比这些民族败类的渺小和可耻。这种愤慨使读者亦能借以抒发胸中愤懑，引起强烈共鸣，也使我们得见作者的真性情。"孙陵以这种大悲哀大愤怒来谱写《大风雪》，勾勒人物的丑陋灵魂，不但使小说具有一种历史的厚重感，也使其艺术达到可以远超《儒林外史》的艺术高度。"[1] 当然，在任何一篇作品中，情感的宣泄并非是创作的终极目的，主要是创造一种抒情的氛围，吸引读者与作者共同思考超越一己悲欢的厚重问题，传达个体独特的情感和思维体验。

三、还原"真"的朴拙与美感

"真"指的就是文学的"纪实性"。作家亲身经历了东北的近现代历史，他们将这种经历完全地还原到创作中，产生了许多贴近史实的创作。还有些作品未必是作者亲身经历的事件，但是作者查阅了大量的史料，凭借自己对于历史的了解、科学系统的判断取证，力图用最真实的材料呈现历史原貌并阐述对历史事件和人物的看法。这类纪实性的作品最具代表性的是司马桑敦的《张学良评传》、齐邦媛的长篇回忆录《巨流河》和纪刚的自传体小说《滚滚辽河》。

以史实和准确的史料为依据是这类作品的最大特色。司马桑敦写《张学良评传》的初衷就是无意间在台北街头的旧书摊上看到了张学良写的已被查封、难得一见的史实材料《西安事变忏悔录》，由此他决定以史实为基础，写张学良。当时虽然已经是 1964 年，距"西安事变"也已经 28 年，可是有关张学良的人和事仍然是一个十分敏感的话题，

---

[1] 林强：《换一副笔墨写东北——孙陵＜大风雪＞解读》，《世界华文文学论坛》，2011 年第 4 期。

他还没动笔，就面临两个棘手的问题。一是资料少而难求"[1]，许多从历史中走过来的人物都三缄其口，刻意回避。关键人物的亲属都生活在国外，力求平静的生活，不愿接受采访。二是资料的可凭性难以判断。虽然有一些资料，但是不能确定其真实性，也只能舍弃不用。有些资料貌似真实，但是又无法确定时，作者就会在文中点出"还有另外一种说法"。作者每处落笔必要根据资料判断之后再行文，他用在查阅、推敲资料上的时间和精力要超出书写时的好多倍。全书以张学良的前半生为重点，记述了"中原大战""九·一八事变""西安事变"等重大历史内容，并依据自己判断给出了相对中肯的评价。在对人物的记述中，作者力求"不虚美，不隐恶"。评传中的张学良聪明、理解迅速、记忆坚强、能够礼贤下士、是非善恶之心清楚，人生观豁达。还能够揣摩风气，学习英文，提倡体育，打得一手好网球。但是有一段时间，他也曾沾染了玩女人、抽大烟、打吗啡等坏的习气。对于众说纷纭、莫衷一是的"西安事变"，作者根据史料详细地叙述了全部过程，充分表现了张学良几次进谏不成，不得已才逼蒋抗日的无奈。在写到张学良主动送蒋介石回南京时，才对张学良给予了认可和同情："其实，张学良早在这以前已下定决心要陪蒋回京。他先向东北军将领表示过，这一场大乱子，他为祸首，一切由他一个人承担；另一方面，他准备向南京和向全中国表示，他此次发动事变，决无危害蒋委员长之恶意和争权夺利之野心。"[2]这种描写让我们看出："作者并不刻意评论党派的是非；而是出于爱祖国、爱家乡的一片赤诚，记录中国遭受日本侵略那段历史，探讨其中的

---

[1] 金仲达：《＜张学良评传＞编后记》，《张学良评传》，台北：传记文学出版社，1989 年，第 394 页。

[2] 司马桑敦：《张学良评传》，台北：传记文学出版社 1989 年，第 283 页。

教训。"[1]

　　齐邦媛的长篇回忆录《巨流河》是其八十多岁高龄时对于自己一生的回忆。书中所写、所感、所思都是作者身临其境的感知，即使是有关其父亲、母亲的叙述也都是有据可循的。比如对于其父齐世英的叙事应该都是父女谈话的忠实记录，也基本上符合史实。这一点也可以参见《齐世英口述自传》[2]来求证。两部书上记录的史实基本上是没有出入的，只是由于叙述的角度不同，详略观念有异。《滚滚辽河》是纪刚根据自己地下抗日的亲身经历创作的纪实小说，这也可以从《涉大川——纪刚口述传记》和"拓展台湾数位典藏计画"[3]得到验证。《滚滚辽河》中的大多数人物都是现实人物显影，无论是神秘的负责人、书记长、社长还是罗雷、仲直、方仪等，都可以在地下抗日历史中找到原型。书中详细记录了"觉觉团"为了革命隐姓埋名、宣传抗日、印发传单、联络机构、假结婚、被捕入狱、忍受刑罚甚至以自杀相抵抗的革命经历。因为太现实了，反而让读者觉得有些枯燥。比如书中没有我们常常想象的那种刀光剑影的畅快、被人拥戴的光荣和传奇惊险的浪漫，有的只是日复一日的小心谨慎、与人隔绝的孤独寂寞和与敌智斗的艰辛，好多时候还要背负爱人离去、亲友不解的委屈。虽然他们没有身处为国斗争的最前线，甚至连枪也没开过，却不能磨灭他们为了斗争胜利所做出的贡献。小说也仅仅想要记录这些事实，如纪刚所言："我想用小说的笔法描写真实的历史，展现革命奋斗的真人真事、真流血、真牺牲和真感情。"[4]

　　作家在记述这些历史人物时，不仅注重对客观事件、外在环境的

---

[1]　陈瑞云：《披荆斩棘之佳作——<张学良评传>》，《回望故土——寻找与解读司马桑敦》，台北：传记文学出版社，2009 年，第 160 页。

[2]　齐世英口述，沈云龙、林泉、林忠胜访问，林忠胜记录：《齐世英口述自传》，北京：中国大百科全书出版社；2011 年。

[3]　拓展台湾数位典藏计画 http://content.teldap.tw/index/

[4]　赵庆华主编：《涉大川：纪刚口述传记》，台南：台湾文学馆，2011 年，第 133 页。

描摹，还注重挖掘人物的心理动因。司马桑敦在写张学良这个人物时，就呈现了其思想转变史。张作霖是张学良的父亲，对其影响至深，作者就一边介绍张作霖的发迹史，一边书写父子的交流，张学良的人生观初步形成。即使是对于历史上至今还有争议的郭松龄[1]，作者也如实地记录其风貌。郭松龄"不吸烟、不喝酒、不打牌，经常的手不释卷，字字读书"，"对于战术学，造诣极深，而且他的风采堂堂，口齿伶俐，在课堂上口若悬河，热情奔放，受训学员都对他表示欢迎。"[2]而后又自然书写了张学良被他吸引的原因："郭松龄年长他（张学良）十九岁，而且为人正派、严肃、也正是他所需要的可以师事之和兄事之的一种人。"[3]这种生动的描写就使得人物"活"了起来，枯燥的叙述有了生气。齐邦媛比较注重在叙述中兼顾自己的思想和情绪。她"远离政治、一心读书"观念的形成是受到家庭的影响；她时常涌起孤独悲凉的情绪是在战火中奔逃的女孩的普遍心迹。有了这些对于人物行为动因的描写，才还原了"史诗性"作品"真"的本色。

---

[1] 郭松龄（1883—1925）字茂宸，生于沈阳深井子镇。儿时在乡间私塾读书，1905 年就读于奉天陆军小学堂，1913 年考入中国陆军大学，1919 年任奉天讲武堂战术教官。1921 年担任奉天陆军第八旅旅长。1922 年直奉大战中指挥得力，崭露头角。1924 年第二次直奉大战后担任奉军第三军副军长。后又兼任东北路军第六师师长。1925 年在滦州起事，通电劝告张作霖息战下野，并主张把兵权交给张学良。后兵败被俘，于 1925 年 12 月 24 日解赴奉天途中被枪决。

[2] 司马桑敦：《张学良评传》，台北：传记文学出版社，1989 年，第 11 页。

[3] 司马桑敦：《张学良评传》，台北：传记文学出版社，1989 年，第 11 页。

第二节　思乡中的漂泊叙事

中国 20 世纪初多灾多难的社会现实催生了现代文坛上漂泊母题的创作和兴盛，从鲁迅、郁达夫的异国叙事到东北作家群的辗转南下，从艾芜小说中的身体漂泊到沈从文、穆时英的精神漂泊，无数作家由此掘开中国人灵魂的洞口，揭露现实。对于赴台作家而言，既有战争期间于祖国大陆流离失所的波折经历，又抹不去战争失利、蜗居小岛、怀念故土的相思之苦。因此，台湾作家的漂泊叙事始终指向一个原点——思乡。本节试图从叙事学的角度，解构台湾作家的文本，窥探其漂泊叙事中展现出的对大陆母亲、原乡故土的追忆和向往。

一、包容漂泊历史的叙事时间

"文学是时间艺术，这一点尤其充分地体现于小说形态，小说不仅以时间符号（语言）为其表达媒介，而且以时间文本（故事）为它的内涵，故事的构成是事件按时间顺序而排列，由此决定了小说以时间为主导。而故事如何在时间中展开和完成则取决于叙述方式，所以小说文本的叙述方式又体现为对时间的处理。"[1] 其实，不论是小说还是散文，只要涉及叙事，就必然要在时间的流动中展现经历或者故事。按照罗钢的理论，叙事文学一般会涉及两种时间概念：故事时间和叙事时间。"所谓故事时间，是指故事发生的自然时间状态，而所谓叙事时间，则是它们在叙事文本中具体呈现出来的时间状态……叙事时间就成为了作家的

---

[1]　杨星映：《中西小说文体形态》，北京：中国社会科学出版社，2005 年，第 55 页。

一种重要的叙事话语和叙事策略。"[1] 中国传统的叙事作品中，强调"情节"性，注重连贯的、有头有尾的讲述完整的故事。五四运动之后，中国现代作家首先选择"情节时间"作为突破口，实现对传统叙事模式的颠覆。[2] 赴台作家大多经历了中国传统文化和西方文化双重熏陶，自然在叙事中融进了许多现代成分。以下以齐邦媛的长篇回忆录《巨流河》为例，分析其中包容漂泊历史的叙事时间。

《巨流河》是齐邦媛以 85 岁高龄写出的一部长篇回忆录，其中凝结着父亲和她两代中国人的漂泊史和奋斗史。一般而言，回忆录都会以顺叙的方法结构全文，即"按照时间的推移，空间的自然序列，作者或人物的思想感情发展的进程，人物的活动次序或事件的始末进行叙述 [3]"。《巨流河》也是如此，在这部三十万字的回忆录中，齐邦媛以顺叙的方式回顾了她的经历：从第一章《歌声中的故乡》起笔，介绍自己的故乡东北，到《血泪流离——八年抗战》《"中国不亡，有我"——南开中学》《三江汇流处——大学生涯》《胜利——虚空，一切的虚空》《风雨台湾》《心灵的后裔》《开拓与改革的七〇年代》《台大文学院的回廊》《台湾、文学、我们》，再到《印证今生——从巨流河到哑口海》，全文共十一章，写了自己在"九·一八事变"后由东北流亡到关内，"七七事变"后跟随父亲由南京入川求学，大学毕业后又从大陆漂泊到台湾的颠沛流离的大半生。这种叙事方式遵循人物成长的自然规律和认识事物的程序，符合读者接受心理和阅读习惯，读起来真实可信。更重要的是，作者以自己"大时代，小儿女"的眼睛见证了中华民族半个多世纪的历史，她的经历既有空间上由北到南、由东到西、由大陆而台湾的地域延展性，又有时间上由幼小到老年、由青丝到白发的岁月延

[1]　罗钢：《叙事学导论》，昆明：云南人民出版社，1994 年，第 132 页。

[2]　陈平原：《中国小说叙事模式的转变》，北京：北京大学出版社，2010 年，第 37 页。

[3]　董小英：《现代写作教程》，北京：高等教育出版社，2000 年，第 94—95 页。

伸性，既有平凡女子战乱中漂泊流浪的个人心灵史，又融合了国家受难、全民族雄起抗争的奋斗史，如此波澜壮阔的内容，运用整体上顺叙的方式能够表达得条理清晰，真实准确。

这种顺叙固然是最可靠的叙事方式，但是如果在三十万言的巨著中全部是严格按照时间和作者经历的顺叙，一方面会令读者感到枯燥无味，另一方面也无法实现。因为作者是生活在群体中，必然会和许多人接触并受到影响，而这些人必然有些经历是和作者的经历同时发生，但是在写作中却只能在同一时间记录一件事情，那么，先记录哪一件，后记录哪一件，就涉及叙事的技巧问题。法国叙事学家热奈特将故事时间与叙事时间之间一切不协调的形式称之为"时间倒错"，倒叙和预叙是其两个主要的表现形式。[1] 在行文中，涉及某个关键人物，就有必要介绍其与主题相关的经历，而这些经历已经发生过了，就需要用倒叙的手法追述过去。"倒叙是把事情的结局和后面发生事情的片段提到开头写，然后按照事件的发展顺序进行叙述的一种方法。"[2] 按照热奈特的理论，要想深入理解倒叙这种时间倒错的现象，还需要引入两个概念：跨度和幅度。跨度是指倒叙部分的时间与文本中断故事讲述、插入这段倒叙的时间之间的距离；幅度是指倒叙故事本身涵盖的时间长短。整个幅度都在第一叙事幅度之外的，叫作外倒叙；幅度在第一叙事幅度之内的叫内倒叙；跨度在第一叙事开端之前，而幅度在其之后的，叫混合倒叙。[3]

家庭教育对任何人都影响至深，对齐邦媛也不例外。在回忆录第一章第五部分中，齐邦媛以"渡不过的巨流河"为题，对于其父齐世英

[1] 参见【法】热拉尔·热奈特著，王文融译：《叙事话语 新叙事话语》，北京：中国社会科学出版社，1995年，第17页。

[2] 刘孟宇、诸孝正：《写作大要》，广州：中山大学出版社，1997年，第79页。

[3] 【法】热拉尔·热奈特著，王文融译：《叙事话语 新叙事话语》，北京：中国社会科学出版社，1995年，第25页。

的经历以混合倒叙的方式进行了详细描写。在前文介绍过齐家的祖业和祖父母的经历之后，从齐世英好学求知的少年时代写起，写到父亲温和的性格，十八岁考取官费去日本留学、后来又去德国学习哲学。出身富庶的齐世英在国外的舒适生活中，忧心的是家乡的闭塞和落后，一心想要回乡办教育。回国后，他的理想得到郭松龄将军支持，而他也受其感染，认为应该积蓄力量、与民休息，努力建设富强、文明的东北而不是像张作霖一样穷兵黩武，不断扩大势力范围。1925 年冬天，齐世英参与了郭松龄起兵反对张作霖的行动，兵败逃亡。逃亡中，因缘际会了许多中国近代史的大人物，加入了国民党，开始领导东北地下抗日工作。这段倒叙的意义在于展现了齐世英救国济世的理念和温和又坚韧的性格，有了这个铺垫，再写到下文他出生入死的革命经历，就有种水到渠成的自然。这段倒叙之后，父亲正式进入全文的顺叙中来，并以父亲为核心，一面记录了他所从事的协助安排马占山等民族英雄入关、接待东北革命志士的家人、创办东北中山中学[1]、创办《时与潮》进步刊物、带领中山中学徒步迁徙入川等重要革命工作，一面记录了我们的家庭协助父亲安抚志士亲属、温暖流亡学生和"我"为了隐藏真实身份不断改名，不断更换学校等波折的经历。父亲的勤奋敬业、坚持原则、理性的眼光和独立的思想，以及其不为权势所左右的风骨都对"我"产生了深远的影响。

　　"时间倒错"的另一种表现形式是预叙。预叙是"指事先讲述或

[1]　1934 年 3 月 26 日，在齐世英先生的积极倡导和筹办下，"国立中山中学"在北平创立，收留了二千名初一到高三的东北流亡学生，是抗战时期教育部直属的第一所国立中学。学校培养了郭峰、李涛、于克、陆平、刘嘉禾（冶金专家）、吴光磊（著名数学家）、程世祐（国防固体力学专家）、贾有权（我国光测实验力学的带头人）、赵鹏大（地质学家）、郭小川等一大批各个领域的民族精英，在中华教育史上开创了光辉的业绩！1996 年 8 月，东北中山中学在原沈阳市第 39 中学校址恢复校名至今。

提及以后事件的一切叙述活动"[1]。如果说倒叙是为了勾连往事，使得当前的叙述更加充实，那么预叙就是预知未来，增强作品的时间和空间跨度避免平铺直叙的呆板。而且预叙往往寄托着作者浓重的感情，当她以正常的顺叙描述到某个事件或者某个人物时，一旦想到结局并不美好，不禁感到伤痛或是悲凉，忍不住揭示出结果，以表达感慨：

那一年，我姥爷设法又来了一趟南京，看到他疼爱的女儿在前院种花和后院大大小小的缸间兴高采烈地忙着，终于放了心。回家后两年，他平静地去世，心中不再牵挂。

母亲虽然有了持家的幸福，却常常一面忙一面轻声地哼唱着，我不知道她唱什么，但是当她抱我妹妹的时候，我清清楚楚地知道她在唱《苏武牧羊》，唱到"兀坐绝寒，时听胡笳，入耳心痛酸"一句不漏，重复地唱着直到小孩睡着了，有时还独坐一阵子。

十多年后，抗战已经胜利了，她曾经回到家乡祭拜了姥爷和姥娘的墓，回过她枯守了十年的齐家小西山故居，接着却又被迫逃离北方，奔往更遥远的台湾。在台中，我儿子的摇篮旁，已经二十年后了，她又轻声的唱起《苏武牧羊》，那苏武仍在北海边牧羊，穷愁十九年……。直到她埋葬于台北淡水之前的三十八年间，她未再看到心中的北海。[2]

这是一段蕴涵着多重预叙的文本。叙事时间是1930年作者随母亲迁往南京与父亲团聚之后。母亲每日忙碌着协助父亲招待东北的革命志士和学生们，忙得不亦乐乎。姥爷特地从东北来到南京，看到"我"的母亲一切安好，便放心回去了。第一层预叙是"回家后两年"，姥爷平

---

[1] 【法】热拉尔·热奈特著，王文融译：《叙事话语 新叙事话语》，北京：中国社会科学出版社，1995年，第17页。

[2] 齐邦媛：《巨流河》，台北：天下远见出版股份有限公司，2009年，第65页。

静地去世。他无限思念女儿，也一直对于自己当年的冒险有种隐隐的不安——将女儿从东北送到完全陌生的南京，投奔丈夫。女儿的忙碌令他欣慰，既满意于自己当年的决定，又为女儿感到高兴，所以没有任何牵挂，可以安然离世。这段预叙距离叙事时间的跨度是两年。其实，不仅是姥爷思念离家千里的母亲，母亲更思念她生活了三十年的东北故乡。她排解乡愁的最主要方式有两个，其一是唱着《苏武牧羊》哄孩子睡觉，其二便是独坐着相思。文本第二层预叙是跨度在"十多年后"，母亲回到故乡祭拜姥爷和姥娘的墓，从此不是离故乡越来越近了，而是越来越远。第三层预叙的跨度是在"二十年后"，在台中"我"小儿子的摇篮旁，母亲又唱起了哀怨的《苏武牧羊》，苏武历尽艰辛，留居匈奴十九年而持节不屈，终于能够返回自己故乡，而母亲离开家乡已经二十多年了，却仍旧没有返乡的希望，只能唱着熟悉的旋律独坐怆然。自从离开家乡以后，母亲的思乡就从来没有停止过。不仅仅是母亲，任何人，只要你身在异地，不能返家，都会无比思念故乡，而且这种思念不是随着时间的流逝越来越淡，而是像陈年老酒，越发浓烈，每每触及，必添伤心。母亲的思绪也能够从某一个侧面代表所有来到台湾的异乡人，对于心中故乡的思念。第四层预叙的跨度是"三十八年"间，作者以肯定的口吻残忍地宣布"她未再看到心中的北海"。这是一种事实，又是一种无奈。作者在此采用多重预叙是想要给残酷的现实一个出口，看能否有机会实现母亲的愿望，所以预叙的跨度是不断增大的，从两年到十年到二十年到三十八年……作者甚至还想要遥望，只是母亲已经埋骨异乡了。这种悲哀是无以复加的。作者以平静的叙述讲述一个离家的平凡女子对于故乡的思念，虽然没有流泪、没有宣泄、没有呐喊，却有着源自于心灵最底层的殷殷盼望。值得提出的是，这段叙述不仅重复采用了预叙的方法，还将重复叙述与预叙叠加，增强情感的共鸣。母亲唱《苏武牧羊》的情景反复出现，变化的是受众和环境，不变的是内心的期待。

作者在叙事中还经常将倒叙与预叙交错使用。"我们"家南京宁海路招待的众多学生中，有一位是父亲命哥哥辗转寻找到的。他叫张大飞，是一个十八岁男孩，其父是沈阳县警察局长，因接济且放走了不少地下抗日人士，被日本人在广场上浇油漆烧死，全家人在四散逃难时失去联系。作者用倒叙手法讲述其身世后，记录了我与他接触的点滴。他忧郁内向，很少讲话，每次来"我"家吃饭最喜欢抱着"我"襁褓中的妹妹静静地看着妈妈做家事。有一次，哥哥和几个同学去爬山，十二岁的"我"偏要跟着，下山时"我"被落在半山腰，看着天色渐晚，"我"不禁害怕地哭起来。这时，张大飞又重新攀登回来，将"我"牵下山，到了隘口还用棉大衣裹住"我"单薄的身躯，不断鼓励"我"。有关张大飞的第一次预叙是"数十年间，我在世界各地旅行，每看到那些平易近人的小山，总记得他在山风里由隘口回头看我。"[1] "我"虽然有家有爱，有机会读书，可是从小体弱多病，再加上为了隐藏身份经常转学，就导致朋友很少，备感孤独和无助。张大飞的出现使"我"在家人之外感受到了关怀与温暖，这段预叙揭示了"我"对他的感情寄托。在我们家随着中山中学在颠沛流离中迁往湖南、四川的时候，张大飞放弃学业，当了一名空军。国难当头，他已经无心学业，一心想要冲锋沙场，为父亲报仇。此后的数年间我们都在漂泊与战火中书信往来，彼此都是对方的最大安慰。他顾念自己朝不保夕的生活，怕给"我"带来痛苦，而"我"不敢用小女生的私情去"亵渎"心中的英雄。二人最可留恋的时光，只有 1943 年 4 月他在繁忙的空战间隙去南开中学看望"我"的情景：

> 我出去，看到他由梅林走过来，穿着一件很大的军雨衣。他走了一半突然站住，说，"邦媛，你怎么一年就长这么大，这么好看了呢。"

---

[1] 齐邦媛：《巨流河》，台北：天下远见出版股份有限公司，2009 年，第 73 页。

这是我第一次听到他赞美我，那种心情是忘不了的。

他说，部队调防在重庆换机，七点半以前要赶回白市铎机场，只想赶来看我一眼，队友开的吉普车在校门口不熄火地等他，我跟着他往校门走，走了一半，骤雨落下，他拉着我跑到门口范孙楼，在一块屋檐下站住，把我拢进他掩盖全身戎装的大雨衣里，搂着我靠近他的胸膛。隔着军装和皮带，我听见他心跳如鼓声。只有片刻，他松手叫我快回宿舍，说："我必须走了。"雨中，我看到他半跑步到了门口，上了车，疾驰而去。

这一年夏天，我告别了一生最美好的生活，溯长江远赴川西。一九四三春风远矣。

今生，我未再见他一面。[1]

生长在动荡的年代，张大飞和所有漂泊流亡的无家少年一样，没有太多的时间读书求知、没有机会从事自己喜欢的职业、更不敢奢望爱情，他们就如同战争中的一枚棋子，只能听从将令不断向前。也正因为心灵伴随着身体的流浪无依，所以他更渴望找到灵魂的归宿。张大飞和齐邦媛皆因珍视这段纯洁高尚的爱情而未敢言明，越是如此越发显现出二人的慎重、理性和负责任。短暂的相聚弥足珍贵，读者无不动容，都期盼能够在坚守中看到曙光。这原本是温馨甜蜜的一幕，却因最后一句预叙由喜转悲。正当读者想要追究其原因的时候，此章戛然而止。这强烈地激发了读者的好奇心，对于故事有更强的审美期待。当读者看到第三章，得知张大飞于1945年6月空难殉国的消息时，才会悲痛——还是逃不出战争的阴影。此时作者又倒叙了张大飞从容赴死前的准备：他交代战友将"我"写给他的信寄回来，又写好了给"我"哥哥的信，诉

[1]　齐邦媛：《巨流河》，台北：天下远见出版股份有限公司，2009年，第159-160页。

说他这么多年的心路历程。他在好多队友都默默牺牲的情况下仍然平静又从容地飞向天空，他誓死杀敌的决心、坦然赴死的英勇、因为爱"我"而远离"我"的真挚都在这倒叙与预叙中淋漓尽致地展现。不着痕迹的雕饰，看不出技巧的述说，才是浑然天成的最高境界。

在中国的近现代历史中，张大飞、齐邦媛这一代人，所承受的不仅仅是肉体上的颠沛流离，更重要的是精神上的漂泊无依。作者以倒叙、预叙的时间倒错来构建此文，与其说是为了更清晰更丰满地呈现历史，还不如说是想要更适时适地地表达自己的情绪——漫长的人生回忆中，有太多的触点让作者勾连起逝去的过往，悲叹起未来的结局。为了尽量真实地再现当年的历史，作者尽可能不让情感流泻，就只能任由笔端向前后跳跃，以客观的记事，试图激起读者的共鸣，也以这些冷静的观照，些许排遣胸中的激情。《巨流河》不仅是那一代人的流亡史，更是心灵史，与作者的叙事技巧珠联璧合的是作者源自于大时代的表情、体温和人性的尊严。

二、尽显孤独意识的叙事视角

叙述的魅力不仅在于作者讲述了一个什么样的故事，还在于什么人从什么角度来讲述这个故事。不同的人、从不同的角度，讲述同样一个故事，艺术效果会大不相同。台湾文学的东北书写，大多是随国民党当局赴台后对于东北原乡的回忆和追述。他们为了作品能够更加真实地再现当年的历史，也为了在行文中恰到好处地表达自己的情绪和感受，经常采用第一人称的叙事手法。在文本中，他们或者以第一人称回顾性叙事祖露自己备受冷遇渴望温暖和认同的情怀，如潘人木的《马兰的故事》；或者在追忆自己的成长历程中，展现战乱中漂泊、安居后思乡的复杂心绪，如齐邦媛的《巨流河》；或者将自己当年在东北故乡的抗战史和心灵史毫无保留地和盘托出，如纪刚的《滚滚辽河》；或者干脆化身特工，深入虎穴，演绎一场惊心动魄的卫国之战，如田原的《我是谁》……这些文本的共同特点是以"我"作为观察世界的视角，由"我"的经历和内心感受连缀叙事，将个人命运熔铸于时代的巨大变革中，以"我"之思反映波澜壮阔的时代。

无论是平凡女子的成长心路，还是热血男儿的沙场历程，以第一人称的视角来关注，首先是增强了作品的亲历感和现实性。潘人木的小说《马兰的故事》讲述了一个先天不足的女孩马兰的经历，她虽然又跛又丑，不断受到各种权威宰制，却能够以纯洁善良、谦卑内敛和懂事随和隐忍包容生命中的不幸，最终获得幸福。文本的魅力在于展现了外部写真与主人公内心世界的反差和张力。"我"出生的那一年，我们家从富裕堕落为贫穷，所以"我"被认为是不吉利的孩子，除了母亲偶尔的关怀之外，"我"在家庭中备受冷遇。两个姐姐经常嘲笑"我"的走路不稳、行动笨拙，家里所有的好吃的、好衣服都是她们的，我只能将她们剩下的视为"恩赐"并愉快地接受。与她们一起游戏时，"我"除了被当做椅子、猪、狗一样骑着，就是扮演门前的石狮子一动不动。父亲也因为"我"的不足而给予更多严厉甚至残酷的磨练：他命令妈妈教"我"缝纫、做菜、洗衣，培养"我"作为一个女人的基本技能；他一直不教"我"读书，直到十岁，才允许"我"进入学堂；他还轻易地将"我"许配给县长的残手儿子做妻子……按照常规的逻辑，"我"可能会表面驯顺地接受，私下里偷偷积蓄力量，准备反抗。而潘人木却反其道而行之，以内在视角揭示"我"这个不足女孩以忍受希图改变的美好心灵。在全家迁往台安县城的途中，"我"冒雨拿着暖瓶下车买水，还要给弟弟倒尿盆和洗尿布，不小心滑倒，将暖瓶打碎。姐姐嘲笑、爸爸愤怒，还命令"我"跟着车跑，让大雨把"我"浇得伶俐些：

> 我泪流不止。要起来又不敢起来，地上泥土的潮湿的香味，不住

的灌进我被泪花雨点阻塞了的鼻孔。附近五、六丛茂盛的马兰草，正开着不香不艳但很可爱、像小鸟振翅般的白色小花，没有蜜蜂蝴蝶围绕，只有一堆晒干了兽粪，随着雨滴的绵密，开始流出褐色的水。

"走！老郑！你等什么？我们讲好是不停车的！"

"驾！驾！"车真的开始往前走了。我站起来，手提小盆和尿布，摇着短短的小辫子，蹒跚的跟在车后，艰难的奔跑，企图不要离车太远，等待爸的慈悲，万一他叫我上车，也好不至于耽搁太多的时间。我张着口，喘着气，脸上满是眼泪、雨珠、汗水的混合物。天空越来越黑，乌云好似从我张着的嘴里，涌进我的心胸。

雨下得很大。树梢被浓云遮得看不见了，只见几棵空空的树干矗立道旁，仿佛这云雾重重的天空，仅靠这几棵树干支撑着，没有它们，天地早就相碰而完全破碎了。

车子终于停下，因为要油布覆盖行李，大家忙了一阵，我也跑到了，爸才喝令我上车，我满怀感激的看他一眼，心想此后二十里纵使罚我完全跑路，也是罪有应得的。[1]

在这个情境中，车和马都需要休息，大家也都很渴。车夫老郑不愿和女人打交道，所以不去买水；父亲不会低三下四地去买水。两个姐姐向来不伺候别人。"我"为了体恤正怀抱弟弟的母亲，就自告奋勇去买水。可是"我"闯了祸，不但跌得满身泥，还打碎暖瓶。我"流泪"，既是痛恨自己的笨拙，又非常害怕父亲的责骂，一时间脑子没有了思维，想从泥水中本能地爬起，却不敢，似乎是在等待父亲的指令。这个细节充分反映出"我"对于父亲的恐惧心理。车"真的"往前走了，说明"我"对于自己这次受罚早已经有心理准备，于是跟着车艰难地、奋力奔跑，

---

[1] 潘人木：《马兰的故事》，台北：纯文学出版社，1987年，第30页。

为了是一旦父亲让"我"上车时，不至于耽误太多时间。从这一心理活动看，"我"的确是心甘情愿地受罚，"我"唯一的希望是不要因为"我"的失误影响大家的行程。所以，当车子因为要盖行李而停下，父亲让"我"上车时，"我"是"满怀感激"地看了他一眼。此处的第一人称内聚焦视角的运用首先是读者能够明了"我"的真实想法，"我"自知"罪有应得"，所以努力奔跑赶车。其次是让读者有种亲历性的真实感。泥土上潮湿的香味、陷在兽粪中的马兰花、极力奔跑时"张口"喘气、脸上泪水、汗水和雨水的混合物、还有"涌进"心里的乌云，这些细微的感触，如果不是以第一人称来描述，是很难获得如此传神的效果的。

更重要的是，第一人称的直接描写，可以突显主人公的性格。"我"的所见所历是客观，所想所做却是主观的。首先，"我"不是一个逃避责任的人，"我"主动买水，而且没有因为雨天路滑等客观原因为自己的失误找理由。"我"在兽粪的褐色污水中还能看到不香不艳的马兰花，说明"我"对于人生有一种积极乐观的情绪，这种出淤泥而不染的精神正是"我"的名字和性格的写照。此段透露出"我"性格的第二方面是坚强和进取。车子弃"我"而去，"我"不是自暴自弃，而是努力追赶，虽然这个行动对于年幼的"我"而言可能只是下意识的行为，但是"我"所瞥见的路边那顶天立地的树干却在朦胧中成为"我"信念的来源。而且结合以后的文本来看，"我"努力地读书、同情帮助林金氏母子、孝敬对"我"存有偏见的父亲、与残疾丈夫黄礼春共患难等等经历，确实有种逆境中求生存的乐观和坚韧。展现出"我"性格的第三个方面是，心地善良，极度包容。"我"从不抱怨命运的不公，还会感激所有对于"我"的宽恕。

除了《马兰的故事》中"我"的性格，司马桑敦《野马传》中牟小霞那顽劣好勇、宁折不弯的性格、纪刚《滚滚辽河》中"我"的冷静刚毅、忍辱负重的性格和齐邦媛《巨流河》中女主人公诚笃内敛、执著达观的性格，在某种程度上也是由于第一人称的叙事角度刻画而出。

叙事角度是一个相对复杂的问题，不仅涉及"谁看"的问题，还涉及"从什么位置看"的问题。热奈特将前者称为"视角"，后者称为"焦点"。焦点包括非聚焦、外聚焦和内聚焦三种。中国现代小说叙事方式的革命，其中一个重要的方面就体现为由传统小说的非聚焦叙事[1]转化为外聚焦叙事[2]和内聚焦叙事。所谓内聚焦叙事指："严格按照一个或几个人物（主人公或见证人）的感受和意识来叙述，是一种有限制的感知和叙述，只能感知和叙述进入视角人物视野的东西。"[3]内聚焦叙事一方面有利于充分、详尽地展现人物的内心冲突和飘忽不定的情绪，又因为读者看不到聚焦人物视野之外的事物，容易产生悬念。台湾作家田原将第一人称内聚焦叙事与特工题材相结合，收到良好的效果。

《我是谁》是田原的一部长篇小说，描写国民党特工吴铁深入伪满洲国政坛高层获取重要情报的故事。吴铁出生于东北大粮户家庭，长相英俊又颇富才情。1936年与同学刘国章一起逃难到山东济南，因风月官司惹上了杀身之祸，却因其有机智、有胆识、不失风骨、无惧生死被国民党吸纳为特工人员。小说是以"我"的第一人称视角叙述的，而且内聚焦的方式让读者只能知道"我"心中的想法和做法，除此以外，一无所知。由此，读者就只能跟着"我"一起紧张，一起迷惑，一起做内心的纠结。"我"利用与秦燕的恋爱关系，结识了秦燕的父亲秦子玉——伪满总理张景惠的机要秘书。当"我"博取了秦子玉的信任，第一次拿

---

[1] 非聚焦叙事是全知全能的观察感知，常常采用第三人称全知叙述的方式将各类人物的所思所想、所作所为淋漓尽致地描写叙述。参见杨星映：《中西小说文体形态》，北京：中国社会科学出版社2005年，第82页。

[2] 外聚焦叙事指叙述人只限于感知叙述人物的外表、言行和客观环境，而不涉及人物的内心活动。参见杨星映：《中西小说文体形态》，北京：中国社会科学出版社，2005年，第82页。

[3] 杨星映：《中西小说文体形态》，北京：中国社会科学出版社，2005年，第83页。

到政府内部计划的时候，兴奋之情难以抑制，又不敢在脸上表现，只能努力地压抑。"我"迫不及待地向组织汇报，想要拍摄这些文件，可是刘春英却提醒"我"，这可能是考验"我"的一个陷阱，要"我""别蠢动、别争功，等待指示"[1]。"我"已经潜伏了七年，没有为组织做出任何贡献，如今这么重要的情报就在眼前，"我"怎么能视而不见呢？夜深人静，"我"的内心做着激烈的思想斗争，辗转难眠。"我"将自己比作小偷，黄金白银触手可及却不能动手，实在心痒难耐。"我"最终决定试试自己的能力，将几页最重要的先拍下来。可是稍有响动，佣人郑妈就问"我"是否有什么需要。挣扎良久的斗争不得已结束了，由此却留给读者一系列悬念：组织为什么不让"我"窃取情报？佣人郑妈到底是什么身份？作者没有交代，"我"也只能在重重迷雾中继续战斗。单一视角的内聚焦叙述在特工题材的作品中不断显现它的优势，它所制造的悬念不断激起读者的阅读兴趣。"我"为了获取日本针对中国用兵的"关特演"计划，在秦府安装了窃听器，准备偷听，但情况有变，偷听没有成功，不得不在没有拆除窃听器的情况下离开秦家。当"我"再次来到秦府时，"我"的内心是极度忐忑的。因为"我"不知道窃听器有没有被发现，如果被发现，"我"是否已经暴露呢？在情况不明确之前，"我"没有临阵脱逃的理由，只能装作坦然地见招拆招。在整部小说中，这种悬念层出不穷，小说似乎已经脱离了叙述一个完整故事的羁绊，而着重对"我"的内心矛盾纠葛的分析。小说的结尾，"我"成功完成任务，在组织的安排下离开东北，去青岛报到，"我"不知道"我"将是谁，也不知道将去哪里。由此点明了全书的主题：我是谁？"我"的淡泊名利、隐忍坚定和孤独漂泊都通过内心的冲突得以展现。

---

[1]　田原：《我是谁》，台北：皇冠出版社，1972年，第160页。

三、"离开—归来"的情节模式

相对而言，这批作家受中国传统文化影响较受西方文化熏染要更深一些，这直接体现为他们的作品大多是以现实主义手法创作的，比较注重人物的刻画、情节的叙述和背景的烘托。也许是由于作家偏居海岛思念故土的关系，他们对于当年被迫离家、流浪异乡、灵魂无所归依的感觉总是那么刻骨铭心。所以他们在小说中经常会构建"离开—归来"的情节模式来展开故事。在这个模式中，每个作家有不同的侧重点，有的注重描写"离开"，有的注重描写"归来"。

在"离开"这一环节中，作品记述了主人公离开的原因——由于自身经历被迫离乡。也就是说，在大多数情况，东北人是并不想离开家乡，而他们离开的具体原因正反映了国难的现实。《野马传》中，牟小霞因火爆的性格得罪了日本人的爪牙，被抓进监狱。适时，东北已经沦陷，有了这个"抗日的妻子"，许润亭再没有办法与日本人做生意，只能带着牟小霞躲避回山东老家。《巨流河》中的齐世英是因为参与郭松龄兵变，失败后，被迫流亡。《松花江的浪》中高亮因为抗日负伤，躲避追杀先后来到北京、重庆。家乡虽然战火纷纷，不得栖身，但是离开家乡更是充满了颠沛流离的苦难。很多时候，那一代中国人承受的是身体的千疮百孔和灵魂的无所归依的双重苦难。来到山东后，牟小霞不忍看到日本人在中国的猖獗行径，偷偷卖掉许润亭的房子和地，组织游击队，来往于烟台、蓬莱等地。后来又由于她盲目、冲动的性格犯了许多"错误"，被限制行动，最终被遣送到荒凉的庙岛上，拘禁三年。在这个过程中，牟小霞的一腔热血换来满身伤痕，她逐渐感觉到在大时代的波澜中，自己的渺小和无奈。她虽然从来没有放弃斗争的勇气，可是斗争的方向和方法却越发地迷茫和愚蠢。她不能看清历史的真相，没有能力从意识形态上正确考虑现实，只能将自己的恩怨情仇寄托在个体身上，处理任何问题仅凭借感性的冲动。比如她痛恨赵博生这个汉奸，就想要不遗余力地痛骂他、杀死他，不考虑自己的处境和结果。她怨恨许海，同情挨饿的百姓，就帮助百姓造反、抢红薯，造成比饥饿更惨痛的伤亡。她仇视日本人，就一直鄙视曾与日本人做生意的许润亭，从来不顾及许的困境。当年，许润亭两次想要回到伪满洲国与日本人做生意，都因为牟小霞的反对没有成功。在山东的流浪漂泊后，牟小霞还是被赵博生以商品的形式送回到辽宁海城，来到许润亭身边。牟小霞回到了东北故乡，找到了一直珍视她的丈夫许润亭，却仍然不能摆脱悲剧结局。最终，她和许润亭都在许海与赵博生的矛盾斗争中充当了牺牲品，许润亭被赵博生误杀而死，牟小霞替赵博生承担了杀人的罪名。她漂泊的经历正如同她的思想一样茫然，没有正确的斗争方向和斗争方式，不明白她的敌人已经结成一个根基深厚的势力集团，仅凭她的个人力量，将永远摆脱不了被奴役、被利用的命运。

在动荡的大时代里，找不到希望的人注定要漂泊、流浪。身怀抱负、心有理想的人也不能安居在一个地方，而是一次次被形势所迫在多处百转千回。他们每到一个地方，不是去寻求新的希望，而是为了逃离上一个地点的苦难。齐邦媛的《巨流河》真实地展现了烽火硝烟中的离散逃亡。"九·一八事变"后，齐邦媛一家辗转于北京、天津、南京等地，协助父亲齐世英做接待东北志士的工作，"七七事变"后，南京也即将沦陷，齐家随着东北中山中学向西南谋求生存。在流亡途中，刚刚生下小妹的母亲为了躲避敌机的轰炸，奔跑后患了产后大出血。十三岁的齐邦媛有时是蜷缩在拥挤的航船上，将所有的衣物垫在母亲身下，看它渐渐被鲜血渗透；有时是在断壁残垣的医院抢救室里，哭着呼唤性命垂危的母亲；有时还要随着舅舅一起向母亲隐瞒小妹夭折的消息……连一向刚强的父亲，也在南京大屠杀后的汉口之夜，泪流满面地说："我们真是国破家亡了！" [1] 伤怀之后，父亲继续担起重任，带领上千名学生继续向西南逃亡。每次都是他乘车先到一地，联系民房、寺庙等作为学生安置地点，行进途中，只有老幼病残才能搭车，绝大多数师生都是徒步中跨越了中国的半壁江山。齐邦媛回忆到："在那个苦难的时代，受异族欺凌而在战火的燃烧中逃命，竟有机缘看到中国山川的壮丽。从津浦路过黄河铁桥，从南京到芜湖，由芜湖溯长江到汉口，由汉口到长沙，到湘潭、湘乡，在永丰镇那世外桃源看到丰美的土地和文化。万分不舍地离开湘乡后，在那颠簸的湘桂路上看到真正的湘江，渡湘江到株洲、衡阳，往南走，过郴州……" [2] 湖南告急之后，队伍继续向西南迁徙，从广西到贵州，到怀远，最后到四川。"自离开南京到四川自流井静宁寺，整整一年。颠沛流离有说不尽的苦难，但是不论什么时候，户内户外，能容下数十人之处，就是老师上课的地方。学校永远带着足够的各科教科书、仪器和基本设备随行。我今天回想那些老师随时上课的样子，深深感到他们所代表的中国知识分子的希望和信心。他们真正地相信'楚虽三户，亡秦必楚'；除了各科课程，他们还传授献身与爱国，尤其是自尊与自信。" [3] 齐邦媛和中山中学的东北青少年，先后在东北和关内感受到了"家亡"和"国破"的苦楚：他们的成长是以亲人的鲜血为代价的；他们的求学之路是在徒步跋涉和枪炮袭击中风雨兼程的；他们的知识结构中最坚挺的信念就是学以致用、保家卫国。据《巨流河》记载，大部分东北同学的离乡之路，结束于抗战胜利："一九四五年抗战胜利，大部分学生回到隔绝十年的家，已不愿再踏上流亡之路；国共战争期间，决定留在千疮百孔的家乡，驱除满洲国余毒，重建民族信心和教育，但他

---

[1] 齐邦媛：《巨流河》，台北：天下远见出版股份有限公司，2009 年，第 87 页。

[2] 齐邦媛：《巨流河》，台北：天下远见出版股份有限公司，2009 年，第 100 页。

[3] 齐邦媛：《巨流河》，台北：天下远见出版股份有限公司，2009 年，第 103 页。

们终生未忘在中山中学那一段患难中情逾骨肉的感情。"[1] 但是对于齐世英一家而言，尽管他们无时无刻不在想念东北故乡，却离家乡越发遥远。然而对故乡的思念，不但不会因为距离而冲淡，反而越发浓烈，回乡的渴望也与日俱增。《巨流河》中对于齐家的"归来"都有明确地交待：父亲齐世英在 1926 年巨流河之役后逃离东北，仅在"九·一八事变"后和抗战胜利后，仓促间回过几次东北 [2]，都没有机会长住；齐邦媛的母亲只在抗战胜利后回到东北祭奠过姥爷姥娘，去小西山看过她生活了十年的故居；齐邦媛则是在 1993 年——离开大陆半个世纪后，才得以回到东北故乡。虽然"离开"是漫长的，"归来"是短暂的，但是这个短暂的结局打开了赴台作家的心结：抛却政治、战争，他们是如此热恋自己的故乡，在"落叶归根"的奢望里，凝结了淤积在心里半个世纪却无法言说的苦楚。

与注重描写"离开"的作家不同，关注"归来"的作家往往将笔力集中于保卫家乡的战争描写。这种"离开——归来"的模式构架了许多东北人民抗敌御侮的英雄故事。梅济民的《北大荒风云》记录了一群东北青年在 20 世纪二三十年代俄、日入侵之际，投笔从戎的杀敌故事。赵志伟、赵玉琴兄妹和李宏、李纯兄弟生于黑龙江呼兰河畔的富裕家庭，他们都是远离家乡在外求学的大学生，当俄军入侵东北后，他们回应了浴血救国运动，义无反顾地中断学业，来到大兴安岭呼伦贝尔草原抗击俄军。他们和来自北京大学、冯庸大学和东北大学的田慧娟、王丽君、何胜等同学一起加入到义匪万海山组织的上万人队伍中，在莽莽草原和林海雪原与俄军进行激烈的厮杀，终于将俄国军队赶出中国。历经了战争洗礼的他们已经深刻地意识到国难深重，并没有被眼前暂时的胜利所

---

[1]　齐邦媛：《巨流河》，台北：天下远见出版股份有限公司，2009 年，第 103 页。

[2]　参见沈云龙、林泉、林忠胜访问：《齐世英口述自传》，北京：中国大百科全书出版社，2011 年，第 194 页。

蒙蔽，早已看透了日本对华的侵略野心，所以在回校复学的同时酝酿开展对日的情报工作。李纯还为此放弃了北洋工学院的学业，重考旅顺工大，利用在旅顺聚集的关东军将领和家属的关系，在第一时间获取了日军侵占东北的情报。"九·一八事变"后，这些热血青年再度放弃学业，返回故乡，投身抗日救国战斗。两次离开、两次返回的经历，体现了东北青年在心智上的成熟。他们对于故乡的情感就如同对待自己的母亲。当母亲健康、快乐时，他们充满斗志地离开母亲，寻求梦想；一旦母亲遭受凌辱、受到伤害，他们必将放弃一切回来保护母亲。在这种模式当中，"归来"是核心，体现了爱国爱家的民族大义。但是能够促使他们义无反顾"归来"的，正是他们的"离开"。这种"离开"让他们学习知识，得到心智的启迪，让他们开眼看世界，比较出故乡的贫穷落后与灾难深重。对于生于斯、长于斯的热血青年，阅尽了繁华之后更懂得故乡母亲的伤痛。因此，为了母亲，为了故乡，他们跟随部队战严寒、斗冰雪，用拿笔的手举起枪射击敌人；他们丢掉恐惧，鼓起勇气，与敌人血拼白刃战；他们调动智慧，轻巧劫夺敌军军火；他们放弃尊严，嬉闹调笑间获取重要情报。在日伪政府的高压统治下，这些青年回乡却不能回家；与家人相隔不远却音信全无；家里谷粱满仓，他们却风餐露宿的经历亦可称作"流亡"。赵玉琴和她与李宏的孩子被李家拒之门外的眼泪和她在母亲坟前的恸哭（她对于母亲的逝世毫不知情），都流露了这些钢铁战士最疼痛的内心情怀。越是隔绝，越想要知道；越是艰难困苦，越能够激发他们对敌的仇恨和斗志。

这种模式还展现了民族精神、斗争精神的传承性。《松花江的浪》展示了叔侄两代的漂泊、奋斗历程。老叔高亮是个 24 岁的东北青年，毕业于北平的大学，在省女子师范教书。他英俊魁梧、才华横溢，已是个小有名气的作家。他创作歌曲《故乡的呼唤》，使乡人铭记痛苦的国耻家仇；他不顾个人安危，联络土匪"老狼头"组织抗日义勇军；他浴血沙场，从战马上摔下，几乎丧生；他逃到关外仍然心系东北形势，书写揭露日人丑行的文章，遭到追捕；最后他又秘密潜回东北，组织地下抗日，不幸被奸细告密而被捕。在狱中，他拒绝了"市长"头衔的诱惑，承受了日军开水烫、冰雪冻、刺刀刺的酷刑，英勇就义。高亮家境殷实，求学顺利，他本可以选择相对安逸的生活，但他却于安逸中不断冒险，抗击日寇。如果说他最初逃离东北只是求生欲望的指引，在经历了北平、重庆的流亡生涯，亲见了祖国的沃土一片片沦为敌手之后，责任感和使命感已驱使他将个人的生死置之度外，在危难之际毅然回到故乡东北，继续抗日。离开重庆之前，他留给爱妻的信就是他的遗言，他是带着必死的信念回到故乡的。他不仅为驱逐外辱做了许多具体的工作，他的精神也感召着年轻的一代。老叔高亮一直是金生的现实指导者。尽管在金生年少时，也曾因担心老叔安危而嗔怪过他，也曾因为意见不一而顶撞过他。但在他心里，始终以老叔为骄傲，他已经在亲历的苦难中真切地体谅了老叔的难处，深深理解了老叔身上所承载的"对于东北家乡父老的责任"。正是因为这些，鼓励金生即使在老婶和女友的极力反对下，在只差半年就毕业的情况下，毅然从军，充当了通译员。而他的理由，也仅仅是"战争急需"。他不是不懂得战争的残酷，也不是没有经历过亲人的死亡；但他更懂得他对于亲人、情人的意义，他的肩上已然悄悄扛起了救亡图存的民族大义，他的行动已经悄悄地以故去的老叔作为指引，为保卫在祖国大地上流亡、呐喊、流血的亲人们挺身而出。他的参军可以视为他对于生存的更高级的期待，他的慨然赴死只是一种实现其崇高目标的残忍手段，真正的金生是在重重危机中向死而生。如果说，金生最初求学只是本能的求生欲的指引，那么，随着教师们教书育人过程的不断深化、亲历了大半个中国的徒步迁徙之后，他本能的欲望则慢慢升华为为国献身、慨然赴死的崇高境界。

赵淑敏和梅济民突破了鲁迅的"看客"观念，让这些东北青年在祖国和家乡有难时不是被逼从军而是主动请战，他们的生存欲望在保卫祖国、捍卫母亲的豪情中升华。相对于写作同样题材的东北作家群而言，赵淑敏和梅济民没有更多的东北经验，无法深入触及东北黑土地上特有的世态人情和麻木隐忍的民族劣根，只能在素材和想象的基础上打造"听将令"的东北精神。

在众多作品中，我们提取了"离开—归来"的模式来观察所有的故事，与其说这是一种无所不包的叙事结构，还不如说这表达了众多位东北作家共同的心声。罗钢认为："表面的文化现象虽然林林总总、杂乱无章，但某一种组合必然蕴涵着一定的内在结构，是由一定的内在规律衍生出来的……人类心灵具有一种先天的普遍的结构。其他如语言结构、神话结构、故事结构都是由这种最深层的心灵的结构衍生出来……"[1]这些东北作家都有着离开故土、漂泊异乡又偏居海岛的共同经历，每个人心中都有割舍不断的原乡情感，每个人也都渴望有一天重返家乡。这一方面包括身体的前行，现实的重返，还包蕴着每个作家的精神返乡。因为现实的重返使他们看到的是一个与自己的记忆和期盼都有巨大差异的故乡，即使真的返回，也不能够长久定居。他们寻求的是一种与自己的快乐童年、与母亲的叮咛抚慰没有差距的印象中的故乡，这只能以精神的返乡来实现。这种精神返乡，一方面表现为作品中设置的这种"离开—归来"的情节模式，让主人公代替自己返回故乡，以寄情思；还表现为倒叙、回忆性的叙事方式，在对往事的追溯中植入自己现在的感受；还会表现为散文中明明是饶有兴味的回忆故乡，又在最后表达"不堪回首"的模式化尾巴。如王汉倬《白山黑水集》中，许多散文都是在回忆了东北故乡的风物之后，表达收复失地无望、物是人非的苍凉感。其中，《东北的冷食》的结尾就写道："有的岁数小的连口音都改变了，故乡

---

[1] 罗钢：《叙事学导论》，昆明：云南人民出版社，1994年，第23页。

的滋味，更不能领略了，只有像我们这样六七十岁以上的人，才能回忆故乡真正的滋味；但也不堪回忆了！"[1] 历史和政治割裂了人的自然情感，就只能以文学的梦境抚慰自己受伤的灵魂。

---

[1]　王汉倬：《东北的冷食》，《白山黑水集》，台北：三民书局，1973 年，第 29 页。

第三节 稚拙淳朴、平实厚重的语言风貌

文化寓于语言之中；语言是文化的载体。一个国家如此，一个地区亦是如此。东北土著民族如满、蒙、达斡尔、鄂伦春等使用的语言，大都属于阿尔泰——通古斯语系。[1] 后来随着汉族移民的迁入及其在人口数量上所占的优势，汉语成为东北地区主要的语言，土著民族语言逐渐地被同化。又由于东北的地理环境和特殊的近代史历程，东北语言不可避免地受到俄、日等文化影响，所以东北语言又呈现包容性与混杂性的特征。赴台作家时而粗粝稚拙、时而生机勃勃的语言风貌就体现了这种纯正的东北"原乡"风味。因为他们大都少年时代有过东北经历，受到了良好的中国传统文化的熏陶；长大后又都经历了异地求学、战争流亡，辗转大半个中国，最后退守台湾，司马桑敦、齐邦媛和赵淑敏等少数人还有海外经历，有着丰富的生活阅历，所以他们的语言，既展示了不同角度的现代风貌，又在变化中坚定地呈现着东北文化和精神。

一、置于底层的满族语言

当满族以武力的强势登上历史舞台的时候，其文化却经历了相反的命运。执掌天下的满族还是一个以狩猎为主、长于骑射且具有野蛮气息的未开化民族，在优势的汉民族文化面前，满族文化以主动趋同的方式迅速地被同化。到了近代，满族虽然仍为一个独立的民族，但其自身文化几乎全无保留，特别文化的核心——语言、文字、信仰、习俗、血

---

[1] 逄增玉：《黑土地文化与东北作家群》，长沙：湖南教育出版社，1995 年，第 216 页。

缘——都不再呈现独特的民族个性，它的现世表现与汉民族几乎相同。[1]
按照 19 世纪意大利语言学家雅科夫布列兹托尔夫所奠定的底层语言理论，满族语言遭遇汉族语言时由于人口劣势和政治、经济等原因"战败"，只有语言中某些成分可能残留下来成为战胜语言的底层成分。底层（Substraturm）语言以多种方式对新的语言——即上层（superstratum）语言产生程度不等的影响。[2]

　　底层成分产生的一个很重要的原因，就是某一个词语在新的语言中找不到合适的表述而沉淀下来。在东北语言中，最明显的底层成分是江河、山川、城市、乡镇的命名，这些地名来源广泛，既有源于自然环境的，还有源于动物、植物的，也有源于建筑和官职的，丰富多彩。在梅济民、赵淑敏、田原等作家的小说中常见的地景都有美丽的传说。长白山是东北绵延最广阔的山脉，满语是"果勒敏珊延阿林"，就是"有神之山"的意思。长白山上的天池，满语是"图们泊"，汉译为万水之源。与之相关联，三江都是因满语得名：松花江以"松阿哩乌拉"得名，"松阿哩"汉译为"天河"；鸭绿江发源于长白山主峰西麓，女真语是"雅鲁江"，汉译为雅鲁鱼比较多的江；黑龙江因江水呈黑色，满语为"萨哈连乌拉"，"萨哈连"即黑色。其他如牡丹江，满语是"穆丹乌拉"，汉译弯弯曲曲的江；嫩江，原称为"墨尔根"，汉译为"精于打猎的人"；绥芬河，满语"苏滨毕拉"，汉译为锥子，即水中生产半寸长、深褐色锥形螺的河流；镜泊湖，满语"毕尔腾候温"，汉译水平如镜的湖；兴凯湖是"月琴状的湖泊"；千山满语是"铭牙阿林"，汉译为"千"；威虎岭满语"威虎朱敦"，汉译为独木小舟，即水上有独木

[1]　关学智：《谈东北移民中的文化变迁所导致的满民族最终汉化》，《沈阳工程学院学报（社会科学版）》，2008 年 7 月，第 4 卷第 3 期。

[2]　参见周振鹤、游汝杰：《方言与中国文化》（第 2 版），上海：上海人民出版社，2006 年，第 187-188 页。

小舟之河的发源地；完达山，满语是"完达阿林"，汉译为梯子，即如梯子状的山脉；呼兰，其满语义为"烟筒"，呼兰河即"烟筒河"。从城镇名称上看，也有许多源自满语：哈尔滨，满语原义为"晒网场"，另一说认为是源于直译"扁状的岛屿"，指的就是太阳岛；长春，满语"春捺钵"，汉译为鸭子河泊；沈阳，满语"穆克敦和吞"，汉译"兴盛之意"，即兴盛的京城，简称盛京；大连，满语"大阿连"，汉译桦树林；吉林，满语"吉林乌拉"，语义是沿江之城。齐齐哈尔，有人认为满语义为"天然的牧场"，有人认为旧称"卜奎"，是摔跤手之意，还有人认为是满语"皙陈嘎拉"的音译，含义是"边疆"。有一些县镇的名称是源于动物：如宝清，满语原为"波亲"，语义是"蒲鸭"；虎林，满语原为"奇夫哩"，就是"泥鸭"的意思。有一些地名是源于植物：如勃利，满语为"博和里"，语义为"豌豆"；海林，满语为"海兰"，语义是"榆树"。有的地名源于建筑，如双城堡，满语是"朱鲁活吞"，"朱鲁"，汉译为"双"，"活吞"，汉译为"城寨"。还有的地名是源于官职，如佳木斯，满语义为"驿丞"，佳木斯就是"驿丞村"。这些名称一致沿用下来，一方面有约定俗成的力量，另一方面也能反映满族人民在取名字时候的智慧。这些名称还直观、质朴地反映当地的风俗人情。沿江而建，就是吉林，"江湾"处就是牡丹江，生产蒲鸭的就是宝清，榆树成荫的就是海林。满语名字能够在某种程度概括某一处的特征，给人留下深刻的印象。所以，在满语消亡的今天，我们仍可在汉文化底层安然窥见。

在日常生活方面，还有许多名称沿用的满语。在食物方面，齐邦媛笔下的大酱和酸菜火锅、梅济民笔下的白肉血肠、田原笔下的坛肉、刘毅夫笔下的哈什蚂和赵淑敏笔下的饽饽等，都是满族的传统食品。服饰方面，像马夹、兜肚、坎肩、旗袍、褂等也是满族服饰。这里尤为特别的是靰鞡[1]，又作"乌拉"，是一种在寒冷的东北可以抵御任何严寒的特质鞋子，梅济民、田原、王汉倬和刘毅夫的作品中多次提到它超强的御寒作用，是东北户外作业人员必备的宝物。

在语言方面，东北书写展现了许多原汁原味的满族词汇。在潘人木的小说《马兰的故事》中，父亲对于天生有缺陷的马兰总是批评又吝啬。有一日母亲气急了，便对父亲说："我看哪，往后只有她才能孝顺你，你得她的济（奉养送终）吧。"[2]"得济"一词，满语的原义是"先把酒敬给老人"，或"把所得的东西先送给上了年纪的人"，在小说中，作者给注释的是"奉养送终"，引申为老年人从晚辈那里得到了回报。从小说情节上看，马兰确实是一个懂道理、识大体又孝顺父母的好女孩。又如"埋汰"一词，满语是脏、不干净的意思。赵淑敏的小说《松花江的浪》中，金生看到娘带着两个姐姐做黄米面饽饽，也想上前帮忙，二姐却说："嗳！嗳！金生，别闹，你从外头来，手埋汰，不许碰！"[3]像这种非常地道的满族方言，关外的人是不容易看懂的，所以作者在书中就给出了注解"肮脏"。此外，像"秃噜"（事情没有办成）、"嘞

---

[1] 靰鞡又写作"乌拉""兀剌"，其名称来自满语对皮靴称谓的音译，是一种东北人冬天穿的"土皮鞋"。东北话往往把靰鞡的后一个字读成"噜"或"喽"的音。制作靰鞡的原料多是用黄牛皮，也有用马皮或猪皮的，但属于低档货。选择一般以脊背部位的皮子为最好。其制法是把一块熟好的大皮子用谷草或红毛公草烟熏成杏黄色，再把边缘向内翻卷，鞋头部位压出二十几道"包子褶"，再把后跟缝合好，便成为连在一起的鞋头、鞋帮和鞋底。另用一块小皮子接缝在鞋头上做"靰鞡脸儿"，或称"舌头"，盖在脚面部位，靰鞡的主体部分便做成了。过去人穿鞋一般都是自家做，很少花钱买，但靰鞡却是例外。因为只有少数技艺熟练的皮匠才会制作，所以人们需要花钱购买或用农副产品交换。卖靰鞡的规矩也很特别。由于这种鞋穿时里面要絮草，与其他鞋相比又长又宽，只有大、中、小之分，没有具体尺码的"鞋号"，出售时按重量以旧制的两为单位计价，一般重为八两到一斤。靰鞡买回后还要自己再加工几样配件，最后再絮上东北特有的靰鞡草，就可以抵抗东北的严寒。

[2] 潘人木：《马兰的故事》，台北：纯文学出版社，1987年，第90页。

[3] 赵淑敏：《松花江的浪》，哈尔滨：北方文艺出版社，1987年，第28页。

唠"（说）、"咋呼"（如泼妇般不文明）、"砢碜"（长得难看、害臊）和"故懂"（心术不正）等方言词语也曾恰到好处地镶嵌在作品中，增强地域特色。

二、爽利稚拙、形象生动的方言土语

独特的自然环境和人文环境、不同的生产方式和各民族语言的融合互染，形成了东北地区的一些方言土语。这些语言浸透着东北的乡土气息，如果不是放在特定的语言环境中是很难理解的，而一旦其接了"地气儿"，就显得十分生动、极具表现力。

东北方言的称呼语就显示了东北人贵亲情、重人情的家族心理。东北人民长期以渔猎、游牧和农耕作为主要生产手段，经济关系主要是以家族为核心，逐步向外辐射，形成了以家族、宗族为纽带的社会网络。东北人热情好客的性格，总想对客人表示一种亲切和热辣，以亲属称谓来称呼是最合适不过了。在东北，你不是"先生、女士、将军、夫人"，而是依据你的年龄变成了"大爷大娘、大叔大婶、大姑大姨、大姐大哥、老弟老妹儿"，这一方面反映了东北人的亲情意识，另一方面反映了北大荒人的"寻根情结"，东北人很多是外省移民，他们逃荒避祸来到遥远的东北，虽然能够丰衣足食，却仍然怀念自己的故乡，总期待来的这个外人就是自己的家乡人。这是血缘意识在语言层面的真切反映。司马桑敦小说《玫瑰大姐》的主人公玫瑰是个满脸稚气、长相甜美的十九岁少女，之所以叫她"大姐"，因为她比"我"和"同学"万里大两岁，是万里的表姐。在东北人看来，这一声称呼，既是因循旧俗，也满含了我们俩对玫瑰的喜欢和崇敬。在小说中，玫瑰为了给她冤死的未婚夫报仇，想要凭借一己之力刺杀已经卖国投日的汉奸冯大友。"我"和万里追随玫瑰在林甸、安达等几个城市无理性地奔走、刺杀，虽然我们知道玫瑰的计划很难成功，还是毫无怨言地舍命相随。

在东北的称呼语中，还有个"老"字值得关注。好多时候它会放在亲属称谓前表示亲切。司马桑敦的小说《人间到处有青山》中，我们午夜时分赶到一个大车店[1]休息，老板见到我，第一句话就是："老弟！好好休息罢！到了我魏小胡子这里，就是到了家！"我寒暄一句："魏老板，这么晚来惊动你，真是……""什么话？俗话说：店家，店家，到了店，就是到了家。走路的，讲不了这些！"[2]这简单的几句话，让"我"这个满身风雪、还带着惊恐的旅途之人倍感温暖。一句"老弟"，"我"就成了老板的亲人了。司马桑敦的另外一篇小说《越狱杀人的十九号》中，土匪头目海天因为"我"给他的求生希望（"我"帮助他传递了转押监狱的信号，他的绺子有可能劫狱救他），所以在离开我们所住的长春监狱时，沉重地吐出一句话"老弟——保重！后会有期！"[3]这声亲切的称呼中满含了他对"我"的感激和期待。在真正的亲属称谓中，这个"老"字也有一种特殊的关爱。父母把年老时生的最小的儿子叫"老儿子"，长辈中年纪最小的一位称呼前就加上"老"，如"老叔"是父亲最小的弟弟，"老姨"是母亲最小的妹妹。赵淑敏的小说《松花江的浪》中，"老叔"是"我"最崇拜和敬重的人。开大车店的、拉车的把式们一般也称呼顾客为"老客"，这也是一种带着亲切情感的称谓。如《人间到处有青山》中，大车店老板魏小胡子会在凌晨叫醒大家："快四点了。老客们，赶通辽还有一百多里路啊！"[4]《马兰的故事》中，车把式们也是这样招揽顾客搭车："老客儿！去哪儿呀？别看我的老马，可

---

[1]　大车店是中国传统民间旅舍。主要设置于交通要道和城关附近，为过往行贩提供简单食宿，费用低廉。因行贩常用的交通工具大车而得名，暗示旅舍简陋，服务对象是经济实力薄弱的行贩。在东北，大车店是普通百姓出行的住宿、休息的最主要场所。

[2]　司马桑敦：《人间到处有青山》，《雪乡集》，美国：长青文化公司，1992 年，第 274 页。

[3]　司马桑敦：《越狱杀人的十九号》，《雪乡集》，美国：长青文化公司，1992 年，第 310 页。

[4]　司马桑敦：《人间到处有青山》，《雪乡集》，美国：长青文化公司，1992 年，第 279 页。

能跑着哪！"[1]东北还有一个常用的称呼是"老疙瘩"，大约有三种含义：有时是指同辈中年龄比较小的，如司马桑敦的小说《高丽狼》中，老癞就这样称呼"我"，渐渐地这个名字成了"我"在绺子中的绰号。有时这个称呼不直接叫出来，同辈中年龄最小的这个人却成为了被宠爱的对象。如田原的《松花江畔》中，老三不知道四至儿背叛了大青龙，还以为他为了完成任务而死，怀念起四至儿暗自伤神："他记得四至儿一直把他当大哥看待，偶尔使个小心眼，发个小脾气，那也是当'老疙瘩'的本份。"[2]还有的时候是指不知道名字的年轻小伙子，《松花江畔》中，十七岁的栓柱独自坐火车时，为他指路的陌生老人就说："老疙瘩，你大概是个睁眼瞎，看不懂站牌，我来告诉你。"[3]还有的时候，这个"老"字，也可以称呼关系亲密的平辈。《松花江畔》中，小白蛇去保安团营救王二虎，王二虎惦记着大青龙，随口问道："那老小子怎么不来接我？"[4]这个"老"还是东北人对长辈"你"的敬称，不管年纪大小，皆称"你老"。《松花江的浪》中，爷爷在深夜将自己的皮袍子盖在金生脚上，金生立即还给爷爷，说："爷爷，我不冷！人家说男孩儿身上有火，抗冷！老人家不行，你老冻着，又会咳嗽。"[5]孙陵的小说《宝祥哥的胜利》中，宝祥哥祈求胡巡官释放自己儿子的时候也这样哀求："请你老开开恩吧，把我们儿子放出来！开开恩……"[6]很多时候，这个"老"字也可以放到责骂语的前面，表示责骂和厌恶的程度加深。比如胡巡官回复宝祥哥的话："造反吗……你这老杂种！快滚！……快！……"[7]宝祥哥气急了，

[1] 潘人木：《马兰的故事》台北：纯文学出版社，1987年，第7页。

[2] 田原：《松花江畔》，台北：大地出版社，1986年，第272页。

[3] 田原：《松花江畔》，台北：大地出版社，1986年，第95页。

[4] 田原：《松花江畔》，台北：大地出版社，1986年，第264页。

[5] 赵淑敏：《松花江的浪》，哈尔滨：北方文艺出版社，1987年，第12页。

[6] 孙陵：《宝祥哥的胜利》，《女诗人》，台北：成文出版社，1980年，第1页。

[7] 孙陵：《宝祥哥的胜利》，《女诗人》，台北：成文出版社，1980年，第1页。

也会骂当权者："奶奶的！什么先生、巡官，杀死你们这些老臭虫！"[1]另外，"老"可以做动词，表示人去逝；"老"还可以做副词，表程度加深，如"老早""老交情"等。

西方当代认知语言学的哲学基础是体验哲学，也可以说经验现实主义。它主张"身心合一"或"心寓于身"的认知观念。[2]这与中国文化自古就有的"进取诸身，远取诸物"的思想不谋而合，[3]都是将人自身作为衡量事物的标准。东北方言也有这么一个重要的来源，就是以身体某个部位的特征来形容或解释某种事物，使其更具生动性。司马桑敦的小说《高丽狼》中"我一打眼，便知道黄老前人的宅子正在办三十六门会[4]，押会的赌客，出出进进，熙熙攘攘。"[5]"打眼"这个词有两个意思：惹人注意、望风。在此处是取用眼睛望风的意思，直接用眼睛来指代眼睛所做的具体工作，清楚又明确。赵淑敏的《松花江的浪》中也有句类似的话"老姑奶奶是太爷太奶跟前儿最打腰的老疙瘩。"[6]但此处的"打腰"不是用"腰"去做什么了，整个词的意思是摆头份，吃得开，也写作"打幺"。同样的结构，不同的意思，可见东北方言的丰富性和难解性。当然，以身体某个部位造的词大多数还是像"打眼"这种情况比较多，比如"吱个嘴"，就是请人帮忙的意思；"拉拉脸子"，就是脸拉长，表情不悦；"给你两撇子"就是打你两巴掌；有"眼力见儿"，就是形容一个人机灵勤快，眼里有活；《人间到处有青山》中，

[1]　孙陵：《宝祥哥的胜利》，《女诗人》，台北：成文出版社，1980年，第9页。

[2]　Lakoff G.&Johnson M. Philosophy in the Flesh:The Embodied Mind and Its Challenge to Western Thought.Basic Books A Member of the Perseus Books Group，1999.

[3]　（宋）朱熹《周易本义》卷三：《景印文渊阁四库全书》第12册，台北：商务印书馆1986年，第778页下。

[4]　三十六门会，又称花会，是含有一种浓厚的迷信意义的赌博会合。此注为小说作者司马桑敦加。

[5]　司马桑敦：《高丽狼》，《雪乡集》美国：长青文化公司，1992年，第160页。

[6]　赵淑敏：《松花江的浪》，哈尔滨：北方文艺出版社，1987年，第2页。

"我"形容自己是"硬着头皮往前闯"，其实人无论是走路还是坐车时都不是头皮在前面的，这种说法就是形容自己勉强去做难度大的事。反映了人们借助认识自身来认识世界的方式，这种亲身体验创造出来的词汇往往更直观。

更多的东北方言还是人们在从事生产、生活的经验中创造出来的。这些方言尤为体现了语言的生动性。比如"杵"，是一头粗一头细的圆木棒，远古使用的捣谷工具。在东北方言中常用它来形容人木然地站在那里。《松花江的浪》里，朱大叔说："这是正理，光在这儿着急，都杵在屋里有什用，散了去探探消息是正理。"[1]再如"抖"字，《松花江畔》中，王二虎对没有认出他的王本元说："看样你是真混'抖'了，连我都不敢认啦！哈！哈！"[2]"抖"本来是个普通的动词，这里王二虎是借动物抖动羽时那骄傲的样子来嗔怪王本元认不出他，既有责怪的意思，又有对于王本元大半年来能够戒了赌博陪栓柱来到野外开荒的认可，还蕴涵有王二虎对于王本元未来美好前途的期待。王二虎虽然没有读过书，一介粗人，却能在丰厚的地域文化土壤中找到合适的词表达自己的情绪。还有"存"字，本来是指存放东西，在东北方言中却指留人住宿。《松花江的浪》中大表婶说："哟！他表叔呀！你今天就带着金生在这儿存吧！过一宿，明天一早再回去！"因为"住"在东北是青楼女子留客的用语，所以留亲朋好友在家住都叫"存"。时而以物寓人，时而将人拟作物，东北语言在不断地变化中。东北方言中还有些词是一词多义。"拉倒"是地道的东北方言，台湾作家将其用得恰到好处。比如王二虎对大青龙说："咱俩拉倒了。你有钱啊，一百块大洋，不是个小数目。"[3]这里的"拉倒"是说两个人的情分算清楚了，谁也不欠谁

---

[1]　赵淑敏：《松花江的浪》，哈尔滨：北方文艺出版社，1987年，第68页。

[2]　田原：《松花江畔》，台北：大地出版社，1986年，第527页。

[3]　田原：《松花江畔》，台北：大地出版社，1986年，第268页。

了，其实，是表达对大青龙的不满。王二虎冒着生命危险将大青龙藏在大车店中帮他治疗枪伤，并筹划着不让大青龙知道偷偷给大夫一大笔钱。大青龙病好后临走时留给王二虎一百块大洋，虽然写明了是请大车店的伙计们喝酒的，但是王二虎仍旧不满意，认为大青龙不应该给他钱，既然给留钱了，那就证明他俩的情分结束了。这个细节突显了王二虎为了朋友两肋插刀的性格，他受到大青龙牵连，受尽酷刑，多年经营的大车店也毁于一旦，可是他从无怨言，以至于劫后余生，还嗔怪大青龙给他钱的事。在潘人木的《马兰的故事》中，这个词又有不同的意思。父亲对母亲说："你总是和孩子们一条藤儿！一个一个惯成葫芦瓢儿样！我从小到现在，坐火车就没买过零嘴吃！我的孩子就得像我！你不像我拉倒！走！不买！我说不买就不买！"[1]这里的"拉倒"就是没有达成目的，打算放弃的意思。再说"扯"字，这个普通的动词在东北方言里灵活多变。如"过去你们是一伙，为啥扯了？"这个"扯"就是好朋友散伙、团队分裂的意思；"再啰嗦，扯了你！"如果要是平常人就是威胁对方要动武力的意思，如果要是土匪说出这话就是要杀了对方，大青龙就是"扯"了袭击他的人逃走的；而"扯犊子"则是指扯淡、干些不正经的事或惹、管闲事；还有"乱说"的意思，如田原小说《我是谁》中，秦燕与吴铁打情骂俏时说"你满嘴乱扯"。

东北方言中还有很多活灵活现的词语。在家躲着、藏着，叫"眯着"；形容年轻人在干什么叫"鼓求"；金生一歪身滑动下炕叫作"出溜"；大妮促成母亲借钱给栓柱开荒的事叫作"搓弄"；人死后，装殓殡葬叫作"发送"；闲聊叫作"唠嗑"或者"拉瞎"；大青龙吃了哑巴亏叫作"吃瘪"；小白蛇向王二虎坦白家世、倾诉心声叫"泄老底子"；出门散步叫作"溜达"；种地叫作"摆弄"庄稼；纨绔子弟叫作"秧子"；

---

[1] 潘人木：《马兰的故事》，台北：纯文学出版社，1987年，第5页。

主动帮忙叫"上赶子"；离开、走叫作"二蹦子"等。这些方言有的是用身体一个器官的动作指代整个人的动作，有的是以拟声词形容人的动作，有的是以动物的动作指代人的动作。总之，在特定的语境中使用这些土语可以更形象地描摹事物、反映人物心态、增添文本内涵。还有一类土语极具艺术夸张精神。如"坏透腔了""冻掉下巴""八竿子亲戚"和"饿塌腔了"等，都是在现实生活中不可能出现的情况，这种夸张表达的是东北人大开大阖、豪放不羁的性格体现。

在东北方言中还有一类语言是不得不提的，就是詈骂语。地理环境和气候等自然条件对于人的个性发展有着一定的影响，社会环境在人的性格形成和发展中则起着决定性的作用。东北地处高寒禁区，肥沃广袤的土地和艰苦卓绝的环境形成了东北人豪放粗犷又质朴坦诚的性格，他们对于喜怒哀乐的表达都非常直接。尤其是对于怒的表达更能体现其性格中的豪放气息。从语音的角度分析，东北方言中常见的詈骂语言如"他妈的""妈个巴子""×你娘的""王八犊子""兔崽子""×你祖宗""×他个奶奶的""×他个小舅子""娘个×的胆小鬼"等经常使用的詈骂语，大多为开口呼。其发音的时候，嘴型开得最大，从口腔发出的气流收到的阻碍最小，声音也最响亮。从内容上分析，詈骂语主要是以亲人作为发泄工具，以颠覆中国传统文化中根基最为稳定的伦理文化为目标。通常中国人对于年纪比自己大的长辈或者平辈都应该非常尊敬，攻击对方最尊敬的人才能更加痛快淋漓。直爽又质朴的东北人一定会选择最快捷的方式宣泄心中的怒火，所以最亲的"母亲"就成为詈骂语最主要的受害者。詈骂语中还有个主要的内容，就是与生理器官有关的信息。如栓柱责骂自己"真笨的像条老草驴，把表叔写的字条儿给忘得屌蛋净光了。"[1] 又如王二虎骂王本元："王本元，你是不是

---

[1] 田原：《松花江畔》，台北：大地出版社，1986 年，第 99 页。

碰到鬼，吓得痾了一裤裆！"[1] 此外，像"小王八蛋""小养汉精""你娘的耳朵塞了狗毛啦""我不宰他个小舅子，就是尼姑养的"等等骂语在东北人物笔下也是不绝于耳。詈骂语虽然频繁出现，但是目的是不同的。有些是明确针对某事或是某人的，如《高丽狼》中，土匪首领狼在自己的妻子被俄国军人强暴后，怒火中烧，狂骂："我操你祖宗"[2]，这里展示了狼暴风雨般的性格和对妻子深深的爱。《古道斜阳》中黄振山本来想和敌人大干一场，左等右等不见敌人来，于是骂道："娘个×的，拖个啥劲，老子还有卅年大寿呢！"[3] 此处的骂反映了黄振山对于汉奸的痛恨和对于武装斗争的期待与无畏。不但没有降低黄振山的身份，反而是刻画人物的点睛之笔。

詈骂语在长期发展过程中，有的已经发生了语义泛化，原有的詈骂意味逐渐减弱，有的时候甚至不带有任何詈骂的意味，只是一种口头禅或戏谑语。[4] 如魏小胡子说："人家青山天不怕，地不怕，单对方寨子有他妈狗屁的顾忌？"[5] 这里的"他妈"就是没有任何针对性的口头禅。又如王二虎说："有啊，想操你亲妹子！"[6] 这个骂就是和王江海开玩笑的戏谑。鲁迅很早就意识到詈骂语在一定语境下不再表示恶毒的内涵，而是可以转为昵称。在他的杂文《论"他妈的"》中提到乡村父子吃饭的对话，儿子指一碗菜向他父亲说："这不坏，妈的你尝尝看！"那父亲回答道："我不要吃。妈的你吃去罢！"则简直已经醇化为现在时行的"我的亲爱的"的意思了。[7] 在台湾文学的东北书写中，也有很

[1]　田原：《松花江畔》，台北：大地出版社，1986 年，第 527 页。

[2]　司马桑敦：《高丽狼》，《雪乡集》，美国：长青文化公司，1992 年，第 174 页。

[3]　田原：《古道斜阳》，台北：采风出版社 1986 年，第 143 页。

[4]　张蕾：《浅论东北詈骂语的存在和发展》，《吉林教育学院学报》，2012 年第 2 期。

[5]　司马桑敦：《人间到处有青山》，《雪乡集》，美国：长青文化公司，1992 年，第 276 页。

[6]　田原：《松花江畔》，台北：大地出版社，1986 年，第 202 页。

[7]　鲁迅：《鲁迅全集》（第一卷），北京：人民文学出版社，1981 年，第 234 页。

多恰逢其时的詈骂展示人物间的真实情感和亲密关系。《高丽狼》中，老癞和"我"提起仙女时说："正是好年头，长得更他妈的勾人了……"[1]这里无论是"他妈的"还是"勾人"，都不是带有贬义和恶意的骂，而是一个普通的男人对于美丽女人的一种发自心底的喜欢和赞赏。《松花江畔》里大青龙对四至儿说："狗东西，你不把鞋子拿来给我穿，难道要我躺在炕上一辈子。"[2]这也绝对不是怒骂，而是由喜欢衍生出来的亲切。大青龙一直将机灵的贴身侍卫四至儿视为自己的儿子，对于他有种超越首领与手下之间的亲情，这种詈骂一般只是出现在比较亲密的人之间，而且从语义学的角度分析，说话人和听话人都应该明白其中含义。所以这种詈骂是能够增进人与人之间感情的润滑剂。更典型的詈骂出自王二虎口中。过年时，王二虎领着大车店的小伙计赌钱，王二虎满嘴脏话"奶奶个×，×他娘，×他个小姐，×他个小姨妹子……"。脸上装着发狠，别人却一个劲儿笑，挨了骂也不生气。因为都了解王二虎是假装不高兴，故意输给小弟兄们。高大粗壮的王二虎有着细腻的心思，他体恤小伙计们一年到头跟着他不容易，但他那鲁蛮的性格又不能把这些体己话直接说出来，就只能借打牌帮衬他们。一来免除了说那些婆婆妈妈话语的麻烦，二来也为小伙子们赢得了面子——天经地义地"赢"钱。"戏"虽然假，情却是真的。所以小伙计们乐呵呵地挨着骂，心里还感念这王二虎的好。这就是东北人表达情意的方式，嘴里骂着，心里护着，全心付出，不求回报。同为东北人，小伙计们也自然懂得知恩图报，他们对于王二虎言听计从，极力维护，这就是为什么在人多眼杂的大车店，大青龙可以安然养伤一个月而不走漏一点风声的原因。此时的詈骂语不再是表达詈骂的恶毒语义，不再是发泄消极情感的工具而是不

[1]　司马桑敦：《高丽狼》，《雪乡集》，美国：长青文化公司，1992年，第165页。

[2]　田原：《松花江畔》，台北：大地出版社，1986年，第240页。

负载任何骂意，完全成为人们传情达意的手段了，凸显了其雅的特征。在梅济民的小说《雪地》中，刘老头的年货被土匪小白龙劫走，李二荒子陪同刘老头来讨还，一百多辆车的车队也没有将他们弃之不管，长久没有见到李二荒子等人出来，三老板子便率领车老板子们持枪列队包围了土匪巢穴，公开要人。此时，小白龙已经同意归还刘老头的年货，只是想要请李二荒子等人吃饭、留宿，结交朋友。三老板子的行为极有可能引起小白龙的误会，李二荒子便脱口骂出："八成又是他妈三老板子这些糊涂虫在作怪"。[1] 这里的"他妈"应该是李二荒子这个老农民带有口头语性质的语言，"糊涂虫"其实也是骂给小白龙听的，李二荒子在危机中应该无比感激三老板子和大车队的伙伴们的患难与共。这种詈骂，怒在表面，暖在心里，结合具体场景来分析，有极其丰富的内涵。

三、文白夹杂的语言风格

汪曾祺在《关于小说的语言》中有这样一个设问："什么是接近一个作家最可靠的途径？——语言。"[2] 以上我们摘录和分析的东北方言固然可见作家笔下的地域情致，可是单靠一两个词、一两句话还不能准确地把握作家的写作特质。作家的东北经历在其人生长河中是一段印象深刻的风景，他们大多幼年长在东北，受东北地域文化影响较深；青少年时期又离乡求学，接受良好的教育，被中外多种文化熏陶。整体而言，这些作品呈现了一种文白夹杂的语言风格。"文"是指其语言大多带有学院派的规范和精准并不时运用传统文言句式，"白"是指普通的白话中蕴涵有东北俚俗特质的结构句法和方言土语。比如，同样是对于河流的描写，几位作者从不同的角度呈现了这种语言风格。

---

[1] 梅济民：《雪地》，《牧野》，台北：星光出版社，1980 年，第 218 页。

[2] 汪曾祺：《关于小说语言》，《小说文体研究》，北京：中国社会科学出版社，1988 年，第 1 页。

巨流河是清代称呼辽河的名字，她是中国七大江河之一，辽宁百姓的母亲河。[1]

这是齐邦媛长篇回忆录《巨流河》序言的第一句。在整个的写作过程中，齐邦媛始终告诉自己"不要渲染，不要抒情，尽量让历史和事实说话"，事实上她也做到了，陈芳明就将此书定义为"用简单句、肯定句完成的作品"。全书中审慎又流畅的语言带有些许文言色彩，白描和叙述占据了作品的大量篇幅，唯有几个情动处阐发了短暂的感慨：

春日河水激流常令他想到辽河解冻的浊流，青年壮志也常汹涌难抑，他记起五岁那年，穿了一双新棉鞋，走在辽河岸上，围绕着妈妈，兴高采烈地又跑又跳的情景——有个声音在他心中呼唤：回去办教育，我美丽苍茫的故乡啊！……我今日所学所知，终有一天会让我报答你的养育之恩。[2]

这是齐邦媛写父亲齐世英先生在德国求学，课后在尼卡河畔思考、徘徊的情境。身在他乡，怀念故土，看见冰河解冻即想起养育他的母亲河，而有关母亲河最深刻的记忆就是五岁时穿着新棉鞋在最畅快的游戏场所——河岸上跑跳。20 岁出头的年轻人，出身富庶，环境优越，却能够在中西文化的比较中感受到中国百姓隐藏在勤劳纯朴背后的冷漠和麻木，在自身开蒙之后又惦念家乡孩子的愚昧和无知。"美丽苍茫"二词刻画出年轻人矛盾的心理，因深爱故乡而为其感到悲戚。于是，他身处异乡美景中毫无享乐之感，而且顾念家乡，树立了投身教育事业的奋

[1] 齐邦媛：《巨流河》，台北：天下远见出版股份有限公司，2009 年，第 8 页。

[2] 齐邦媛：《巨流河》，台北：天下远见出版股份有限公司，2009 年，第 37 页。

斗目标。在"渡不过的巨流河"一节，作者又真实地再现了齐世英受到郭松龄将军赏识回乡办学，后来又追随郭将军起兵反对张作霖穷兵黩武，事败困于巨流河岸的遗憾。此时的巨流河又成了阻挡东北现代化进程的阻碍。历史功过我们暂且不予评说，一个文弱书生，舍身赴死穿梭于战场上，为的绝不是荣华富贵而是理想和信仰。

纪刚语言的平实和审慎比之齐邦媛，是有过之而无不及。小说《滚滚辽河》描写了"九·一八"之后，东北学生参与地下抗日组织与敌斗争的真实故事。整个沈阳城都被淹没在日寇入侵的压抑、肃杀气氛中。在他的笔下，辽河的一条细小支流万泉河[1]正是东北现状的展示：

我们刚入学的时候，小河沿还残留些昔日的光辉，我们下课后常到那里去散步，如同自己的校园一般。现在大部分的景象是河道淤塞，楼台失修，麦草枯杨，兽死栏空了。

不！还有一只黑瞎子关在假山前的旧铁笼里。我站在铁笼子旁，欣赏这位狗熊大哥像冬烘先生似的在里面踱着方步，一圈一圈周而复始。[2]

在这段文字中，作者用四个四字词语描写了小河沿的残破景象，整饬简洁，情绪低沉。其实这一小段也可以代表纪刚整体的语言风格，他对于环境的刻画大处着眼，小处落笔，全面又细致，对于事件的描述逻辑性强又精细准确，对于感情的处理要么是压抑内敛，要么就全然抛开，这似乎显示了纪刚作为地下抗日工作者和医生的职业特征。在整体规范严谨的语言之中，纪刚也不时流露东北方言土语，比如"黑瞎子"——

---

[1] 万泉河位于沈阳市东南方，俗成小河沿，它流入浑河，由浑河流入辽河，由辽河流入渤海，再由渤海与黄海、东海、南海连成一片。

[2] 纪刚：《滚滚辽河》，台北：纯文学出版社，1994年，第22页。

东北人对黑熊的俗称。此部分描写的精要正在于这个黑熊意象——困在牢笼中的东北人的象征。身为猛兽，应该驰骋森林、纵横捭阖，如今却只能在笼子里徘徊。这既是一种愤懑，一种无奈，更是一种警醒，作者期待以自己的青春和热血唤起更多的人投入到抗敌御侮的战斗中来，与其被困待宰，不如拼死一搏。正应了作者所在的组织"觉觉团"的名称内涵："先知觉后知，先觉觉后觉"。纪刚的语言表面看起来波澜不惊，其实掷地有声、意蕴深长。

真正将东北语言俚俗性的意蕴、格调发挥到极致的，是刘毅夫。他也同样描写了万泉河一带的景色风物，"文"得雅致，"白"得亲切：

> 小河沿的河中，处处都盛开荷花，乘小船游河，穿梭荷叶，俗雅均赏。有些画舫，可以饮宴游河，更乐也。但这是有钱爷儿们的玩法，一般人顶多租只小舟，在荷莲中独划漫游。
>
> 小河沿的岸上，每天由早到深夜，热闹极了，最显眼的是马戏大棚，老远就看见大棚棚顶，上边插了很多旗幡，迎风飘舞，老远也能听见棚中传出来的洋鼓洋号声音。
>
> 另外就是唱野台戏的戏台，以及唱蹦蹦戏的戏台，变魔术的大圆场，说评书的，卖膏药的，每个场子附近都围满了人。[1]

刘毅夫的笔墨平实、率真，是文言句法与地道方言土语的结合。"爷儿们""顶多""老远"（"老"是副词，形容程度）这些词的使用让人立即感受到浓郁的东北味，仿佛一个东北老乡正绘声绘色地和你"唠东北嗑"。享受过了泛舟江上的自在和马戏团的热闹，这精彩还远没结束。

---

[1] 刘毅夫：《沈阳城的风景线》，《白山黑水忆故乡》，台北：黎明文化事业股份有限公司，1986年，第312页。

野台戏、蹦蹦戏、变魔术、说评书、卖膏药的仍在以各自的绝活等待你的关注。野台戏是借着祭祀神仙的时机随便找块空地搭个场子唱戏，这种野台戏大概是所有戏曲登堂入室之前的民间演练。浓妆艳抹的演员，崭新灿烂的服饰，取材于生活的剧情，经常看得观众目不转睛。蹦蹦戏即是评剧，1910 年左右形成于河北唐山一带，随着闯关东的人流在东北站住了脚。魔术和评书不是发源于东北，但只要是具有欣赏性和娱乐性，在东北就一定有市场。值得一说的是卖膏药的，这绝不是一个人木然地"杵"在市场上，前面摆满一地，随你看不看，买不买。而是凭借卖者"大姑""大姨"的亲切称呼先吸引你的眼球，由讲故事到拉家常慢慢过渡到膏药的必备性，然后再极度夸张地渲染膏药的广泛疗效和使用方法，他说得入情入理、声形并茂，你买不买都能看个热闹。东北浩瀚的原始森林孕育各种神奇的植物,确实有很多山里人发掘了这些宝藏，制成药剂，造福百姓。小说《人间到处有青山》中魏小胡子为青山疗伤的金枪散就是家里的祖传秘方。东北天寒地冻，一般人都有个风湿、关节炎等慢性疾病，因为有金枪散这样的实例，所以这些卖膏药的很有市场。再加上卖者生动入情的表演，真可以算是东北一景了。现代汉语中，"卖膏药"这个词还用来比喻说大话、吹牛皮和卖关子，也就是源于这些买卖人的卖力表演。描写这种人声鼎沸的市场，如果各个场景都详细叙述未免重复单调、啰嗦，作者的这种方式就足见语言的功力了。"唱野台戏的戏台，以及唱蹦蹦戏的戏台，变魔术的大圆场，说评书的，卖膏药的……"他充分相信读者的感受能力，只是罗列一些名词，略微组织，纯粹只有静态的描写，至于到底怎么热闹，作者只用一句话来形容"每个场子附近都围满了人"，剩下的，全由读者自己去完成整个画面了。这个画面似乎有点类似汪曾祺那段写景的名句："青浮萍，紫浮萍。长脚蚊子，水蜘蛛。野菱角开着四瓣小白花……"刘毅夫真正生长在东北又受过良好传统教育，因此能将雅俗互见的两种风格完美地融合。

河流是文明的发源地，孕育了国家、民族、人性，其顺应自然之势润泽万物，与女性的外在形体、刚柔并济的品性、母性情怀以及内在精神有某种契合之处[1]，所以很多人又将故乡的河流比作母亲河。不论是土生土长的纪刚、刘毅夫，还是少小离家的齐邦媛都在对河流的描写中投注了情感，展示了最真的语言风貌。汪曾祺说，"语言不只是技巧，不只是形式。小说的语言不是纯粹外部的东西。语言和内容是同时存在的，不可剥离的。"[2]水的灵秀，河的广博滋养着东北人豪迈又细腻的情怀。这些作家经历不同，风格有异，却都是这一方水土养育的栋梁之材，在他们笔下，无论是满族文化的遗留痕迹，还是贴近乡土的方言土语，抑或对故乡风物的细致描摹，凝结在血管中的是永远无法割舍的怀乡情结。因为深爱，所以倍加珍惜。他们生怕因为自己一时的汪洋恣肆而不能呈现给读者一个真实的东北。大多数作家都是在定居宝岛后坐在宁静的书桌前静静地回忆那带着伤痕的东北故乡，虽然心中感慨万千，却在下笔时抑制住情绪，尽量还原当时的原貌。这一方面是由于东北人质朴真挚的性格决定的，另一方面也源自于客观务实的东北文化的浸染。加之每一位作家的背后都有一个离乡别井、漂泊无依的伤怀往事，这自然增添了其作品历尽沧桑、尝尽冷暖后的深邃意蕴。如果一定要给台湾文学东北书写的语言风貌做一个概括的话，那稚拙淳朴、平实厚重应该是比较切实的。

---

[1] 朱育颖：《河流意象：大河之女新世纪的跨域书写》，《天津师范大学学报》（社会科学版），2014 年第 2 期。

[2] 中国社科出版社文学编辑室编:《小说文体研究》中国社会科学出版社,1988 年,第 1 页。

第四节 台湾文学东北书写的不足

本研究涉及的作家身世、经历不同，学养感悟也有差异，创作的艺术水准不尽相同。有的相对而言比较成熟，也有的弱点比较明显。司马桑敦、田原、齐邦媛、赵淑敏和纪刚等在这批作家中相对较成熟。司马桑敦阅历丰富、见解独到，小说创作虽不太多，仅有一部长篇《野马传》和两个短篇集《山洪暴发的时候》《雪乡集》（小说散文合集），却颇具个性，不仅深度触及对自由人性的追寻，还有叙事精巧得当、语言华美纯熟、题材广泛而深刻的诸多优点。尤其是短篇小说，几乎每篇都显示出"格式的特别"。应凤凰认为其是"五〇年代颇具野心的小说大家"[1]，陈芳明则认为他是《自由中国》小说作家的代表性人物[2]。除了小说，司马桑敦的传记《张学良评传》视角独特、史料丰富、观点鲜明，有一定研究价值。田原作品丰富、取材广泛，从农民的乡土世界到土匪的漂泊生涯，从东北的冰天雪地到西北的苍岭开阔无不是其表现的内容。齐邦媛和赵淑敏则是以学者和教授身份进行创作的，虽然其涉及东北的作品都只有一部，却是文笔娴熟、史料详实的传世之作。纪刚是在行医的间隙以自己的亲身经历书写《滚滚辽河》的，它记录了一代青年的奋斗和迷茫，冲锋与退却，是大时代中小儿女心迹的真实袒露。但是这批作家中有不同程度缺弱，艺术成就参差不齐。

---

[1] 应凤凰编：《五〇年代台湾文学论集》，转引自蔡羽轩硕士论文：《越境与跨界的记者 / 作家——司马桑敦及其作品研究》，台湾大学文学院 2013 年，第 33 页。

[2] 陈芳明："《自由中国》的小说群，较具代表性的作家包括司马桑敦、彭歌与徐訏。他们都是爱现代主义臻于高峰之前就写出值得议论的作品，例如司马桑敦《山洪爆发的时候》，便是成名之作。"《台湾新文学史》（上），台北：联经出版事业股份有限公司，2011 年，第 326 页。

整体而言，这批作品主要不足之处有如下三点：

一、主题先行

1949 年，国民党当局退台后，将台湾作为"反共复国"的基地，在思想文化领域进行严格的控制。"相应于这一政治局势的变化，是以'反共抗俄'为内容的极端政治化的'战斗文艺'，在当局的高倡下，几成覆盖文坛之势。"[1] 在这种大的政治风潮的影响之下，许多东北书写也显现出主题先行，结构模式化的倾向。司马桑敦的《野马传》、田原的《这一代》、潘人木《马兰的故事》中都有对共产党员的丑化描写；李春阳的《苍天悠悠》和梅济民的《哈尔滨之雾》《五千公里雪山大逃亡》等作品中充满对俄国红军彻骨的痛恨。这种思想观念还导致这批作品大多形成一个模式化的尾巴——投奔台湾。《这一代》中的罗小虎带着小光明偷渡去台湾金门；纪刚在《滚滚辽河》的结尾带着妻子抛弃亲人和挚友登上开往台湾的邮轮；《苍天悠悠》中的李繁东死里逃生地攀上去往台湾的帆船；《巨流河》中的齐邦媛是他们一家在台湾的先遣队，从 1948 年底便开始不断地迎接来自大陆的亲友……不仅是这些显在情节，作品中流露出来的思想意识有时也带有政治偏见。比如齐邦媛认为中国共产党在抗日战争期间不是积极抗日而是利用机会在国统区搞渗透："当政府正规军在全力抗日的时候，他们用种种方式渗透了后方，胜利后，再由伤亡疲惫的政府手中夺取政权。"[2] 她还将抗战之后首先发动内战的责任归咎于共产党："日本与德国在盟国的扶助下迅速复兴，而中国国军却在战后，疲兵残将未及喘息，被迫投入中共夺取政权的内战，连'瓦全'的最低幸福都未享到。"[3] 事实是，早在 2005 年，

---

[1] 刘登翰等主编：《台湾文学史》（下卷），福州：海峡文艺出版社，1993 年，第 24 页。

[2] 齐邦媛：《巨流河》，台北：天下远见出版股份有限公司，2009 年，第 202 页。

[3] 齐邦媛：《巨流河》，台北：天下远见出版股份有限公司，2009 年，第 218 页。

国共两党就已经对抗日战争问题达成共识：是国共两党共同领导军队，组织全民抗战，取得胜利的。齐邦媛"只是以一己的感想、印象和道听途说得来的资料，用小小的、少少的资讯，作出大大的、惊人的结论，自然很容易进入认识误区。"[1]当我们对这位令人敬重的评论家、教授、翻译家的论调感到费解时，不妨回到其家世背景中寻求答案。齐邦媛出生在辽宁铁岭，家产约有四百晌田地（一晌约十亩），在当地算是中等大户。不仅如此，齐邦媛的祖父还是张作霖麾下要将，有一定声名；齐邦媛的父亲齐世英是国民党元老，由南京到重庆，再到台湾，一直忠心耿耿的追随蒋介石。齐邦媛在《巨流河》中多次流露对于父亲的敬佩，这种潜移默化的影响恐怕是其产生这些政治偏见的源头。不只是齐邦媛，如果考察其他作家的出身，也大多是富庶家庭：司马桑敦出生于辽宁金州的大商人家庭；梅济民家族坐拥大片广阔牧场；刘毅夫家族是村里富户……家庭出身决定了他们的阶级地位，也由这种经历决定了他们小说或散文经常描写曾经优越的家庭环境、艰难的创业史（发家史）和地主、商人在抗战后经历的被斗史，将大陆写成万劫不复的深渊。《这一代》的结尾还替所有生活在"水深火热"中的大陆同胞鸣不平："小虎没有忘记，每个获得自由的人都没有忘记：那些陷在铁幕中的同胞，他们以黑夜盼望天明的心情，期待着解救，解救他们永离血腥的苦海，度着属于人类的生活！"[2]在这个层面的书写中，许多作品成了国民党当局"战斗文艺"的图解和附庸。

二、情节失真

小说对于推进情节发展的动因交代不足，情节的连贯性和合理性

---

[1]　陈辽：《一部爱国的但被偏见引入误区的回忆录——评齐邦媛的＜巨流河＞》，《世界华文文学论坛》，2012 年第 4 期。

[2]　田原：《这一代》，台北：黎明文化事业公司，1986 年，第 319 页。

有待商榷，读者是被作者"告之"事件，而不是随着主人公一起沉浮。这主要体现在梅济民和李春阳的小说中。梅济民的《北大荒风云》有"史"的框架结构，却缺乏"诗"的内涵。作者总是以主观想象替代现实体验，有很多情节不符合现实，或者说没有展现充分的现实依据。首先，书中百姓的抗敌意识和抗敌行动之间似乎没有距离和阻碍。万海山作为东北自发抗日阵营的首领，是个至关重要的人物，即使不是主角，也应该介绍其由土匪首领到从军抗日的思想历程。而小说一开始就写到万海山劫路取财，遇见李家和赵家送学生上学，仅凭李宏几句问候便放弃劫财，还热情地请一行人吃饭。席间李宏等四位青年伺机说服万海山抗击俄国侵略，万海山居然早有此想法，双方不谋而合。不久，万海山果然组织了队伍抗俄，几位青年也辍学投奔而来。几经战斗，万海山居然成为能够引领十几万人的军队首领。这不是不可能，但是作者对于万海山的身世、背景、思想等没有交代，就让人感觉有些唐突。李宏、李纯等青年学生参加卫国斗争在当年是常见的，但是像田慧娟这样出生在哈尔滨富贾家庭的女儿也能够来到抗敌前线，并且没有受到家庭的任何一点阻力，反而处处是支持，这就显得不太符合实际。方向和路线是对的，但是缺乏过程。在梅济民笔下，似乎所有的东北人民都是为了斗争而存在，农民、地主、大商人、学生等，所有人都愿意为了斗争牺牲自己的一切，而且没有一点挣扎和犹豫。这都说明作者缺乏对于现实民性的了解，仅凭主观臆想编造情节，致使小说脱离现实。其次，情节奇巧，成功太易也不免令人生疑。在小说的第12章写到俄军要运送一火车的武器弹药从博克图站经过。田慧娟居然很轻易就从小站的俄国军曹口中得知小站只有10个俄国守备，有9个人正在办公室里大吃大喝。她用10瓶烈醇的高粱酒就将这十个守军灌醉了，换上了中国军人守卫车站。接下来的情节更加离奇，田慧娟仅凭一口流利的俄语就取得了运送军火的卫兵的信任，没有任何凭证就能够冒充俄国将军的女秘书，将运送军火的30多名士兵聚齐，再由万海山带领军队一网打尽，然后他们劫去了整车的军火。俄国军人确实嗜酒如命，但也不会像小说中写到的如此昏庸和愚蠢。李春阳的《苍天悠悠》中也存在这样的问题。不论是在莽莽雪原之中，还是偌大个南京城，所有失散的人只要想找，顷刻间就能找到。李繁东和黛娜隐匿在荒山之中，自己如果不小心都会迷失方向，而李繁东的父母则很容易就找到了他们；小说后半部分，李繁东和黛娜失去了联系，居然在南京的菜市场闲逛就能遇见来买菜的淑子，进而找到黛娜和女儿。对于《苍天悠悠》而言，还有更致命的硬伤就是许多情节前后连接不上。李繁东带着黛娜和华陵夫一起逃跑，华陵夫在炮火中消失了，黛娜和李繁东居然根本不曾寻找，不久，华陵夫又突然出现在黛娜眼前。对于其出现的原因则根本没有交代。这就会让读者一头雾水，不知所云。

三、人物的扁平和单薄

台湾文学中的东北书写大多是现实主义小说，这种传统的小说模式要依靠人物形象推进情节，体现深刻的思想性。现实主义小说中的人物不能像现代派小说中的人物一样，只是概念化的，必须是真实可感的，鲜活生动的，复杂而有深度的。某些不够成熟的作品则没有达到这个高度。作家梅济民擅长构建史诗性的长篇巨制，喜欢描写宏阔的战争场面，喜欢描写景物渲染意境和氛围，唯独不擅长刻画人物。他笔下的人物大多是扁平的，缺乏心理描写，不能体现人物思想深处的挣扎与矛盾。在《哈尔滨之雾》中，男主人公艾薇同时被菊池美千代和古贺凌子两个日本女孩深爱，他虽然内心喜欢凌子，却不拒绝菊池美千代的接近，书中并没有阐明他如此举棋不定的原因，也没有展现内心的纠结。在小说中，艾薇在抗日战争胜利俄军入侵哈尔滨之际设法营救俄军集中营的日本女孩、组织民间义务警察队，保卫市民安全。但是作者只是对他行为的现实进行叙述，却很少阐释他行为的动机和思维方式。他就像一个模式化的斗争工具，在现实面前机械地应对。在这样的作品当中，读者感受不到主人公的呼吸和心跳，不知道他们具体是怎么想的，只能跟着作者的笔东冲西突。梅济民在塑造《长白山奇谭》中的王三哥这个形象时，交代了其一心向善，不存私念的原因，是受到死去妻子兰兰的影响。但是这个人物总是将素不相识人的苦难当作自己的苦难，而且会毫无保留地奉献自己的所有去帮助陌生人的现实未免失真。因为任何一个人都会有私心，如果自己都没法吃饱、穿暖，又怎么有精力和能力去帮助别人呢。王三哥却从没有私心，宁肯自己穿着单衣在春寒中打颤，也会将皮衣借给生病的小孩。在小说中王三哥的性格是单向度的，他似乎只有"社会性"而没有"动物性"，固然也就不存在灵与肉的矛盾。李春阳《苍天悠悠》中的人物也显得苍白。李繁东的生命中只关注两件事，前半部分是放弃一切争取和黛娜在一起，后半部分是全身心抗击俄国共产党。他在投入战斗之后，几乎全然忘记了儿女私情，置黛娜于不顾，甚至连他和黛娜有了孩子都不知道。战争、杀戮固然会阻隔亲人的团聚，黛娜和李繁东的经历是动荡年代常常发生的现实，但是作者没有及时地展现环境变化对人物性格、思想方面形成的巨大影响，就让读者感觉到人物的分裂和干瘪，似乎小说的前后部分是两个同样名字的不同的人。

此外，在梅济民的小说中还经常出现口号标语式的欢呼和浅薄的抒情。笔下人物经常将"救国救民""民族大义""看淡生死"挂在嘴边，"万叔叔好伟大！好伟大呵！"[1]"中华民国万岁！中国浴血救国军万岁！"[2]这样的口号也不绝于耳。前线的战士还动不动就拿起酒杯热烈庆祝，庆祝李宏的外伤痊愈、庆祝小的战斗胜利、庆祝朋友战场相逢。作者不时以"多感人的场面！多真挚的豪情！"[3]等语言抒情。这

---

[1] 梅济民：《北大荒风云》，台北：当代文学出版社，1983 年，第 205 页。

[2] 梅济民：《北大荒风云》，台北：当代文学出版社，1983 年，第 207 页。

[3] 梅济民：《北大荒风云》，台北：当代文学出版社，1983 年，第 200 页。

些由作者主观臆想出来的场面在生死攸关、冰天雪地的战争前线根本无暇发生，自然也就不能感动读者，再看到这种口号和欢呼，更觉戏谑滑稽。李春阳的《苍天悠悠》则经常表现出词汇的贫乏。在表现人物愤怒这种情绪时，作者不常用人物的语言、动作、眼神和表情来表现，而是经常使用"震怒""怒吼""咆哮""怒喊"等词语来表达，尤其是"震怒"一词，在全文出现竟达几十次。还有他用来形容黛娜的肺结核病的词语也几乎就是"咯血""后背流汗"这两个词，用于表达黛娜情绪的词语就是"流泪""难过"这些，而缺乏更生动的描述。

造成这些不足的原因是多方面的：有政治环境的因素、有心理认知的不同，也有创作水平的差异。

结语
台湾文学东北书写的意义

迈克·克朗在《文化地理学》中阐释了一个概念："历史重写本（palimpsest）"。该词源自中世纪书写用的印模，原先刻在印模上的文字可以擦去，然后在上面一次次地重新刻写文字。其实以前刻上的文字从未彻底擦掉，于是随着时间的流逝，新、旧文字就混合在一起：重写本反映了所有被擦除及再次书写上去的总数。[1]不论是一个地区的文化呈现方式，还是某个人对于某地、某物或者某种情绪的认知都与"历史重写本"有着相似的地方。它不可能擦掉过去所有的痕迹，也不可能拒绝新事物的影响和入侵，一切的认知结果都是随时间消逝增长、变异及重复的认知总和。对于台湾文学东北书写而言，"东北经验"和"台湾经验"的双重认知都会在其作品中呈现显影，使其成为异于大陆东北书写又异于台湾其它各省籍书写的独特所在。

本书在两个维度上论述了台湾文学的东北书写。第一个维度是在时间的纵向上比较台湾作家在伪满洲国时期对于"满洲"的书写与赴台

---

[1]　【英】迈克·克朗著，杨淑华、宋慧敏译：《文化地理学》，南京：南京大学出版社，2005 年，第 20 页。

作家对于东北的书写。之所以将其定义为"时间上"的比较是因为东北特定的历史。伪满洲国时期，由于台湾和东北同属于日本的殖民地，所以台湾人有机会跨越海峡来到东北寻觅生机，有了对于东北的文学书写，其写作的时间也都是在这一时期，即 1945 年以前。而赴台作家的作品大都写作在 1949 年之后，明显地带有"东北印记"，是大陆和台湾双重经验的写作。本书第一章分析了台湾作家对于满洲的书写；第二、三、四章论述了赴台作家的东北书写，两者呈现很大差异。首先，台湾人书写的是想象中的满洲，其中一部分是作者对于友人前往满洲的祝福和憧憬，并不是实景描写，与其说它们反映的是"满洲"，还不如说反映的是日本殖民者对于台湾媒体的严格控制和对于殖民地满洲的空泛美化。另外一些作品是反映那一代台湾人在日本殖民统治之下的迷茫心理，如长篇小说《命运难违》就是将满洲作为小说的底色，表达台湾年轻一代在台湾难寻出路，幻想逃脱的心态。第二，由于政治和作者身份的限制，大部分书写满洲的作品不能真实地表达自己的想法，只能留恋风物，隐晦表达。第三，台湾作家大多以游览和旁观的视角进行满洲书写。与赴台作家相比，他们对于满洲没有更深刻的情感依恋，也就没有对于满洲丰饶历史和残忍现实的比较，更没有"爱之深、责之切"的深邃批判。他们对于满洲现状的伤心、难过，不忍提笔，主要源自其台湾经验，看到被奴役的满洲，想到被奴役的台湾，遇见满洲惨状，想起自己故乡的凋零。第四，钟理和书写了东北的底层社会。在所有台湾人的满洲书写中，钟理和及其作品是最特殊的。钟理和是唯一一位以平民身份来到满洲的，他不像书写诗词的士绅那样，来到满洲是受到台湾岛内的工作委派（如陈寄生），或者受到满洲当权者的邀请（如魏润菴），钟理和东北此行一方面是逃脱族人对他与钟平妹的同姓之婚的指责，另一方面是寻找他心中的"原乡"。他与东北的贫民生活在一起，体察到热情如火和冷漠颓唐的两极民性，不仅写出了其他台湾士绅没有写出的"满洲"

实景，还较深入地触及了东北底层社会及民族劣根性。从这一层面上分析，钟理和对于东北书写，可以与东北作家群或者东北在地作家的东北书写接轨，此课题可以继续延伸和拓展，具有深远的意义。

第二个维度是在第二、三、四章，分别从东北精神、地域民俗和美学风格三个方面横向论述赴台作家的东北书写。不同角度的论述，可以体现这些作品的一些共性：

首先，由于意识形态的偏差，大多作品具有"反共抗俄"倾向。

第二，源自于亲身经历的纪实感。

第三，作品中弥漫着挥之不去的乡愁。1949年前后，随着国民党当局由大陆来到台湾的大约有200万人。在两岸隔绝，消息封闭，与亲人无法相见的情况下，赴台人员普遍感到内心的空虚，一种怀乡思旧的情绪弥漫着整个文坛。在赴台作家笔下，这种怀乡情绪有几种表现形式：一是在回顾当年在大陆奋斗史的过程中，表达壮志未酬的遗憾，并不时地以具体情境勾连乡愁。如齐邦媛的《巨流河》，描写齐邦媛与父亲两代人颠沛流离、生生不息的求学史和抗争史，中间夹以母亲的歌声《苏武牧羊》宣泄离家越发遥远，至死未能返家的悲剧。与之类似，王汉倬、梅济民和刘毅夫的散文也经常在描写东北故乡的嫁娶民俗、甜美冷食、富饶土地和肥沃牧场的过程中表达对于故乡的深深眷恋、仓皇出逃的遗憾和不知何时能返家的期望。这种情感模式暗植大多数作品中，无论作品叙写的是何种主题，都会弥漫着或隐或显的乡愁。二是在叙事方面突出"漂泊"的主题，以漂泊在他乡，身心均无所寄托的游子情怀反向表达浓烈的思乡情绪。三是对于东北风物的美化。东北土地肥沃、物产富饶；东北人民勤劳质朴、厚情重义；东北的历史文化源远流长；东北山川河流美不胜收……就连那滴水成冰、酷寒到极致的自然气候也成为抗击敌国军队的天然堡垒和孕育勇武剽悍民性的独特宝藏。大粮户和开荒先锋总会不计回报地帮助逃荒到此地的新开荒者（《松花江畔》《白山黑水忆故乡》）；地主也都是辛苦劳作，勤俭持家才变得富裕，他们对待长工如同亲人，浸满浓厚的情谊（《北大荒风云》《北大荒》《松花江的浪》《长白山夜话》《大地之恋》等）；邻里乡亲都能够互助互爱，即使有压制自由天性的伦理纲常描写，最后也都会因为巧合、真爱等因素化险为夷（王汉倬的《白山黑水集》中民风淳朴；《大地之恋》中菊菊和长顺终成眷属；《青纱帐起》中付东方在斗争中成长，改变村人看法）；各阶层百姓面对日俄的侵略不是冷眼旁观，得过且过，而是放弃和平、安稳的生活亲赴杀场（《滚滚辽河》《古道斜阳》《青纱帐起》《从东北来》《松花江的浪》《北大荒风云》《苍天悠悠》《哈尔滨之雾》等）……很显然，这种描写与三十年代东北作家群同样题材的写作是有较大区别的。萧红在《呼兰河传》中鞭挞的东北农村百姓的愚昧、冷漠；在《生死场》中描写的贫苦农民被烧杀抢掠、走投无路才献身革命的现实；萧军的《八月的乡村》中突显的革命队伍由于人员复杂而产生的种种矛盾，在赴台作家笔下都没有过多的触及，有的大都是一种理想化、审美化的呈现。究其原因，主要是源于这些作品都属于作家的"再记忆"。正如徐颖果所说："'再记忆'中对家园的表述常常成为一种身份定位，而并非地理意义上的家园回归。"[1] 他们不是在当时、当地以东北主人翁的身份叙写生养自己的故乡的，而是经过十几年，甚至几十年的记忆沉淀之后对于故园的回忆。他们已经成为离散在家园之外的漂泊者，他们对家园的渴望是在现居地缺乏精神寄托的一种弥补。所以，他们经常会塑造理想的精神家园，来满足他们的归属感。他们追寻归属感的同时亦是对于自己文化身份的重新定位。所以，赴台作家的乡愁叙事并不是简单的思乡故事，而是蕴涵着两岸历史与身份认同的复杂内蕴。

---

[1] 徐颖果主编：《离散族裔文学批评读本——理论研究与文本分析》，天津：南开大学出版社，2012 年，第 19 页。

本研究的创新之处有三：

第一，首次将台湾文学中的东北书写作为一个整体考察，体现东北——台湾双重经验。作家在东北的生活经历见证着他们的文化身份，他们往往是透过自己这份人生经历和文化意识来观察、辨识、体认台湾文化。东北经验在一定程度上左右了他们看待台湾社会的心态和深度。东北经验和台湾经验在他们思想中形成互相冲突又互相包容的矛盾统一体，"构成了他们观察、思考和创作的一种'复眼'式的双重视域[1]"。如司马桑敦对"人性"的执著追寻、梅济民对于日本子民战败后的怜悯与同情都是他们以更加开放、豁达的人生观念对人类共性的解读。

第二，第一章中，对日据时期"满洲"书写的系统研究在大陆尚属较早。对于《风月报》《诗报》上台湾作家书写东北的诗词和林辉焜有关东北的长篇小说《命运难违》的研究，在大陆还未见先例。虽然钟理和的研究在大陆相对成熟，但是以往的研究大多关注他在北京时期的创作，本研究则揭示了钟理和与沦陷区本土作家对于东北书写的区别。这批台湾本土作家以不同身份、从不同的角度和立场，对于东北进行了有差异的书写，从不同侧面展示了东北。

第三，对台湾文学中东北语言的分析，是其他学者此前研究中没有深入触及的。研究深入分析了东北语言最具特色的两个方面：满语遗留和方言土语，又阐释了平实厚重、文白夹杂的语言风格，从整体上把握了东北语言风貌。

研究不足之处有三：

第一，对台湾文学的整体把握不足，无论是对台湾文学史还是对

---

[1] 刘登翰主编：《双重经验的跨域书写——20世纪美华文学史论》，上海：上海三联书店，2007年，第11页。

现实创作环境的理解都不够深入，影响对于很多问题的判断、评价。

第二，作者虽然尽全力搜集作品，但还有遗漏。例如第一章涉及到的《诗报》《风月报》的诗词并没有全部掌握。

第三，本研究在写作时，总是力求全方位把握台湾文学的东北书写，从宏观的角度对这些作品的共性进行挖掘，但对作家的个性却没有兼顾，不失为一种遗憾。

另外，由于研究整体框架的限制，对于段彩华和沙军的小说、孙陵、王鼎钧、赵淑侠、赵淑敏等少量的涉及东北的散文和陈纪滢的纪实文学还没有纳入研究；由于体裁的限制[1]，对于杨唤的儿童诗也没有涉及。这也是今后研究的一个方向。

伊格尔顿认为"历史变化就是系统内固定元素之间逐渐的重新组合和重新排列：没有任何事物消失：它们仅仅由于改变了与其他元素的关系而改变了形状。"[2]但是，在文化和文明的传承过程中，对于传统的继承不是被动的守恒过程，而是意义的重新生成。台湾文学既是中国传统文化的一种继承和传播，也是带着台湾经验的新的文明，经过重新变构得以丰富，同时也强化了"中华传统"中某些真理性的本质因素。[3]赴台作家的东北书写，丰富了台湾文学中的地域写作。

---

[1] 赴台东北作家大多数写的是小说与散文，就笔者掌握的写作情况，书写诗歌的仅有杨唤，书写话剧的，暂时没有。

[2] 【英】特雷·伊格尔顿：《二十世纪西方文学理论》，西安：陕西师范大学出版社，1987年，第122页。

[3] 杨匡汉主编：《中国文化中的台湾文学》，武汉：长江文艺出版社，2002年，第6页。

参考文献

一、作品

1. 陈逢源，《新支那素描》，台北：台湾新民报社 1939 年。

2. 陈纪滢，《伪满建国周年秘密采访记（上）》，《传记文学》，1971 年 9 月。

3. 陈纪滢，《伪满建国周年秘密采访记（下）》，《传记文学》，1971 年 10 月。

4. 陈纪滢，《荻村传》，台北：皇冠出版社 1985 年。

5. 陈纪滢著，许骥编，《陈纪滢文存》，北京：华龄出版社 2011 年。

6. 段彩华，《雪地猎熊》，台北：三民书局有限公司 1971 年。

7. 纪刚，《滚滚辽河》，台北：纯文学出版社 1975 年。

8. 纪刚，《葬故人——鲜血上飘来一群人》，延吉：延边人民出版社 1995 年。

9. 李春阳，《苍天悠悠》，台北：纯文学出版社 1987 年。

10. 刘毅夫，《白山黑水忆故乡》，台北：黎明文化事业股份有限公司 1986 年。

11. 林辉焜著、邱振瑞译，《命运难违》，台北：前卫出版社，1998 年。

12. 梅济民，《梦的回旋》，台北：星光出版社 1982 年。

13. 梅济民，《哈尔滨之雾》（上、下），台北：当代文学出版社 1983 年。

14. 梅济民，《北大荒风云》，台北：当代文学出版社 1983 年。

15. 梅济民，《长白山夜话》，台北：星光出版社 1984 年。

16. 梅济民，《真空地带》，台北：当代文学研究社 1987 年。

17. 梅济民，《东京之恋》，台北：当代文学研究社 1988 年。

18. 梅济民，《长白山奇谭》，台北：当代文学出版社 1990 年。

19. 梅济民，《北大荒》，台北：星光出版社 1991 年。

20. 梅济民，《牧野》，台北：星光出版社 1996 年。

21. 潘人木，《马兰的故事》，台北：纯文学出版社 1990 年。

22. 潘人木，《莲漪表妹》，台北：尔雅出版社 2001 年。

23. 齐邦媛，《巨流河》，台北：天下远见出版社 2009 年。

24. 司马桑敦，《野马传》，台北：文星书店 1967 年。

25. 司马桑敦，《山洪暴发的时候》，台北：爱眉文艺出版社 1970 年。

26. 司马桑敦，《张学良秘史》，台北：金兰文化出版社 1988 年。

27. 司马桑敦，《张学良评传》，台北：传记文学出版社 1989 年。

28. 司马桑敦，《雪乡集》，美国：长青文化公司 1992 年。

29. 沙军，《杏林春暖》，台北：台湾商务印书馆 1972 年。

30. 孙陵，《从东北来》，桂林：前线出版社 1940 年。

31. 孙陵，《女诗人》，台北：成文出版社 1980 年。

32. 孙陵，《觉醒的人》，台北：成文出版社 1980 年。

33. 孙陵，《大风雪》（第一部），香港：南华书局 1997 年。

34. 田原，《泥土》，台北：台湾商务印书馆 1972 年。

35. 田原，《田原文集》，台北：水芙蓉出版社 1976 年。

36. 田原，《大地之歌》，台北：水芙蓉出版社 1978 年。

37. 田原，《北风紧》，台北：黎明文化事业股份有限公司 1980 年。

38. 田原,《田原自选集》,台北:黎明文化事业股份有限公司1982年。

39. 田原,《铁树》,台北:大地出版社1984年。

40. 田原,《松花江畔》,台北:大地出版社1986年。

41. 田原,《这一代》,台北:黎明文化事业公司1986年。

42. 田原,《古道斜阳》,台北:采风出版社1986年。

43. 田原,《大地之恋》,台北:大地出版社1993年。

44. 田原,《青纱帐起》(长篇),台北:皇冠出版社,1977年。

45. 田原,《我是谁》(长篇),台北:皇冠出版社,1972年。

46. 王鼎钧,《关山夺路——王鼎钧回忆录四部曲之三》,台北:尔雅出版社2005年。

47. 王汉倬,《白山黑水集》,台北:三民书局1973年。

48. 王家诚、赵云,《男孩、女孩和花》,台北:九歌出版社1979年。

49. 无名氏,《野兽、野兽、野兽》,广州:花城出版社1995年。

50. 无名氏,《北极风情画、塔里的女人》,北京:人民文学出版社2010年。

51. 谢南光,《谢南光著作选》(上、下),台北:海峡学术出版社1999年。

52. 杨唤,《杨唤全集》Ⅰ、Ⅱ,台北:洪范书店有限公司1990年。

53. 杨明显,《长白山下的童话》,台北,纯文学出版社1976年。

54. 幼柏,《傻门春秋》,台北:三民书局1975年。

55. 于还素,《晴川历历》,台北:天华出版社1978年。

56. 于还素,《我不诅咒春天》,台北:光复书局1987年。

57. 钟理和,《原乡人——钟理和中短篇小说选》,北京:人民文学出版社1983年。

58. 钟理和,《新版钟理和全集1短篇小说卷》,高雄:高雄县政府文化局2009年。

59. 钟理和，《新版钟理和全集 5 散文与未完稿卷》，高雄：高雄县政府文化局 2009 年。

60. 钟理和，《钱的故事》，北京：人民文学出版社 1992 年。

61. 赵淑敏，《松花江的浪》，哈尔滨：北方文艺出版社 1987 年。

62. 赵淑敏，《叶底红莲》，北京：人民文学出版社 2000 年。

63. 赵淑侠，《故土与家园》，台北：九歌出版社 1983 年。

64. 赵淑侠，《异乡情怀》，北京：中国友谊出版公司 1984 年。

65. 赵淑侠，《紫枫园随笔》，北京：中国友谊出版公司 1984 年。

66. 赵淑侠，《游子吟》，北京：中国文联出版公司 1988 年。

67. 赵淑侠，《流离人生》，南京：江苏文艺出版社 2010 年。

二、研究著作

1. 【法】阿尔弗雷德 格罗塞著，王鲲译《身份认同的困境》，北京：社会科学文献出版社 2010 年。

2. 陈芳明，《台湾新文学史》，台北：联经出版事业股份有限公司 2011 年。

3. 陈平原，《中国小说叙事模式的转变》（第 2 版），北京：北京大学出版社 2010 年。

4. 陈庆元，《文学：地域的观照》，上海：上海远东出版社、上海三联书店 2003 年。

5. 蔡翔、董丽敏等，《空间、媒介和上海叙事》，上海：上海大学出版社 2013 年。

6. 陈颖，《中国战争小说史论》，上海：上海三联书店 2008 年。

7. 丁帆，《中国乡土小说史》，北京：北京大学出版社 2007 年。

8. 方忠主编，《多元文化与台湾当代文学》，北京：文化艺术出版社 2011 年。

9. 傅蓉蓉，《当代台湾文学研究》，北京：九州出版社 2013。

10. 高翔，《现代东北的文学世界》，沈阳：春风文艺出版社 2007 年。

11.【美】耿德华著，张泉译，《被冷落的缪斯：中国沦陷区文学史》，北京：新星出版社 2006 年。

12. 古继堂，《台湾文学与中华传统文化》，北京：九州出版社 2010 年。

13. 辜也平，《范式的建构与消解：二十世纪中国文学研究专题》，福州：海峡文艺出版社 2002 年。

14. 计璧瑞，《被殖民者的精神印记：殖民时期台湾新文学论》，厦门：厦门大学出版社 2010 年。

15. 焦润明等，《近代东北社会诸问题研究》，北京：中国社会科学出版社 2004 年。

16. 何成洲主编，《跨学科视野下的文化身份认同》，北京：北京大学出版社 2011 年。

17. 靳明全，《区域文化与文学》，北京：中国社会科学出版社 2003 年。

18. 金仲达，《野马停蹄——司马桑敦纪念文集》，台北：尔雅出版社 1982 年。

19. 贾振钟，《江南士风与江苏文学》，长沙：湖南教育出版社 1995 年。

20. 刘登翰等主编，《台湾文学史》（上、下），福州：海峡文艺出版社 1991、1993 年。

21. 刘登翰主编，《双重经验的跨域书写——20 世纪美华文学史论》，上海：上海三联书店 2007 年。

22. 刘洪涛，《湖南乡土文学与湘楚文化》，长沙：湖南教育出版社 1995 年。

23. 刘小新，《华文文学与文化政治》，镇江：江苏大学出版社 2011 年。

24. 刘小新，朱立立，《两岸文学与文化论集》，镇江：江苏大学出版社 2013 年。

25．李继凯，《秦地小说与"三秦文化"》，长沙：湖南教育出版社 1995 年。

26．李建军，《小说修辞研究》，北京：中国人民大学出版社 2003 年。

27．李诠林，《台湾现代文学史稿》，福州：海峡文艺出版社 2007 年。

28．李怡，《现代四川文学的巴蜀文化阐释》，长沙：湖南教育出版社 1995 年。

29．黎湘萍，《文学台湾：台湾知识者的文学叙事与理论想象》，北京：人民文学出版社 2003 年。

30．亮轩，《飘零一家——从大陆到台湾的父子残局》，桂林：广西师大出版社 2012 年。

31．陆卓宁主编，《20 世纪台湾文学史略》，北京：民族出版社 2006 年。

32．罗钢，《叙事学导论》，昆明：云南人民出版社 1994 年 5 月。

33．吕正惠，《战后台湾文学经验》，北京：生活　读书　新知三联书店 2010 年。

34．孟慧英，《中国北方民族萨满教》，北京：社会科学文献出版社 2000 年。

35．马丽华，《雪域文化与西藏文学》，长沙：湖南教育出版社 1995 年。

36．【德】马克思，《＜政治经济学批判＞序言、导言》，北京：人民出版社 1971 年。

37．【英】Mike Crang 著，王志弘等译：《文化地理学》，台北：巨流出版社 2003 年。

38．逄增玉，《黑土地文化与东北作家群》，长沙：湖南教育出版社 1995 年。

39．逄增玉，《东北现当代文学与文化论稿》，北京：中国社会科学出版社 2012 年。

40. 邱珮瑄，《战后台湾散文中的原乡书写》，台北：学生书局有限公司 2006 年。

41. 【法】热拉尔·热奈特著，王文融译，《叙事话语　新叙事话语》，北京：中国社会科学出版社 1995 年。

42. 色音主编，《民俗文化与宗教信仰》，北京：知识产权出版社 2012 年。

43. 邵雍等，《中国近代土匪史》，合肥：合肥工业大学出版社 2012 年。

44. 申丹，《叙述学与小说文体学研究》（第 2 版），北京：北京大学出版社 2001 年。

45. 帅震，《原乡的面影——20 世纪台湾文学中的原乡意识》，北京：九州出版社 2014 年。

46. 沈卫威，《东北流亡文学史论》，郑州：河南人民出版社 1992 年。

47. 齐世英口述，沈云龙、林泉、林忠胜访问，林忠胜记录，《齐世英口述自传》，北京：中国大百科全书出版社 2011 年。

48. 万建中，《中国饮食文化》，北京：中央编译出版社 2011 年。

49. 王宏刚编著，《满族风俗志》，北京：中央民族学院出版社 1991 年。

50. 魏建、贾振勇，《齐鲁文化与山东新文学》，长沙：湖南教育出版社 1995 年。

51. 乌丙安，《神秘的萨满世界——中国原始文化根基》，上海：三联书店上海分店出版，1989 年。

52. 乌丙安，《萨满信仰研究》，长春：长春出版社 2014 年。

53. 汪文顶，《现代散文史论》，福州：福建教育出版社 1994 年。

54. 萧成，《宝岛脸谱——台湾文学论稿》，香港：天马图书有限公司 2011 年。

55. 【英】布赖恩·莫利斯著，周国黎译，《宗教人类学》，北京：今日中国出版社 1992 年。

56. 徐迺翔、黄万华，《中国抗战时期沦陷区文学史》，福州：福建教育出版社 1995 年。

57. 徐颖果主编，《离散族裔文学批评读本——理论研究与文本分析》，天津：南开大学出版社 2012 年。

58. 应凤凰，《钟理和论述》，高雄：春晖出版社 2004 年。

59. 袁勇麟，《当代汉语散文流变论》，上海：上海三联书店 2002 年。

60. 袁勇麟主编，《中国当代文学编年史　港澳台文学》（第十卷），济南：山东文艺出版社 2012 年。

61. 杨匡汉主编，《中国文化中的台湾文学》，武汉：长江文艺出版社 2002 年。

62. 杨星映，《中西小说文体形态》，北京：中国社会科学出版社 2005 年。

63. 杨英杰，《清代满族风俗史》，沈阳：辽宁人民出版社 1991 年。

64. 杨治良、孙连荣、唐菁华，《记忆心理学》（第三版），上海：华东师范大学出版社 2012 年。

65. 闫秋红，《现代东北文学与萨满教文化》，广州：暨南大学出版社 2012 年。

66. 周励、赵雨、藤田梨那、可越，《回望故土——寻找与解读司马桑敦》，台北：传记文学出版社 2009 年。

67. 仲富兰，《我们的国家风俗与信仰》，上海：复旦大学出版社 2012 年。

68. 郑树森，《小说地图》，南京：江苏教育出版社 2006 年。

69. 郑家建，《中国文学现代性的起源语境》，上海：上海三联书店 2002 年。

70. 郑家建，《东张西望：中国现代文学论集》，福州：海峡文艺出版社 2008 年。

71. 郑家建，《透亮的纸窗》，北京：人民出版社 2014 年 8 月。

72. 朱立立，《知识人的精神私史：台湾现代派小说的一种解读》，上海：上海三联书店 2004 年。

73. 朱立立，《身份认同与华文文学研究》，上海：上海三联书店 2008 年。

74. 朱立立，刘小新，《宽容话语与成人的政治：中国现当代文论中的宽容论述及其相关问题》，镇江：江苏大学出版社 2009 年 12 月。

75. 朱立立，《台湾现代派小说研究》，台北：人间出版社 2011 年。

76. 朱立立、刘小新，《近 20 年台湾文学创作与文艺思潮》，镇江：江苏大学出版社 2012 年。

77. 朱双一，《台湾文学与中华地域文化》，厦门：鹭江出版社 2008 年。

78. 朱双一，《百年台湾文学散点透视》，台北：海峡学术出版社 2009 年。

79. 朱双一，《台湾文学创作思潮简史》，北京：九州出版社 2010 年。

80. 赵庆华主编，《涉大川：纪刚口述传记》，台南：台湾文学馆 2011 年。

81. 赵稀方，《后殖民理论》，北京：北京大学出版社 2009 年。

82. 周晓风、张中良，《区域文化与文学研究集刊》（第 1 辑），北京：中国社会科学出版社 2010 年。

83. 张羽、朱双一，《海峡两岸新文学思潮的渊源和比较》，厦门：厦门大学出版社 2006 年。

84. 张羽，《台湾文学的多种表情——关于台湾文学研究的思考》，厦门：鹭江出版社 2008 年。

85. 张毓茂，《东北现代文学史论》，沈阳：沈阳出版社 1996 年。

86. 钟怡雯，《亚洲华文散文的中国图像 1949—1999》，台北：万卷楼图书有限公司 2001 年。

87. 钟肇政，《原乡人——作家钟理和的故事》，高雄：春晖出版社 2005 年。

88. 钟敬文主编，《民俗学概论》，上海：上海文艺出版社 1998 年。

三、期刊论文

1. 陈继会，《寻根：赵淑敏小说文化底蕴一解》，《小说评论》1996 年第 4 期。

2. 陈辽，《一部爱国的但被偏见引入误区的回忆录——评齐邦媛的＜巨流河＞》，《世界华文文学论坛》2012 年第 4 期。

3. 陈美霞，《台湾文学中的东北地域文化呈现——以梅济民的散文、田原的小说为例》，《世界华文文学研究》（第六辑），王晓初、朱文斌主编，安徽大学出版社 2009 年 12 月。

4. 陈瑞云，《披荆斩棘之佳作——＜张学良评传＞》，《传记文学》2008 年 9 月。

5. 陈雪、郑家建，《诗意的敞开——诗学研究的理论与方法》，《东南学术》2006 年第 2 期。

6. 陈雪、郑家建，《文本文体学：理论与方法》，《福建论坛》2006 年第 5 期。

7. 陈贤茂，《赵淑侠小说创作论》，《华文文学》1992 年第 2 期。

8. 常尧，《家与国的离散与回归——读齐邦媛＜巨流河＞》，《全国新书信息月刊》2010 年 3 月。

9. 才政，张淑丽，《试析东北语言的亲和力》，《新闻传播》2004 年第 5 期。

10. 范立君，《"闯关东"与东北区域语言文字的变迁》，《北方文物》2007 年第 3 期。

11. 房萍，《"悲情"与"温情"——萧红与迟子建小说创作比较》，

《当代文坛》2008 年第 2 期。

    12. 龚北芳，《东北方言在地域文化中的价值》，《长春师范学院学报》2007 年 3 月。

    13. 葛浩文，《看古知今——评介孙陵的＜觉醒的人＞》，《文讯》1983 年 8 月。

    14. 高东妮，《东北现代文学的"中国视野"》，《文化学刊》2011 年第 3 期。

    15. 高文升，《人类梦·民族魂——试论赵淑侠散文的文化精神》，《中国文化研究》1996 年第 1 期。

    16. 古远清，《＜巨流河＞：见证两岸历史的巨构》，《名作欣赏》2013 年第 13 期。

    17. 郭久麟，《史学与文学的有机结合—关于传记文学的性质的思考》，《重庆社会科学》2002 年第 2 期。

    18. 韩汝诚，《不应冰封的故事——关于纪刚先生及其"葬故人"》，《文艺争鸣》1995 年第 4 期。

    19. 纪刚，《一股不能不写的力量》，《文讯》2000 年 1 月。

    20. 金仲达，《＜张学良评传＞出版前后——王光逖（司马桑敦）逝世五周年忌》，《传记文学》第 49 卷，第 1 期。

    21. 廖斌 ，《家国史诗 人生悲歌——评齐邦媛文学回忆录＜巨流河＞》，《沈阳大学学报》2011 年第 6 期。

    22. 李建立，《＜巨流河＞大时代的表情、呼吸与体温》，《当代作家评论》2012 年第 1 期。

    23. 李梅英，《东北文化研究现状述评》，《长春师范学院学报（人文社会科学版）》2012 年第 4 期。

    24. 刘春轶，《大野的精灵——端木蕻良小说中女性形象的地域文化解读》，《兰州学刊》2007 年第 5 期。

25. 刘国石，刘金德，《东北地区汉语中的满语因素》，《东北史地》2009 年第 3 期。

26. 刘婕，《漂泊者的锚——论东北作家群的情感维系》，《理论与创作》2003 年第 5 期。

27. 刘介民，《滚滚辽河，万古不灭——纪刚的写实小说 < 葬故人 >》，《文讯》1995 年 9 月。

28. 刘奎，《巨流河 :20 世纪知识分子的心灵史》，《中国图书评论》2011 年第 10 期。

29. 刘俊，《在人生的长河中映现历史变迁和民族命运：读齐邦媛着 < 巨流河 >》，《全国新书信息月刊》2010 年 3 月。

30. 刘茵，《从东北方言看东北文化》，《群文天地》2012 年第 10 期。

31. 刘勇、杨志，《论日据时期台湾小说的民族认同主题》，《中国现代文学研究丛刊》2005 年第 6 期。

32. 留白，《逝者如斯巨流河——读齐邦媛 < 巨流河 >》，《社会科学论坛》2013 年第 1 期。

33. 林强，《换一副笔墨写东北——孙陵 < 大风雪 > 解读》，《世界华文文学论坛》2011 年第 4 期。

34. 柳书琴，《殖民都市、文艺生产与地方知识：1930 年代台北与哈尔滨的比较》，《中国现代文学研究丛刊》2011 年第 3 期。

35. 柳书琴，《满洲内在化与岛都书写——林辉焜 < 命运难违 > 的满洲匿影及其潜话语》，《台湾文学研究》2012 年 6 月。

36. 罗维，《论端木蕻良的匪色想象与东北"胡子精神"》，《黑龙江社会科学》2011 年第 4 期。

37. 廖正刚、孟瑾，《东北文化的肌肤——从历史及认知角度看东北方言》，《东北亚论坛》2008 年 3 月。

38. 墨虹，《田原的 < 古道斜阳 >》，《文讯》1985 年 6 月。

39．穆雨，《大漠孤烟直　长河落日圆——田原小说试论（上）》，《文讯》1986 年 12 月。

40．穆雨，《大漠孤烟直　长河落日圆——田原小说试论（下）》，《文讯》1987 年 2 月。

41．朴宣泠，《体制内抵抗：满洲国统治之下的秘密反日活动》，《汉学研究》2002 年 6 月。

42．逄增玉，《历史文化语境与东北流亡文学的忧郁倾向》，《广东社会科学》2011 年第 2 期。

43．逄增玉，《殖民话语的裂痕与东北沦陷时期戏剧的存在态势》《广东社会科学》2012 年第 3 期。

44．区展才，《无名氏的文字风格与思想深度》，《文讯》1986 年 6 月。

45．齐邦媛，《椿哥："一个愚昧社会的缩影"》，《联合文学》1985 年第 3 期。

46．丘立才，《抗日时期的孙陵》，《中国现代文学研究丛刊》1987 年第 1 期。

47．单德兴、王智明访谈，《"曲终人不散，江上数峰青"：齐邦媛教授访谈录》，《英美文学评论》2013 年第 6 期。

48．施立学，《东北地域与满族文化》，《东北史地》2008 年第 2 期。

49．施淑，《"大东亚共荣圈"——＜华文大阪每日＞与日本在华占领区的文学统治》（上），《两岸——现当代文学论集》，清华大学出版社 2014 年。

50．施淑，《文艺复兴与文学进路——＜华文大阪每日＞与日本在华占领区的文学统治》（下），《两岸——现当代文学论集》，清华大学出版社 2014 年。

51．施淑，《"大东亚文学"在"满洲国"》，《两岸——现当代文学论集》，清华大学出版社 2014 年。

52．苏枫，《从东北"巨流河"到台湾"哑口海" 飘零台湾两代人的命运与悲歌》，《小康》2010 年第 12 期。

53．沈庆利，《无名氏——北极风情画》，《中国现代文学研究丛刊》2008 年第 5 期。

54．藤田梨那，《台湾早期后殖民文本尝试——司马桑敦的＜高丽狼＞与韩半岛》，《华文文学》2008 年第 6 期。

55．王德威，《"如此悲伤，如此愉悦，如此独特"——齐邦媛与＜巨流河＞》，《当代作家评论》2012 年第 1 期。

56．王玲，《"逃亡"与"回归"——简析钟理和小说的乡土意识》，《安徽文学》2002 年第 1 期。

57．王洪杰，《东北方言与关东文化关系摭谈》，《通化师范学院学报》2005 年第 1 期。

58．王明文，《沸腾地流返原乡的血——钟理和＜原乡人＞的内在意蕴》，《世界华文文学论坛》2006 年第 1 期。

59．王劲松，《近代东北文化与满洲女作家群落》，《中国文化论坛》2008 年第 4 期。

60．王淑秧，《评赵淑侠＜塞纳河畔＞的"根"意识》，《小说评论》1987 年第 5 期。

61．王淑秧，《从五本散文看赵淑敏的创作》，《台港与海外华文文学评论和研究》1995 年第 3 期。

62．王勋鸿，《大爱下的小我：潘人木及其＜莲漪表妹＞和＜马兰的故事＞》，《世界华文文学论坛》2011 年第 3 期。

63．王学玲，《是地即成土——清初流放东北文士之"绝域"纪游》，《汉学研究》 2006 年第 2 期。

64．王志彬，《论钟理和的还乡经验与文学创作》，《长春师范学院学报》2007 年 9 月。

65. 王韶君，《论司马桑敦＜野马传＞中的阴性策略》，《台北教育大学语文集刊》2005 年 11 月。

66. 吴腾凰、杨连成，《民族根、游子魂的生动再现——简论赵淑侠的小说创作》，《华文文学》1989 年第 1 期。

67. 许华，《东北土匪隐语的特点与形成》，《理论界》2009 年第 5 期。

68. 薛勤，《1910 年代初东北文学的空间意蕴和叙事追求以＜盛京时报＞报载文学为中心》，《求是学刊》2012 年第 6 期。

69. 徐欣娴，《东北流亡文学史论》，《文讯》1993 年 1 月。

70. 杨君宁，《薪传渡海：齐邦媛＜巨流河＞中的历史书写与文化想象》，《华文文学》2013 年第 3 期。

71. 于晓，《东北方言词汇中的地域文化》，《科教导刊》2011 年第 4 期。

72. 周锦，《孙陵的战斗精神》，《文讯》1983 年 8 月。

73. 周励，《火一样的青春——记我的父亲王光逖（司马桑敦）在东北沦陷后的抗日活动》，《新文学史料》2001 年第 2 期。

74. 周励，《台湾作家司马桑敦和他的＜野马传＞》，《新文学史料》2005 年第 3 期。

75. 周励，《司马桑敦和他的小说创作》，《台港文学选刊》2011 年 4 期 。

76. 周文彬，《赵淑侠谈文学和人生》，《华文文学》1993 年第 1 期。

77. 左丹丹，《＜巨流河＞：两代知识分子的文化情怀 》，《学理论》2013 年第 9 期。

78. 郑清文，《读齐邦媛＜千年之泪＞》，《文讯》1990 年 8 月。

79. 赵立寰，《政治·暴力·自由主义——司马桑敦及其小说之战争书写析论》，《中国现代文学》2012 年 6 月。

80. 赵庆华，《铁、血、诗熔铸而成的生命之舟——纪刚的辽河人生，依旧滚滚》，《台湾文学馆通讯》2010 年 9 月。

81. 赵淑敏，《大乡土上的子民——＜松花江上的浪＞后记》，《文讯》1985 年 10 月。

82. 赵雨，《＜野马传＞：人性与历史的双重诘问》，《传记文学》2008 年 9 月。

83. 赵朕，《同根异株的花朵——＜生死场＞与＜松花江的浪＞之比较》，《台港与海外华文文学评论和研究》1995 年第 1 期。

84. 张惠珍，《纪实与虚构：吴浊流、钟理和的中国之旅与原乡认同》，《台北大学中文学报》2007 年 9 月。

85. 张泠，《这一代的乡愁——访梅济民先生》，《幼狮文艺》1978 年总第 296 期。

86. 张素贞，《＜滚滚辽河＞余波荡漾——浅谈纪刚的＜诸神退位＞》，《文讯》1990 年 8 月。

87. 张书群，《颠沛流离，情何以堪？——论齐邦媛＜巨流河＞中的漂泊意识与家国之痛》，《绥化学院学报》2012 年第 2 期。

88. 张学昕、梁海，《时间之上"：非虚构"的历史与人生——齐邦媛的＜巨流河＞与"非 虚构"写作》，《南方文坛》2013 年第 2 期。

89. 张耀杰，《波澜不惊的心灵史诗——读＜巨流河＞》，《民主与科学》2011 年第 1 期。

90. 张云，《论钟理和小说的原乡意识》，《中共郑州市委党校学报》2005 年第 5 期。

91. 张永，《论"东北作家群"小说的民俗叙事形态》，《江苏社会科学》2009 年第 1 期。

92. 张羽，《殖民地台湾与"满洲"文化圈研究》，《厦门大学学报》2012 年第 3 期。

93. 张羽，《台湾地景书写与文化认同研究》，《台湾研究集刊》

2012 年第 3 期。

94．朱航满，《或远或近的鼓声》，《创作评谭》2011 年第 6 期。

95．朱介凡，《读＜白山黑水集＞》，《书评书目》1974 年第 10 期。

96．朱双一，《从祖国接受和反思现代性——以日据时期台湾作家的祖国之旅为中心的考察》，《台湾研究集刊》2009 年第 4 期。

97．朱双一，《当代台湾文学的人文主义流脉》，《厦门大学学报》（社哲版）1995 年第 3 期。

98．朱双一，《近年来台湾文学中的新人文主义倾向》，《台湾研究集刊》1995 年第 3/4 期。

99．朱星鹤，《写坏了的故事——我读＜苍天悠悠＞》，《文讯》1988 年 12 月。

100．钟怡雯，《从理论到实践——论马华文学的地志书写》，《成功大学学报》2010 年 7 月。

四、学位论文

（一）博士论文

1．带兄，《当代蒙古族汉语小说创作研究》，内蒙古大学 2011 年。

2．范庆超，《抗战时期东北作家研究（1931—1945）》，中央民族大学 2011 年。

3．冯学民，《大地之子的歌哭——端木蕻良小说研究》，吉林大学 2010 年。

4．李然，《山东秃尾巴老李传说与信仰研究》，山东大学 2010 年。

5．朴正薰，《端木蕻良 1930-40 年代文学叙事中的心理情结和回归意识》，复旦大学 2012 年。

6．史佳林，《二十世纪四十年代小说语言研究》，复旦大学 2012 年。

7．宋喜坤，《萧军和＜文化报＞》，东北师范大学 2011 年。

8. 王晓文，《中国现代边地小说研究》，山东师范大学 2009 年。

9. 于立影，《骆宾基评传》，东北师范大学 2006 年。

（二）硕士论文

1. 蔡羽轩，《越境与跨界的记者／作家——司马桑敦及其作品研究》，台湾大学 2013 年。

2. 陈明丽，《时代与主体遇合下的家园重构——东北作家群"怀乡小说"研究》，福建师范大学 2009 年。

3. 陈美霞，《当代台湾文学中的东北地域文化影像》，厦门大学 2007 年。

4. 郭静如，《动荡时代中的变异风景——日据时期台湾、"满洲国"小说中"空间"描写之比较》，新竹清华大学 2011 年。

5. 黄玉兰，《台湾五〇年代长篇小说的禁制与想象——以文化清洁运动与禁书为探讨主轴》，台北师范学院台湾文学研究所，2005 年。

6. 李志娟，《黑土地上的浪漫风飙——论东北流亡者作家的小说创作》，复旦大学 2004 年。

7. 刘春轶，《论端木蕻良小说中的女性形象（1933-1943）》，东北师范大学 2004 年。

8. 吴慕洁，《梅济民及其作品研究》，中央大学 2009 年硕士论文。

9. 王瑞，《汉代山东文学与齐鲁文化精神》，鲁东大学 2012 年。

10. 王素贞，《潘人木短篇小说书写中的地域图像与历史记忆——以五、六〇年代作品为例》，中兴大学台湾文学研究所，2010 年 6 月。

11. 王万睿，《殖民统治与差异认同——张文环与钟理和乡土主体的承继》，成功大学 2005 年。

12. 吴昱慧，《日治时期台湾文学的"南方想象"——以龙瑛宗为例》，新竹清华大学 2010 年。

13. 徐淑贤，《台湾士绅的三京书写: 以 1930-1940 年代＜风月报＞、

＜南方＞、＜诗报＞为中心》，新竹清华大学 2012 年。

14．徐亚男，《论东北作家群小说中的生命意识》，南京师范大学 2009 年。

15．姚远，《萧军作品中的"胡子文化"》，吉林大学 2011 年。

16．颜安秀，《＜自由中国＞文学性研究：以"文艺栏"小说为探讨对象》，台北师范学院台湾文学研究所，2005 年。

17．赵媛霞，《东北作家群流亡小说空间叙事艺术研究》，山东师范大学 2013 年。

18．曾怡蓁，《屏东地景书写研究——以在地作家散文为对象》，屏东教育大学 2012 年。

五、网络资源

1．拓展台湾数位典藏计划 http://content.teldap.tw/index/

2．台湾"国家图书馆" http://www.ncl.edu.tw/mp.asp？mp=3

3．台湾大学图书馆 http://www.lib.ntu.edu.tw/

4．台湾政治大学图书馆 http://www.lib.nccu.edu.tw/

5．台湾师范大学图书馆 http://ir.lib.ntnu.edu.tw/

6．台湾成功大学图书馆 http://www.lib.ncku.edu.tw/www2008/

六、报纸

1．《风月报》《南方》

2．《诗报》

后　记

本书是我博士论文的基础上修改而成的。

从接触第一本博士论文开始，笔者就十分关注论文最后"致谢"的内容。相对于每本逻辑严谨、苦涩深奥的论文而言，只有这部分是灵动的、性情的、最能激励我前进的。我暗下决心，一定要等论文工作基本尘埃落定之时，才能提笔郑重地写下这两个字。因为只有那时才能充分表达这一路的百感交集：

感谢我的恩师袁勇麟先生。从论文选题的确定，到提纲的反复修改，从每一次思路的启迪，到下一次拨云见日的讲解，先生不断鞭策我成长。遇上与我论文相关的研究材料，先生总是第一时间帮我收集，不但上台湾相关网站为我下载资料，还亲自到台湾书店为我购书。先生不但学术眼光深邃、学风严谨、要求严格，还能理解我现实的难处，每逢领受完先生不怒而威的批评，既有无限的仰望和膜拜，又心生惭愧和感激；每一次看着先生为我批阅的论文草稿中那密密麻麻的字迹，同为教师的我，不禁汗颜。得遇如此恩师，除了振翅奋飞，夫复何求？先生是我做学问、做老师、做人的榜样！

感谢现当代文学博导团队的恩师们！汪文顶老师温柔敦厚的质疑每每都让我醍醐灌顶；辜也平老师切中肯綮的建议、朱立立老师和蔼又专业的提醒和郑家建老师睿智又尖锐的发问，伴随我走过开题、预答辩等每一处关键的环节，他们如同辛勤的园丁，扶助我健康成长。感谢姚春树老师、李诠林老师，他们每一次精彩的讲课都丰富了我的专业知识。

感谢各位帮助过我的恩师。烈日炎炎的厦大校园里，朱双一老师亲手交给我他从台湾复印来的作家作品，并签名赠予我他最新出版的学术专著；漫天飞雪的长春，吉林大学周励老师和我交流对其父司马桑敦先生的研究体会并将其掌握的所有作品借给我复印；除夕前拥堵的哈尔滨，厦门大学张羽老师在家里为我倒上一杯热茶，倾听我对钟理和研究的心得，为困惑中的我指点迷津；福建师大学报主编陈颖老师，多次丢开繁忙的事务，为我即将发表的期刊论文提出建议。

我的公公、婆婆在我就读期间自觉承担起我的两个孩子的抚养和教育责任。他们无微不至地照顾孩子的日常起居，无论严寒暴雪，还是大雨倾盆，都能领着、抱着、背着，将孩子准时送到幼儿园，培养她们的读书意识。婆婆还在玩耍时、走路时教孩子识字、数数，用22本日记，记录孩子由出生到七岁的点点滴滴；公公每天忙着采购美食丰富餐桌，还亲手制作滑梯、秋千和跷跷板等将家改造成儿童乐园。他们一次次隐瞒孩子生病的事实，不断鼓励我安心学习，不要想家，还常常提醒我注意休息，注意饮食。我的爸爸妈妈时常为孩子们送上果蔬牛奶，在每个周末接送孩子去上舞蹈课，还在每年九月交学费前欣然接受我无情的搜刮。我亲爱的爸爸妈妈们，用日渐衰老的身躯替我扛起了生活的重担。感谢我的两个宝贝女儿，总是一边流着泪一边说："妈妈，加油！"还有十一年来与我相扶相携的老公，感谢他每一次在沈阳或者哈尔滨接我、送我时那深情的拥抱，更感谢电话、微信、QQ和飞信等一切现代化联系方式，让我在每一次绝望和痛苦时能抓住这棵救命稻草。

牡丹江师范学院文学院现当代文学教研室孙玉生、李华、车红梅和施新佳等几位老师，在单位教师少、任务重的情况下，想尽办法为我支起这张宁静的书桌，并不时询问论文进展，鼓励我不断前进。

"南安南安，寝食难安！"忘不了南安楼里并肩作战、以苦为乐的兄弟姐妹们。知心小妹郑丽霞在我想家时安慰我、陪伴我；才女陆露不但经常烹调美食为我解馋，还陪我散步聊天，涵养我心性；班长卞友江尽职尽责地通知和打理各项琐事，他不仅多次为我解答理论困惑，还两次亲赴我的寝室替我消灭大而丑陋的不知名恶虫，解救我于惊恐之中；同门曾丽琴女史曾经陪我品茗畅谈，缓解压力；学妹尤妤冠和学弟李光辉每每见到我都会嘘寒问暖，让我如沐春风；侯丹、赵莹莹、郑昀、张伟、崔霞等同学陪我跑步锻炼、嬉笑打闹，我们相聚的每张照片都记录下同窗的温情。

还要感谢福建师大图书馆陈玉凤老师、华东师大刘刚表弟和学弟范宇鹏，帮我查阅重要资料；感谢学弟叶性炜在台大图书馆里一页页为我拍下残缺泛黄的旧书；感谢外语学院孙海一老师为我翻译中文摘要；感谢历史学院牛明铎博士帮我查阅古文注释；最后还要感谢我自己，学会了逆流而上，愈挫愈勇……

感谢论文答辩期间，首都师范大学王光明教授、南京师范大学谭桂林教授提出许多宝贵意见。

在此书出版的过程中，得到福建师大协同创新中心陈伟达主任的大力帮助，特别感谢！

从飘雪的牡丹江到繁花盛开的福州，火车票和飞机票见证了我的奔波和成长。时常扪心自问：沧海一粟，何德何能？

感恩生命中每一次的遇见！